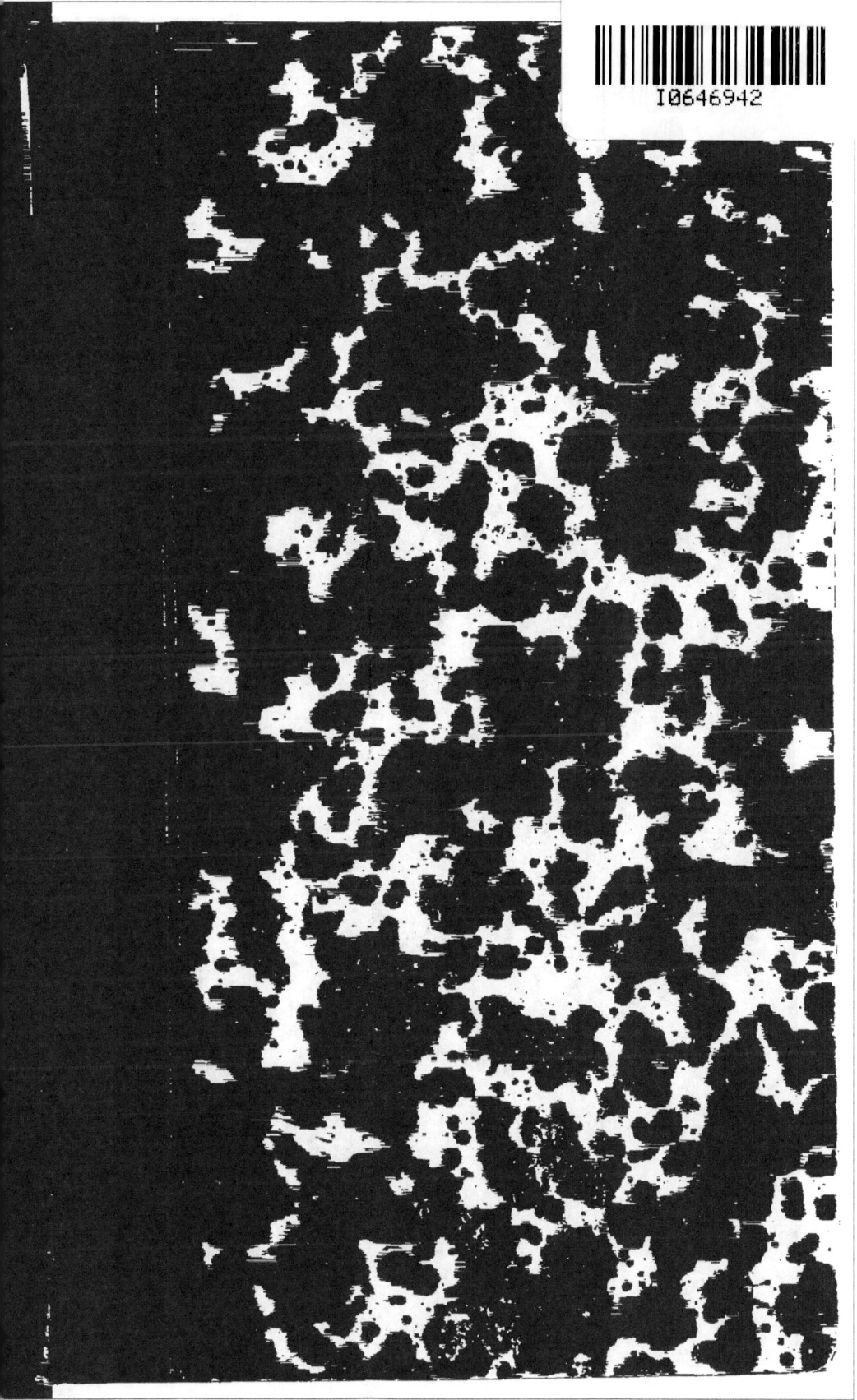

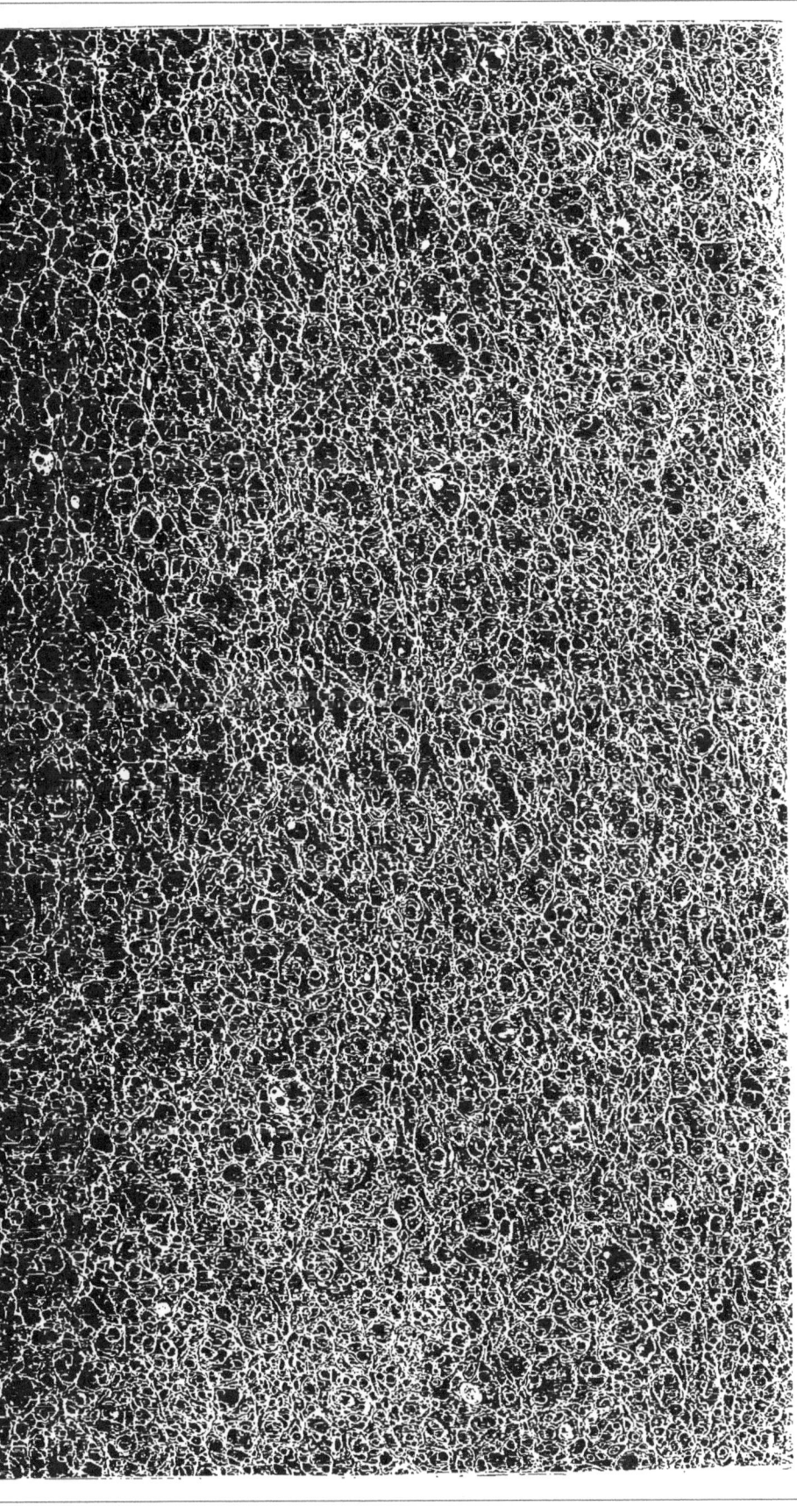

ŒUVRES

POSTHUMES

D'ATHANASE AUGER.

DE LA

CONSTITUTION

DES ROMAINS,

SOUS LES ROIS.

ET AUX TEMS

DE LA RÉPUBLIQUE;

Par ATHANASE AUGER.

TOME PREMIER.

A PARIS,

Chez les Directeurs de l'Imprimerie du CERCLE
SOCIAL, rue du Théatre François, n°. 4.

(1 7 9 2.)

L'AN QUATRIEME DE LA LIBERTÉ.

Les Directeurs de l'Imprimerie du Cercle Social, impatiens de répondre aux nombreuses demandes qui leur sont faites de cet Ouvrage, très-important dans un moment où tous les peuples s'occupent de la réforme des Gouvernemens, sont obligés de renvoyer à un autre volume la vie d'Athanase Auger, par N. Selis et Paris, et son éloge par Hérault (de Sechelles) député à l'Assemblée Nationale.

DE LA CONSTITUTION
DES ROMAINS.

SOUS LES ROIS
Et aux tems de la république.

INTRODUCTION.

Un traité de la Constitution Romaine doit intéresser nos François dans un tems sur-tout où la France vient de se donner une constitution nouvelle.

Ce traité doit intéresser tous les peuples qui ont besoin de réformer leur gouvernement et de s'éclairer des leçons de l'histoire :

Nous n'avons encore, sur cet objet, aucun traité complet et profondément discuté.

Beaufort, dans sa république Romaine, en six volumes *in*-12, a puisé dans les bonnes sources, consulté les originaux et discuté plusieurs objets avec soin ; mais le style de l'ouvrage en général est diffus, peu agréable et son plan est défectueux.

J'ai balancé long-tems sur celui que j'adopterois ; je me suis arrêté enfin au projet de montrer quelles étoient à Rome *l'organisation* et *l'action* des trois pouvoirs *législatif* , *exécutif*, *judiciaire*.

Pour embrasser dans ce plan le plus d'objets qu'il me sera possible , j'ai d'abord présenté la constitution des Romains dans un grand ensemble, ensuite je l'ai montrée sous une autre forme, dans une vie très-détaillée de Cicéron, et j'ai fait servir les discours de Cicéron lui-même , pour nous mettre à la place de ceux auxquels les orateurs de Rome avoient à parler ; j'espère qu'après avoir lu avec quelque attention cet ouvrage, qui m'a coûté trente années de travaux assidus , on sera suffisamment instruit de la manière dont les Romains se gouvernoient au-dedans et au-dehors de leurs assemblées , de leurs tribunaux, de l'éloquence de leurs orateurs , de leurs magistrats , de leurs armées , de leur religion, des provinces ; en un mot de mille choses sans lesquelles on seroit toujours étranger à la ville de Rome, et par conséquent à la constitution des Romains.

Du pouvoir législatif ou souverain à Rome.

Le peuple romain (*populus romanus*) fut toujours en possession du pouvoir législatif ou de la souveraineté : les rois eux - mêmes par

CONSTITUTION

ROMAINE,

Sous les Rois et du tems de la République.

IL est impossible de lire avec quelque intérêt
les discours de Cicéron, à moins qu'on ne se
mette à la place de ceux auxquels il parloit,
qu'on n'ait acquis les connoissances qu'il leur
suppose, qu'on ne soit suffisamment instruit
de la manière dont les Romains se gouvernoient au-dedans et au-dehors, de leurs assemblées, de leurs tribunaux, de leurs magistrats,
de leurs armées, de leur religion, des provinces, en un mot de mille choses sans lesquelles
on seroit toujours étranger à la ville de Rome,
et par conséquent aux harangues et plaidoyers
de l'orateur romain. Après avoir br   long-
tems sur le plan que j'adopterois, je me suis
arrêté enfin au projet de montrer quelles
étoient à Rome l'organisation et l'action des
trois pouvoirs législatif, exécutif et judiciaire.
J'embrasserai dans ce plan le plus d'objets qu'il
me sera possible, sauf à traiter à part ceux

qui n'auront pu y entrer , et dont la connoissance me paroîtra essentielle pour le but que
je me propose.

Un traité de la constitution romaine doit
intéresser nos François dans un tems sur-tout
où la France vient de se donner une constitution nouvelle. Qu'on n'attende pas ici de
moi un traité complet et profondément discuté ;
j'ai pris par-tout ce qui m'a semblé le plus
certain, et je n'ai pris que ce qui m'a paru
nécessaire pour la parfaite intelligence de mon
orateur. Le livre qui m'a servi davantage et
dont j'ai tiré le plus de secours , c'est la république romaine de Beaufort, en six volumes
in-12. Le style de l'ouvrage en général est
diffus et peu agréable ; mais l'auteur a puisé
dans les bonnes sources, consulté les originaux,
et discuté les objets avec soin. Je ne me suis
fait aucun scrupule de copier chez lui ce que
j'ai trouvé de bon et d'utile pour bien instruire
mes le̶n̶.̶.̶.̶ et pour opérer l'effet que je desire.

Du pouvoir législatif ou souverain à Rome

Le peuple romain (*populus romanus*) fut
toujours en posession du pouvoir législatif ou
de la souveraineté : les rois eux-mêmes par

lesquels il fut gouverné d'abord, paroissent (1) l'avoir reconnu ; et c'est parce que Tarquin le Superbe voulut le méconnoître, qu'il fut dépouillé de la royauté et chassé du trône.

Le peuple romain, le *populus romanus*, étoit la collection de tous les corps et de tous les ordres ; et en ce sens le sénat lui-même faisoit partie du peuple romain, quoique son nom fût ajouté et même se mît devant celui du peuple, dans la plûpart des actes publics, dans les traités de paix ou d'alliance, dans les ordres envoyés aux gouverneurs des provinces ou aux sujets de l'empire, selon cette formule ordinaire, le sénat et le peuple romain, *senatus populus que romanus*, ce qu'on désignoit ordinairement par ces quatre lettres initiales S. P. Q. R. Souvent aussi on se servoit de cette expression, qui dans la réalité est impropre, *patres censuerunt*, *populus jussit*, les peres, c'est-à-dire, le sénat a arrêté, le peuple a ordonné.

Les Romains furent surnommés *Quirites* qui s'écrivoit anciennement *Curites* du nom de la ville de *Cures* capitale des Sabins, lorsque

_____

(1) Denys d'Halicarnasse, liv. 2. Plutarque, vie de Romulus.

ceux-ci furent incorporés aux Romains par Romulus.

Différentes divisions du peuple romain.

Le peuple romain se partageoit d'abord en patriciens ou sénateurs, en chevaliers, et en plébéiens ou ce qu'on nommoit *plebs* ; c'est là ce qui composoit les trois principaux ordres de la république.

Des patriciens ou du sénat.

Le sénat (1) est aussi ancien que la ville de Rome ; on en attribue l'établissement à Romulus le premier de ses rois. Il fut dans l'origine composé de cent personnes, que ce prince choisit entre ceux de ses nouveaux citoyens qui étoient les plus distingués par leur âge, leur vertu, leur naissance, leurs lumières et leur fortune. Ce fut, sans doute, à cause de leur âge, et aussi à cause de l'autorité que le titre de sénateur leur donnoit sur le reste du peuple, qu'ils reçurent le nom de *peres*, *patres* ; ce nom de *patres* fit appeller leurs descendans *patriciens*. Ces cent personnes

(1) Tite-Live, liv. I, chap. 8.

portèrent donc le titre respectable de pères, et celui de sénateurs ou d'anciens, titres qui marquent la vénération et l'amour que leur concilioient leur âge, leurs vertus, et le soin qu'ils prenoient de veiller à la sûreté de l'état et de tous les particuliers.

Romulus ajouta à l'ancien nombre des sénateurs un nombre égal tiré des Sabins, lorsqu'il eut terminé la guerre avec ce peuple par un traité qui unit les deux nations en un corps. Tullus-Hostilius, troisième roi de Rome, ayant transféré dans sa ville les habitans d'Albe (1), augmenta le nombre des familles patriciennes, en donnant cette qualité à plusieurs familles qu'il rendit par là habiles à entrer dans le sénat ; mais il n'augmenta pas le nombre des sénateurs. Le premier Tarquin, qui avoit sçu quoiqu'étranger se frayer le chemin au trône, augmenta jusqu'à trois cents (2), pour se faire des créatures, le nombre des sénateurs, en élevant à cette dignité cent des principaux d'entre le peuple. Les descendans de ces derniers furent appellés patriciens des

(1) Tite-Live, liv. 1, chap. 10. Den. d'Halic., liv. 3.

(2) Tite-Live, l. 5, chap. 25. Den. d'Hal., l. 3.

A 3

nouvelles familles , *patricii minorum gentium ;*
pour les distinguer des patriciens de la création
de Romulus , qu'on appella *majorum gentium ,*
des anciennes familles. Tarquin le Superbe fit
périr, sans les remplacer, un grand nombre
de patriciens et de sénateurs , de sorte qu'ils
étoient réduits à moins de la moitié au tems
de la révolution. Les deux premiers consuls ,
Brutus et Valérius, choisirent, pour les admettre
dans le sénat, les principaux d'entre les plébéiens, et sur-tout d'entre les chevaliers. Le
nombre des sénateurs ne paroît pas avoir
passé le nombre de trois cents, avant la dictature de Sylla , qui fit entrer dans le sénat
trois cents chevaliers , et fit monter à six
cents le nombre des sénateurs.

Les sénateurs furent nommés , d'abord par
les rois, ensuite par les consuls dont l'autorité
succéda à celle des rois , enfin par les deux
censeurs dont la charge ne fut qu'un démembrement du consulat. L'an de Rome 623 ,
un nommé Atinius (1) fit rendre un plébiscite
en vertu duquel les tribuns du peuple deviendroient sénateurs par le droit de leur charge. Environ cinquante après le dictateur Sylla attacha

(1) Aulugelle , liv. 14 , chap. 8.

le même privilége à la questure. Depuis cette
époque , on pouvoit dire en quelque sorte que
le peuple romain nommoit les sénateurs ,
puisqu'il conféroit les charges qui donnoient
ce titre , qui ouvroient l'entrée du sénat. Celui
que les censeurs nommoient le premier en
faisant le recensement des sénateurs, portoit
le titre de prince du sénat, qu'il gardoit ordinairement toute sa vie. Acune autorité , aucun
pouvoir n'étoit attaché à ce titre; mais il
donnoit une très-grande considération. A la
fin de chaque lustre ou de cinq ans révolus ,
les censeurs dressoient un nouveau rôle des
sénateurs; et tous ceux dont ils passoient les
noms sous silence pour des raisons particulières,
étoient par-là même censés exclus du sénat.
Il est vrai que cette sentence n'étoit pas irré-
vocable, et que l'on pouvoit être rétabli dans
son rang par les censeurs eux-mêmes ou par
le peuple. Le déréglement de conduite et la
dissipation du patrimoine, étoient deux principales raisons qui faisoient exclure du sénat.
On sait qu'il falloit un certain revenu pour
être sénateur, du moins dans les derniers tems
de la république, où un sénateur devoit avoir
une fortune de huit cents mille sesterces, d'environ deux cents mille de nos livres. Les sénateurs

de la création de Brutus et de Valérius (1) furent nommés *conscripti* (aggrégés) sans être honorés du titre de *patres*; nous voyons que par la suite on les appella tous indifféremment *patres conscripti*, pères conscripts. On prenoit presque toujours les nouveaux sénateurs qu'on vouloit élire, dans l'ordre des chevaliers, qui fut appellé pour cet effet la pépinière du sénat, *seminarium senatûs*. Il falloit avoir un certain âge pour être sénateur ; on ne sait pas au juste quel étoit cet âge avant Sylla, par lequel il fut fixé à trente ans. Nous avons déja vu que, d'après un réglement du même Sylla et une ordonnance du peuple, le tribunal et la questure ouvroient la porte du sénat à ceux qui avoient été revêtus de ces deux charges.

Dans la formule ordinaire de convoquer le sénat, on y invitoit les sénateurs et ceux qui avoient droit d'y donner leurs avis, *senatores, quibusque in senatu sententiam dicere licet* (2); c'est-à-dire les édiles, questeurs et tribuns du peuple, qui étoient actuellement en exercice,

(1) Tite-Live, l. 2, chap. 2. Den. d'Halic., liv. 5, chap. 16.

(2) Festus Pompéïus, sur ces mots. Tite-Live, l. 23, chap. 32, et liv. 36, chap. 3.

et qui par-là, sans être sénateurs avoient droit d'assister aux délibérations du sénat, et même d'y opiner sur ce qui avoit rapport à l'exercice de leurs magistratures. On appelloit sénateurs pédaires ceux qui, n'ayant pas encore exercé de magistrature curule, ne donnoient leurs suffrages qu'en se rangeant du côté de ceux dont ils approuvoient l'opinion, sans pouvoir opiner de vive voix. Il étoit défendu aux sénateurs de faire le commerce et même d'équiper des vaisseaux pour trafiquer (1). Cette loi déplut extrêmement au sénat; et aussi ne fut elle pas fort scrupuleusement observée, comme le remarque Cicéron. Elle n'empêcha pas les sénateurs d'exercer l'usure la plus criante, et de faire toute sorte de trafic par leurs esclaves et par leurs affranchis. Il étoit encore défendu de donner entrée au sénat à des hommes qui auroient exercé des emplois bas ou déshonorans. Il ne leur étoit point permis de se mésallier en épousant des personnes de basse extraction, des affranchies, des comédiennes, on même des filles de comédiens.

(1) Tite-Live, liv. 21, chap. 63. Cic. contre Verrès, liv. 5, chap. 18.

Un sénateur (1) ne pouvoit pas s'éloigner de Rome , si ce n'est dans certains tems où le sénat n'étoit point occupé ; encore falloit-il qu'il fût à portée de s'y rendre sans délai , supposé qu'il survînt quelque cas extraordinaire. Si quelque affaire particulière l'appelloit hors de l'Italie , il lui falloit une permission expresse du sénat. Les sénateurs que leurs affaires appelloient dans les provinces, se faisoient ordinairement accorder par le sénat une (2) lieutenance libre (*legationem liberam*) , que j'appelle lieutenance honoraire , une lieutenance qui n'avoit point de ressort particulier , point de province où elle pût exercer son pouvoir. Ils le faisoient afin de se donner du relief auprès des sujets de l'empire romain , et de n'en être pas traités en simples particuliers. Pour y ajouter encore plus de considération , les gouverneurs des provinces leur donnoient un ou deux licteurs qui portoient les faisceaux devant eux. Ces lieutenances honoraires s'accordoient à tous les sénateurs qui les demandoient , et la facilité avec laquelle le

(1) Cic. Ep. Fam. , liv. 4 , ép. 18.

(2) Cic. à Atticus , l. 1 , ép. 1 , et en plusieurs endroits de ses discours,

sénat se prêtoit à leurs demandes fut cause de quelques abus. Ces lieutenans étoient fort à charge aux provinces de l'empire, ils occasionnoient beaucoup de murmures et de plaintes. Apparemment qu'ils se faisoient défrayer eux et leur suite par les provinces où ils séjournoient, et leur causoient ainsi de grandes dépenses.

Les sénateurs se distinguoient du reste des citoyens par leur chaussure; c'étoient, dit Horace, des espèces de brodequins noirs montant jusqu'à mi-jambe (1). Ils avoient aussi un habillement particulier, une tunique bordée d'une large bande de pourpre, qui se nommoit *latus clavus*, pour la distinguer de la bande plus étroite que portoient les chevaliers, et qui s'appelloit *angustus clavus*. On n'est pas certain si cette distinction existoit du tems de la république, et si elle n'avoit pas commencé sous Auguste. Sans parler de beaucoup d'autres distinctions dont ils jouissoient, ils avoient des places distinguées dans les cérémonies et dans les fêtes, aux jeux et aux spectacles.

Le droit de convoquer le sénat avoit appartenu au roi seul; sous la république, il ap-

(1) Liv. I, sat. 6,

partint aux consuls , et en leur absence aux autres principaux magistrats. Le prêteur de la ville , en l'absence des consuls , ne pouvoit assembler le sénat extraordinairement que dans certains cas qui ne souffroient point de délai. Cette règle n'avoit pas lieu à l'égard des tribuns du peuple , qui étoient maîtres de convoquer le sénat lorsqu'ils vouloient , et même malgré les consuls (1).

Cicéron remarque qu'il étoit du devoir d'un bon sénateur de ne manquer à aucune des assemblées du sénat, et que ses fonctions étoient fort pénibles quand il vouloit les remplir avec exactitude. Pour qu'il ne s'absentât point sous de légers prétextes , et pour l'obliger à se trouver régulièrement aux séances , lorsqu'on y devoit traiter d'importantes affaires , on exigeoit de lui des gages ou on lui imposoit une amende s'il y manquoit. Il ne pouvoit s'absenter sans être exposé à perdre ces gages ou à payer (2) cette amende que lorsqu'il avoit atteint l'âge de soixante ans. On avoit convoqué d'abord les

(1) Cic. liv. 10, ép. 23 , et liv. 11 , ép. 5. Den. d'Halic. , liv. 10.

(2) Cic. première phil. , chap 5.

sénateurs en envoyant des messagers à leurs maisons de ville ou de campagne , ou par des crieurs publics si les /affaires étoient pressantes. Lorsque Rome se fut accrue considérablement , et que les maisons de campagne des sénateurs furent souvent à une grande distance de la ville , les magistrats convoquèrent le sénat par des édits affichés , dans lesquels ils exprimoient même le sujet de la délibération afin que les sénateurs y vinssent tout préparés.

Le lieu le plus ordinaire où le sénat s'assembloit étoit la *curia hostilia* , dans la place publique , qu'on appelloit temple , parce qu'elle avoit été consacrée par les augures. Il s'assembloit aussi souvent dans un temple proprement dit , comme celui d'Apollon , de Mars , de Bellone , de la Concorde , de Jupiter au Capitole. Les assemblées commençoient toujours par quelque invocation de la divinité à laquelle le lieu où l'on s'assembloit étoit dédié , et par des sacrifices. Le temple de Bellone (1) étoit hors de la ville ; le sénat y tenoit souvent ses assemblées , pour donner audience aux ambassadeurs des rois ou des

(1) Tite-Live , liv. 33, chap. 24 , l. 34 , ch. 43 , l. 42, ch. 36.

nations étrangères dont il croyoit avoir lieu d'être mécontent., et auxquels il ne vouloit pas permettre l'entrée de la ville. C'étoit dans le même temple qu'il donnoit audience aux généraux romains qui, après quelque victoire éclatante, demandoient d'être honorés du triomphe. On avoit pour eux cette condescendance, parce qu'ils ne pouvoient rentrer dans la ville sans renoncer au commandement de l'armée, et par conséquent au triomphe, qui ne pouvoit s'accorder qu'à ceux qui étoient actuellement à la tête d'une armée.

Le sénat tenoit ses assemblées régulièrement trois fois par mois, aux calendes, aux nones et aux ides de chaque mois. S'il survenoit des affaires, on pouvoit l'assembler tous les jours, excepté ceux où pouvoient se tenir les comices ou assemblées du peuple. On n'est pas certain du nombre des sénateurs prescrit par les loix pour qu'un sénatusconsulte ou décret du sénat fût valide ; on croit qu'il en falloit au moins cent. Il est indubitable que ce nombre étoit réglé par une loi ; mais il y a aussi toute apparence que cette loi étoit assez négligée, et qu'à moins qu'un membre du sénat, ce qu'il avoit droit de faire, voulant arrêter tout court les conclusions, ne demandât au magistrat qui présidoit de compter les sénateurs (*numera* (1) *senatum*) , le magistrat , sans faire attention au nombre , passoit outre , et faisoit dresser le sénatusconsulte.

Lorsque l'assemblée étoit formée , le magistrat qui l'avoit convoquée , après avoir pris les auspices et fait des offrandes aux dieux , venoit proposer le sujet de la délibération. Dès qu'il avoit été débattu , il recueilloit les opinions. Après l'élection des nouveaux consuls , c'étoit toujours un des consuls (2) désignés qui opinoit le premier. S'il n'y avoit point encore de consuls désignés , il dépendoit du consul en charge de faire ouvrir le premier avis par celui qu'il vouloit , pourvu que ce fût un consulaire (3). Après cela , il recueilloit les opinions , selon le rang et la dignité de chaque sénateur , s'adressant d'abord aux consulaires , ensuite à ceux qui avoient exercé la préture , et ainsi par ordre. Ceux qui n'avoient pas encore

(1) Festus Pompéïus sur le mot *numera.*

(2) La plûpart des magistrats s'élisoient un certain tems avant celui où ils devoient entrer en charge : ils se nommoient *désignés* pendant tout l'intervalle de l'élection à l'exercice.

(3) Tite-Live, liv. 5 , chap. 20.

obtenu l'édilité curule , opinoient rarement de vive voix ; ils ne faisoient que se ranger du côté de ceux dont ils approuvoient les avis. Les tribuns du peuple étoient traités avec quelque distinction , à cause du grand pouvoir que leur charge leur donnoit dans l'état (1) ; et l'on voit que Caton , n'étant encore que désigné tribun du peuple, fait dans le sénat une assez longue harangue. On accordoit quelquefois à un sénateur qui n'avoit encore obtenu aucune dignité curule , le droit de donner son suffrage dans le rang des consulaires. Cet honneur étoit rare , et ne s'accordoit guère qu'à ceux qui , ayant accusé et fait condamner un sénateur pour quelque crime qui lui faisoit perdre la dignité sénatoriale , méritoient la place qu'il avoit occupée dans le sénat. Ceux qui avoient accusé et convaincu de brigue un sénateur , opinoient dans le même rang que s'ils avoient exercé la préture (2). Les consuls observoient de recueillir les opinions durant toute l'année , dans le même ordre qu'ils avoient suivi le jour où ils étoient entrés en charge.

(1) Den. d'Hal., liv. 10. Salluste, Cat. Ch. 54. Cic. pour Sext. ch. 28.

(2) Cic. pour Corn. Balbus , ch. 25. Dion Cassius, liv. 36.

Voici

Voici comme se formoient les senatus-
consultes : les sénateurs qui approuvoient un
avis passoient du côté de celui qui l'avoient
ouvert ; ceux qui pensoient différemment passoient du côté opposé. Les sénateurs qui n'a-
voient pas voix délibérative opinoient toujours
de cette façon. Delà les expressions latines ,
ire , pedibus descendere in sententiam alicujus.
Delà celui qui présidoit l'assemblée employoit
cette formule : que ceux qui sont de cet avis
passent de ce côté-ci , et que ceux qui sont
de l'avis contraire passent d'un autre côté , *qui*
hoc censctis illuc transite ; quia alia omnia , in
hanc partem (1). Notre expression françoise , *se*
ranger de l'avis de quelqu'un , semble être prise
de ce même usage. Le sénateur qui opinoit ,
se levoit pour dire son sentiment ; il restoit
assis s'il se contentoit de souscrire à l'avis d'un
autre. Dans toutes les assemblées du sénat ,
les affaires de la religion étoient toujours trai-
tées les premières , et ensuite on traitoit des
affaires publiques (2). Le consul étoit maître
d'empêcher qu'on ne fît quelque proposition

(1) Festus Pompéïus , sur ces mots. Pline , l. 8 ,
ép. 14.

(2) Tite-Live , l. 6 , ch. 1. Aulugelle, l. 100.

Tome I.   B

contraire à ses vues : il n'y avoit que les tribuns
du peuple qui fussent endroit de proposer ce
qu'ils vouloient , même malgré le consul ,
lorsqu'il refusoit de le faire lui-même. S'il n'ap-
prouvoit pas les conclusions qu'on alloit prendre , il pouvoit , avant que d'achever de recueillir les avis , prononcer un discours pour
tâcher de ramener l'assemblée à son opinion.
Nous en avons un exemple dans la quatrième
Catilinaire que Cicéron prononça après qu'il
eut remarqué l'impression qu'avoit faite
sur les esprits de plusieurs sénateurs la harangue de César. Le consul pouvoit encore faire
diverses propositions dans une même séance ;
c'est ce qu'on nommoit *jus secundæ , tertiæ ,
quartæ relationis* (1). Lorsqu'on joignoit ainsi
des matières différentes , il étoit permis à un
sénateur de demander qu'on les séparât ; et
qu'on traitât chacune en particulier. Après dix
heures , ce qui revient à nos quatre heures du
soir , on ne pouvoit plus faire de nouvelle proposition dans le sénat , ni former de sénatusconsulte après le coucher du soleil.

Si quelqu'un , selon le droit de sa charge ,
formoit une opposition , on ne pouvoit ré-

---

(1) Juste Lipse , sur Tacite , an. l. 15 , ch. 22.

diger de sénatusconsulte ; mais on ne laissoit pas de dresser un décret de ce qui avoit été résolu à la pluralité des voix , et ce décret se nommoit autorité du sénat , *senatûs autoritas* (1). On donnoit ce nom à toutes les décisions du sénat où il se trouvoit quelque manque de formalité , soit pour le tems ou le lieu où le sénat s'étoit assemblé , soit pour la manière dont il avoit été convoqué , soit qu'il y eût eu quelque opposition , soit enfin qu'il ne se fût pas trouvé le nombre de sénateurs prescrit par la loi pour former un sénatusconsulte. Dans tous ces cas on devoit , ou faire débattre de nouveau la matière dans le sénat , ou la porter devant le peuple qui en décidoit. Le décret rédigé n'étoit qu'un simple verbal de ce qui s'étoit passé dans le sénat , lequel ne pouvoit servir qu'à faciliter les affaires dans une autre séance.

Le sénatusconsulte se rédigeoit d'une manière très-solemnelle : on nommoit un certain nombre de sénateurs pour veiller avec le magistrat à ce que le décret fût rédigé selon l'intention du sénat. On commençoit par marquer le jour et le lieu où le sénat avoit été assemblé ;

(1) Dion Cassius, l. 65 , p. 629.

on marquoit le nom du magistrat qui avoit
présidé, et avoit proposé les matières ; on mettoit ensuite les noms des sénateurs nommés
pour veiller à la rédaction du sénatusconsulte,
c'étoient ordinairement ceux qui avoient le plus
contribué à faire prendre la résolution ; enfin
suivoit la résolution même. Après que le sénatusconsulte avoit été mis en écrit avec toutes
les formalités requises, les tribuns du peuple
étoient encore en droit de le relire, et s'ils
l'approuvoient, ils y souscrivoient la lettre
T (1). Alors le sénatusconsulte, revêtu de
toutes ces formalités, se portoit au trésor, où
se gardoient les loix et les registres publics.
Cependant la validité d'un sénatusconsulte
ne lui donnoit pas force de loi, à moins que
le peuple ne l'eût confirmé par ses suffrages.
La seule peine dont on y menaçoit les contrevenans, c'est que le sénat jugeroit qu'ils
avoient agi contre l'intérêt de la république,
si quis adversùs ea fecerit, eum contrà rempu-
blicam videri facturum (2). Toutes les affaires
pour lesquelles s'étoit assemblé le sénat, étant
ainsi terminées, le consul, ou le magistrat

(1) Valere Maxime, l. 1, ép. 2, l. 8, ép. 14.
(2) V. Brisson, de form. l. 2, p. 216.

qui présidoit , congédioit les sénateurs en cette forme , nous ne vous retenons plus , pères conscripts , *non amplius vos moramur , patres conscripti.*

Malgré toutes les formalités qui s'observoient en rédigeant un sénatustconsulte , il ne laissoit pas de s'y glisser bien des abus sur-tout dans les derniers tems de la république. Souvent il s'en rédigeoit sur lesquels le sénat n'avoit pas seulement été consulté , ou qui n'étant pas valides se déposoient comme tels dans les archives. Il s'étoit de tout tems commis bien des fautes à cet égard ; et Tite-Live reconnoît que , dès le commencement du quatrième siècle de Rome , les consuls supprimoient ou altéroient les sénatusconsultes à leur fantaisie (1). Sur de faux sénatusconsultes , on se faisoit donner des gouvernemens de provinces , on disposoit à son gré des armées et des revenus de l'empire. Les grands de Rome ne se donnoient souvent pas la peine de s'adresser au sénat : ils faisoient dresser chez eux des sénatusconsultes , auxquels ils mettoient les noms de quelques sénateurs , et par lesquels ils se faisoient donner telle commission qu'ils ju-

(1) L. 38 , ch. 44 , et l. 39 , ch. 4.

geoient à propos. Je supprime quelques détails sur les assemblées et les décrets du sénat : quant à sa grande influence dans l'administration de la république, j'en parlerai en traitant du pouvoir exécutif et judiciaire.

Des chevaliers.

Nous avons parlé du premier ordre dans la république, des patriciens ou du sénat; nous verrons que le second ordre, celui des chevaliers, étoit composé en partie de jeunes patriciens ; ainsi quand nous avons mis les patriciens dans le premier ordre, c'est qu'originairement eux seuls composoient le sénat. On attribue l'institution de l'ordre des chevaliers (1) à Romulus de même que celle du sénat. On dit qu'ayant distribué le peuple romain en trois tribus, il choisit dans chaque tribu cent jeunes gens des mieux faits, des plus aisés et des meilleures familles, et qu'il en forma trois compagnies de cavalerie, qui devoient

(1) Quand je dis l'ordre des chevaliers, c'est improprement. Car les chevaliers, comme je le remarquerai par la suite, ne formèrent un ordre civil bien distinct que du tems de Cicéron.

lui servir de gardes-du-corps. On les appella
d'abord *Celeres*, du nom de leur chef Fabius
Celer, ou, selon d'autres, du mot grec *Kelès*,
qui signifie agile (1). Ces compagnies ou centuries portoient les noms des tribus dont elles
avoient été tirées. Le premier Tarquin augmenta le nombre des chevaliers jusqu'à 1800,
sans augmenter le nombre des compagnies.
Servius-Tullius les partagea en dix-huit centuries, qu'il mit dans la première classe. Telle
est, dit-on, l'origine des chevaliers, qui formant un corps mitoyen entre le sénat et le
peuple, contribuoit beaucoup à serrer les
nœuds de l'union entre ces deux ordres, par
les intérêts qui les lioient presque également
avec tous les deux. La république en tira souvent des services considérables.

On ne comprenoit anciennement dans l'ordre des chevaliers que ceux que les censeurs
y plaçoient, et auxquels ils assignoient un
cheval entretenu aux dépens du public. Les
patriciens et fils de patriciens n'étoient du
corps des chevaliers qu'autant qu'ils avoient
les qualités requises. Au défaut de ces qualités,
souvent les hommes des premières familles

(1) Den. d'Hal., l. 2. Tite-Live, l. 1, ch. 13.

étoient obligés de servir dans l'infanterie. Il y
en avoit qui servoient dans la cavalerie à leurs
dépens , sans que leur cheval leur eût été
fourni par la république.

Dans le choix des chevaliers , on avoit sur-
tout égard à trois choses , à l'âge, à la naissance
et à la fortune. On ne sait pas au juste quel étoit
cet âge ; on croit qu'il falloit avoir au moins
dix-huit ans (1). Quant à la naissance , il étoit
indifférent qu'on fût plébéien ou patricien ; on
avoit cependant soin de choisir entre les plébéiens ceux des meilleures familles. Pour ce
qui est de la fortune qu'il falloit avoir , elle
fut augmentée à proportion que l'opulence s'ac-
crut à Rome ; et dans le tems le plus florissant
de la république , elle montoit à quatre cent mille
sesterces , environ cent mille de nos livres (2).

Les marques de distinction des chevaliers
étoient , outre le cheval entretenu des deniers publics que leur assignoit le censeur ,
un anneau d'or qu'ils portoient au doigt ,
lorsque le peuple ne portoit que des anneaux
de fer , d'où vient l'expression de donner un
anneau d'or , pour dire élever à la dignité de

(1) Dion Cassius , l. 73.
(2) Tite-Live , l. 5 , ch. 8.

chevalier , et une tunique bordée d'une bande
de pourpre étroite , nommée *angustus clavus* ,
au lieu que celle des sénateurs étoit beaucoup
plus large , comme nous l'avons dit plus haut.
L'an 686 de Rome , une loi de Roscius Otho ,
tribun du peuple , assigna aux chevaliers les
quatorze bancs les plus voisins de l'orchestre ,
de la place destinée aux sénateurs ; d'où venoit
la façon de parler *sedere in quatuordecim* (1) ,
avoir place dans les quatorze degrés , pour
dire que quelqu'un étoit chevalier. Les fonctions de chevalier ont été différentes selon la
différence des tems de la république.

Leur première destination fut de servir dans
les armées romaines ; ils formoient la cavalerie des légions , ils en étoient la fleur et l'é-
lite. Depuis que Caïus Gracchus les eut mis
en possession des tribunaux , leur principale
fonction fut de juger les grandes causes. Sylla
leur ayant ôté les tribunaux , ils s'occupèrent
tout entiers des fermes de l'état , et les richesses
qu'ils y acquirent les maintinrent dans leur ancienne considération. Les chevaliers furent donc
purement militaires dans leur origine , et formoient la cavalerie qui servoit dans les légions.

(1) Cicéron , ép. fam. l. 12 , ép. 32.

Mais quand cessèrent-ils de faire ce service militaire ? c'est ce qu'il n'est pas facile de déterminer. Nous voyons par Tite-Live qu'ils le faisoient encore à la fin du sixième siècle ; ils le faisoient même encore au commencement du septième, comme nous l'apprend Polybe. Mais ce service n'avoient plus lieu du tems de Cicéron. Du moins on voit que ceux qui servoient dans les légions ne jouissoient pas des prérogatives attachées à l'ordre des chevaliers, quoiqu'ils fussent pourtant plus considérés que les centurions. Il paroît donc que c'est au changement que Caïus Gracchus introduisit dans les tribunaux, qu'il faut attribuer le changement arrivé dans les fonctions de chevaliers, lesquelles consistèrent depuis à juger les grandes causes. Les chevaliers alors cessèrent de servir dans les légions, et les termes de juge et de chevalier devinrent en quelque sorte synonymes. Sylla ayant remis le sénat en possession des tribunaux, les chevaliers ne firent plus les fonctions de juges. Devenus fermiers généraux de la république, ils s'occupèrent entièrement des impôts et autres parties des fermes.

Comme pour être juge il falloit posséder la même fortune que pour être chevalier romain , et que pour être publicain , ou fermier des revenus de la république , il falloit sans doute être riche pour pouvoir donner à la république les sûretés nécessaires , ces publicains , à cause de leurs richesses , prétendirent au rang et à la qualité des chevaliers : ils voulurent qu'on les considérât comme un second ordre dans l'état, qui tenoit le milieu entre le sénat et le peuple. Le sénat au contraire , qui ne regardoit qu'avec un œil d'envie l'accroissement de la puissance des chevaliers , refusoit de les regarder comme un ordre distingué du peuple. Il ne vouloit pas même les considérer comme chevaliers , et n'accordoit ce titre qu'à ceux auxquels le censeur avoit assigné un cheval. Cicéron , sorti de l'ordre des chevaliers qu'il favorisa toujours de tout son pouvoir, et sentant combien il importoit au sénat d'être uni avec ce corps , les réunit d'intérêts pendant son consulat, et persuada au sénat de voir en eux un ordre distingué du sénat et du peuple , un ordre qui tenoit le milieu entre l'un et l'autre. Les chevaliers ne formerent donc proprement un ordre distingué du sénat et du peuple, que depuis le consulat de Cicéron. Quoiqu'ils ne servissent plus dans les légions , les censeurs continuerent d'assigner à un certain nombre d'entr'eux des chevaux. Ainsi, du tems de Cicéron, le mot *eques* avoit trois significations différentes. Il gardoit son ancienne signification à l'égard de ceux à qui le censeur avoit assigné un cheval public ; et ceux-ci sont souvent appellés *equites equo publico*, comme cela se voit par (1) Cicéron : ils formoient la fleur de la jeunesse Romaine. Le mot *eques* désignoit encore tous ceux qui, à cause de leur naissance ou de leurs biens, avoient séance entre les juges ou s'employoient dans les fermes de la république. Les chevaliers étoient rentrés, du moins en partie, en possession des tribunaux : ils partageoient la fonction de juger avec les sénateurs et les tribuns du trésor. Enfin ce mot continua de désigner un cavalier qui servoit dans les légions romaines ; mais ces cavaliers n'étoient plus compris dans l'ordre des chevaliers.

La dignité de chevaliers étoit immédiatement au-dessous de celle des sénateurs. C'étoit dans cet ordre, comme nous l'avons déja remarqué, que les sénateurs étoient choisis ; d'où on l'appelloit la pépinière du sénat. Les biens qu'il falloit posséder pour y être admis et les marques de distinction qui y étoient attachées, montrent de quelle considération il

(1) Philip. 6, ch. 5.

jouissoit. Si les censeurs jugeoient qu'un chevalier s'étoit rendu indigne de l'ordre équestre
par ses mauvaises mœurs ou par ses folles
dissipations, ils lui ordonnoient de vendre son
cheval, et par-là même il étoit censé exclus de
l'ordre. Il passoit devant eux en revue, et lorsqu'ils ne trouvoient rien en lui de répréhensible,
ils lui ordonnoient de passer son cheval, *traduc*
equum.

D'après l'opinion de quelques savans, que
semble confirmer un endroit du plaidoyer de
Cicéron pour Sylla, comme celui que les
censeurs nommoient le premier en lisant la
liste des sénateurs portoit le titre de prince du
sénat; de même celui qu'ils mettoient à la
tête de la liste des chevaliers étoit qualifié
de prince de la jeunesse, *princeps juventutis.*
D'autres savans croient que lorsqu'il est parlé
dans Tite-Live et ailleurs des princes de la jeunesse *principes juventutis*, (1) c'est toujours au
plurier, et qu'on ne désigne par-là que les principaux et les plus distingués de l'ordre équestre.

Des plébéiens, de ce qu'on nommoit plebs.

Il n'y avoit proprement dans la république
romaine que deux ordres bien distingués, les

(1) Tacite, an. l. 1, ch. 3.

patriciens et les plébéiens ; ce ne fut que
dans les derniers tems, que les chevaliers
formerent un ordre à part, distingué du sénat
et du peuple, tenant le milieu entre l'un et
l'autre. Nous avons dit dans ce qui précède
ce qu'on entendoit par patriciens. Tout ce qui
n'étoit pas patricien, étoit plébéien, étoit *plebs*.
Il ne faut pas confondre *plebs* avec *plebecula*,
avec ce que nous appellons populace. Il y eut
des familles plébéiennes très distinguées et fort
nobles, lorsque les plébéiens se furent ouvert
l'accès aux premières dignités. Alors il y eut
des patriciens, des nobles, des hommes nouveaux. Les patriciens étoient ceux qui descen-
doient des anciennes familles patriciennes ;
les nobles étoient ces plébéiens illustrés par
les premières charges, par les dignités curules
qui donnoient *jus imaginis*, le droit de transmettre son portrait à ses descendans. Ainsi
tout patricien étoit noble, mais tout noble n'é-
toit pas patricien. Les hommes nouveaux
étoient ceux qui les premiers de leur famille
parvenoient aux grandes magistratures.

Les patriciens d'abord eurent seul entrée
dans le sénat, ils possédèrent seuls les sacerdoces, ils pouvoient seuls parvenir aux honneurs
et aux dignités ; ils portoient le mépris pour

les plébéiens jusqu'à croire qu'ils se seroient souillés en contractant avec eux des mariages. Le peuple ne put souffrir long-tems cette humiliation, et il ne tarda point à faire disparoître toutes ces distinctions odieuses. Après de longues et vives querelles, il obtint successivement tout ce qu'il pouvoit desirer. Le sénat fut composé indifféremment de patriciens et de plébéiens. On abandonna à ceux-ci la moitié des sacerdoces ; l'accès aux premières charges leur fut ouvert ; on décida même que les deux consuls pourroient être plébéiens, et que deux patriciens ne pourroient être à la fois consuls : si les patriciens gardèrent seuls la dignité d'interroi, les plébéiens eurent seuls le tribunat et une édilité particulière distinguée de l'édilité curule : enfin plusieurs familles patriciennes s'honorerent de l'alliance de certaines familles plébéiennes. Mais dans les vives disputes du sénat et du peuple, il faut admirer la modération de ce peuple, qui étant le plus grand nombre, ayant le plus de force et la plus grande part dans la souveraineté, se contente de faire retraite, demeure tranquille, n'exerce aucune cruauté, aucune violence, ne demande qu'une chose fort juste, de n'être point opprimé et humilié.

Dès que les plébéiens se furent ouvert
l'entrée du sénat, il y eut trois sortes de plébéiens comme il y avoit trois sortes de patriciens.
Il y avoit des patriciens sénateurs, des patriciens chevaliers, et enfin des patriciens qui,
n'étant ni sénateurs ni chevaliers, restoient dans
l'ordre du peuple : ainsi des plébéiens furent admis dans les deux premiers ordres, et tous étoient
naturellement du troisième. Souvent une même
famille étoit divisée en patriciens et en plébéiens, comme la famille Claudia, où les
patriciens se distinguoient par les surnoms de
Regillensis, *Pulcher*, *Nero* (1), les plébéiens
par celui de Marcellus; et cette branche,
quoiqu'elle ne fût pas patricienne, ne le
cédoit à l'autre ni en noblesse ni en dignité.
Cela pouvoit arriver de plusieurs manières.
D'abord, comme la charge de tribun étoit
fort importante, et que leur naissance en
excluoit les patriciens, plusieurs ont pu se
faire adopter par des plébéiens, afin de
pouvoir parvenir à cette charge. La seconde
raison pour laquelle plusieurs familles plébéiennes portoient le même nom que des
patriciennes, c'est que, lorsqu'un étranger
obtenoit le droit de cité romaine, il prenoit

(1) Suetone, vie de Tibere, l. 1.

le

le nom de celui par la protection duquel il
avoit obtenu cette prérogative. Cependant,
de quelque qualité qu'il eût été dans son pays
et quelque rang qu'il y eût tenu, il ne devenoit
que plébéien encore qu'il prît le nom d'un
patricien. C'est ainsi que Balbus, qui avoit
obtenu le droit de cité romaine par la faveur
du patricien Lucius Cornélius Lentulus, prit
le nom de Cornélius, et demeura pourtant
plébéien. Enfin les affranchis prenoient aussi
le nom et le prénom de celui qui les avoit
mis en liberté, et n'en étoient distingués que
par le surnom.

Il y eut de tous tems deux partis dans la
république, celui de la noblesse et celui du
peuple. Le premier, dans les commencemens,
n'étoit composé que de patriciens, qui jouissoient alors seuls des prérogatives de la noblese.
Mais depuis que les plébéiens se furent élevés
aux premières dignités de l'état, leurs intérêts
devinrent les mêmes que ceux des patriciens,
et ils combatirent avec eux pour le parti des
nobles. Cependant on remarqua toujours de
part et d'autre une certaine modération, qui
les empêcha de porter les choses à l'extrême,
tant qu'on eut soin d'ôter à ce qu'on appelle
la populace toute influence dans le gouver-

Tome I.   C

tement. La république ne tarda pas à périr
lorsque des factieux ou des ambitieux, tels
que Clodius er César, parviurent à gagner
et à mettre dans leurs intérêts la dernière
classe des citoyens. D'autres, tels que les
Gracques, avoient déja commencé à donner
trop de pouvoir à cette partie du peuple.

Des patrons et des cliens.

Au reste ce qui rendit d'abord les deux partis
si modérés, suivant la réflexion judicieuse de
Denys d'Halicarnasse (1) , c'est la distinction
des patrons et des cliens. Romulus ayant mis
une très grande distance entre les patriciens
et les plébéiens , en excluant ces derniers du
sénat et de toutes les dignités, il falloit, pour
la sûreté de l'état, trouver un moyen de
rapprocher ces deux ordres et de les unir par
quelque lien. Il ordonna donc que chaque
plébéien se choisît un protecteur ou patron entre
les patriciens : on appelloit client celui qui se
mettoit ainsi sous la protection d'un noble.
Les patrons étoient obligés de se charger des
procès de leurs cliens, de prendre soin de

(1) Den. d'Hal, , l. 1. Plutarque , vie de Romulus.

leurs affaires comme des leurs propres , soit qu'ils fussent présens ou absens. Enfin ils devoient les protéger en toute occasion , et faire pour eux tout ce que des enfans peuvent attendre d'un bon père de famille. Leurs maisons leur étoient ouvertes à toutes les heures du jour, afin qu'ils pussent venir les consulter dans les embarras qui leur survenoient. Aussi les patriciens furent-ils long-tems les seuls jurisconsultes ; et pour tenir les plébéiens dans une plus grande dépendance , ils eurent soin de leur cacher les loix ou du moins de s'en réserver l'interprétation. D'un autre côté, les cliens étoient obligés, en cas que le patron n'eût pas de quoi doter ses filles, de fournir à leur dot, de payer sa rançon s'il étoit fait prisonnier, de payer l'amende à laquelle il auroit été condamné dans un jugement , et cela sans pouvoir exiger d'intérêt ni même de remboursement de la somme. Ils devoient même contribuer aux dépenses que le patron étoit obligé de faire à l'occasion de quelque magistrature , et ne pouvoient lui refuser leurs suffrages lorsqu'il la sollicitoit. Les devoirs réciproques des patrons et des cliens , étoient de ne pouvoir s'entraccuser en justice, de ne pouvoir donner leur voix ni porter témoignage

l'un contre l'autre, enfin de ne pouvoir se
déclarer ennemis en embrassant des partis
contraires. Quiconque violoit ces devoirs, étoit
par la loi de Romulus dévoué aux dieux infernaux ; il étoit permis de lui courir sus,
et de le tuer impunément. Il n'y avoit donc
rien de plus sacré que les devoirs réciproques
des patrons et des cliens ; ils étoient même
aussi forts que ceux du sang et de l'hospitalité.
Le droit de patronage étoit héréditaire, et rien
n'étoit plus honorable pour un parsonnage
de distinction que d'avoir un grand nombre
de cliens. Ainsi donc, outre les anciens
cliens de famille, chacun s'efforçoit encore
d'en acquérir de nouveaux. On ne pouvoit
parvenir à se former un grand nombre de
nouveaux cliens, que par la gloire qu'on
acquéroit en défendant avec zèle les anciens ;
ce qui lioit par les nœuds les plus étroits
les grands de Rome à leurs inférieurs, en
établissant entre la noblesse et le peuple des
relations d'intérêts communs.

Ce furent ces liaisons entre les deux ordres,
qui, dans la chaleur des différends qu'on
vit s'élever entr'eux, les empêchèrent d'en
venir aux voies extrêmes. Le peuple Romain,
composé de soldats, devoit être naturellement

féroce et difficile à conduire ; mais sa fureur étoit désarmée lorsqu'il considéroit dans ses adversaires des personnages respectables dont il avoit éprouvé la protection en bien des rencontres. De l'autre côté, l'animosité n'étouffa point dans les nobles les sentimens naturels que devoit exciter en eux la vue de personnes qui leur étoient attachées par des liens aussi forts que ceux du sang. Aussi les fréquentes séditions qu'il y eut à Rome pendant près de quatre siècles furent elles toujours appaisées sans qu'il y eût de sang répandu. La mort de Tibérius Gracchus fut le premier attentat par lequel on commença à se familiariser avec le meurtre de ses concitoyens.

Il faut remarquer qu'après que les plébéiens se furent élevés aux premières dignités de l'état, on se choisit des patrons dans cet ordre, comme parmi les patriciens, et qu'à cet égard il n'y eut plus entr'eux aucune différence. Quand la république eut étendu ses conquêtes, il y eut des villes et des peuples entiers qui se mirent sous la protection de quelques familles illustres. Ils choisissoient ordinairement pour protecteurs ou pour patrons, les généraux mêmes qui les avoient soumis ou qui avoient donné des loix à la province.

C'est ainsi que , sans parler des autres peuples ?
les Siciliens se mirent sous la protection de
Marcellus et de ses descendans. Les colonies
et la plûpart des villes soumises à l'empire
romain avoient leurs patrons à Rome, desquels elles venoient prendre conseil dans les
affaires qui leur survenoient ; et souvent ,
lorsque ces affaires étoient portées devant le
sénat , il en remettoit la décision à ces mêmes
patrons.

Nous venons de considérer le peuple comme
formant un tiers ordre distingué du sénat et
des chevaliers ; c'est en le prenant au sens le
plus étendu, en tant qu'il renferme les trois
ordres, qu'on peut dire que c'étoit dans le
le peuple que résidoit proprement la souveraineté. C'étoit lui qui exerçoit le pouvoir
législatif, qui décidoit de la paix et de la
guerre, qui créoit ses magistrats; et nulle
puissance n'étoit censée légitime qu'autant
qu'elle avoit été conférée par les suffrages du
peuple (1). C'étoit à lui qu'on en appelloit
du jugement des magistrats et même de celui des
rois. On voit en effet par les historiens , et sur-

(1) Cicéron , second discours sur la loi agraire ,
chap. II.

tout par Tite-Live, que les rois, si on en
excepte le culte religieux, dont ils avoient
seuls la direction, ne pouvoient guère rien
entreprendre sans consulter le peuple ; et
Tarquin le Surperbe ne fut détrôné que
parce qu'il ne consultoit ni le peuple ni le
sénat. C'est donc avec raison qu'on a appellé
le peuple romain, un peuple souverain, un
peuple roi, *populum imperatorem*, *populum latè*
regem. Il s'agit maintenant de voir comment ce
peuple exerçoit sa souveraineté. Nous avons
déja expliqué les divisions en trois ordres,
en patrons et en cliens ; nous allons parler de
ses autres divisions en tribus, en curies, en
centuries : car c'étoit dans les comices ou
assemblées par tribus, par curies ou par centuries, qu'il manifestoit sa volonté souveraine.

Des tribus.

La division du peuple romain en tribus et
en curies doit son origine à Romulus, selon
le grand nombre des historiens. Ce monarque
le divisa en trois tribus (1), et chaque tribu
en dix portions nommées curies. Nous par-

(1) Denys d'Hal., liv. 2.

C 4

lerons ensuite des curies, nous allons nous occuper d'abord des tribus. Chaque tribu avoit son chef appellé tribun. Elle fournissoit mille hommes d'infanterie, et c'étoit le tribun qui les commandoit. Outre les mille hommes d'infanterie, chaque tribu fournissoit cent cavaliers. Ainsi les forces de Rome, aucommencement du règne de Romulus, se réduisoient à trois mille hommes de pié, et trois cents chevaux, qui formoient la légion. Ce prince, dit-on, assigna aux trois tribus trois différens quartiers de Rome. La première occupa le mont Célius et le mont Palatin, C'étoit celles des *Rhamnenses*, nom qui lui vint de celui de Romulus: elle étoit composée d'hommes que Romulus avoit amenés avec lui, de Grecs habitans du Latium, et d'Albains. La seconde eut pour son partage le mont capitolin et le mont quirinal: c'étoit celle des *Tatiens*, nom dérivé de celui du roi Tatius, que Romulus reçut dans Rome avec ses Sabins, après avoir mis fin à la guerre entre ce prince et lui. La troisième habita la plaine qui est entre le mont palatin et le mont capitolin et autour du forum: c'étoit celle des *Luceres*; on ne sait pas au juste l'étymologie de ce mot. Cependant le nombre des citoyens ayant aug-

menté considérablement , Servius Tullius
agrandit l'enceinte de la ville. Il y renferma
le mont viminal et le mont esquilin, divisa
Rome en quatre quartiers, et y établit tout
autant de tribus (1), à chacune desquelles
il donna le nom d'un de ces quartiers. Voici
ces noms, *la Suburane*, *l'Esquiline*, *la Colline*,
la Palatine. A ces quatre tribus, il en ajouta
quinze autres , composées des habitans de la
campagne. Elles empruntèrent d'abord leurs
noms, comme celles de la ville, des lieux où
elles étoient établies ; mais dans la suite la
plûpart prirent ceux des plus illustres familles
qu'elles renfermoient. Sous Servius Tullius,
toutes les tribus se montoient donc à dix-
neuf. Mais à mesure que le peuple romain
augmentoit , les censeurs avoient soin d'en
ajouter de nouvelles ; ce qui les fit monter
jusqu'à trente cinq. Ce nombre se conserva
toujours le même , ainsi que l'ancienne distinction des tribus de la ville et des tribus de la
campagne. Ce fut sous la censure de Fabius
Maximus, l'an 449 de Rome, que les derniers
du peuple, les artisans et les affranchis , furent
mis dans les tribus de la ville (2), et que les

(1) Denys d'Hal. , liv. 7.
(2) Tite-Live , épitome 20.

citoyens honnêtes passèrent tous dans les
tribus de la campagne. C'étoit même une
espèce de flétrissure, lorsque les censeurs transféroient un citoyen d'une tribu de la campagne
dans une tribu de la ville. On joignoit ordinairement au nom et au surnom d'une personne
celui de la tribu dont elle étoit, et même on
plaçoit le nom de la tribu avant le surnom,
de cette manière : *Servius Sulpicius Quinti filius
Lemoniâ Rufus* (1).

Des Curies.

Romulus, après avoir partagé le peuple
romain en trois tribus, partagea encore chacune de ces tribus en dix curies (2) ou quartiers,
de sorte que toute la ville étoit divisée en
trente curies. Quoiqu'il n'y eût que la ville seule
qui fût partagée en curies, tous les citoyens
romains, soit qu'ils demeurassent dans la ville
ou à la campagne, étoient d'une de ces curies.
Il en fut du moins de la sorte, tant que les
curies eurent la plus grande part au gouvernement : car dès qu'on cessa de recueillir les
suffrages du peuple par curies, il y a bien de

(1) Cic. Phil. 9 , ch. 7.
(2) Den. d'Hal., liv. 2.

l'apparence que beaucoup d'habitans de la campagne négligèrent de se faire aggréger à quelqu'une des curies. Il n'y eut donc plus guère
que les habitans de la ville qui fussent membre des curies : tous ceux qui étoient de quelque colonie ou ville municipale, avoient leur
curie particulière dans le lieu de leur demeure,
et n'étoient admis dans les curies de Rome,
que lorsque y transférant leur domicile, ils
s'attachoient au culte particulier de la divinité
tutélaire d'une curie.

Ces curies revenoient assez à ce que nous
appellons paroisses. Elles avoient chacune leur
temple, leurs sacrifices, leurs fêtes et leur
service particulier, de même que leur prêtre,
qu'on appelloit curion, ou chef de la curie,
magister curiæ. Ces prêtres relevoient tous du
grand curion, *curio maximus*, duquel ils dépendoient, et qui avoit soin qu'ils fissent observer les cérémonies religieuses dans leurs
curies. Chaque curie s'assembloit tous les ans :
après les sacrifices, tous les membres de la
curie assistoient à un repas solemnel qui se
faisoit à l'occasion de la fête, et qui contribuoit à entretenir l'union entre les citoyens.
Nous avons vu plus haut que le nombre des
tribus avoit beaucoup augmenté : celui des

curies demeura toujours le même , et ne passé
jamais le nombre de trente.

Des classes et centuries.

Lorsque le peuple romain donnoit ses suffrages par curies , le suffrage du plus riche et
du plus puissant des citoyens n'avoit pas plus
de poids que celui du plus pauvre. Servius
Tullius (1) , qui s'étoit élevé sur le trône par
la faveur du sénat , et qui cherchoit à le récompenser du zèle qu'il avoit témoigné pour
ses intérêts , inventa une nouvelle distribution
du peuple romain en classes et centuries. Dans
cette nouvelle manière de recueillir les suffrages , ceux des riches devoient toujours l'emporter sur ceux des derniers citoyens qui n'y
paroissoient que pour la forme. Mais comme
d'un autre côté ce roi avoit besoin de la faveur
du peuple pour faire confirmer son élection
par ses suffrages , il trouva moyen , par la
nouvelle forme qu'il introduisit dans le gouvernement , de contenter le peuple lui-même ,
en le déchargeant du tribut et du service , qui,
avant cette nouvelle disposition , tomboient

(1) Tite-Live , l. 1 , ch. 43. Den. d'Hal. l. 4.

également sur les pauvres et sur les riches;
Dans la distribution par classes et par centuries ,
tout étoit proportionné aux facultés des citoyens , suffrages , service militaire , contributions pour les besoins de l'état. Ce fut pour
connoître exactement ces facultés , que Servius
institua le cens.

Le cens (1) étoit une revue ou dénombrement général du peuple romain , dans lequel
on dressoit un registre exact du nom , de l'âge et
des facultés de chaque citoyen. Servius ordonna que tout citoyen romain , soit qu'il
habitât dans la ville , à la campagne , ou ailleurs , eût à apporter un état exact , certifié
par un serment , de ses biens , du nom de sa
femme , du nombre et de l'âge de ses enfans ,
de ses esclaves , de ses affranchis , et du lieu
de son domicile , sous peine , pour les contrevenans , de voir leurs biens confisqués , d'être
battus de verges et vendus comme esclaves.

Après avoir ainsi dressé un registre des facultés de chaque citoyen , il les distribua ,
selon la quantité de leurs revenus , en six
classes , et subdvidisa chaque classe en centuries. La première classe étoit composée de

(1) Den. d'Hal. , liv. 4.

ceux dont les revenus montoient au moins à
cent mille as ou livres de cuivre ; car originairement l'as avoit été une livre de cuivre.
L'as valoit environ un sou de notre monnoie ; ainsi cent mille as faisoient environ cinq
mille de nos livres. Quoique cette classe dût
être la moins nombreuse , elle étoit composée
de plus de centuries que toutes les autres ensemble , et les suffrages se comptoient par le
nombre des centuries. Il y avoit quarante centuries de jeunes gens , qui devoient être prêts
à marcher toutes les fois que l'occasion le re-
quéroit, et quarante de gens âgés , qui devoient
rester pour garder la ville. Servius mit encore
dans cette classe les dix-huit centuries de chevaliers. Cette première classe étoit donc composée de 98 centuries. La seconde classe ne
comprenoit que ving-deux centuries de ceux
dont la fortune étoit estimée au moins
soixante et quinze mille as , trois mille
sept cents cinquante de nos livres. Il y en
avoit dix de jeunes gens , dix de gens âgés ,
et deux de ceux qui avoient la direction des
machines de guerre. Tite-Live place ces deux
centuries dans la première classe. La troisième
classe étoit composée de ceux qui possédoient
au moins la valeur de cinquante mille as , deux

mille cinq cents de nos livres ; la quatrième ;
de ceux qui en possédoient au moins vingt-
cinq mille, douze cents cinquante de nos livres.
Il n'y avoit que vingt centuries dans la troisième classe , et vingt-deux dans la quatrième ,
en comptant les deux de joueurs d'instrumens
et d'huissiers, que Tite-Live ne met que dans
la cinquième classe , où l'on comptoit trente
centuries de ceux dont les revenus montoient
au moins à douze mille cinq cents as , six
cents vingt-cinq de nos livres. La dernière classe,
quoique la plus nombreuse , ne formoit qu'une
seule centurie , laquelle étoit d'une si petite
considération , que plusieurs écrivains ne la
font pas seulement entrer en ligne de compte,
et ne font mention que de cinq classes. On
appelloit ceux dont elle étoit composée prolé-
taires, *proletarii*, comme ne servant l'état
que par les enfans qu'ils élevoient. On les appelloit encore *capite censi* , parce qu'ils ne servoient qu'à faire nombre étant exempts d'aller
à la guerre , et ne payant aucune taxe à cause
de leur pauvreté. Chacune de ces classes étoit
muni d'armes plus ou moins honorables selon
ses richesses , et formoit différens degrés dans
la milice. La cinquième classe n'étoit armée que
de frondes ; placées hors des rangs , elle étoit

distribuée sur les ailes , et dans les intervalles
des différens corps dont la légion étoit composée. Quant à la dernière classe , l'unique
centurie qu'elle formoit ne servit guère que
dans la marine , jusqu'au tems de Marius ,
qui enrôla dans les légions les affranchis et les
derniers du peuple.

S'il y avoit un si grand nombre de centuries
de riches citoyens , beaucoup moins de ceux
qui n'étoient que médiocrement riches , si
enfin les plus pauvres ne formoient tous ensemble qu'une seule centurie , cela fut sans doute ,
l'effet de la politique de Servius. Ce prince
voulant exclure le simple peuple du gouvernement , forma un grand nombre de centuries
des riches , tandis qu'il n'en forma qu'une seule
des plus pauvres , qui ne paroissoient dans
les comices que pour la forme , et pour que
les derniers du peuple ne parussent pas tout à
fait privés du droit de suffrage. Mais s'il voulut
que les riches et les principaux citoyens eussent
la plus grande influence dans les comices, il
eut aussi en vue de soulager les pauvres en
faisant tomber les principales charges sur ceux
qui avoient le plus de richesses : car les tribus
ne se leverent plus par tête, comme auparavant ;
on se régla sur les facultés de chacun. Ce furent
aussi

aussi les riches qui se trouvèrent chargés de tout le fardeau de la guerre. Comme , malgré leur petit nombre ; ils formoient beaucoup de centuries , et qu'ils étoient enrôlés suivant cette proportion , ils servoient presque sans relâche. Personne n'étant plus intéressé au salut de l'état que ceux qui ont le plus à perdre , la république ne pouvoit employer de soldats plus sûrs et plus fidèles. Servius , dans son nouvel arrangement , laissa les curies sur l'ancien pied ; et le seul changement qu'il y eut à cet égard , c'est qu'il ôta aux comices des curies la décision des affaires les plus importantes pour la transférer aux comices par centuries.

Il est clair et généralement convenu que les curies n'avoient rien de commun avec les centuries. Quant aux tribus , Tite-Live (1) s'exprime à ce sujet bien formellement. Il ne faut pas être surpris , dit-il , si le nombre des tribus ayant augmenté jusqu'à trente - cinq , elles avoient de son tems avec les centuries un rapport qu'elles n'avoient pas eu du tems de Servius et au commencement de la république. Il arriva lepuis des changemens , et les tribus se divisè-nt en centuries. Chaque tribu comprenoit des

(1) L. 1 , ch. 43.

citoyens de toutes les différentes classes dont on tint registre par tribu. Comme il y avoit quatre-vingt-dix-huit centuries dans la première classe , une tribu en devoit comprendre plusieurs ; excepté peut-être les tribus de la ville, qui étoient remplies des hommes de la dernière classe. Ainsi lorsque le peuple s'assembloit pour les comices des centuries , il se formoit d'abord par tribus , et ensuite se partageoit en centuries pour donner ses suffrages.

Ces trois différentes divisions du peuple romain en tribus , en curies , en centuries ; durèrent autant que la république, de même que l'usage d'assembler le peuple et de recueillir les suffrages de ces trois différentes manières.

Des comices en général.

Comices à *cumire* (1) , s'assssembler , se réunir dans le même lieu. On appelloit comices , les assemblées générales du peuple romain; dans lesquelles les affaires les plus importantes se décidoient par la pluralité des suffrages. On appelloit aussi comice , cette partie du *forum* ou place publique qui étoit au pié du Capitole ;

(1) Festus Pompéaus , au mot *comitiaks,*

où s'assembloient les comices par curies , et quelquefois ceux par tribus. C'étoit là aussi qu'étoit la tribune aux harangues , d'où l'on proposoit des loix au peuple et d'où on le haranguoit. C'étoit toujours un magistrat, ou, au défaut d'un magistrat , l'interroi, qui convoquoit ces assemblées , qui les présidoit , et qui les dirigeoit. Les assemblées n'avoient jamais qu'un président ; si plusieurs magistrats avoient droit de les présider , ils s'arrangeoient entre eux ou tiroient au sort (1). On traitoit dans les comices , de toutes les affaires dont le peuple , en vertu de sa souveraineté , étoit en droit de prendre connoissance. On y conféroit les magistratures et quelques sacerdoces ; on y faisoit des loix ; on y décidoit de la paix ou de la guerre ; enfin on y jugeoit en dernier ressort quelques causes importantes. Les comices par curies s'assembloient toujours dans le comice , dans la partie du *forum* dont nous avons parlé plus haut. Ceux par centuries s'assembloient toujours au champ-de-Mars. Ceux par tribus s'assembloient au champ-de-Mars lorsqu'ils s'agissoit de l'élection des magistrats , et dans le comice lorsqu'il falloit faire une loi

(1) Tite-Live, l. 3 , ch. 35 et 64.

ou juger une cause. On nommoit jours comitiaux, *dies comitiales*, certains jours marqués,
hors desquels il n'étoit pas permis d'assembler
le peuple, ni de lui proposer aucune affaire.

Il y avoit, comme nous l'avons dit déja,
autant de comices qu'il y avoit de divisions du
peuple romain, comices par tribus, comices
par curies, comices par centuries. Ce qu'on appelloit *comitia kalata*, ne constituent point une
quatrième sorte de comices, puisqu'on donnoit
ce nom aux comices par curies, lorsqu'ils
étoient convoqués pour conférer quelques sacerdoces, ou lorsqu'un particulier y faisoit son
testament d'une certaine manière (1). Nous
suivrons l'ordre des tems où les trois sortes de
comices eurent lieu, et nous parlerons d'abord
des comices par curies, ensuite des comices par
centuries, enfin des comices par tribus.

Des comices par curies.

On appelloit comices par curies les assemblées générales où le peuple romain donnoit
ses suffrages selon sa division en curies ; de
sorte que ce que la plus grande partie des curies

(1) Aulugelle, l. 25, ch. 27.

avoit ordonné, étoit censé la volonté du peuple. Comme le peuple étoit partagé en trente
curies, dès que les suffrages de seize curies se
trouvoient réunies, l'affaire étoit décidée et
l'assemblée congédiée. Le magistrat (1) qui
présidoit, après avoir fait convoquer l'assemblée par les licteurs ou par un crieur public,
faisoit un discours au peuple où il lui exposoit
l'affaire dont il étoit question. Il lui ordonnoit
ensuite de se partager en curies, et on tiroit au
sort l'ordre dans lequel chacune donneroit son
suffrage. Celle dont le nom sortoit le premier
s'appelloit *printipium*, et son nom étoit mis à
la tête du décret rédigé d'après ce qui avoit été
ordonné dans les comices (2). Ces comices
ne pouvoient se tenir sans qu'il y assistât des
augures qui prenoient les auspices ; et tant que
les patriciens eurent seuls les auspices, ils furent
toujours les maîtres d'empêcher ces assemblées
ou de les rompre, dès qu'ils voyoient que les
affaires pouvoient y prendre ou y prenoient un
tour contraire à leurs vues. Outre cela, ce qui
avoit été résolu dans ces mêmes comices, ne
pouvoit avoir force de loi à moins qu'il n'eût

(1) Aulugelle, l. 15, ch. 27.
(2) Tite-Live, l. 9, ch. 38.

D 3

été ratifié par un sénatusconsulte (1). Les curies s'assembloient toujours dans le lieu nommé comice, qui faisoit partie du *forum* ou place publique.

Au commencement, toutes les affaires dont le peuple décidoit se portoient devant les comices par curies. Servius Tullius diminua beaucoup leur autorité, en établissant une nouvelle manière de recueillir les suffrages par classes et centuries. Les curies néanmoins ne furent pas abolies entièrement, et quelques affaires leur furent reservées. On voit que Brutus, après avoir affranchi Rome de la tyrannie des Tarquins, fit confirmer par les suffrages des curies la loi qui déclaroit ce prince déchu de la couronne, et qui le condamnoit à l'exil (2). Il fit encore confirmer, par les mêmes comices, la nouvelle forme de gouvernement qu'il vouloit établir ; il fallut aussi que les curies consentissent que l'élection des consuls se fit par les suffrages des centuries. Les adoptions des personnes qui n'étoient plus sous le pouvoir paternel, ne pouvoient se faire qu'en vertu d'un décret des mêmes curies, parce qu'un citoyen

(1) Den. d'Hal., liv. 2.

[2] Den. d'Hal., l. 4.

romain ne pouvoit changer d'état sans le consentement du peuple. Le collége (1) des pontifes étoit chargé de prendre connoissance de
ces sortes d'adoptions, et c'étoit sur leur rapport que se formoit le décret des curies.
Auguste, qui affectoit de paroître attaché
aux anciens usages, fit confirmer dans les
comices par curies son adoption de Tibère et
d'Agrippa César (2). Il paroît même que ce genre
d'adoption se confirma toujours dans les comices par curies jusqu'au règne de Dioclétien.
C'étoit dans les comices par curies que se faisoient anciennement les testamens ; et alors
ces comices s'appelloient *kalata*. Lorsqu'un
citoyen vouloit disposer de son bien autrement
que la loi n'en disposit dans les successions
ab intestat (3), il falloit le consentement du
peuple pour agir contre une loi que ce même
peuple avoit établie. Ainsi le testateur pronon-
çois à haute voix le nom de celui qu'il insti-
tuoit son héritier, et le peuple ratifioit cette
disposition par ses suffrages. C'étoit encore
dans ces comices qu'un testateur chargeoit son

(1) V. Grouchi, l. 3, ch. 3.

(2) Suet. vie d'Aug.

(3) I. Institut. de testam.

héritier ou son légataire, du soin de certains sacrifices, de certaines cérémonies religieuses qu'il attachoit à l'hérédité, comme s'étant toujours pratiquées dans sa famille. L'héritier s'engageoit donc devant le peuple à conserver le culte et les sacrifices particuliers à la famille du testateur. Quelques sacerdoces, tels que ceux des flamines ou grands prêtres de Jupiter, de Mars, de Quirinus et autres, et celui de grand curion, se conféroient dans les mêmes comices. Tite-Live (1) nous apprend que le rappel de Camille exilé fut résolu dans les comices par curies ; mais ce cas est tout-à-fait extraordinaire. C'étoit toujours un des principaux magistrats qui convoquoit ces comices et qui les présidoit, parce qu'il falloit avoir le droit de prendre les auspices. Les magistrats inférieurs n'ayant pas les grands auspices, ne pouvoient les présider. Les curies ne pouvoient donc être convoquées que par les consuls, les préteurs, le dictateur et l'interroi. Il y a toute aparence que, dans les comices par curies, il n'y avoit que ceux qui habitoient à Rome ou sur son territoire qui eussent droit d'y voter (2), et que

(1) L. 27, ch. 8.
(2) V. Grouchi, l. 3, ch. 3.

l'on cessa de les assembler réellement ; que
l'on se contenta de les faire représenter par les
trente licteurs , pour confirmer les élections
faites par les centuries ou par les tribus , depuis
que le droit de cité romaine eut été commu-
niqué à divers peuples d'Italie.

Loi curiate.

Avant de parler des comices par centuries ,
nous allons dire quelque mots de la loi curiate ,
qui n'étoit autre chose que la décision des comices
par curies. Les principaux magistrats , tels que
les consuls et les préteurs , étoient nommés
dans les comices par centuries. Or, soit qu'étant
actuellement en charge ils dussent être employés dans le commandement des armées ,
soit qu'au sortir de charge , ils dussent remplir,
en qualité de proconsuls et de propréteurs , des
gouvernemens de provinces , ils ne pouvoient
ni commander les armées , ni gouverner les
provinces , sans être autorisés par une loi curiate,
c'est-à-dire par un décret des curies assemblées.
Il y avoit des citoyens qui n'étant pourvus d'aucune magistrature , étoient chargés extraordinairement de quelque expédition ou de quelque
guerre importante , avec le titre de proconsuls

ou de propréteurs. Ils obtenoient ordinairement ce titre par les suffrages des tribus , et
ensuite se faisoient conférer le pouvoir militaire
par les curies. Ainsi eux et les autres avoient
besoin de doubles comices : dans les premiers
se faisoit leur élection ; dans les seconds on les
revêtoit du pouvoir militaire. Anciennement
on assembloit toutes les curies , et elles donnoient leurs suffrages sur ce sujet comme sur
d'autres affaires ; mais par la suite , pour ne
point abolir un ancien usage et pour conserver
les auspices , on se contenta d'assembler les
trente licteurs , qui représentoient les trente
curies (1). Tels sont , sans doute , les doubles
comices dont parle Cicéron dans une de ses
harangues contre Rullus. Comme il est jaloux ,
dans cette harangue , de faire valoir le pouvoir
du peuple , il dit , par une espèce d'exagéra-
tion oratoire , que le peuple prononçoit deux
fois sur les mêmes magistrats , et que, dans les
seconds comices , les comices par curies , il
pouvoit confirmer ou retracter l'élection des
magistrats qu'il avoit faite lui-même , quoique
ces comices ne se tinssent plus que pour la
forme. Il dit que les censeurs n'avoient besoin

_____

(1) Cic. second disc. sur la loi agraire , ch. 12.

que des comices par centuries , parce que ces magistrats devant rester à Rome , ne devant jamais prendre le commandement des armées , n'avoient pas besoin de loi curiate , d'un décret des curies.

Il semble qu'il ne devoit pas être difficile d'obtenir la loi curiate , dans des cas où les comices par curies ne se tenoient que pour la forme , où l'on se contentoit même d'assembler les trente licteurs qui devoient les représenter. Nous voyons cependant qu'Appius-Claudius (1), consul en 699 , trouvoit tant de difficultés à l'obtenir , qu'il étoit résolu d'aller , au sortir du consulat , dans le gouvernement de Cilicie que le sénat lui avoit assigné , sans se faire autoriser par la loi curiate. On peut à ce sujet se faire trois questions : quelles difficultés pouvoient empêcher la loi curiate ? quels avantages en retiroit celui qui l'avoit obtenue ? un gouverneur de province pouvoit-il s'en passer ? La première et la principale difficulté étoit l'opposition d'un tribun du peuple , qui suffisoit pour empêcher la tenue des comices , ou pour en rendre nulles les décisions. De plus ,

(1) Cic. ép. fam. l. 1, ép. 9, à Atticus, l. 4, ép. 16, à Quintus, l. 2, ép. 2.

un magistrat annonçoit que tel jour où les comices devoient se tenir, il prendroit les auspices ;
et ce jour devenoit un jour de fête auquel il
n'étoit pas permis de porter une affaire devant
le peuple, ni de recueillir ses suffrages. Enfin
trois augures devoient assister à la loi curiate,
et tout autre augure pouvoit rompre l'assemblée
en disant à un autre jour, *alio die*, sous prétexte qu'il avoit trouvé quelque défaut dans
les auspices. Appius rencontrant de toutes parts
des obstacles qu'il ne put lever, et désespé-
rant de pouvoir obtenir la loi curiate, résolut
de partir pour son gouvernement, et de se
passer de tous les avantages que procuroit
cette loi.

Un premier avantage c'est qu'en conséquence de la loi curiate, il se dressoit un
sénatusconsulte qui défrayoit le proconsul et
toute sa suite depuis son départ de Rome jusqu'à son retour. Un second avantage, c'est que
le même sénatusconsulte régloit le nombre des
troupes qui devoient être aux ordres du proconsul, soit en recrutant les légions que lui
remettoit son prédécesseur, soit en l'autorisant
à faire de nouvelles levées. Un troisième avantage que perdoit le proconsul, étant dépourvu
de la loi curiate, c'est que si faisant la guerre

il avoit des succès assez considérables pour obtenir le triomphe , on le lui refusoit sous prétexte qu'il n'avoit pas été autorisé par le peuple
dans le commandement des armées.

Appius Claudius pressé d'aller prendre possession d'un gouvernement qu'il regardoit
comme un moyen sûr de s'enrichir , partit
sans être autorisé par la loi curiate. [Cicéron
parle de son procédé comme étant presque
sans exemple ; mais il convient en même tems
que rien n'obligeoit Appius à se munir de cette
loi , et qu'il pouvoit , sous la seule autorité
du sénat , prendre possession et jouir de son
gouvernement. La loi curiate n'étoit donc pas
absolument nécessaire aux proconsuls et aux
propréteurs ; et losrqu'ils n'avoient pu l'obtenir , ils étoient simplement privés de quelques avantages.

Les comices par curies avoient encore le
droit de confirmer les élections faites dans les
comices par tribus , mais seulement pour la
forme , et pour suppléer au défaut des auspices
dans ces derniers comices ; car on ne voit pas
que les curies aient jamais révoqué les élections que les tribus avoient faites. Nous expliquerons la raison de cette formalité en parlant des comices par tribus.

Des comices par centuries.

Nous avons parlé des comices par curies qui furent les premiers en usage. La seconde sorte de comices étoit lorsque les suffrages du peuple se recueilloient selon sa distribution en classes et en centuries ; de sorte que ce qui avoit été décidé par le plus grand nombre de centuries avoit force de loi. Ces assemblées étoient les plus solemnelles ; elles sont appellées par Denys d'Halicarnasse (1) les grands comices ; et c'est le nom qui leur est donné dans les loix des douze tables , *maximus comitiatus.*

Les affaires qui se traitoient dans ces comices étoient de trois sortes. Premièrement on y créoit les principaux magistrats ; secondement on y faisoit des loix ; troisièmement enfin on y jugeoit du crime de perduellion , ou de lèze-majesté au premier chef. Les magistrats qui se créoient dans ces comices étoient les consuls , les censeurs et les préteurs. Le seul sacerdoce qui se conférât dans ces grandes assemblées étoit celui de roi des sacrifices. Quoique ce sacerdoce ne fût qu'une dignité à laquelle n'é-

_____

(1) L. 4, de ses antiq. rom.

toit attaché aucun pouvoir , il se conféroit
par les suffrages du peuple comme une des
principales magistratures. Presque toutes les
loix qui étoient proposées par les principaux
magistrats se confirmoient dans les comices
par centuries , excepté quelques-unes que nous
avons vu être réservées au comices par curies.
Les loix les plus générales et les plus solemnelles se confirmoient dans les grands comices ,
et portoient proprement le nom de loix ; au
lieu qu'on appelloit plébiscites celles qui se
faisoient dans les comices par tribus. C'étoit
encore dans les comices par centuries que se
décidoit la déclaration de guerre ; dans les
comices par tribus on régloit les traités de paix
et d'alliance (1). Les comices par centuries pre-
noïent connoissance de certains crimes capitaux , entre autres de celui de perduellion ,
ou de lèze-majesté au premier chef , que l'on
nomme chez nous haute trahison. La loi des
douze tables portoit qu'aucun citoyen ne pourroit être condamné à la mort ou à l'exil que
dans les grands comices , c'est-à-dire , dans les
comices par centuries. *De capite civis nisi per
maximum comitiatum ne ferunto* (2). Ancienne-

(1) Tite-Live , l. 4, ch. 30 , l. 31 , ch. 6 et 7.
(2) Cic. l. 3 des loix , ch. 4 , plaid. pour Sextius ,
chap. 34.

ment *perduellis* signifioit la même chose qu'*hostis*, ennemi public. *Perduellis*, dit Ulpien, *est qui hostili in rempublicam animo deprehenditur*, celui-là est coupable de perduellion qui est convaincu d'être animé contre la république de sentimens hostiles. Le crime de perduellion différoit du *crime de majesté*. On étoit coupable de crime de perduellion, lorsqu'au mépris des loix Porcia et Sempronia, on avoit traité un citoyen comme un étranger, en le faisant battre de verges, ou en lui faisant souffrir un supplice réservé aux esclaves. Le droit de cité romaine se conférant par les suffrages du peuple, il étoit juste que ceux qui en violoient les priviléges fussent jugés par le peuple. Ceux qui avoient voulu envahir la souveraineté, ce que Tite-Live appelle *crimen regni*, ceux qui avoient trahi l'état ou machiné sa ruine, étoient coupables de perduellion, et jugés dans les comices par centuries. Mais on tenoit pour coupable de lèze-majesté, ou comme on disoit simplement, *de majesté*, celui qui avoit excité dans l'armée une sédition, ou qui s'étoit opposé à un magistrat agissant selon le pouvoir de sa charge.

Il n'y avoit que les principaux magistrats, tels que les consuls, les préteurs, le dicta-

teur

teur et l'interrroi qui fussent en droit de convoquer les comices par centuries et de les présider. Les consuls tiroient au sort ou convenoient ensemble de celui des deux qui les diri-
geroit. S'il y en avoit un d'absent , c'étoit celui
qui étoit à Rome qui présidoit l'assemblée. Si
l'un et l'autre étoient absens , un des préteurs
présidoit les comices , ou le sénat ordonnoit
qu'il fût nommé un dictateur pour les présider (1). Si la république par quelque événement extraordinaire se trouvoit sans magistrats , on nommoit parmi les patriciens un interroi (*interrex*) dont l'autorité duroit cinq
jours. Celui-ci nommoit son successeur , et
ainsi de suite jusqu'à la tenue des comices. Le
premier interroi ne pouvoit convoquer les comices ; il n'y avoit que les suivans , et encore ne le pouvoient-ils que pour créer des
magistrats et non pour faire de nouvelles
loix (2).

Tous les citoyens romains , soit qu'ils fussent habitans de Rome , soit qu'ils fussent de
quelque colonie ou ville municipale jouissant
du droit de suffrage , pouvoient se trouver à

(1) Tite-Live , l. 7 , ch. 24 et 26.

(2) Tite-Live , l. 3 , ch. 8 , et l. 8 , ch. 17.

ces comices et y voter. Ainsi tous les habitans
de l'Italie eurent droit d'y voter après la loi
Julia , par laquelle toute l'Italie acquit le droit
de cité romaine , et le droit de donner ses suffrages dans les comices.

On annonçoit pendant trois jours de marché
consécutifs le jour auquel devoient se tenir les
comices , et on exposoit par des affiches l'affaire qui devoit s'y traiter , afin que tous les
citoyens romains , tant ceux qui habitoient à
Rome que ceux qui demeuroient à la campagne ,
pussent en prendre connoissance (1). Ces marchés se tenoient de neuf en neuf jours ; et on
observoit de mettre toujours cet intervalle entre
la convocation et la tenue des comices , soit
qu'on dût y proposer de nouvelles loix , soit
qu'on dût y élire de nouveaux magistrats. On
observoit sur-tont ce terme , lorsque quelqu'un
étoit cité en jugement , devant l'assemblée du
peuple , afin qu'il eût le tems de chercher des
défenseurs et de préparer ses moyens de défense (2). S'il s'agissoit d'établir une loi nouvelle , on en affichoit les principaux articles ,
pour que chacun pût l'examiner , et juger s'il

(1) Den. d'Hal. , l. 7.

(2) Cic. pour sa maison , ch. 17.

devoit la confirmer par son suffrage ou la rejetter. Les jours de marché, l'auteur de la loi
la faisoit lire en public ; et montant à la tribune aux harangues, il la recommandoit lui-
même au peuple, ou il engageoit quelqu'un
de ses amis à en faire valoir tous les avantages.
Ceux qui désapprouvoient la loi, l'attaquoient
par des harangues également fortes, et chacun
de son côté s'efforçoit de faire entrer le peuple
dans ses sentimens. Nous avons encore la harangue de Cicéron, où il appuie la proposition du tribun Manilius. Il nous reste aussi
ses harangues pleines de feu contre le tribun
Rullus qui proposoit de partager au simple
peuple les terres de la Campanie.

Les jours des comices, on prenoit les auspices
dans l'enceinte de la ville. Le magistrat qui
devoit présider les comices, se faisoit accompagner d'un augure, qui observoit les signes
du ciel, et autres auxquels on faisoit attention
dans ces circonstances. Si les signes étoient
de mauvais présage, l'augure les déclaroit en
disant; *alio die*, il faut remettre à un autre jour (1).
Dans les derniers tems de la république, les
auspices ne servirent plus que de prétexte à

_____

(1) Cic. 2, phil. ch. 32.

E 2

ceux qui vouloient empêcher le peuple de confirmer par ses suffrages quelque décret contraire à leurs vues. Il y avoit des jours comitiaux, *dies comitiales*, jours marqués, hors desquels il n'étoit point permis d'assembler le peuple en comices, ni de lui proposer aucune affaire. Lorsque le magistrat avoit fait les sacrifices ordinaires, consulté les auspices et les entrailles des victimes, le peuple se rendoit au champ-de-Mars. Car il n'étoit pas permis d'assembler les comices dans l'intérieur de Rome : les Romains se faisoient un scrupule d'offrir dans la ville la simple apparence d'une armée ; et anciennement, selon l'institution de Servius, le peuple s'assembloit en armes, comme on le voit dans Denys-d'Halicarnasse (1). Rome étoit environnée d'ennemis, on craignoit toujours quelque surprise ; de sorte que, pendant qu'une partie du peuple donnoit ses suffrages, l'autre faisoit la garde sur le Janicule. Dès que cette garde partoit, et que l'étendard qu'on y arboroit étoit enlevé, les comices étoient rompus, et l'on se séparoit. Divers empêche-mens pouvoient interrompre les comices assem-blés. On pouvoit annoncer par exemple, que

(1) L. 4, de ses antiq. rom.

les auspices n'étoient pas favorables, ou qu'il avoit tonné, ou que quelqu'un venoit de tomber dans une épilepsie ou mal caduc, qu'on nommoit apparemment à cause de cela *morbus comitialis*. Les tribuns du peuple pouvoient aussi les interrompre par ce mot solemnel *veto*, je m'oppose (1). Tout autre magistrat, égal ou supérieur en pouvoir à celui qui présidoit les comices, pouvoit mettre obstacle à leur tenue. Un orage qui survenoit mettoit fin aux comices, de manière cependant que, s'ils étoient convoqués pour élire des magistrats, les élections faites étoient valides. Rendu au champ-de-Mars le peuple étoit harangué par le magistrat qui présidoit. Souvent même ce magistrat suspendoit les suffrages, lorsqu'il voyoit le peuple près de rejetter la loi proposée par lui, ou de donner son suffrage à un candidat indigne. Alors il adressoit un discours au peuple, pour tâcher de l'entraîner dans son sentiment, ou pour lui recommander quelqu'autre candidat (2).

Avant la loi qui régla que les suffrages seroient donnés par scrutin, le peuple pouvoit

(1) Tite-Live, l. 5, ch. 35. Dion Cassius, l. 40.
(2) Tite-Live, l. 24, ch. 8.

élire le citoyen qu'il vouloit , quand même il eût été absent , ou qu'il ne se fût pas présenté parmi les candidats , à moins que les loix ne missent quelqu'autre empêchement à son élection. On appelloit candidats ceux qui , dans un certain tems prescrit par les loix , se mettoient sur les rangs pour briguer quelque magistrature. Ils étoient appellés candidats , à cause de la robe d'une blancheur éclatante qu'ils portoient pour se faire remarquer. Tous les citoyens distingués à Rome portoient la robe blanche ; mais celles des candidats étoient d'un blanc apprêté avec de la craie , qui les rendoient beaucoup plus éclatantes que celles des autres Romains , et leur attiroit l'attention du peuple. Ils ne portoient pas de tunique sous leur robe , soit pour ôter tout soupçon qu'ils cachassent de l'argent pour acheter les suffrages , soit pour avoir l'air plus humble dans leurs sollicitations , soit enfin pour montrer plus facilement les cicatrices des blessures qu'ils avoient reçues en servant la république. Ils ne pouvoient solliciter sans avoir obtenu l'agrément du magistrat président des comices (1) , lequel examinoit s'ils avoient

(1) Val. Max. , liv. 3 , ch. 8.

l'âge prescrit par les loix, s'ils avoient rempli leurs années de service, s'ils ne s'étoint point rendus coupables de quelque forfait ou de quelque bassesse, et si actuellement ils n'étoient pas poursuivis en justice. Dès qu'ils avoient obtenu l'agrément du magistrat, ils se promenoient tous les jours de marché dans le forum ; et là, saluant par leur nom tous ceux qu'ils rencontroient, ils leur tendoient la main et leur adressoient des paroles obligeantes. Il falloit faire ainsi sa cour au peuple, du moins pendant les trois jours de marché qui précédoient les comices. Souvent (1) on commençoit une année ou deux d'avance, pour se mieux concilier la bienveillance du peuple. Attentifs à nommer chaque citoyen par son nom, les candidats se faisoient accompagner par des esclaves appellés *nomenclatores*, qui leur prononçoient tout bas les noms de ceux qu'ils rencontroient. Le jour des comices, ils se rendoient au champ-de-Mars, accompagnés de leurs amis, et des personnes qui avoient du crédit sur l'esprit du peuple.

Quoiqu'il y eût des loix fort sévères contre les brigues, il étoit permis, ce semble, de promettre

_____

(1) A Atticus, l. 1, ép. 1,

E 4

jusqu'à la concureuce d'une certaine somme, sans encourir la peine de la loi (1) : du moins il y avoit des disttibuteurs autorisés dans chaque tribu, qui partageoient aux membres de la tribu les libéralités du candidat. On les nommoit *divisores* ; et quoique cet emploi ne fût pas fort honorable, il étoit cependant toléré. On appelloit *sequestres* les dépositaires de l'argent qu'on promettoit pour gagner les suffrages des tribus ; *les interprétes* étoient des entremetteurs qui faisoient les conventions pour acheter ces mêmes suffrages en faveur des candidats. On avoit égard dans les comices par centuries à la distribution du peuple en tribus : car quoique la distribution du peuple en centuries, n'eût aucun rapport, suivant l'institution de Servius, avec celle qui se faisoit par tribus, cependant il est souvent fait mention des tribus (2) dans les comices par centuries. Les candidats même, qui devoient être élus dans les comices par centuries, promettoient de faire aux tribus la distribution de leurs largesses.

C'est probablement depuis que le nombre

(1) Suet. vie de César, ch. 19.

(2) Tite-Live, l. 5, ch 15, l. 27, ch. 6, l. 24, ch. 7, l. 26, ch. 22.

des tribus eut été augmenté , jusqu'à trente
cinq , qu'on divisa chaque tribu en centuries :
ce qu'il y a de certain , c'est que , pour les
grands comices, le peuple se rangeoit d'abord
par tribus , et se rendoit ainsi au champ-de-
Mars. Là on tiroit au sort quelle tribu donneroit
la première son suffrage : ensuite le peuple se
partageoit en centuries , et le sort décidoit de
nouveau entre les centuries de la première
classe , qui étoient de cette tribu, laquelle
donneroit la première son suffrage ; et cette
tribu, aussi bien que la centurie, s'appelloit
en latin *prærogativa*. Le suffrage de celle-ci
avoit beaucoup d'influence sur les suffrages
des autres (1), au point que celui qui avoit
réuni en sa faveur les suffrages de la première
centurie regardoit son élection comme certaine ,
et qu'on n'avoit point d'exemple qu'il n'eût
emporté la pluralité des suffrages. On regardoit
donc ce premier suffrage comme décisif ,
comme une marque indubitable du succès des
comices. Lorsque le sort avoit décidé de l'ordre
dans lequel les centuries de chaque classe
devoient donner leurs suffrages, le président
des comices faisoit passer la première centurie

(1) Tite-Live , l. 26 , ch, 22.

dans un endroit du champ environné de bar-
reaux, qu'on appelloit à cause de cela *septum*
ou *ovile*. Pour passer dans cette enceinte, on dressoit de petits ponts qui, par la loi de Marius (1),
furent faits si étroits qu'on ne pouvoit y passer
qu'un à un. A la tête de ces ponts, il y avoit
des officiers nommés *diribitores*, qui distri-
buoient des tablettes à chaque citoyen (2). S'il
s'agissoit d'une affaire que le sénat prît extrêmement à cœur, c'étoient les sénateurs eux-mêmes
qui faisoient cette fonction, comme il arriva
lorsqu'on voulut faire passer la loi qui rap-
pelloit Cicéron de son exil. Cicéron rapporte
lui-même cette circonstance honorable, et il
ajoute que, quand il s'agissoit de quelque
affaire moins importante, les sénateurs se dispensoient d'une telle fonction, en alléguant
leur âge ou leur rang.

Lorsque les comices étoient assemblés pour
l'élection des magistrats, les noms des candidats étoient écrits sur des tablettes, et on remettoit une tablette à chaque votant. S'il falloit que le peuple confirmât ou rejettât une loi
par ses suffrages, on distribuoit à chacun deux

(1) Cic. à Atticus, l. 1, ép. 14.
(2) Cic. har. pour le retour, ch. 11.

tablettes. Sur l'une étoient les lettres initales UR, c'est-à-dire *uti rogas* , comme vous demandez. Celui qui proposoit une loi étoit censé la demander , et le peuple étoit censé lui accorder sa demande. Aussi toutes les loix commençoient-elles par cette formule.... *populum jure rogavit* , *populus jure scivit* (1), tel magistrat , par le droit de sa charge , a demandé au peuple ; le peuple , en vertu de sa souveraineté , a ordonné. Sur l'autre tablette étoit la lettre A. C'est-à-dire , *antiquo* , je casse. S'il s'agissoit d'un jugement , on distribuoit à chacun trois tablettes. Sur la première étoit la lettre A , *absolvo* , j'absous ; sur la seconde C , *condemno* , je condamne ; enfin sur la troisième étoient les lettres N L , c'est-à-dire , *non liquet* , la chose n'est pas claire. Outre les distributeurs des tablettes , il y avoit d'autres personnes préposées à les recevoir , *rogatores* (2) ; ils faisoient mettre les tablettes dans un vase ou urne qui étoit devant eux. Il y avoit encore des inspecteurs , *custodes* , qui prenoient garde à ce qu'il ne se commît aucune fraude. Ceux-ci étoient souvent des personnages de la première dis-

(1) Cic. Phil. I , ch. 10.

(2) Cic. har. pour son retour , dans le sénat , c. II.

tinction , et sur - tout des amis de celui des intérêts duquel il s'agissoit dans ces comices. Ces inspecteurs avoient soin de tirer de l'urne les tablettes , sur lesquelles étoient écrits les noms des candidats, et que les citoyens jettoient dans l'urne , en marquant d'un point le nom du compétiteur qu'ils préféroient. On recueilloit et on comptoit ces points : de-là l'expression d'Horace dans sa poétique , *omne tulit punctum ,* il a réuni tous les suffrages. Dès qu'on avoit recueilli les suffrages de la *prérogative*, ou première centurie , on publioit à haute voix de quel côté se trouvoit la pluralité. Ensuite on appelloit les autres centuries dans l'ordre qui avoit été décidé par le sort. Ces centuries se nommoient *jure vocatæ.* On continuoit à recueillir les suffrages de la même manière , jusqu'à ce que le plus grand nombre des centuries fussent du même avis : ce qu'elles avoient décidé étoit regardé comme décidé en dernier ressort. S'il y avoit égalité de suffrages de part et d'autre dans une centurie , son suffrage étoit nul , excepté dans les causes criminelles , où la centurie qui n'avoit point condamné étoit censée avoir absous (1).

(1) Den. d'Hal. , l. 7.

Après qu'un candidat avoit été proclamé élu à la pluralité des suffrages , le magistrat qui dirigeoit les comices faisoit une prière solemnelle , comme cela se pratiquoit dans presque toutes les occasions , et le proclamoit une seconde fois en présence de tout le peuple (1). Il semble même , si l'on en juge sur un fait rapporté par Valere Maxime , que cette proclamation fût absolument nécessaire. Rien ne faisoit plus d'honneur à un candidat que lorsqu'il réunissoit tous les suffrages des centuries, et lorsqu'entre plusieurs contendans il étoit élu le premier , c'est-à-dire lorsque le premier il obtenoit les suffrages de plus de la moitié des centuries. Car voici comme on procédoit à l'élection , par exemple , des préteurs qui étoient au nombre de huit. Dès que plus de la moitié des centuries s'étoient déclarées en faveur d'un candidat , on n'alloit pas plus loin pour lui , et le premier qui avoit cet avantage étoit proclamé le premier ; le second qui avoit ce même avantage étoit proclamé le second , et ainsi de suite , jusqu'au huitième. Le candidat qui venoit d'être élu , étoit accompagné jusque chez lui par un nombreux cortège tant de ses

_____

(1) Cic. pour Muréna , ch. I.

amis que de plusieurs personnes de distinction et d'une grande foule de peuple.

Depuis que les consuls eurent commencé d'entrer en charge le premier de Janvier, ils convoquoient ordinairement les comices pour faire élire leurs successeurs au mois de juillet ou d'août (1). On s'y prenoit dès ce tems pour trois raisons. Premièrement afin que la république ne demeurât pas dépourvue de magis-trats, et qu'on ne fût pas obligé d'avoir recours à un interroi : car souvent ces comices se trouvoient rompus par des oppositions de tri-buns et par d'autres causes. Sous le consulat de Cicéron, on ne tint les comices pour l'é-lection des consuls qu'au mois d'octobre ; et il dit lui-même qu'il avoit été déclaré trois fois pré-teur par les suffrages des centuries (2) : ce qui marque que ces comices où l'on avoit déjà commencé à recueillir les suffrages, s'étoient trouvés rompus deux fois et remis à d'autres jours. Il arriva même que les comices pour l'élection des consuls, par les obstacles qu'y mirent les tribuns du peuple, ne purent se tenir durant toute l'année 699, et que ce ne fut

(1) Cic. première action contre Verrès, ch. 6.
(2) Cic. contre Pison, ch. 1.

que dans le septième mois de l'année suivante que Messala et Calvinus furent créés consuls pour le reste de l'année (1). La seconde raison qui faisoit procéder de si bonne heure à l'élection des premiers magistrats, étoit pour leur donner le loisir de se former aux affaires, et de s'instruire de l'état présent de la république. Enfin on vouloit avoir le tems d'examiner les élections, et de rechercher si les candidats ne s'étoient point servi de moyens illicites pour gagner les suffrages; auquel cas on les citoit en justice, et s'ils étoient trouvés coupables, on les déposoit, et on procédoit à une élection nouvelle.

Les comices pour l'élection des préteurs se tenoient immédiatement après ceux des consuls: On tenoit à-peu-près dans le même tems les comices pour élire les censeurs : mais il y avoit cette différence, que les censeurs entroient en charge aussitôt après leur élection, au lieu que les consuls et les préteurs n'entroient en fonction que le premier de janvier, à moins que les comices n'eussent été différés jusqu'après cette époque; et alors ils entroient tout de suite en exercice (2).

(1) Dion Cassius, l. 40.
(2) Tite-Live, l. 40, ch. 45 et 46.

Des comices par tribus.

Nous avons vu jusqu'à présent que le peuple romain avoit seul la souveraineté et qu'il l'exerçoit dans des comices ou assemblées générales : mais il l'exerçoit d'une manière si dépendante du sénat qu'elle étoit bien foible et rendue presque nulle. D'abord on ne pouvoit proposer aucune .matière dans les comices , qu'elle n'eût auparavant été débattue dans le sénat, et qu'il n'eût été ordonné par un sénatusconsulte de la porter devant le peuple : lorsqu'elle avoit été résolue par le peuple dans les comices , il falloit encore que la résolution fût ratifiée par un second sénatusconsulte pour qu'elle eût force de loi. De plus , les comices devoient être convoqués par un magistrat supérieur; et les patriciens furent long-tems les seuls en possession des premières magistratures. Enfin les comices ne pouvoient se tenir sans qu'on prît les auspices ; et les mêmes patriciens qui possédoient seuls tous les sacerdoces , étoient aussi les seuls interprètes des signes qu'ils voyoient ou prétendoient voir : ils pouvoient donc , à leur gré et suivant leurs intérêts , ou empêcher la tenue des comices , ou les rompre lorsqu'ils étoient commencés. Il est

vrai

Vrai que le peuple se dégagea peu à peu de
la plûpart des liens dont on embarrassoit
l'exercice de son pouvoir , ou en réduisant
quelques-uns de ces usages à n'être plus que de
vaines formalités , ou en s'ouvrant une entrée
aux premières charges et à une partie des sacerdoces. Mais les grands comices , les comices
par centuries , donnant un trop grand avantage
aux nobles et aux riches , les tribuns du peuple imaginèrent de nouveaux comices , des
comices par tribus , où les suffrages des riches
et des pauvres fussent à-peu-près égaux , des
comices qu'ils pussent convoquer et présider
eux-mêmes sans qu'ils fût besoin ni d'auspices
ni de sénatusconsultes.

La première occasion dont les tribuns se
saisirent pour introduire cette nouvelle forme
d'administration fut le jugement de Coriolan
(1). Ce fier patricien avoit proposé de réprimer
l'orgueil d'une multitude insolente , en la réduisant par la faim à être plus soumise au sénat
et à ses magistrats ; il vouloit qu'on profitât
de la circonstance pour s'affranchir du joug des
tribuns. Ceux-ci résolurent de le perdre ; et
l'appellèrent devant le tribunal du peuple.

(1) Den. d'Hal. , l. 7. Tite-Live , l. 2 , ch. 34.
Tome I. F

Mais ils voyoient que , si sa cause étoit portée
devant les comices par centuries , les riches et
les principaux de l'état, qui dominoient dans
ces assemblées et qui étoient tous dévoués à
Coriolan, le renverroient infailliblement absous.
Ils voulurent donc que cette cause fût jugée
dans une telle forme que le simple peuple y
donnât ses suffrages tout comme les riches, et
que l'égalité y fût entière. Ils insistèrent si
fortement qu'à la fin le sénat fut obligé de
céder : ils convoquèrent pour la première fois,
l'an de Rome 262, les comices par tribus ,
dans lesquels Coriolan fut condamné. Peu
contens de cela , ils obtinrent encore , malgré
la résistance du sénat, que les tribuns du peuple
et les autres magistrats plébéiens seroient
créés dans les mêmes comices (1). Enfin
sentant tout l'avantage qu'ils avoient lorsque
le peuple étoit convoqué par tribus , ils tâ-
chèrent d'attirer à ces comices toutes les affaires,
Les sénateurs cependant et les patriciens continuèrent à prétendre qu'ils n'étoient pas
soumis aux ordonnances du peuple faites dans
les comices par tribus , que la souveraineté
résidoit essentiellement dans les comices par

(1) Den. d'Hal., l. 9. Tite-Live, l. 2, ch. 56.

centuries, où l'on observoit deux loix fonda-
mentales de l'état, négligées dans les comices
par tribus ; loix qui vouloient que les comices
se tinssent sous l'autorité du sénat et qu'on
prît les auspices. Les tribuns soutenoient au
contraire, que le peuple exerçoit d'autant mieux
sa souveraineté que ses suffrages étoient plus
égaux, comme ils l'étoient lorsqu'on les recueilloit par tribus. Cette dispute fut enfin décidée
l'an de Rome 304. Les deux consuls Valérius
et Horatius (1), qui étoient entièrement dans
les intérêts du peuple, firent recevoir une
loi dans les comices par centuries, laquelle
déclaroit que toute ordonnance émanée des
comices par tribus auroit force de loi, sous
le nom de plébiscite.

Cette loi donna une terrible atteinte à l'autorité du sénat, et fournit aux tribuns du peuple
un prétexte d'attirer à eux une infinité d'affaires. Il y en avoit de quatre sortes qui étoient
du ressort des comices par tribus. On y élisoit
quelques magistrats ; on y conféroit quelques
sacerdoces ; on y faisoit des loix ; enfin on y
jugeoit certaines causes. Les magistrats ordinaires que l'on y élisoit, étoient les édiles

_____

(1) Den. d'Hal., l. 11. Tite-Live. l. 3, ch. 55.

curules, les édiles plébéiens , les tribuns du peuple , les questeurs , les triumvirs pour les causes capitales , les triumvirs préposés à la monnoie , les triumvirs nocturnes, chargés de veiller à ce qu'il n'arrivât de nuit aucun désordre dans une grande ville. Ces comices disposoient encore des charges de tribuns de soldats (1); ils nommoient les deux tiers de ces officiers qui devoient servir dans l'armée ; et l'autre tiers étoit à la nomination des généraux. Je ne parle point de plusieurs magistrats inférieurs de la ville, ordinaires et extraordinaires , qui étoient nommés dans les mêmes comices ; je ne parle point de la nomination des proconsuls et des propréteurs, qui appartenoient au peuple de l'aveu même du sénat , et que le sénat avoit insensiblement usurpée (2) : on nommoit encore dans les comices par tribus les triumvirs, les quin-quevirs, les décemvirs pour l'établissement des colonies et pour le partage des terres entre les pauvres citoyens , dont de tems à autre on déchargeoit la ville, *triumviri*, *quinqueviri*, *decemviri*, *coloniis deducendis* ou

(1) Tite-Live , l. 7, ch. 5.
(2) Tite-Live, l. 28, ch. 4.

agris dividendis (1). Ces dignités , quoique inférieures , étoient souvent données à des personnages qui avoient exercé les principales magistratures de la république. Il y avoit aussi quelques sacerdoces qui se conféroient par les suffrages des tribus. Il n'est pas bien sûr que le grand pontife ait été élu, dans les commencemens de la république , par les suffrages du peuple (2). Ce qu'il y a de certain c'est que , du tems de la seconde guerre punique , le peuple conféroit cette dignité ; mais on ne peut dire si les suffrages se recueilloient par tribus ou par centuries. Ils se recueillirent certainement par tribus après la loi Domitia. Les autres prêtres , tels que les pontifes , les augures , les féciaux , les sept épulons , les quindecimvirs préposés aux sacrifices , étoient anciennement élus par le collége des prêtres auquel on les agrégeoit ; mais en 649 Cnæus Domitius , tribun du peuple , transféra ce droit aux comices par tribus (3). Il y avoit ceci de particulier dans les comices qui s'as-

(1) Cic. en plusieurs endroits du 2 disc. contre Rullus.

(2) Tite-Live, l. 25 , ch. 7.

(3) Cic. sec. dis. contre Rullus , ch. 17.

sembloient pour l'élection des prêtres, que
toutes les tribus n'y donnoient pas leurs
suffrages. On en tiroit dix-sept au sort ; et
celui qui réunissoit les suffrages de neuf
de ces tribus , étoit censé élu par les
suffrages de tout le peuple. On ne pouvoit
élire que ceux qui étoient présentés par le
collége dans lequel ils devoient entrer ; et on
voit par l'exemple de Cicéron qu'un préten-
dant à la dignité d'augure ne pouvoit être
nommé par plus de deux membres de ce
collége. Pour qu'un sujet fût éligible , il falloit
qu'il n'y eût dans le collége aucun opposant
à sa nomination (1).

C'étoit dans les comices par tribus que se
faisoient les loix nommées plébiscites. Toutes
les fois qu'on trouve dans les bons auteurs,
plebs scivit, *plebs jussit*, ces phrases marquent
que le peuple avoit donné ses suffrages par
tribus , que c'étoit un tribun du peuple qui
avoit convoqué l'assemblée , et qui y faisoit
la proposition. Les patriciens furent assez long-
tems , comme nous l'avons déja dit plus haut ,
sans vouloir se soumettre à ces plébiscites ,
ou loix confirmées par les suffrages des tribus:
les consuls Valérius et Horatius firent ordonner

(1) Cic. phil. 2, chap. 2. Contre Vatinius, c. 7.

dans des comices par centuries, que les plébiscites auroient force de loix, et que tous
les citoyens romains y seroient également
soumis. Depuis cette époque les tribuns du
peuple attirerent la plûpart des affaires devant
les comices par tribus, et y firent confirmer
des loix sur toutes sortes de sujets.

Les affaires qui étoient particulièrement du
ressort de ces comices, étoient de différente
espèce. Il falloit un décret passé dans les comices
par tribus pour que celui à qui le sénat avoit
accordé les honneurs du triomphe, pût être
revêtu du commandement militaire le jour
qu'il devoit rentrer dans Rome en triomphe
(1). C'étoit par les suffrages des tribus que
se donnoit le droit de cité romaine, qu'on
établissoit des commissaires pour la recherche
de certains crimes, et qu'on ratifioit les traités
de paix. Les causes qu'on jugeoit dans ces
comices n'étoient point capitales ; le jugement
de ces causes étoit réservé aux comices par
centuries. On n'y prenoit donc connoissance que
des causes où il s'agissoit de condamner à
à une amende pécuniaire (2). Que si quelqu'un

----

(1) Pour cet article et les trois suivans, Tite-Live,
l. 26, ch. 21, l. 38, ch. 36 et 54, l. 33, c. 25.
(2) Tite-Live, l. 4, ch. 4, et l. 25, ch. 4.

accusé de crime capital , refusoit de se présenter devant les comices par centuries pour
subir son jugement , et s'exiloit de lui-même,
il suffisoit de faire confirmer son exil par les
suffrages des tribus. Les magistrats qui avoient
le droit de convoquer les comices par tribus,
étoient les dictateurs et consuls toutes les fois
qu'il s'agissoit des édiles curules et des questeurs. Mais lorsqu'on les assembloit pour l'élection des tribuns du peuple ou des édiles plébéiens , les tribuns du peuple les convoquoient
ou les présidoient. S'il étoit question de conférer les sacerdoces , il n'y avoit que le consul qui
fût autorisé à les convoquer. Lorsque ces assemblées étoient formées pour établir une loi ou
pour exercer un jugement , elles étoient prési-
dées quelquefois par un consul , quelquefois
par un préteur , et le plus souvent par un tribun du peuple. Tous les citoyens romains qui
avoient droit de suffrage , pouvoient assister
aux comices par tribus , de même qu'aux
comices par centuries , en quelque lieu qu'ils
eussent fixé leur domicile ; tandis qu'aux comices par curies on n'admettoit que ceux qui
avoient leur domicile à Rome ou dans son
territoire. On assignoit à ceux qui avoient
obtenu le droit de cité avec celui de suffrage ,

une tribu dans laquelle ils pouvoient voter (1).
On observoit dans ces comices, à-peu-près les
mêmes formalités qui étoient en usage dans les
comices par curies et par centuries. Ce qu'il y
avoit de particulier dans les comices par tribus,
c'est que quand c'étoit un tribun du peuple
qui les convoquoit, on n'avoit pas besoin d'un
sénatusconsulte pour en autoriser la convocation (2), et qu'on n'y prenoit point les auspices, si ce n'est cependant qu'il survînt quelque
orage accompagné d'éclairs ; car en ce cas-là
on congédioit le peuple. Les tribuns en avoient
banni les formalités qui les eussent assujettis au
sénat et aux patriciens, lesquels, selon les loix
de Romulus, étoient seuls en possession des
auspices.

On assembloit les comices par tribus en différens lieux selon les différentes affaires qui devoient s'y traiter. Lorsqu'on devoit procéder à
l'élection des magistrats, c'étoit toujours dans
le champ-de-Mars. Il paroît que les tribus ne
se rendoient au champ-de-Mars qu'après s'être
assemblées d'abord dans le comice ou la grande
place. S'il étoit question d'y exercer quelque

(1) Tite-Live, l. 38, ch. 36.
(2) Den. d'Hal., l. 9.

jugement , on les assembloit , tantôt dans le comice , tantôt dans le Capitole , et quelquefois dans le cirque Flaminius. Si c'étoit pour y faire recevoir de nouvelles loix , le lieu le plus ordinaire de leur tenue étoit le comice , et quelquefois le Capitole. Lorsqu'on assembloit les tribus dans le comice , on formoit diverses enceintes (1) avec des poteaux et des cordes tendues , où chaque tribu étoit séparée , afin que les suffrages pussent se recueillir sans confusion. Il y avoit de l'une à l'autre de petits ponts fort étroits , et en passant le pont on mettoit sa tablette dans le vase destiné à cet usage.

Pour procéder à l'élection des magistrats , on assembloit les comices vers le mois de juillet , aussitôt après l'élection des consuls et des préteurs. On les assembloit dès qu'il y avoit un sacerdoce vacant , si c'étoit pour conférer quelque sacerdoce. S'il s'agisssoit de faire confirmer une loi ou d'exercer un jugement , on pouvoit les convoquer pour tel jour qu'on vouloit , pourvu que ce fût un jour comitial , un jour auquel il fût permis de tenir les comices. Cicéron (2) nous dit que Publius Clodius , dans son

(1) Den. d'Halic. , liv. 9.

(2) Pour Sextius , ch. 15. Sur les prov. cons. c. 19.

tribunat, pour avoir le tems de faire recevoir plus de loix, en fit une qui lui permettoit d'assembler les comices tous les jours fastes, tous les jours auxquels les tribunaux pouvoient tenir leurs séances. Il n'étoit pas permis de faire aucune proposition au peuple avant la première heure du jour, c'est-à-dire, suivant notre manière de diviser le jour, avant six ou sept heures du matin.

Avant que de finir l'article des comices par tribus, observons que, quoique dans ces comices les grands et les riches n'eussent pas les mêmes avantages que dans les comices par centuries, cependant la dernière classe du peuple et les affranchis, qui composoient les quatre tribus de la ville, ne pouvoient prévaloir sur les tribus de la campagne qui renfermoient les plus honnêtes citoyens. Aussi les tribuns séditieux, qui vouloient s'appuyer des suffrages de ce qu'on nomme la populace, s'efforcèrent-ils souvent de la répandre dans toutes les tribus, et par là de la faire dominer dans les comices. Cicéron se plaint (1) que Publius Clodius tenoit une loi prête qui les livreroit à leurs esclaves, parce qu'il avoit résolu de

_____

(1) Pour Milon, ch. 33.

répandre les affranchis dans toutes les tribus.

J'ai annoncé plus haut que j'expliquerois la raison pourquoi on asssembloit pour la forme les comices par curies, afin de confirmer les élections faites dans les comices par tribus. Comme il n'y avoit au commencement de la république que deux sortes de comices, par curies ou par centuries ; que la convocation de ces comices ne pouvoit se faire qu'en vertu d'un sénatusconsulte, et que de plus, avant de les tenir il falloit prendre les auspices, dont les seuls patriciens étoient les interprètes : ceux-ci, après l'introduction des comices par tribus, voulurent faire considérer ces assemblées comme illégitimes. On y enfreignoit, disoient-ils, l'autorité du sénat, puisqu'on assembloit le peuple sans son ordre ; et on y omettoit un point essentiel de la religion, puisqu'on négligeoit de prendre les auspices que les romains observoient jusque dans les plus petites entreprises. En conséquence ils regardèrent et voulurent faire regarder comme illégitime tout ce qui se traitoit dans ces assemblées ; ils considérèrent et voulurent faire considérer les tribuns du peuple et les magistrats inférieurs qui s'élisoient dans ces comices, comme des gens intrus contre une loi fondamentale de l'état. Le sénat et les patri-

ciens étant accoutumés à plier et à relâcher
toujours quelque chose de leurs prétentions,
on en vint à un accomodement qui contenta
en quelque sorte les deux partis. Pour satisfaire
à un article fondamental de la religion, pour
qu'on ne pût pas dire que les magistrats inférieurs étoient créés contre les auspices et contre
l'autorité du sénat, il fut décidé qu'après qu'ils
auroient été élus par les suffrages des tribus,
leur élection se confirmeroit dans les comices
par curies, où l'on prenoit les auspices, et
qui étoient autorisés par le sénat.

Nous venons de parler des auspices comme
d'une formalité nécessaire dans les grandes
assemblées ; avant de passer à autre chose, il
nous faut expliquer ce que c'étoient que les
auspices, comment et par qui ils étoient pris,
qu'elle influence ils avoient dans le gouvernement. Et comme les auspices tenoient à la religion, qu'ils en faisoient chez les Romains une
partie essentielle, nous parlerons d'abord de
leur religion en général, des prêtres et du culte.
De même aussi, après nous être occupés du
peuple romain, en qui résidoit le pouvoir
législatif, le souverain pouvoir, nous traiterons
des membres de la souveraineté, c'est-à-dire
des citoyens romains, et par occasion de ceux

qui jouissoient d'une partie des droits de cité romaine, nous traiterons des affranchis et autres, des esclaves, de ceux qui étoient sujets ou alliés de Rome, qui avoient quelque rapport avec cette maîtresse du monde.

Religion des Romains.

Varron (1), Plutarque, et divers auteurs nous apprennent que la religion des Romains sous Numa étoit fort simple, et bien différente de ce qu'elle fut dans les siècles suivans. Ce prince s'appliqua sur-tout à tempérer la férocité de ses citoyens, à épurer leurs idées sur la religion et sur la morale. Il leur enseigna que dieu est un être infini, immatériel, invisible ; que par conséquent on ne peut ni ne doit le représenter sous aucune forme. Avant son règne, on offroit des victimes humaines. Il ne se contenta pas d'abolir ces cruels sacrifices ; pour inspirer des sentimens plus doux à son peuple, et lui donner de l'éloignement pour toute effusion de sang, il abolit tous les sacrifices sanglans. Les oblations ne consistoient qu'en gâteaux de farine rôtie, en sel, en fruits de la terre, en

(1) Plutarque, vie de Numa. S. Aug. Cité de Dieu, l. 4, ch. 3. Tertul. Apol. ch. 25.

libation de vin ou de lait. Ses préceptes religieux tendoient à encourager l'agriculture.

Ce fut le premier Tarquin, qui étant Toscan
et Grec d'origine , introduisit dans Rome toutes
les divinités des Grecs et le culte rendu dans
des temples à ces divinités. La religion que
Numa avoit dictée aux Romains parut trop pure
et trop simple pour un peuple qu'on vouloit
plonger dans les plus grossières superstitions.
On lui en donna une qui l'éblouit par une multitude de cérémonies bizarres , par des mystères
affectés et par des oracles obscurs , dont les
grands étoient les seuls dépositaires et les seuls
interprètes. Cette religion , l'ouvrage de la politique d'un roi qui vouloit accoutumer les
Romains au despotisme auquel il avoit résolu
de les assujettir , fut adoptée par les fondateurs
du gouvernement républicain, qui la trouvèrent
également favorable à leur tyrannie aristocratique. Pour revenir au premier Tarquin , la
religion dont il fut l'auteur le rendoit maître
de diriger à son gré les esprits du peuple: premièrement par les augures , qui trouvoient les
signes favorables ou contraires , selon la connoissance qu'ils avoient des intentions du prince;
secondement par les prêtres chargés de garder les livres des Sybilles , qui ne pouvoient ni

les consulter ni en publier les oracles sans un
ordre exprès du roi, et qui y trouvoient toujours ce qu'il vouloit ; troisièmement par les
aruspices, qui, en fouillant dans les entrailles
des victimes, y voyoient, ou qu'on étoit
menacé de quelque grand danger, ou que
la colère des dieux étoit appaisée, selon qu'il
convenoit aux intérêts du monarque.

Depuis qu'on eut fait recevoir aux Romains,
Jupiter, Junon, Minerve, et d'autres divinités,
ils crurent devoir attirer chez eux tous les
dieux de l'univers. A mesure qu'ils étendoient
leurs conquêtes, leur ville se remplissoit de
temples et d'autels. Avant que de se rendre
maîtres d'une ville, ils avoient grand soin, pour
mettre ses dieux tutélaires dans leur parti, de les
inviter à venir à Rome, et à y prendre leur
domicile (1). Aussitôt on leur y élevoit des
temples, on leur établissoit des ministres, et
on leur rendoit le culte auquel ils étoient accoutumés.

Une des plus anciennes divinités des Romains
étoit Vesta : elle avoit un temple à Rome ; et
c'est le seul que Numa se permit d'y construire.
La simplicité du culte qu'on lui rendoit s'ac-

_____

(1) Tite-Live, l. 5, ch. 21, l. 6, ch. 29.

corde

corde parfaitement avec ce qui est dit de la
religion que ce prince donna aux Romains. Le
temple étoit d'une forme ronde ; il n'y avoit
aucun simulacre : le feu sacré que les vestales
avoient soin d'entretenir brûloit sans disconti-
nuation sur son autel ; les offrandes qu'on lui
faisoit ne consistoient qu'en gâteaux de farine et
en libations de vin. Ce culte se conserva jusque
dans les tems de la décadence de l'empire ; et
quoique les Romains eussent adopté une infinité de cérémonies étrangères, ils ne changèrent
rien au culte de Vesta, qui consista toujours
dans l'entretien du feu sacré et dans des
offrandes très-simples. Il est probable que ce
fut principalement dans le temple de Vesta que
Numa voulut qu'on adorât l'être suprême, le
dieu infini, immatériel, invisible ; et que ce
fut là ce qui donna lieu à l'opinion qu'on se
forma par la suite qu'il y avoit dans ce temple
quelque chose de caché dont la vue étoit interdite à tout mortel. Cet objet mystérieux étoit,
suivant quelques-uns, le Palladium qu'Enée
avoit apporté d'Italie ; Cicéron (1) dit que
c'étoit une image envoyée du ciel, sans dire
quelle étoit cette image.

(1) Phil. 11, ch. 10.

Tome I.   G

On célébroit tous les ans une fête champêtre
en l'honneur du dieu Terme , et on en attribuoit l'institution à Numa. Ce prince voulant
donner à ses sujets de l'éloignement pour toute
usurpation , avoit ordonné que quiconque auroit déplacé la borne qui séparoit son champ
de celui de son voisin , fût regardé comme
sacrilége et qu'il pût être tué impunément. Pour
établir la concorde entre les voisins , il voulut
qu'ils s'assemblassent sur les confins de leurs
possessions. Ils ornoient de guirlandes la pierre,
la souche , ou la bute de gason , qui servoit de
borne à leurs champs ; ils y faisoient leurs offrandes , qui consistoient en fruits , en gâteaux
de farine , et en libations de vin et de lait. Le
tout se terminoit par un festin , où l'on chan-
toit des hymnes en l'honneur du dieu. On ne
voit rien en ceci qui ne s'accorde parfaitement
avec la religion de Numa , excepté le dieu
Terme. Il y a toute apparence que le culte
rendu par les premiers Romains auprès de cette
pierre s'adressoit au dieu suprême , et que dans
la suite, lorsqu'on fut accoutumé à adresser le
culte à des objets matériels , on fit de cette
pierre un dieu Terme à qui le culte s'adressa
directement.

Consus , Semosancus ou Dius Fidius , Qui-

finus, Janus, ne paroissent avoir été dans l'origine que divers noms sous lesquels le dieu
suprême étoit adoré. On fit par la suite de
Consus un dieu Neptune, de Quirinus un dieu
Mars ou Romulus. Toutes les histoires faites
sur Janus sont connues. Il seroit trop long de
nommer toutes les divinités qui eurent à Rome
des autels ; il suffit de dire qu'on les divise en
trois classes : la première des dieux du premier
ordre , *majorum gentium* , et ceux-ci étoient au
nombre de douze ; la seconde des dieux du
second ordre , *minorum gentium* , comprenoit
cette multitude innombrable de divinités subalternes , tant les demi-dieux que les héros ,
que les dieux des fleuves , des bois et des
montagnes. On peut faire une troisième
classe, des vertus, des vices, et des autres affections tant de l'ame que du corps , auxquels les
Romains avoient consacré des temples et dressé
des autels.

Principaux ministres de la religion.

Comme les principaux ministres de la religion se choisissoient presque toujours entre
les personnes les plus distinguées par leur naissance et les plus considérables de Rome par
leurs dignités , cela contribua beaucoup à en

imposer au peuple, et à lui rendre sa religion respectable. Sous les rois, les seuls patriciens étoient admis au principaux sacerdoces, et les plébéiens en furent long-tems exclus sous la république. Le roi lui même étoit le principal ministre de la religion ; et lorsqu'on eut aboli la royauté, ne voulant négliger aucune des cérémonies, on établit un prêtre particulier pour faire les fonctions royales de certains sacrifices. On le nommoit roi des sacrifices, ou roi sacrificateur, *rex sacrorum* ou *rex sacrificulus* (1). Mais de peur que ce titre ne l'énorguellît, on prit diverses précautions ; on le renferma uniquement dans l'exercice de son sacerdoce, il fut exclus de toute autre dignité, et soumis au souverain pontife qui, en veillant sur le reste de la religion, le tenoit aussi dans sa dépendance.

L'intendance générale de toutes les affaires de la religion appartenoit au souverain pontife ; il étoit à la tête du collége des pontifes que Numa avoit établis au nombre de quatre (2). Ils ne passèrent pas ce nombre avant l'an de Rome 453, que les plébéiens voulurent avoir part au

(1) Den. d'Hal., I. 4 et 5.
(2) Denys d'Hal., liv. 2.

pontificat. Alors aux quatre pontifes patriciens
on en ajouta quatre plébéiens. C'étoit le collége lui-même qui nommoit aux places vacantes. L'an 649, Cnæus Domitius en donna l'élection au peuple : il étoit irrité , dit-on , contre
les pontifes de ce qu'ils ne l'avoient pas nommé
à la place de son père. Nous avons déja dit
plus haut comment se faisoit cette élection.
On tiroit au sort dix-sept tribus sur les trente-
cinq ; et celui pour lequel la pluralité de ces
dix-sept tribus se déclaroit , devoit ensuite être
nommé par le collége. Les patriciens restèrent
seuls en possession du souverain pontificat
jusque vers l'an 500 , que Tibérius Corunca-
nius fut le premier plébéien élevé à cette
dignité , qui depuis fut commune aux deux
ordres. Ce sacerdoce avoit cela de particulier,
de même que celui des augures et des pontifes,
qu'on ne pouvoit en être privé qu'avec la vie. Le
peuple conserva toujours l'autorité souveraine
sur les affaires de la religion , comme sur le
reste , et on en appelloit du jugement des pontifes à celui du peuple (1). Cependant leur
autorité étoit fort grande ; elle s'étendoit sur
tous les autres ministres de la religion qu'ils

____

(1) Tite-Live, L. 31 , ch. 9.

G 5

pouvoient contraindre à remplir les devoirs de leurs sacerdoces. Les vestales étoient soumises au souverain pontife : c'étoit lui qui leur imposoit une peine lorsqu'elles avoient laissé éteindre le feu sacré , ou qui les faisoit punir de mort lorsqu'elles avoient oublié la chasteté à laquelle elles étoient astreintes. Tous les grands prêtres ou flamines de Jupiter, de Mars, de Quirinus et autres dieux , étoient de même sous la jurisdiction du souverain pontife.

C'étoit chez les pontifes qu'étoient comme en dépôt toutes les formules consacrées aux différentes cérémonies religieuses. Ils·les prononçoient ordinairement avant le magistrat qui devoit les répéter après eux. Il ne pouvoit donc se faire aucune cérémonie religieuse qu'ils n'y assistassent , ni de consécrations de temple ou d'autel qu'ils n'en eussent examiné les raisons et ne les eussent approuvées. Cependant l'approbation des pontifes ne suffisoit pas pour consacrer un temple et un autel ; il falloit encore celle du sénat et de la plus grande partie des tribuns du peuple (1). Ces derniers même, comme on le voit dans Cicéron , étoient

(2) Tite-Live , l. 9 , ch. 46. Cic. pour sa maison , ch. 45.

en droit de les contraindre à faire leurs fonctions malgré eux. Lorsqu'un citoyen en vouloit
adopter un autre, il falloit auparavant qu'il
consultât le collége des pontifes. Ils examinoient
la validité des raisons sur lesquelles on se déterminoit à faire l'adoption, et décidoient s'il
n'y avoit aucun empêchement religieux ou
civil qui y mît obstacle. C'étoient eux qui
avoient soin des fastes ou du calendrier, c'est-
à-dire de régler l'année, d'indiquer les jours de
fête, et de marquer le mois intercalaire. Car
comme l'année romaine n'étoit que de 354
jours, il restoit onze jours, dont on faisoit,
au bout de deux ou trois ans, un mois qu'on
inséroit entre les mois de février et de mars.
Le souverain pontife décidoit de tout cela conjointement avec le collége des pontifes. C'étoit
à lui qu'on s'adressoit quand on vouloit consulter le collége pontifical, et c'étoit au nom
de ce collége qu'il en prononçoit les décisions ; ce
que Cicéron (1) appelle *pro collegio respondere.*
S'il décidoit de son chef, on pouvoit appeller de
sa décision au collége assemblé ; et même lorsqu'il avoit prononcé, à la tête du collége, la
cause pouvoit être portée devant le peuple par

(1) Pour sa maison, ch. 53.

G 4

appel. Cependant le peuple , qui respectoit infiniment la religion et ses ministres, condamna
rarement le souverain pontife ; et dans une
contestation entre un tribun du peuple et le
souverain pontife Marcus Lépidus, il condamna
le tribun à l'amende , non à la vérité pour
avoir contredit le souverain pontife , mais pour
s'être servi dans la dispute de termes in-
jurieux (1).

Il y avoit encore un collége de pontifes inférieurs ou du second ordre , *pontifices minores*,
subordonné à celui des pontifes ; mais il est
difficile de dire en quoi consistoient leurs fonctions : il paroît qu'ils n'étoient anciennement
que secrétaires des pontifes , et que depuis on
les qualifia pontifes. Cicéron, dans sa harangue
sur les réponses des aruspices , nomme trois de
ces pontifes inférieurs.

Comme les sacrifices , les cérémonies et les
fêtes se multiplioient à Rome, et que les pontifes
ne pouvoient suffire à tout , on établit en 557
un nouveau sacerdoce , dont les fonctions principales consistoient à décharger les pontifes du
soin qu'ils avoient eu jusqu'alors de régler et de
faire les honneurs du festin que l'on donnoit à

(1) Tite-Live , épitome 47.

Jupiter dans certaines occasions solemnelles. Ce
nouveau sacerdoce, ainsi que nous l'apprenons de
Cicéron (1), consistoit non-seulement dans le
soin de ce festin, et de tout ce qui pouvoit y ap-
partenir, mais encore à y faire observer toutes
les cérémonies requises, à prendre garde qu'il
ne s'y commît rien d'indécent, et au cas qu'on
eût manqué à quelque formalité, d'en faire leur
rapport aux pontifes, qui en conséquence ordonnoient qu'on réiterât la même cérémonie.
Ceux qui en furent revêtus les premiers ne
furent qu'au nombre de trois, mais on les
augmenta depuis jusqu'à sept, on les appelloit
septemvirs épulons.

Il y avoit quinze flamines ou grands prêtres
consacrés au services d'autant de dieux, entre
lesquels les grands prêtres ou flamines de Jupiter, de Mars, de Quirinus, *flamen dialis*,
martialis, *quirinalis*, tenoient le premier rang,
et jouissoient de grandes distinctions. Le grand
prêtre ou flamine de Jupiter se faisoit accompagner d'un licteur, et par le droit de son
sacerdoce avoit séance dans le sénat (2). Ils
avoient tous trois séance dans le collége des

(1) Dans la har. sur les rép. des arusp. ch, 10.

(2) Tite-Live, l. 1, ch. 20, et l. 26, c. 8.

pontifes , le droit de porter la robe bordée de pourpre , et de se servir de la chaire curule. En quelque considération qu'ils fussent , ils étoient soumis au souverain pontife , qui même les choisissoit arbitrairement, et pouvoit les installer malgré eux. S'ils jouissoient de grandes distinctions , ils étoient aussi astreints à une infinité de petites observances , sur-tout le grand prêtre ou flamine de Jupiter. Il ne leur étoit pas permis de s'éloigner de la ville , de peur que le service du dieu auquel ils étoient consacrés n'en souffrît. Le flamine de Jupiter étoit encore plus gêné ; il ne pouvoit ni monter à cheval , ni passer une nuit hors de la ville. Si sa femme venoit à mourir , il falloit qu'il renonçât à son sacerdoce. Il ne pouvoit la répudier , et leur mariage ne pouvoit être rompu que par la mort. Tout serment lui étoit interdit. Ces sacerdoces ne furent abolis qu'avec le paganisme ; et il y a ceci de particulier par rapport aux flamines de Jupiter , de Mars , de Quirinus , qu'ils furent toujours choisis entre les patriciens , et que les plébéiens n'y furent jamais admis.

On comptoit entre les ministres de la religion les féciaux , dont les fonctions principales étoient de prendre garde que les Romains ne

s'engageassent légérement dans des guerres injustes, et sans avoir tenté tous les moyens d'obtenir réparation des torts dont ils se plaignoient.
Leur collége étoit composé de vingt personnes
choisies dans les familles les plus distinguées (1).
Lorsqu'une nation avoit commis quelque hostilité contre les Romains, ou avoit maltraité
leurs ambassadeurs, un des féciaux partoit,
alloit demander justice de ces violences, et
exigeoit qu'on livrât les coupables. Si on ne
lui rendoit pas justice sur-le-champ, il laissoit
trente jours pour délibérer sur le parti qu'on
avoit à prendre ; et au bout de trente jours,
si l'on n'obtenoit point de satisfaction, le fécial
déclaroit que la guerre seroit juste. Il retournoit
à la frontière ; et là lançant un jàvelot ensan-
glanté, il déclaroit la guerre suivant une certaine formule. Il ne se faisoit point de traité de
paix qu'il n'y assistât un fécial, qui la juroit
au nom du peuple romain en cette manière :
« Si le peuple romain (2) viole le premier les
» conditions de ce traité, frappe-le, ô grand
» Jupiter, comme je frappe ce porc, et frappe le
» d'autant plus fortement que tu es plus fort et

(1) Den. d'Hal., liv. 2.
(2) Tite-Live, l. 1, ch. 24.

,, plus puissant que moi ,,. En général c'étoit à
leur collége que se rapportoit tout ce qui concernoit le droit des gens , soit que les Romains
se prétendissent lésés , soit que quelqu'autre
nation se plaignît d'eux ; et comme ils coloroient ou tâchoient de colorer toutes leurs guerres d'une apparence de justice , ils n'en entreprenoient aucune sans avoir consulté les
féciaux.

Nous avons déja dit que Rome avoit été
divisée d'abord en trente quartiers ou curies, et
que chaque curie avoit son curion ou prêtre
particulier qui faisoit le service divin et les
sacrifices de la curie. A la tête de ces trente
curions étoit celui qu'on nommoit le grand
curion , *curio maximus*. Il y a toute apparence
que chaque curie élisoit son curion , comme le
grand curion étoit élu par les suffrages de toutes
les curies. Ce sacerdoce étoit assez considérable ;
et les patriciens en restèrent seuls en possession
jusqu'à l'an 544 , qu'ils furent obligés de consentir que les plébéiens fussent admis à la
concurrence.

Je ne vois de prêtresses chez les Romains que
les vestales ; car les mystères de la Bonne-
déesse étoient bien célébrés par des femmes ,
mais on ne dit pas que ces femmes en fussent

les prêtresses. La Bonne-déesse , suivant les uns, étoit Cybele ; suivant d'autres , Cerès ou Proserpine. On l'appelloit encore Fauna, Fatua, et Senta. On célébroit tous les ans ses mystères dans la maison du principal magistrat , ou d'un des principaux magistrats. Ils furent célébrés dans la maison de César souverain pontife parce qu'il étoit en même-tems préteur. La femme du magistrat , dans la maison duquel ils se célébroient , présidoit à la cérémonie , assistée des principales dames de Rome. Nul homme (1) ne pouvoit prendre part à ces mystères , ni même les regarder , sans se rendre coupable du plus horrible sacrilége.

Mais revenons aux vestales, qui étoient des vierges consacrées au culte de Vesta. Elles avoient été établies par Numa au nombre de quatre ; et le premier Tarquin , selon Denys d'Halicarnasse , ou Servius Tullius , selon Plutarque , y en avoient ajouté deux (2). Ce furent d'abord les rois , et depuis , les souverains pontifes , qui les choisirent de la manière suivante. Le souverain pontife amenoit devant

----

(1) Cic. har. sur les rép. des arusp. ch. 17 , et dans d'autres disc.

(2) Den. d'Halic., l. 2. Plutarque , vie de Numa.

le peuple vingt jeunes filles , âgées au plus de
dix ans , qui étoient de bonne famille , et
n'avoient aucun défaut corporel ; et là il en
choisissoit une , ou quelquefois les parens l'offroient eux-mêmes. Celle qui étoit ainsi consacrée au service de la déesse , devoit y rester
trente années , dont les dix premières étoient
employées à apprendre le culte de la déesse ,
les dix suivantes à administrer ce culte , et les
dix dernières à instruire les novices (1). Au bout
de ces trente ans il leur étoit permis de se
marier, ce qui néanmoins étoit fort rare, et paroissoit toujours de mauvais augure. La plus ancienne des vestales étoit fort considérée et avoit
de l'autorité sur les autres. Leurs fonctions consistoient à entretenir le feu sacré , et celle qui
le laissoit éteindre par négligence étoit sévére-
ment punie par le souverain pontife ; à remplir exactement leur ministère dans le reste du
culte de la déesse ; à veiller à la conservation
du gage sacré de l'empire , déposé dans le
temple de Vesta. Si quelqu'une d'entre elles
s'oublioit au point de renoncer à la chasteté ,
elle étoit condamnée à être enterrée vive , et
celui qui l'avoit corrompue , à être battu de

(1) Aulugelle , l. I, ch. 12.

verges jusqu'à ce qu'il expirât sous les coups (1).
Elles se trouvoient dédommagées de la gêne
où on les tenoit par diverses prérogatives et de
glorieuses distinctions. Elles avoient le droit de
tester quoiqu'encore mineures ; un licteur marchoit devant elles ; si elles rencontroient un
criminel conduit au suplice , il obtenoit sur-le-
champ sa grace ; elles ne pouvoient être appellées à serment ; les places les plus honorables
dans les spectacles leur étoient destinées ; leur
intercession étoit du plus grand poids ; enfin
elles jouissoient d'un très-gros revenu.

Nous ne nous arrêterons pas à quelques autres colléges , ou plutôt à des confréries peu
connues et peu importantes. Une des plus anciennes étoit celle instituée en l'honneur du
dieu Pan. Sa fête nommée les lupercales , *luperca-*
lia, se célébroit dans le mois de février ; et alors
les membres de cette confrérie (*luperci*) cou-
roient nuds par la ville , n'ayant pour ceinture
que des peaux de chèvres qu'ils venoient d'immoler. Ils étoient armés de fouets des mêmes
peaux , dont ils frappoient tous ceux qu'ils rencontroient , particulièrement les femmes , qui
croyoient que ces coups avoient la vertu de les

(1) Tite-Live , l. 22 , ch. 57.

rendre fécondes (1). Plutarque observe que cette confrérie étoit composée de beaucoup de jeune noblesse , et même de magistrats. Marc-Antoine , collègue de César dans le consulat , s'étant mis de cette confrérie , courut par la ville , comme je viens de dire que cela se pratiquoit dans les lupercales.

Il nous reste à parler des augures , des aruspices et des quindécimvirs. Les augures ne jouissoient pas d'une moindre considération que les pontifes , quoiqu'ils n'eussent aucune autorité sur la religion en général , et que les fonctions de leur sacerdoce fussent bornées à observer les signes du ciel , et à faire leur déclaration en conséquence. Comme ils ne remplissoient ces fonctions que lorsqu'il s'agissoit des affaires les plus importantes , lorsque le peuple assemblé en comices alloit prendre quelque résolution sur une affaire d'état ; comme ils étoient en quelque sorte maîtres de trouver les signes favorables ou contraires selon qu'ils le jugeoient à propos ; comme enfin ils exerçoient un art qui , quoique très-frivole en lui-même , en imposoit d'autant plus au peuple , que l'augure affectoit plus de mystère : tout cela , joint à

(1) Ovide , fastes , l. 2. Plut. vie d'Antoine.

ce

ce que les augures étoient toujours choisis parmi les personnes les plus considérables de la république, rendit ce sacerdoce extrêmement respectable. Les augures furent d'abord établis au nombre de trois : Servius Tullius en ajouta un quatrième. Les plébéiens ayant obtenu quatre places dans le collége pontifical , obtinrent en même-tems qu'aux quatre augures patriciens, on en ajouteroit cinq, pris d'entre les plébéiens (1). Sylla en ayant ajouté six , ils furent depuis au nombre de quinze. C'étoit le collége lui-même qui nommoit aux places vacantes. L'an 651, comme nous l'avons déja dit en parlant des pontifes, Cnæus Domitius transféra ce droit au peuple , mais avec quelques restrictions. C'étoit le collége des augures qui présentoit les sujets au peuple ; le postulant devoit être nommé seulement par deux augures , et agréé par tout le collége (2). Les principales fonctions des augures étoient de prédire l'avenir en observant le vol et le chant des oiseaux. Pour cet effet, l'augure assis sur son siège curule, vêtu d'une robe de pourpre, et tenant à la main le bâton augural, dont le

_____

(1) Tite-Live , l. 8 , ch. 6. Epitome 89.

(2) Cic. Phil. 2 ,ch. 2.

Tome I.   H

bout d'en haut étoit courbé , à peu près tel que
la crosse de nos évêques, désignoit avec ce bâton
une certaine partie du ciel, qui se nommoit alors
temple , *templum* (1), d'où le verbe latin *contem-*
plari. Cette action de l'augure, s'appelloit prendre
le tabernacle , *tabernaculum capere*. Ensuite il observoit avec beaucoup d'attention quels oiseaux il
voyoit , quel étoit leur vol et leur chant , et de
quel côté ils se montroient. Les signes qui se présentoient à gauche étoient heureux ; ceux qui se
montroient à droite étoient de mauvais augure.
Les oiseaux dont on observoit le chant se nommoient *oscines* ; ceux dont on observoit le vol s'appelloient *præpetes* (2). Un seul auspice ne suffisoit
pas, soit qu'il fût favorable ou contraire; on le répétoit plusieurs fois ; et souvent il arrivoit que ,
quoique les signes eussent été contraires au commencement , ils devenoient favorables à la fin.
Les augures observoient encore divers autres
phénomènes qui paroissoient dans l'air, comme
les éclairs, le tonnerre, la foudre, et rompoient les assemblées du peuple, en annonçant qu'il avoit tonné. Plusieurs autres signes

(1) On appelloit aussi *templum* un certain espace
sur la terre qu'un augure marquoit avec son bâton.

(2) Fest. Pomp. sur ces mots.

assez naturels, pouvoient leur paroître de mauvais augure ; et alors ils disoient à quel dieu
il falloit sacrifier, et par quels sacrifices on
pouvoit détourner les malheurs dont ces présages menaçoient. Ils jugeoient encore du succès
d'une entreprise par le plus ou moins d'appétit
des poulets sacrés : car c'étoit un présage funeste si ces poulets refusoient de manger (1) ;
c'en étoit un au contraire favorable s'ils man-
goient avidement. On appelloit pullaires,
pullarii, ceux qui avoient la garde de ces
poulets.

Avant de passer aux aruspices et aux quindecimvirs, je vais m'arrêter un peu à montrer quel
étoit le grand pouvoir des augures, et quelle
influence les auspices avoient dans le gouvernement. On aura de la peine à imaginer que des
fonctions qui nous paroissent puériles, pussent
attirer tant de considération à ceux qui étoient
chargés de les remplir : on en sera moins surpris, si l'on fait attention à la déférence qu'on
étoit obligé d'avoir pour ce qu'ils avoient prononcé. L'histoire en fournit mille exemples. En
voici un entre beaucoup d'autres. Les augures

_____

(1) Tite-Live, l. 10, ch. 40. Cic. de la div. ch.
8 et 34.

ayant trouvé un défaut dans les auspices, lors de l'élection des premiers tribuns militaires avec l'autorité des consuls, ils furent obligés de renoncer à leurs charges, dont pourtant ils étoient en possession depuis trois mois. On allégua pour prétexte que le consul Caïus Curtius, qui avoit présidé à leur élection, n'avoit pas bien *pris le tabernacle* (1). Écoutons Cicéron lui-même dans le second livre de ses loix. ,, Un des ,, plus grands et des plus importans emplois, ,, dit-il, qui soient dans la république, soit ,, pour le droit, soit pour l'autorité qu'il donne, ,, est sans contredit celui d'augure : et je ne dis ,, pas cela pour l'intérêt que j'y prends, comme ,, revêtu de cette dignité, mais c'est qu'en effet ,, la chose est ainsi. Quant au droit, qu'y a-t-il ,, de plus grand que de pouvoir rompre les co- ,, mices dès le commencement de leur tenue, ,, quelque soit le magistrat qui les ait convo- ,, qués, ou d'en annuler les actes, de quelque ,, autorité qu'ils émanent ? Qu'y-a-t-il de plus ,, absolu que de suspendre des entreprises de ,, la derniere importance par ce seul mot, *à un* ,, *autre jour* ? Qu'y-a-t-il de plus imposant que ,, de pouvoir ordonner aux consuls de quitter

(1) Tite-Live, l. 4, ch. 7.

» leur magistrature ; de pouvoir accorder ou
» refuser la permission de parler d'affaires au
» peuple ; de pouvoir annuler les loix qui n'ont
» pas été proposées juridiquement , telles que
» la loi Titia, qui fut abrogée en vertu d'un dé-
» cret du collége des pontifes , et les loix de
» Livius , qui le furent de l'avis de Philippus,
» augure en même tems que consul ? Qu'y a-t-il
» de plus magnifique pour un augure , que de
» pouvoir se dire qu'il n'y a rien de bien fait de
» la part des magistrats , au-dedans et au-de-
» hors , s'il ne porte le sceau de son approba-
» tion » ? On voit par-là que le pouvoir des augures étoit fort étendu , qu'il étoit moins fondé
sur la religion que sur la politique.

Les patriciens qui , pendant les quatre premiers siècles, furent seuls en possession des
auspices, en firent extrêmement valoir les prérogatives. Mais depuis que les plébéiens eurent
été admis au consulat et aux sacerdoces, ils eurent par le droit attaché à ces dignités , les
auspices de même que les patriciens. Cependant Cicéron dit (1) que, de son tems encore,
les patriciens étoient en possession des auspices.
Mais il faut restreindre sa proposition au tems

(1) Pour sa maison., ch. 14.

H 3

d'un interrègne , parce qu'alors la république
étant sans magistrats , il n'y avoit que les patriciens qui pussent conserver les grands auspices , en nommant un interroi tiré de leur
corps , qui présidoit aux comices , et remettoit
en possession des auspices les magistrats qui y
étoient élus. Cette prérogative ne fut ni dis-
putée ni enlevée aux patriciens , et ils en restèrent possesseurs jusques dans les derniers
tems de la république.

Les magistrats avoient aussi les auspices , et
pouvoient exercer les mêmes droits que les augures , avec plus ou moins d'étendue selon le
pouvoir de leurs charges (1). Les magistrats supérieurs , tels que les consuls , les censeurs et les
préteurs ,avoient les grands auspices : mais les
auspices des censeurs étoient différens et ne pouvoient troubler les auspices des consuls ni des
préteurs ; ceux-ci de même ne pouvoient troubler ceux des censeurs. Les consuls et les préteurs
étoient créés sous les mêmes auspices , et par conséquent avoient les mêmes auspices , mais de
manière que les auspices du consul imposoient
silence aux auspices du préteur , au lieu que le
préteur ne pouvoit prendre les auspices lorsque
le consul les prenoit. Les consuls pouvoient

(1) Aulugelle , l. 13 , ch. 15.

réciproquement troubler leurs auspices , parce qu'ils étoient égaux en charge ; et de même les censeurs et les préteurs entre eux. Les magistrats inférieurs avoient aussi leurs auspices ; mais ils ne pouvoient faire usage de ce droit , lorsqu'un consul ou un préteur présidoit aux comices : et même ceux-ci leur imposoient ordinairement silence dans l'édit de convocation, où ils défendoient à tout magistrat inférieur d'observer les auspices : *Ne quis magistratus minor de cælo servasse velit.* Le sénat faisoit quelquefois la même défense dans certains cas particuliers , comme lorsqu'il fut question de rappeller Cicéron de son exil (1). Dans le sénatus-consulte qui ordonnoit la convocation des comices où son rappel devoit se décider , il étoit enjoint de ne pas observer les auspices ce jour-là , et de n'apporter aucun obstacle à la tenue des comices , sous peine d'être traité comme perturbateur du repos public. Ce qui se pratiquoit apparemment dans toutes les occasions où le sénat jugeoit qu'il importoit au salut de l'état qu'une affaire réussît.

Les magistrats et les augures avoient donc le droit des auspices , mais il y avoit de la

––––––

(1) Cic. pour Sextius , ch. 61.

différence dans la manière de l'exercer, et le pouvoir du consul étoit beaucoup plus étendu à cet égard que celui de l'augure. Cicéron nous apprend (1) en quoi consistoit cette différence. *Nos augures*, dit-il, *nunciationem solùm habemus; consules et reliqui magistratus etiam spectionem.* Les augures avoient donc un pouvoir moins étendu que le magistrat. L'augure avoit en tout tems le droit de prendre les auspices, c'est-a-dire, en observant les signes, de déclarer qu'il en avoit vu quelqu'un qui ne permettoit point de passer outre, qui obligeoit de congédier l'assemblée. Ce droit étoit si étendu, que quelque assuré que l'on fût que le prétexte étoit faux, on étoit obligé de rompre l'assemblée, et de remettre la décision de l'affaire à un autre jour. On étoit persuadé que la punition du mensonge retomboit sur la personne de l'augure, et que le peuple romain avoit satisfait aux dieux en lui obéissant (2). Le magistrat avoit les mêmes droits que l'augure à cet égard, et pouvoit congédier les assemblées sous prétexte qu'il avoit trouvé quelque défaut dans les auspices, soit lorsqu'il présidoit lui-même,

(1) Phil, 2, ch. 32.
(2) Cic. Phil. 2 ch. 33.

soit lorsque celui qui présidoit lui étoit égal
ou inférieur. Mais il avoit de plus le droit de
spection , *consules et reliqui magistratus etiam
spectionem habent.* Ce droit lui donnoit une autorité plus étendue qu'à l'augure, en ce qu'il pouvoit déclarer long-tems d'avance, qu'il prendroit
les auspices tel jour , *se de cælo servaturum.* Par
cette déclaration , il faisoit du jour où il annonçoit qu'il prendroit les auspices , un jour de
fête, où par conséquent il n'etoit point permis
d'assembler les comices. Les consuls jouissant
de ce droit l'un à l'égard de l'autre , il leur
étoit facile de se traverser par ce moyen. Ce
fut le parti que prit Bibulus (1) pour arrêter les
entreprises de Jules César , son collègue dans
le consulat. Il paroît que les tribuns du peuple
avoient le même droit : car Milon exerçant le
tribunat, déclara de même par ses affiches qu'il
observeroit les auspices tous les jours des comices. Le consul Métellus Népos déclara de
son côté qu'il n'y auroit aucun égard, à moins
que Milon ne vînt le déclarer lui-même dans le
forum (2). Ce que celui-ci fit, et par-là empêcha qu'on ne tînt les comices. Ce fut peut-

(1) Suet. vie de César , ch. 20.
(2) Cic. à Atticus, l. 2, ép. 18. L. 4 , ép. 3.

être sous prétexte qu'il falloit faire cette déclaration en personne , que César n'eut point d'égard à celle de Bibulus , et que malgré l'opposition de son collégue qu'il avoit forcé par ses menaces , de se tenir renfermé chez lui , il fit recevoir toutes les loix qu'il jugea à propos.

Ciceron explique toute cette doctrine dans sa seconde philippique , (ch. 32 et 33) où il tourne en ridicule le procédé de Marc-Antoine pour empêcher l'élection de Dolabella. Antoine avoit déclaré qu'étant augure il trouveroit quelque défaut dans les auspices , par lequel il empêcheroit la tenue des comices ; et en effet il les rompit , en disant, selon le droit de son sacerdoce , *à un autre jour*. Cicéron ne lui dispute pas ce droit ; mais il se moque de son ignorance d'avoir déclaré d'avance qu'il trouveroit ce défaut dans les auspices en qualité d'augure , parce qu'un augure ne pouvoit prévoir qu'il s'y trouveroit quelque défaut : tandis qu'en qualité de consul il pouvoit déclarer d'avance qu'il prendroit les auspices tel jour , et par-là empêcher la tenue des comices. La différence de l'augure et du magistrat consistoit donc en ce que le magistrat pouvoit empêcher la tenue des comices , en déclarant qu'il avoit résolu d'observer les auspices le jour fixé pour

J'assemblée du peuple, et qu'il pouvoit aussi rompre l'assemblée le jour même ; au lieu que l'augure n'avoit que cette dernière prérogative.

Ces pratiques étoient autorisées par un ancien usage, et confirmées par diverses loix. Cicéron (1) fait souvent mention des loix Ælia et Fusia, que quelques savans croient n'avoir été qu'une seule et même loi. Si elles étoient différentes comme je l'ai supposé dans la plupart de mes notes sur des pasasages de Cicéron où cet orateur en parle, il est sûr qu'elles avoient toutes deux pour objet les auspices. Selon un savant italien, (*M. Ant. Ferratii lib. III. epist.* 1.) la loi Ælia ordonnoit de tenir pour jours de fête tous les jours auxquels un magistrat auroit déclaré qu'il prendroit les auspices ; la loi Fusia ordonnoit d'avoir égard à cette déclaration, et défendoit de tenir des comices ces jours-là. Ainsi, d'après Ferratius, la seconde loi ne faisoit que confirmer la première. Publius Clodius, ce tribun séditieux, pour ne point trouver d'obstacle à ses entreprises, suspendit, pendant l'année de son tribunat, l'effet de ces deux loix, en ordonnant par une autre

---

(1) Après son retour dans le sénat, c. 5. Har. sur les rép. des ar. c. 27. Contre Sext. c. 15, et ailleurs.

loi qu'il fit recevoir, que, dans le cours de cette année, personne ne pourroit prendre les auspices les jours des comices, ni déclarer d'avance qu'il les prendroit, de sorte qu'il lui seroit libre de tenir des assemblées du peuple tous les jours fastes. Cicéron lui reproche souvent d'avoir anéanti les loix Ælia et Fusia, qu'il regarde comme les deux plus fermes appuis de la tranquillité publique, parce que, sans doute, elles fournissoient un moyen pour arrêter les fureurs des tribuns pervers. Clodius les abolit par une seule et même loi, ou parce qu'elles n'etoient réellement qu'une seule et même loi, ou parce que n'ayant qu'un même objet, elles pouvoient être considérées sous le rapport d'une loi unique.

Tout ce que nous venons de dire suffit pour faire juger de l'influence que les auspices avoient sur toutes les résolutions qui se prenoient dans les comices ; et l'on peut conclure que par leur moyen il étoit facile aux grands, qui étoient revêtus des sacerdoces, d'arrêter les décisions du peuple, toutes les fois qu'elles ne s'accordoient pas avec leurs vues ou avec le bien de la république.

Il est tems de parler des aruspices et des quindecimvirs. L'art des aruspices étoit à-peu-près le même que celui des augures ; mais il s'en falloit bien qu'ils fussent aussi considérés. De quelque dignité qu'on fût revêtu dans la république, on croyoit y ajouter un nouvel éclat en y ajoutant celle d'augure ; au lieu que les aruspices étoient regardés comme des personnages assez vils, que l'on consultoit souvent, il est vrai, sur les prodiges qui paroissoient menacer la république, mais que, moyennant quelques pièces d'argent, tout homme pouvoit employer dans ses affaires particulières. Cicéron (1) regarde comme un avilissement de la dignité sénatoriale, que Jules César eût admis dans le sénat des hommes de cette profession. La plupart des aruspices étoient Toscans ; et les Romains eux-mêmes exerçoient rarement cet art, si ce n'est peut-être dans les derniers tems de la république, où les Toscans avoient obtenu le droit de cité romaine. L'art des aruspices consistoit surtout à juger, par diverses circonstances d'un sacrifice, si la divinité étoit appaisée, ou si elle étoit encore courroucée. Pour cela, ils considéroient si la victime ne faisoit aucune résistance lorsqu'on la menoit à l'autel, si elle tomboit du premier coup, et

(1) Ep. fam. l. 6, ép. 18.

si le sang sortoit en bouillonnant : ces signes et d'autres pareils étoient favorables ; les signes contraires menaçoient de la colère des dieux. Ensuite ils examinoient les entrailles de la victime, sur lesquelles ils faisoient beaucoup d'observations. Ils observoient encore la flamme et la fumée, dont ils tiroient des conjectures et des présages. Si les signes étoient contraires, ils enseignoient par quels nouveaux sacrifices on pouvoit appaiser la colère de la divinité, et détourner les malheurs qui menaçoient l'état. Alors on renouvelloit les sacrifices jusqu'à ce que les signes fussent favorables, et on se hâtoit d'annoncer ces signes au peuple pour le tirer de la consternation où on l'avoit jetté d'abord. On voit que la science des aruspices avoit beaucoup de rapport à celle des augures, qu'elle étoit à peu-près aussi frivole. Toute la différence qu'il y avoit entre eux, consistoit en ce que les augures tenoient un rang considérable dans l'état, par leur naissance et par leurs dignités ; au lieu que les aruspices n'étoient que des étrangers qu'on louoit à prix d'argent, et qui par cette raison se conformoient toujours aux intentions de ceux qui les payoient.

Les quindecimvirs , commis à la garde des oracles de la Sibylle et à l'inspection sur les sacrifices , *quindecimviri sacris faciundis* , formoient dans l'état un sacerdoce peu inférieur à celui des pontifes et des augures. Leur institution étoit attribuée par les uns au premier Tarquin ét par d'autres à Tarquin le Superbe. Ils ne furent d'abord qu'au nombre de deux. Ce fut le premier sacerdoce auquel les plébéiens se firent admettre ; et dès l'an 386 , ils obtinrent qu'au lieu de deux on en créeroit dix , dont cinq seroient patriciens et cinq seroient plébéiens (1). Leur nombre fut depuis augmenté jusqu'à quinze. Ce sacerdoce se conféroit de la même manière que le pontificat et l'augurat , et a subi à cet égard les mêmes changemens. La principale fonction des quindecimvirs étoit d'avoir la garde des livres de la Sibylle , et de n'admettre personne à les lire. Savoir qu'elle étoit cette Sibylle , s'il n'y en avoit qu'une ou si elles étoient plusieurs , c'est ce que je n'examinerai pas , et je laisserai les fables qu'on en rapporte. Dans des tems de calamité , le sénat ordonnoit aux quindecimvirs de consulter les livres de la Sibylle , pour

(1)Tite-Live . l. 6, ch. 42.

y trouver les moyens d'appaiser la colère des dieux. Il paroît qu'il ne leur étoit permis de les lire et de les consulter, que lorsqu'ils y étoient autorisés par un sénatusconsulte, *libri sibyl-lini ex senatusconsulto aditi* (1). Après avoir consulté ces livres, ils étoient encore obligés d'en faire leur rapport au sénat, qui ne donnoit connoissance au peuple que de ce qu'il vouloit. Ces livres de la Sibylle qu'on gardoit avec tant de mystère, furent brûlés avec le Capitole où ils étoient en dépôt, l'an 670 de Rome. Le sénat croyant devoir réparer une telle perte, envoya par-tout des députés pour recueillir les oracles des Sibylles qu'on pourroit trouver ; et on en trouva une collection qu'on substitua à l'ancienne (2). Le quindecimvirs étoient en même tems prêtres d'Apollon, le dieu qui avoit dicté les oracles de la Sibylle ; et pour marque qu'ils étoient les interprêtes de ses oracles, ils gardoient chez eux un trépied pareil à celui de dessus lequel la prêtresse de Delphes prononçoit les siens. Aussi trouvoient-ils rarement autre chose dans leurs livres, sinon qu'il falloit

---

(1) Tite-Live, l. 5, ch. 13, et ailleurs. Cic. de la divination, l. 2, ch. 54.

(2) Tac. an. l. 6, ch. 12.

faire

faire des prières et des sacrifices à tels et tels
dieux , et particulièrement à Apollon et à
Diane , en l'honneur desquels ils firent même
célébrer des jeux qui furent rendus anniversaires. C'étoient eux alors qui avoient soin de
de diriger les cérémonies, de dire à quels dieux
et de qu'elle manière il falloit sacrifier , ainsi
que le prescrivoient leurs prétendus oracles.
C'étoient eux (1) encore qui avoient la principale intendance des jeux séculaires , de ces
jeux qui se célébroient tous les cent ans.

Culte rendu publiquement aux dieux.

Après nous être occupés des principaux ministres de la religion , nous allons traiter en peu
de mots du culte rendu publiquement aux
dieux ; car nous ne parlerons pas du culte particulier. La plupart des Romains avoient des
chapelles et des autels , où ils honoroient leurs
dieux Lares et Pénates , les dieux de leur famille. L'un et l'autre culte , particulier et public , étoit soumis à la direction des pontifes ,
qui avoient grand soin qu'on n'adorât pas des
divinités étrangères , qu'on n'adoptât pas de
nouveaux rites , à moins qu'on n'y eût été autorisé par le sénat.

(1) Hor. carm. sæcul. v. 70.

Tome I.   1

Les lieux destinés au culte des dieux, les prières et les sacrifices, les fêtes ordinaires et extraordinaires, les jeux et les spectacles qui faisoient partie de la religion ; telle est la matière de cet article, que nous allons traiter les plus briévement que nous pourrons.

Les lieux principaux destinés au culte des dieux se nommoient *templa*, *ædes sacræ*, *fana*, *delubra*, *sacella*, *luci*. *Templum* étoit proprement un espace dans l'air ou sur la terre désigné par un augure. On appelloit aussi *templum* un lieu consacré par les augures, environné de murailles, destiné au culte de quelque dieu, ou à quelque usage respectable. Ainsi la salle du sénat, *curia*, étoit *templum*, et Cicéron en plusieurs endroits de ses discours lui donne ce nom. Il y avoit cette différence entre *templa* et *ædes sacræ*, que ces derniers lieux, il est vrai, étoient consacrés au culte de quelque dieu, mais n'étoient point consacrés par les augures. Les lieux nommés *fana* chez les Romains étoient en général toutes les maisons consacrées par les pontifes. *Delubrum* étoit un endroit où ils mettoient la statue d'un ou de plusieurs dieux ou bien une fontaine qui étoit devant le temple, dans laquelle ils se lavoient avant que d'y entrer. Le *sacellum* di-

minutif de *sacrum* , n'étoit autre chose qu'un
lieu consacré et environné seulement d'un
mur sans toit. On appelloit aussi *sacella* des
chapelles ou petits temples consacrés à quelques dieux particuliers. *Luci* étoient des bois
consacrés à quelque divinité. On leur donnoit
ce nom à cause du grand nombre de feux qu'on
y allumoit en l'honneur des dieux ou déesses
qu'on y adoroit. Les temples de Rome devoient presque tous leur origine à quelque
vœu fait dans des tems de calamité ou dans
quelque grand péril. Ces vœux se faisoient ou
par le sénat et le peuple , ou par un général
d'armée avec l'approbation du sénat et du
peuple (1). La consécration étoit différente
de la dédicace. La consécration se faisoit par
les augures ou par les pontifes, lorsqu'on choisissoit l'emplacement du temple et qu'on en
jettoit les fondemens : la dédicace avoit lieu
lorsque le temple étoit achevé. Je n'entrerai pas
dans le détail des cérémonies de la consécration et de la dédicace ; je me contenterai d'observer qu'on ne pouvoit ni consacrer ni dé-
dier , à moins qu'on ne fût autorisé par le sé-

(1) Tite-Live , l. 9, ch. dern. Cic. pour sa maison , ch. 53.

nat et le peuple : j'observerai encore que c'étoit
toujours un magistrat ou un particulier qui
faisoit la consécration ou la dédicace au nom
du peuple en présence des augures ou des pontifes, qui dictoient les formules d'usage, et
veilloient à ce que rien ne se dît et ne se fît
contre les anciens rites. Il n'étoit pas permis
de consacrer un même temple à deux divinités.
Cette défense cependant ne subsista pas toujours. Les dieux qu'on adora ensuite dans un
même temple, se nommèrent *contubernales* (1).

Les prières étoient faites tout bas ou pronon-
cées tout haut; elles étoient simples, ou accompagnées d'adoration, de génuflexion, de pros-
tration. On portoit la main droite sur la bouche et on la tendoit ensuite vers la statue du
dieu qu'on vouloit honorer ; et c'est-là ce qui
s'appelloit proprement *adorare, ad os manum
admovere.* On s'agenouilloit devant la statue,
on se prosternoit devant elle, on lui portoit
la main au menton, ou on lui embrassoit les
génoux, qui étoient regardés comme le siège
de la miséricorde. On prioit les dieux de détourner un malheur, on cherchoit à fléchir
leur courroux ; on leur demandoit une fa-

(1) Cic. à Atticus, l. 13, ép. 28.

'veur, ou on les remercioit de l'avoir obtenue.
Lorsqu'on avoit obtenu quelque heureux succès, on leur rendoit de publiques actions de
grace, *gratiarum actiones*. Lorsqu'un général
avoit remporté une ou plusieurs victoires importantes, le sénat lui décernoit des *supplica-*
tions ou prières publiques, qui duroient un,
deux ou trois jours. Les succès des généraux
paroissoient d'autant plus grands qu'on accordoit plus de jours pour les célébrer : on les augmenta de plus en plus, de sorte qu'à la fin de
la république on en accordoit quinze ou vingt
et même d'avantage (1). Il faut remarquer que
les *supplications* ne se décernoient qu'à l'occasion de quelque victoire, et que Cicéron,
comme il le dit lui-même dans ses discours
contre Catilina, et dans plusieurs autres, fut le
premier à qui on accorda une distinction pareille, sans qu'il fût sorti de Rome. Il la méritoit bien, puisqu'en étouffant la conjuration de
Catilina, il avoit délivré Rome de l'embrase-
ment, tous les citoyens de la mort, et l'Italie
d'une cruelle guerre. Pendant tout le tems que
duroient les *supplications* ou prières publiques, les
temples étoient ouverts, et on s'y rendoit en

(1) Cic. Phil. 14, ch. 11.

I 3

foule pour rendre aux dieux de solemnelles actions de grace. Il ne se faisoit rien à Rome, il
ne s'entreprenoit aucune affaire d'état, qui ne
fût précédée de prières et de vœux. Toutes les
fois que le sénat s'assembloit, on commençoit
par quelque acte de religion ; et les sénateurs,
avant que de prendre leurs places, faisoient
des libations et offroient de l'encens sur l'autel du temple où ils s'assembloient (1). Lorsque les magistrats entroient en exercice ou
qu'ils partoient pour leurs provinces, ils se
rendoient au Capitole, et là ils supplioient Jupiter et les autres dieux de continuer leur protection au peuple romain, s'engageant à leur
offrir des sacrifices, si le peuple romain et eux
continuoient à éprouver les effets de cette protection. C'est ce qui s'appelloit *solemnis voto-*
rum nuncupatio (2). Les sacrifices commençoient toujours par une prière, que le magistrat, à qui le pontife la dictoit, répétoit après
lui mot pour mot. C'étoit toujours le magistrat
qui agissoit comme personne principale, et
qui représentoit le peuple pour la prospérité
duquel se faisoit le sacrifice. Avant de com-

(1) Suetone, vie d'Auguste.

(2) Tite-Live, l. 21, ch. 63. Tac. An. l. 16, c. 22.

mencer la prière, un prêtre crioit à haute
voix que tous les profanes, tous ceux qui se
sentoient coupables de quelque grand crime,
eussent à s'éloigner : il ordonnoit le silence aux
assistans. Les prières commençoient ordinairement par cette formule : *quod felix faustum-
que sit populo romano.* Si le magistrat recommandoit aux dieux une affaire dont il devoit
avoir la principale direction, il ajoutoit *mihi
et populo romano*, que cette affaire puisse tourner à mon avantage et à celui du peuple romain. Après quoi suivoient la priere et les
vœux (1).

On commençoit ensuite le sacrifice, en
recommandant de nouveau le silence, et en
ordonnant de s'abstenir de toute parole de
mauvais augure, *favete linguis, bona verba.*
Les pontifes avoient eu soin de choisir les plus
belles victimes, celles qui étoient sans défaut,
celles qui étoient agréables aux dieux auxquels
on les immoloit. Les victimes blanches étoient
pour les dieux célestes, les victimes noires
pour les dieux infernaux. On avoit soin que
la victime parût aller comme volontairement
à l'autel ; car si elle résistoit et se faisoit tirer

(1) V. Brisson, de form. l. 1.

I 4

de force, c'étoit une marque que la divinité
n'agréoit pas le sacrifice. La victime étant près
de l'autel, le sacrificateur répandoit sur elle
de la farine rôtie avec du sel, qu'on appelloit
mola salsa. Ensuite il prenoit un vase rempli
de vin, nommé *simpuvium*, et en ayant goûté
lui-même, il en faisoit goûter aux assistans.
Il en versoit dans une patère, et le répandoit
entre les cornes de la victime; c'est ce qui
s'appelloit *libare.* Il arrachoit quelques poils
du front de la même victime, et les jettoit
sur le feu de l'autel. On délioit alors la victime,
si elle s'échappoit, on regardoit cela comme
un très - mauvais signe. Lorsque la victime
avoit été égorgée, alors venoit le tour des
aruspices, qui examinoient avec grand soin
les entrailles de la victime. Si les signes
étoient favorables, on l'annonçoit au peuple;
sinon on immoloit de nouvelles victimes jusqu'à
ce que les signes fussent heureux.

J'omet quelques circonstances des sacrifices
moins essentielles, et je passe aux fêtes tant
ordinaires qu'extraordinaires. C'étoient les pontifes qui régloient le calendrier, et qui avoient
soin d'indiquer au peuple à quel jour se devoient
célébrer les fêtes ordinaires ou anniversaires.
Elles étoient en assez grand nombre; car,

outre toutes les fêtes anciennes qu'on avoit retenues, quoique le culte des divinités en l'honneur desquelles elles se sélébroient, fût presque tombé dans l'oubli, on en avoit institué quantité de nouvelles. Une même divinité avoit souvent dans l'année plusieurs fêtes, les unes plus solemnelles que les autres. Il y en avoit même qui, duroient plusieurs jours, et qui se célébroient avec beaucoup d'appareil étant accompagnées de jeux magnifiques.

Dans des tems de calamité, lorsque Rome étoit affligée de la peste ou de la famine, ou menacée de quelque grand danger, le sénat ordonnoit des prières pupbliques et des sacrifices, et souvent même il y ajoutoit diverses sortes de jeux, croyant ce moyen efficace pour appaiser la colère des dieux. L'histoire en fournit plusieurs exemples. Ce fut l'an de Rome 354 que l'on vit célébrer le premier *lectisterne*. On appelloit lectisterne la cérémonie de descendre les statues de leur base, de les coucher sur des lits appellés *pulvinaria*, et de leur servir de somptueux repas. C'étoit dans des événemens extraordinaires que cette cérémonie avoit lieu.

Jeux et spectacles.

J'ai déja dit que chez les Romains les
jeux et les spectacles appartenoient à la religion.
Les jeux peuvent être considérés comme des
fêtes, et dans ce sens être distingués des spectacles avec lesquels on les confond quelquefois.
Il y avoit donc des jeux ordinaires et extraordinaires.

Les jeux ordinaires ou fixes étoient des
jeux qui se célébroient par divers spectacles,
dans un certain tems, en l'honneur de quelque
divinité ou en mémoire de quelque événement :
par exemple les jeux appellés *megalenses* ou
megalesia, en l'honneur de la grande mère
des dieux ; les jeux nommés *cereales*, en
l'honneur de Cerès ; les jeux floraux, en
l'honneur de la déesse Flóre ; les jeux apollinaires, en l'honneur d'Apollon, de Diane et
de Latone ; les jeux capitolins, en l'honneur
de Jupiter capitolin, et en mémoire du capitole
sauvé de la fureur des Gaulois ; les jeux romains, ou les grands jeux, en l'honneur de
Jupiter, de Junon et Minerve ; les jeux plébéiens, en mémoire, soit de la liberté recouvrée
par l'expulsion des rois, soit de la réconciliation du peuple avec le sénat après qu'il se

fut retiré sur le mont aventin. Tous ces jeux, sans parler de quelques autres moins connus, se célébroient dans un certain tems de l'année avec plus ou moins d'appareil.

Parmi les jeux extraordinaires, c'est-à-dire ceux qui se célébroient à l'occasion de quelque événement extraordinaire, on peut citer les jeux funèbres, c'est-à-dire, ceux que donnoient des particuliers d'une grande naissance pour célébrer les funérailles d'un homme considérable de leur famille.

Quant aux spectacles, appellés jeux quelquefois, on peut les diviser en trois grandes classes, spectacles ou jeux du cirque, spectacles ou jeux de l'amphithéatre, spectacles ou jeux du théatre, autrement jeux scéniques.

C'est le premier Tarquin qui fit construire le cirque dans la vallée Murcia entre les monts aventin et palatin (1) ; cirque qui dans la suite fut appelle le grand cirque, lorsqu'on en eut construit plusieurs autres. Sans entrer dans les détails de sa construction et de toutes les parties qui le composoient, je me contente de dire qu'autour de l'arène étoient des gradins et des sièges appellés *fori*, qui

(1) Tite-Live, liv. 1, ch. 35.

furent d'abord de bois, ensuite de brique, et enfin de marbre. Il y avoit six principales sortes de jeux du cirque, la course à pié et à cheval, le combat gymnique ou athletique, la lutte et le pugilat, le jeu troyen, ou calvalcade exécutée par des jeunes gens de la première condition, la chasse ou combat des bêtes les plus féroces entr'elles ou contre des hommes, la naumachie ou combat naval, pour lequel on faisoit entrer de l'eau dans le cirque par des aqueducs. On appelloit sur-tout jeux du cirque, la course sur des chevaux ou sur des chars que les Romains aimoient avec passion.

J'appelle spectacles ou jeux de l'amphithéatre, les spectacles des gladiateurs, parce qu'ils se donnoient ordinairement dans un amphithéatre de bois et construit seulement pour le tems que devoit durer le spectacle. Ce ne fut que sous l'empereur Auguste qu'il commença à y en avoir un de pierre et à demeure. Le spectacle des gladiateurs étoit le plus célèbre et le plus agréable au peuple. Aussi la loi Tullia, portée par Ciceron (1), défendoit elle de donner au peuple des spectacles de gladiateurs dans le cours des deux années qu'on

(1) Contre Vatinius, ch. 15.

demandoit les charges. Ce spectacle s'appelloit *munus*, devoir, parce qu'originairement il ne se donnoit qu'en l'honneur des morts, et que c'étoit une espèce de devoir qu'on leur rendoit. C'est pour cela qu'on appelloit *munerarius* ou *muncrator* celui qui donnoit ces jeux : on l'appelloit encore *editor* et *dominus*. Durant le tems du spectacle, il avoit droit, quoique simple particulier, de porter les marques de la magistrature.

Le spectacle des gladiateurs avoit été emprunté des Etrusques, et tiroit son origine des funérailles, parce qu'autrefois on avoit coutume d'égorger les captifs sur le tombeau de ceux qui avoient été tués à la guerre : on croyoit par là appaiser leurs manes (1). Ce fut pour ce motif que le premier spectacle en ce genre fut donné à Rome par les Brutus frères, l'an de Rome 490, aux funérailles de leur père. On ne le donnoit, dans les premiers tems de la république, qu'aux funérailles des hommes illustres ou d'un rang distingué ; on le donna par la suite aux funérailles de quelques particuliers et même de quelques femmes : souvent même on donna des gladia-

(1) Virg. Enéïde, l. 10, v. 518.

teurs au peuple , seulement pour le plaisir
et pour gagner son affection. Ce spectacle
étoit donné sur-tout par les édiles , qui avoient
proprement l'intendance des jeux publics ;
il étoit aussi donné par les préteurs et par
les questeurs. Ces magistrats , pour se rendre
agréables au peuple, tâchoient de se signaler
par la plus grande magnificence.

On entretenoit et on exerçoit à Rome les
gladiateurs dans différentes maisons appellées
ludi , dont l'administration étoit regardée
comme une commission honorable. Ils étoient
sous les ordres de maîtres d'escrime qu'on
appelloit *lanistæ* qui les achetoient , ou qui
élevoient des enfans exposés qu'ils destinoient
à ce métier. Il le leur apprenoient comme un
art, et leur donnoient même sur cela des
préceptes par écrit. Il les exerçoient avec des
épées de bois. Le lieu du combat étoit ordinairement, comme nous l'avons dit plus haut,
un amphithéâtre construit pour le tems du
spectacle ; c'étoit aussi quelquefois près du
bûcher, lorsque le spectacle se donnoit en
l'honneur des morts ; quelquefois aussi dans
la place publique qui alors étoit ornée de statues et de tableaux. On appelloit *bustuarii*,
les gladiateurs qui combattoient près d'un bû-

cher , *ad bustum*. Les gladiateurs n'étoient d'a-
bord que des esclaves condamnés ou *ad ludum*
ou *ad gladium*. Ceux qui étoient condamnés *ad
gladium* devoient être mis à mort dans l'espace
de l'année : ceux qui étoient condamnés *ad
ludum* pouvoient être délivrés au bout d'une
année. On tiroit aussi les gladiateurs , des captifs qu'un général d'armée donnoit ou qu'on
achetoit. Dans la suite , des hommes libres ,
soit pour gagner de l'argent , soit pour le plaisir
de se battre , eurent la bassesse de descendre
dans l'arène (1) , et d'y faire le métier de gladiateurs. Les hommes libres qui se vendoient
pour cette vile profession , étoient appellés
auctorati , et leur salaire *auctoramentum*. Ils juroient d'accomplir tous les devoirs de vrais
et légitimes gladiateurs.

Les gladiateurs étoient distingués , soit par
leurs armes , soit par la manière dont ils combattoient. Les principaux étoient *secutores* ; ils
avoient pour armes un casque , un bouclier et
une épée , ou une massue de plomb. Ceux qui
combattoient contre eux étoient ordinairement
les *Retiarii* , ainsi appellés parce qu'avec un
filet ils tâchoient d'envelopper leur adversaire

(1) Suet. vie de César.

et de le tuer avec leur fourche. Lorsqu'il leur
étoit arrivé de jetter leur filet sans succès , ils
étoient poursuivis dans l'arène par leurs adversaires appellés pour cet effet *Secutores*. Ceux
qu'on appelloit *Threces* portoient un petit bouclier rond avec un poignard recourbé. Ils
avoient ordinairement en tête les *Mirmillones* ,
qui portoient sur leur casque la figure d'un
poisson. Les *Samnites* avoient un bouclier garni
d'argent ciselé , un baudrier , une botte à la
jambe gauche , un casque avec des aigrettes.
Cicéron (1) parle de *provocatores* , ainsi appellés
sans doute parce qu'ils provoquoient leurs
adversaires.

Avant le jour du spectacle , celui qui le
donnoit faisoit afficher publiquement les noms
et le nombre des plus célèbres gladiateurs.
Lorsque le jour de spectacle étoit arrivé , on
appareilloit les combattans ; on mettoit ensemble ceux qui étoient à peu près d'une force
et d'une habileté égale ; ce qui s'exprimoit
en latin par le verbe *comparare*. Après cela les
combattans préludoient en se frappant avec des
épées de bois , et en se lançant des javelines
avec beaucoup d'adresse ; ce qui se nommoit

(1) Pour Sextius , ch. 64.

proprement

proprement *ventilare*. La trompette donnoit
ensuite le signal, et aussitôt on en venoit aux
armes meurtrières ; ce qui s'appelloit *versis gla-
diis pugnare*. Si le peuple vouloit sauver un
gladiateur près de périr, il baissoit le pouce ;
s'il vouloit qu'il fût mis à mort, il le haussoit,
et le pauvre gladiateur se soumettoit à la sentence. Le prix pour les vainqueurs étoit une
palme et de l'argent. Celui qui obtenoit son
congé, recevoit une épée de bois, nommée
rudis. Ceux qui avoient reçu le *rudis*, s'appelloient *rudiarii* ou *rude donati*.

Les jeux scéniques ou spectacles du théâtre
étoient de différentes sortes. Ce que nous appellons théâtre, les latins l'appelloient *scena* ou
pulpitum ; ce qu'ils appelloient théâtre, nous
pourrions l'appeller amphithéâtre, c'est-à-dire
l'endroit et les places d'où l'on voit le spectacle ;
c'est dans ce dernier sens que nous devons
prendre le mot grec *theatron*, d'où les latins
ont pris *theatrum*. Les spectateurs furent long-
tems debout. Pompée est le premier qui, dans
son second consulat, fit construire un théâtre (1)
de pierre de taille, qui contenoit quarante mille
places. Les sièges du théâtre étoient à-peu-près

_____

(1) Pline, hist. nat. liv. 36, ch. 15.

Tome I.   K

semblables à ceux de l'amphithéâtre dont nous avons parlé plus haut. Les parties du théâtre tel que nous l'entendons chez nous, étoient *scena*, *proscenium*, *postscenium*, *pulpitum et orchestra*. *Scena* étoit l'endroit d'où sortoient les acteurs, ce que nous appellons les décorations. *Scena versilis*, est lorsque les décorations étoient substituées tout d'un coup à d'autres, et *scena ductilis*, lorsque le changement ne faisoit que découvrir le fond du théâtre. Les décorations chez les Romains consistoient en tapisseries, et non en peintures sur la toile comme parmi nous ; d'où vient qu'on les appelloit *aulæa* ou *siparia*. Au lieu de cette toile qui aujourd'hui couvre le théâtre avant que la pièce commence, c'étoit encore une tapisserie qui, durant la représentation de la piéce, étoit à terre, et que l'on élevoit lorsqu'elle étoit jouée. Ainsi lever la toile c'étoit fermer le théâtre, la baisser c'étoit l'ouvrir. Le *proscenium* étoit un lieu plus bas que la scène : c'est-là que se jouoient ordinairement les farces. Le *postscenium* étoit le derrière du théâtre, où se passoit ce qui ne pouvoit se passer convenablement sur la scène. *Pulpitum* étoit l'endroit du théâtre où les acteurs déclamoient. Enfin *l'orchestra*, qui vient du grec *orcheistai*, *saltare*, danser, étoit l'en-

droit où l'on dansoit, et près duquel les sénateurs étoient assis. Les jeux scéniques venoient d'Etrurie ; c'est de-là que les acteurs
s'appellèrent *histriones*, du mot étrusque *hister*.

Les différentes sortes de jeux scéniques chez
les Romains étoient la comédie, la tragédie, la
satire et le mime. Il y avoit des comédies appellées *protextatæ* ou *trabeatæ*, parce que les
personnages qu'on y faisoit paroîte étoient des
magistrats, des prêtres, et autres, qui portoient la prétexte ou la trabée. C'est ce que
nous appellerions chez nous la haute comédie.
Les *togatæ* étoient celles où l'on représentoit
des personnes du commun ; les *palliatæ* celles
où les personnages étoient grecs, portant le
pallium, manteau grec, par opposition aux
togatæ, où les personnages étoient romains,
portant la toge romaine. Les *atellanes*, ainsi
appellées d'Atella ville municipale, étoient de
petites farces que les jeunes gens de bonnes familles jouoient entre les actes des grandes pièces
et quelquefois à la suite. Les acteurs comique
et tragique étoient masqués. Ces masques étoient
des têtes entières creuses avec leurs cheveux lesquelles s'ouvroient en deux parts et s'emboî-
toient dans la tête des acteurs. Les acteurs
tragiques portoient une longue robe à queue,

appellés *palla* et *syrma*. Ils avoient une chaussure haute , nommée *cothurni* , afin de paroître
plus grands et d'un air plus majestueux. Les
acteurs comiques au contraire avoient une
chaussure basse appellée *socci*. De-là vient
que *cothurnus* se prend souvent pour la tragédie,
pour un style élevé, et *soccus* pour la comédie,
pour un style populaire. La satire étoit un
drame malin et mordant, appellé de ce nom ,
selon quelques uns, à cause des Satyres qui
étoient regardés comme des dieux impudens.
Le mime étoit un genre de comédie, où l'on
imitoit effrontément les discours et les actions
d'un homme ou d'une femme. Les acteurs qui
représentoient ces pièces étoient appellés mimes.
De là on appelloit pantomimes ceux qui, par
leurs danses et leurs gestes, savoient exprimer
toutes sortes de choses.

Grande procession qui avoit lieu toutes les fois
qu'on célébroit les jeux du cirque.

En parlant des jeux du cirque, j'ai oublié
de parler de la grande procession , *pompa*
maxima, de celle qui avoit lieu dans certaines
fêtes solemnelles, et toutes les fois qu'on célébroit les jeux du cirque. Elle se faisoit avec
beaucoup de pompe et d'appareil. On y voyoit

tous les dieux de Rome; et tous les ordres
de l'état s'y faisoient remarquer dans les habil-
lemens qui leur étoient propres. La procession
partoit du Capitole pour se rendre au grand
cirque, ayant à sa tête le principal magistrat
qui se trouvoit chargé de la direction de toute
la fête. Après lui venoit la jeunesse romaine,
les fils des sénateurs à cheval, celle d'un moindre rang à pié. Elle étoit suivie des chars et
des chevaux qui devoient disputer le prix de
la course, des athlètes, des danseurs, des joueurs
d'instrumens, et autres. Marchoient ensuite les
ministres inférieurs de la religion, portant des
encensoirs, quantité de vases d'or et d'argent,
tous les instrumens nécessaires aux sacrifices,
et conduisant les victimes qui y étoient destinées. Les statues des dieux portées sur des
brancarts par des hommes, ne formoient pas
le moins nombreux cortége, et passoient dans
un ordre admirable. Après les dieux paroissoient les principaux ministres de la religion,
portant des branches d'olivier à la main,
chacun avec les marques de son sacerdoce,
et vêtus de leurs habits de cérémonie. La
marche étoit fermée par les magistrats, et
généralement par tous ceux qui avoient quelque grand emploi dans la république. Cette

procession précédoit le sacrifice ; et d'abord après le sacrifice, le premier magistrat donnoit le signal pour commencer les jeux. Outre cette grande procession, il y en avoit encore d'autres qui se faisoient dans des occasions extraordinaires, telle que Tite-Live (1) en décrit une qui fut ordonnée pour appaiser Junon qu'on croyoit irritée.

Conclusion de l'article de la religion.

Je vais conclure l'article de la religion par quelques réflexions générales. *Rome*, dit le célèbre Montesquieu, *étoit un vaisseau tenu par deux ancres, la religion et les mœurs.* En effet, quoique cette religion n'offrît au culte des Romains que des objets matériels, des divinités vicieuses et bizarres, elle produisoit sur eux l'effet d'une bonne religion, puisqu'elle les rendoit honnêtes. Ils conserverent presque jusqu'à la fin de la république les principes que leur avoit inculqués Numa; et quoique le nombre même des divinités nouvelles qu'on adoptoit tous les jours, dût les rendre méprisables, la croyance où ils étoient que c'étoit à la protection et à la faveur de ces mêmes

(1) L. 27, ch. 37.

dieux qu'ils devoient tous les succès de leurs armes, les attachoit plus fortement encore à la religion, et leur en faisoit pratiquer exactement tous les devoirs. Ils étoient imbus de cette opinion essentielle que les dieux détestoient le vice et le punissoient, qu'ils aimoient la justice, l'équité, la droiture, une grande pureté de mœurs; et en conséquence ils donnèrent au monde l'exemple de toutes ces vertus.

Polybe (1) leur rend à ce sujet le plus beau témoignage. Ce grand historien florissoit au commencement du septième siècle de Rome, et il nous trace un tableau de cette fameuse république qu'il avoit étudiée à fond. « Comme tout ce qui est peuple, dit-il, est toujours inconstant, plein de desirs illégitimes, comme il se laisse emporter par ses affections violentes, il faut le contenir par des principes religieux, et par la crainte de ce qu'il ne voit point. Ce n'est donc pas sans motif que les anciens ont inspiré au peuple l'opinion des dieux, l'opinion des peines que les méchans souffrent dans les enfers; et je trouve qu'il y a beaucoup d'imprudence à rejetter ces opinions, ainsi qu'on le fait de nos jours. Je me borne à

_____

(1) L. 6, ch. 54.

K 4

en donner un exemple. Chez les Grecs, on
a beau prendre des précautions contre ceux
qui manient les deniers publics, on a beau
employer des témoins et des écrits, ils trouvent toujours le moyen de tromper : chez
les Romains, au contraire, la seule religion du serment suffit pour s'assurer de la
fidélité de ceux qui manient les plus fortes
sommes dans les magistratures ou dans d'autres commissions, et il est très-rare d'y trouver
quelqu'un qui soit convaincu de péculat ».

Tant donc qu'à Rome on respecta la religion, quelle quelle fût, la bonne foi, la
justice, l'intégrité, la pureté de mœurs, y
regnerent ; et Tite-Live (1) a raison de dire
qu'il n'y a point eu d'état où la corruption
se soit glissée plus tard. Les Romains conserverent long-tems le respect religieux pour
la divinité que leur avoit inspiré Numa ; et
les changemens introduits dans le culte et les
cérémonies n'altererent point ces principes. La
simplicité, la frugalité de ce peuple, le travail
auquel il étoit accoutumé dès l'enfance, se
maintinrent au milieu des plus grands succès
et de la prospérité la plus éclatante. Ce ne
fut qu'après qu'ils eurent détruit Carthage,

(1) Préface de son histoire.

conquis la Macédoine et l'Asie, que la corruption s'introduisit parmi les grands et se communiqua bientôt au peuple. On oublia la religion, on oublia la frugalité ; le travail devint insupportable. Remplie d'une populace oisive qui ne vivoit que de distribution de blé et d'argent, Rome nourrissoit dans son sein une foule de séditieux, qui s'arrogeant le nom de peuple romain, disposoit de tout sous la conduite de quelque tribun forcené. On n'y reconnoît plus ce peuple religieux dont Polybe vante tant la bonne foi, la probité et la droiture. Les grands se moquoient des auspices ; les ministres de la religion ne s'acquittoient plus qu'avec négligence des cérémonies : et bientôt il n'y eut plus de frein à l'ambition d'un côté et à la corruption de l'autre.

Du citoyen romain. Des droits de cité romaine. Familles. Noms. Adoption. Mariages. Habillement, Etats et professions.

J'ai annoncé que je traiterois des membres de la souveraineté, c'est-à-dire des citoyens romains, des droits de cité romaine, et de tout ce qui peut avoir rapport à cette grande question ; je vais le faire le plus briévement que pourra le permettre l'étendue d'un si grand sujet.

Rome, dans les commencemens, fut assez prodigue du droit de cité; elle crut devoir l'accorder d'abord à tous ceux qui vouloient entrer dans son sein : mais lorsqu'elle commença à étendre ses conquêtes, elle en devint plus avare. Ne pouvant le refuser aux peuples du Latium, elle en retrancha le droit de suffrage, et la part qu'il leur eût donné au gouvernement. L'Italie ayant ensuite été forcée de subir le joug, obtint des conditions moins favorables que les Latins ; mais pourtant elle conserva une ombre de liberté, chaque peuple continuant à se gouverner selon ses anciennes loix, et formant avec Rome une espèce de confédération. Enfin lorsque les Romains eurent porté leurs armes hors de l'Italie, et soumis diverses provinces à leur empire, ils leur envoyèrent des magistrats pour les gouverner comme sujettes. Il se forma donc alors quatre différentes espèces de conditions des habitans de ce vaste empire. Les citoyens romains jouissoient de tous les avantages attachés à cette qualité en quelque lieu qu'ils habitassent. Les Latins ne jouissoient pas de toutes ces prérogatives, mais cependant leur condition étoit meilleure que celle du reste de l'Italie. Les Italiens conservèrent certains priviléges, connus sous le nom de droit italique, dont les provinces étoient exclues. La servitude des provinces étoit plus ou moins relâchée selon les loix auxquelles elles s'étoient soumises.

La condition du citoyen romain étoit sans contredit la plus favorable, et doit naturellement tenir le premier rang. Un citoyen romain avoit des esclaves, il pouvoit les affranchir, et par-là leur communiquer le droit de cité avec certaines restrictions. Il est donc impossible de traiter du citoyen romain sans parler des esclaves et des affranchis. Et c'est ce que nous ferons après nous être occupé des droits de cité romaine. Sous les rois, les citoyens romains jouissoient déja de la liberté, du droit de contracter des mariages, d'une puissance sans bornes sur leurs enfans, du droit d'acquérir, d'aliéner, de contracter entre eux, de faire des testamens, et du droit de suffrage. Après l'abolition de la royauté, on y ajouta encore le droit d'appel devant l'assemblée du peuple, le droit de contracter des mariages avec les patriciens, et celui de parvenir aux magistratures et aux sacerdoces. La liberté des citoyens romains consistoit à être maîtres de leurs personnes, à ne dépendre d'aucune puissance quelconque, à n'être sujets que des loix. Un

citoyen romain ne pouvoit être privé de sa
liberté malgré lui. Les loix l'en privoient dans
certains cas , et ordonnoient de le vendre
comme esclave, par exemple s'il avoit manqué de
se faire inscrire dans les rôles du cens, s'il avoit
refusé de s'enrôler pour le service militaire (1):
mais alors il étoit censé avoir renoncé lui-même
à sa liberté, soit en manquant de se faire mettre
dans la liste des citoyens romains , soit en re-
fusant de défendre par les armes sa patrie et
sa liberté même. Il ne pouvoit être privé ,
malgré lui , de son droit de cité. Ainsi , pour
le bannir , on se contentoit de lui interdire
l'usage du feu et de l'eau ; et par-là on l'obligeoit de quitter Rome , de se retirer dans une
autre ville (2). S'il y acceptoit le droit de cité ,
il renonçoit au droit de cité romaine , personne ne pouvant être en même-tems citoyen
de Rome et d'une autre ville. Il n'y avoit que
tout le peuple assemblé par centuries qui pût
condamner nommément un citoyen romain à
l'exil ou à la mort. Il n'étoit point permis de
le battre de verges. Anciennement à Rome ,
tout supplice étoit précédé du fouet: la loi
Porcia en affranchit tous les citoyens romains ;

(1) Cic. pour Cécina , ch. 24.

(2) Cic. pour sa maison , ch. 19.

de sorte que cette peine fut depuis reservée pour les étrangers et pour les esclaves. Les citoyens pouvoient appeller au peuple de la sentence des magistrats. Caïus Gracchus leur confirma ce privilége et lui donna encore plus d'étendue , puisqu'il ôta même aux magistrats et réserva au peuple seul le droit de condamner un citoyen romain à mort (1). Ce fut pour maintenir les citoyens romains dans la jouissance de leurs priviléges que furent établis les tribuns du peuple. C'étoient proprement les gardiens et les défenseurs de la liberté. Leur personne fut déclarée sacrée et inviolable, afin qu'aucune crainte ne les gênât dans l'exercice de leur charge , et que leur protection en fût plus efficace. Ainsi, dès qu'un citoyen se voyoit opprimé par un magistrat , ou condamné par une sentence injuste , il appelloit à son secours les tribuns du peuple. Hors de Rome , dès qu'on se réclamoit citoyen romain , ce nom devoit rassurer contre toute violence. Cicéron reproche à Verrès, avec la plus grande force, d'avoir fait subir le supplice des esclaves à un homme qui se disoit citoyen romain , qui faisoit valoir un titre révéré chez les nations

(1) Tite-Live, l. 4, ch. 11.

les plus barbares. Nous voyons dans les actes des apôtres, que S. Paul arrête tout court ses bourreaux qui alloient le battre de verges, en réclamant son droit de cité romaine.

Les loix des douze tables étoient fort sévères sur-tout à l'égard d'un débiteur insolvable. Elles permettoient aux créanciers, non-seulement de l'emprisonner, de le faire travailler, de tirer tous le profit de son travail jusqu'à ce qu'il eût satisfait à la dette, mais même de le vendre comme esclave. Cette loi parut bientôt trop dure pour des citoyens romains, et il fut ordonné aux créanciers par une autre loi de se contenter des biens de leurs débiteurs sans attenter sur leurs personnes. Une loi des douze tables déclaroit illicites les ma-riages entre les plébéiens ; cette loi ne tarda pas à être abolie comme injurieuse au titre de cité romaine. Par respect pour ce même titre, il étoit défendu à un citoyen d'épouser une étrangère ou une affranchie (1) ; d'ailleurs il pouvoit choisir à son gré entre toutes les citoyennes, qu'elles qu'elles fussent et en quelque endroit qu'elles se trouvassent.

Les Romains, par des vues de politique,

(1) Tite-Live, l. 39, ch. 19.

resserrent à l'égard de leurs sujets la faculté
de contracter des mariages, de sorte même
qu'il n'étoit pas permis aux différens peuples
du Latium d'en contracter hors de leur canton.
Lorsque Paul Emile eut conquis la Macédoine,
elle fut divisée en quatre parties, entre lesquelles
on ôta toute communication, en défendant
de transférer son domicile de l'une dans l'autre,
d'y contracter des mariages ou d'y acquérir
des terres (1).

Le droit de cité romaine donnoit aux pères
sur leurs enfans le pouvoir le plus arbitraire
et le plus étendu, le droit de vie et de mort.
Les enfans étoient regardés comme faisant partie des biens de leur père; ils pouvoient être
vendus et achetés ni plus ni moins que des
esclaves. La condition des enfans étoit en quelque sorte plus dure que celle des esclaves
mêmes. Un esclave que son maître avoit aliéné,
s'il venoit à être affranchi, jouissoit d'une liberté pleine et entière : au lieu que si un fils
que son père avoit vendu venoit à recouvrer
sa liberté, il retomboit sous la puissance de
son père, qui pouvoit le vendre une seconde

(1) Tite-Live, l. 8, ch. 14, l. 9, ch. 43, l. 49,
ch. 29.

fois, même une troisième ; et ce n'étoit qu'après cette troisième vente que le fils, s'il recouvroit sa liberté, étoit entièrement libre et affranchi du pouvoir (1) paternel. Romulus étoit auteur de cette loi : Numa l'adoucit un peu, en ôtant aux pères le droit de vendre leurs enfans, dès qu'il leur avoit permis de se marier. Tout ce que les enfans pouvoient amasser par leur travail ou autrement, étoit dévolu au père. Tout ce que celui-ci leur permettoit d'amasser pour eux étoit appellé *pécule*, *peculium* ; comme nous le verrons des esclaves à qui leurs maîtres permettoient de travailler pour eux. La loi qui accordoit aux pères une telle puissance paroît absurde, et elle l'est en en effet : cependant elle subsista même après la république, et l'on ne voit pas qu'elle ait causé dans Rome de grands désordres, ni qu'il en ait résulté des inconvéniens remarquables.

Le cens, comme nous l'avons dit dans ce qui précède, fut institué par Servius Tullius. On n'y recevoit absolument que les noms des citoyens romains ; et cela leur étoit tellement propre, que tous ceux dont les censeurs avoient reçu les noms étoient reconnus par-là même

_____

(1) Den. d'Hal., l. 2.

citoyens

citoyens romains. Les esclaves qui y avoient
fait inscrire leurs noms du consentement de
leurs maîtres étoient censés affranchis et citoyens de Rome (1). Pareillement, dès qu'un
Latin avoit fait recevoir son nom dans le rôle
des censeurs, et avoit établi à Rome son domicile, il jouissoit de toutes les prérogatives
des citoyens romains. Le cens étoit donc particulier à ceux-ci ; ensorte que, dès que les censeurs avoient reçu le nom d'un homme, et
l'avoient mis sur leur rôle, il étoit par-là même
réputé citoyen romain. Nous avons dit plus
haut quelle étoit la punition des citoyens qui
manquoient à se faire inscrire sur le rôle des
censeurs.

On n'enrôloit dans les légions que des citoyens romains ; et encore ne les enrôloit-on
pas indifféremment (2). Tous ceux de la sixième
classe, qui n'apportoient que leurs noms dans
le cens, sans être pourvus d'aucuns biens, ainsi
que les comédiens et les affranchis, n'étoient
pas reçus dans les légions ; et si on les y a enrôlés quelquefois, ce n'a été que dans les cas

---

(1) Cic. de l'orat. l. 1, ch. 40.

(2) Juste Lipse, de la mil. rom. l. 2, dial. 11.

Tome I.   L

d'extrême nécessité : autrement, ils ne rem‑
plissoient guère que le service de la marine.

Un des plus beaux droits dont jouissoient
les citoyens romains, étoit, sans doute, celui
de suffrage, qui leur donnoit une part dans le
gouvernement. Nous ne répéterons point ici ce
que nous avons dit plus haut en traitant des
comices ou assemblées du peuple romain ;
nous avons parlé de la manière dont se recueil‑
loient les suffrages, et des loix qui en assuroient
la liberté.

Outre le droit de suffrage, une des plus bel‑
les prérogatives du citoyen romain étoit de ne
se voir exclus d'aucune des dignités de l'état,
de pouvoir aspirer et parvenir à toutes les ma‑
gistratures, à une grande partie des sacerdo‑
ces. Toutes ces dignités furent d'abord reser‑
vées aux seuls patriciens ; mais les plébéiens
vinrent à bout en divers tems de les partager
avec eux.

Quand on dit qu'un citoyen romain avoit
droit de tester, d'acquérir, de posséder, d'hé‑
riter, d'aliéner, cela veut dire simplement qu'il
exerçoit ce droit suivant certaines formes qui
lui étoient particulières. Ainsi quand on dit
qu'un étranger ne pouvoit faire un testament,
cela veut dire qu'il ne pouvoit le faire suivant

les formes usitées entre les citoyens romains.
Il en est à-peu-près de même des mariages. Un
Romain ne pouvoit épouser une étrangère ;
c'est-à-dire, que ce mariage n'étoit pas valide
à Rome, que les enfans n'étoient pas censés
citoyens romains, et ne pouvoient hériter de
leur père, pas même par testament. Mais du
reste, si ce Romain s'établissoit dans le lieu
du domicile de sa femme, et renonçoit à la
cité romaine, son mariage étoit valide, et ses
enfans légitimes héritiers des biens situés hors
du territoire de Rome.

Ce qu'on peut remarquer encore comme particulier aux Romains, c'est leurs noms et leur
habillement. Avant de parler des noms, il faut
dire quelque chose des familles.

Le mot *famille* se prenoit, ou dans un sens
fort étendu, ce qu'on appelloit en latin *gens*,
et ce qui pourroit s'appeller en françois *race* ;
ou dans un sens plus resserré, ce qui s'exprimoit par *familia* (1), et pourroit répondre au
françois *branche*. Ainsi, par exemple, dans la
race Cornélia, *in Corneliâ gente*, il y avoit des

(1) *Familia*, étoit proprement le père, la mère,
les enfans, les esclaves, enfin toute la maison. On le
restraignoit quelquefois à la troupe des esclaves.

Cornélius de la branche des *Scipio* , des *Len-tulus* , des *Dolabella* , des *Rufinus* , et autres. Il arrivoit quelquefois que , dans la même race, *in eâdem gente* , il y avoit des familles patricien-nes et plébéiennes. Parmi les *Tullius* il y avoit les *Tullius Longus* et les *Tullius Cicero*. Les premiers étoient patriciens , puisque Marcus Tullius Longus fut consul l'an 253 , lorsqu'il n'y avoit que les patriciens qui le pussent être ; les derniers étoient plébéiens. Il y avoit de cela diverses raisons que nous avons expliquées ail-leurs. Le fait est réel ; et l'on sait que la fa-mille des Octavius étoit passée dans les plé-béiens , et ne revint aux patriciens que long-tems après.

Les Romains avoient plusieurs noms , ordi-nairement trois , quelquefois quatre. Si un ci-toyen avoit trois noms , le premier étoit le prénom , et servoit à distinguer la personne ; le second étoit le nom-propre , le nom de fa-mille ; le troisième étoit le surnom , donné ou en vertu d'une adoption , ou à cause d'une action distinguée , ou à cause d'un défaut ou d'un avantage naturel , ou enfin à raison de quelque circonstance de profession ou autre. Ainsi dans Publius Clodius Pulcher , Publius étoit le prénom , Clodius le nom de famille ,

Pulchèr le surnom. Si un citoyen avoit quatre
noms , le second et le troisième désiguoient la
race et la branche. Publius Cornélius Scipio
Africanus : Publius , prénom ; Cornélius , nom
de la race ; Scipio , nom de la branche ; Africanus , surnom pour des exploits en Afrique
contre les Carthaginois. Le même homme changeoit quelquefois de surnom. Ainsi Quintus
Fabius Maximus fut d'abord surnommé *Ovicula*,
petite brebis , à cause de sa grande douceur ;
ensuite *Verrucosus* , à cause d'une verrue qui
lui étoit survenue sur la lèvre supérieure ; enfin
Cunctator, *Temporiseur* , à cause de sa conduite
prudente dans la guerre contre Annibal. Un
affranchi prenoit les premiers noms de son
maître ou patron. Un étranger qui obtenoit le
droit de cité par le crédit de quelque grand
personnage , prenoit les premiers noms de ce
personnage , auxquels il ajoutoit son nom propre , ainsi que faisoit l'affranchi. Les filles
n'avoient qu'un nom , celui de leur famille.
Une fille de la famille des Cornélius se nommoit
Cornelia. Si elles étoient deux , c'étoit Cornélia
l'aînée et Cornélia la cadette , *Cornelia major*,
Cornelia minor. Si elles étoient trois ou davantage , c'étoit Cornélia première , seconde ,
troisième , et au-dessus. Si elle se marioit, elle

prenoit le nom propre de son époux. *Tullia*, nom de la femme de Cicéron ; *Tulliola*, au diminutif, le nom de sa fille. On prenoit aussi le nom de son père adoptif, de cette manière: Publius Cornélius Scipio, adopté par Paul Emile, s'appella Publius Cornelius Scipio *ÆEmilianus*. Ce Scipion est aussi connu sous le nom de second Africain, *Africanus minor*. Le jeune Octave, qui fut ensuite si connu sous le nom d'Auguste, adopté par le fameux Jules César, prit au contraire les noms de son père adoptif; et changeant son nom de famille *Octavius* en *Octavianus*, il se fit appeller *Caïus Julius Cæsar Octavianus*. A ce sujet, nous allons dire un mot de l'adoption.

L'adoption étoit un acte légitime, par lequel on adoptoit comme fils un citoyen étranger ou non étranger à sa famille. Il y avoit deux sortes d'adoptions ; l'adoption proprement dite et l'adoption appellée *Arrogatio*. L'adoption proprement dite étoit l'adoption de ceux qui n'étant pas indépendans, passoient de la famille de leur père naturel dans celle de leur père adoptif. Elle se faisoit devant le préteur ; le père de l'enfant le livroit à celui qui vouloit bien l'adopter. L'adoption appellée *arrogatio*, étoit pour ceux qui étant maîtres d'eux-mêmes se soumettoient à la puissance de celui qui les adoptoit. Cette adoption ne se faisoit qu'après en avoir fait la proposition au peuple assemblé par curies. Un citoyen ne pouvoit adopter que le fils d'un citoyen et d'une citoyenne. Pour qu'un homme pût en adopter un autre, il falloit qu'il eût environ dix-huit ans plus que lui. Voici la formule de l'adoption : « Voulez vous, Romains, ordonnez vous que Lucius Valérius soit déclaré le fils de Lucius Titius, avec autant de droit que s'il étoit né de Titius lui-même, et que Titius ait pouvoir sur lui de vie et de mort, comme un père doit l'avoir sur son fils ».

Nous avons dit un mot du droit de mariage des Romains; avant de parler de leur habillement, nous allons entrer dans quelques légers détails sur les différentes sortes de mariages et sur quelques unes de leurs cérémonies.

Celui qui vouloit se marier, demandoit la fille qu'il vouloit obtenir à celui dont elle dépendoit; et celui-ci la promettoit s'il jugeoit la chose convenable. On appelloit cette promesse *sponsalia*; c'est ce que nous appellons chez nous fiançailles. Le fiancé donnoit à sa future épouse un anneau pour gage de sa foi. Après cette cérémonie, on choisissoit un jour pour les nôces. On ne le prenoit pas indifféremment; car il y en avoit de mauvais augure, que l'on vouloit éviter. Les mariages des Romains se faisoient de trois manières différentes, appellées *usus*, *confarreatio*, *coemptio*. La première manière étoit lorsqu'une fille avoit habité un an entier avec un homme, dans la vue du mariage, sans s'absenter plus de deux nuits : elle en devenoit l'épouse par une sorte de prescription, *usu*, sans qu'il fût besoin de nouvelles formalités. La seconde manière appellée *confarreatio*, étoit lorsque la femme passoit entre les mains de l'homme, en présence de dix témoins, avec une certaine formule, et après un sacrifice fait devant un pontife, dans lequel on employoit de la farine de froment, *far*. Lorsqu'on dissolvoit le mariage, on faisoit la même cérémonie et le même sacrifice, qui se nommoit alors *diffarreatio*. Cette manière de se marier étoit la plus ancienne et la plus respectable : elle fut toujours réservée aux seuls patriciens, depuis même que les plébéiens eurent participé aux prérogatives des patriciens nobles. Le mariage se contractoit encore par une espèce d'achat nommée *coemptio*. La femme étoit mise entre les mains du mari, qui lui donnoit quelques pièces de monnoie, seulement pour la forme : par là elle étoit censée achetée.

On ne faisoit aucun mariage, qu'on n'eût pris les auspices, et qu'on n'eût fait des sacrifices, sur-tout à Junon qui présidoit aux nôces. On revêtoit la nouvelle épouse d'une robe flottante, et on lui couvroit la tête d'un voile appellé *flammeum*. Ainsi parée, on l'arrachoit des bras de sa mère, ou de sa plus proche parente, Le soir elle étoit conduite à la maison de son époux, par trois jeunes garçons, nommés paranymphes, parce qu'ils accompagnoient l'épouse. Un des trois marchoit devant la nouvelle mariée, ayant à la main une torche pin ; les deux autres la soutenoient. On portoit après elle une quenouille garnie de laine, avec un fuseau, pour marquer l'ouvrage dont elle devoit s'occuper : car les femmes des Romains n'étoient obligées à aucun autre travail qu'à filer de la laine ; et nous voyons que les femmes les plus distinguées en faisoient leur principale occupation. La nouvelle épouse étoit aussi accompagnée de ses parens, de ses voisins et de ses amis, qui étoient en grand nombre, et qui portoient chacun leur présent. La porte de la maison du nouvel époux étoit ornée d'étoffes et de fleurs. La

mariée ne marchoit pas sur le seuil de la porte,
mais on l'enlevoit par-dessus, afin qu'elle
parût entrer malgré elle dans la maison d'un
homme, ou bien parce que le seuil étoit consacré à Vesta, déesse des vierges, et qu'on ne
trouvoit pas convenable qu'il fût foulé aux
piés par une fille qui devoit bientôt cesser de
l'être. Quand elle étoit entrée dans la maison,
on lui donnoit les clés, pour lui apprendre
qu'elle devoit avoir soin du ménage. Après cette
cérémonie, le mari donnoit le souper des
nôces à la nouvelle mariée et à tous ceux qui
l'accompagnoient, comme l'épouse ou ses
parens l'avoient donné le jour des fiançailles.
Enfin la nouvelle mariée étoit mise au lit par
une femme nommée *pronuba*. Ce lit se nommoit *lectus genialis*, du mot latin *genitus*, qui
veut dire engendré, ou parce qu'il étoit consacré à un génie, au génie du chaste amour.

Le mariage pouvoit être rompu, non-seulement par la mort, mais encore par le divorce,
auquel le mari, et non la femme, pouvoit se
porter pour plusieurs raisons marquées dans les
loix. Le sujet du divorce étoit examiné dans
une assemblée des amis du mari. Le divorce fut
d'abord très-rare parmi les Romains, mais ensuite il devint très-fréquent. La formule du di-

vorce étoit celle-ci : *Prenez ce qui vous appartient:* et la marque du divorce étoit quand le mari ôtoit les clés à sa femme (1).

Le principal habillement des Romains, celui qui les distinguoit, étoit la robe appellée *toga*, comme chez les Grecs c'étoit le manteau nommé *pallium*. La toge appartenoit tellement aux Romains, que souvent ils sont désignés par le seul mot de *togati*. La toge étoit de laine, ronde, fermée en bas par devant, et sans manches. Elle leur enveloppoit tout le corps ; ils la relevoient, et en faisoient passer un pan par dessus l'épaule gauche, de façon que le bras droit étoit libre. Le pli qu'ils formoient en relevant leur toge, étoit appellé *sinus*. Ils ne portoient jamais la toge qu'en public. Les personnes opulentes et voluptueuses l'avoient plus ample que ceux qui étoient moins riches et moins délicats. La couleur étoit ordinairement blanche, *albus color*, mais différente du blanc qu'ils appelloient *candidus*, formé par de la craie, avec laquelle ils rendoient leur toge lustrée, lorsqu'ils demandoient quelque magistrature. C'est pour cela qu'ils étoient appellés alors *candidati*. Les jours de fêtes ils portoient

(1) Cic. Phil. 2, ch. 28.

des toges plus blanches qu'à l'ordinaire , et on disoit alors qu'ils étoient *albati*. Lorsqu'ils étoient en deuil , ils portoient une toge de couleur brune ou tannée , qu'ils appelloient *toga pulla*. Il ne faut pas la confondre avec la *toga sordida*, la toge des hommes accusés en justice, ou plongés dans une grande douleur. C'étoit une toge sale, usée, tachée, mal-propre, qu'ils portoient afin d'exciter la com-passion. *Sordes* , *sordidatus* , *squalor*, *squalidus* , toutes expressions qui désignent des hommes accusés ou fort affligés. Il y avoit des toges de différens genres. La toge prétexte étoit une toge bordée d'une bande de pourpre. Les filles la portoient jusqu'à ce qu'elles fussent mariées , et les garçons environ jusqu'à l'âge de dix-sept ans , où ils prenoient la robe virile, appellée *pura et libera*. Ils déposoient alors la petite boule d'or, *bulla* , qu'ils avoient portée pendue à leur cou. Ils étoient conduits dans la place publique , accompagnés d'un grand nombre d'amis de la famille, pour signifier qu'ils en-troient dans le monde. C'est ce qu'ils appel-loient *forum attingere* , *in forum venire* (1).

(1) Cic. ép. fam. l. 5 , ép. 8. L. 15 , ép. 16. L. 13 , ép. 10.

Les Romains étoient fort jaloux de la modestie.
Chéz eux les jeunes garçons, avant d'avoir pris
la robe virile , marchoient la toge baissée , les
deux bras cachés : Cicéron même dit qu'anciennement ils suivoient le même usage , pendant une année , après avoir pris cette robe ,
et que , pendant cette même année , ils ne déposoient point pour les exercices du Champ-
de-Mars , la tunique que les autres mettoient
bas (1). Les principaux ministres de la religion,
lorsqu'ils célébroient des sacrifices , la plupart
des magistrats , dans l'exercice de leurs charges,
les sénateurs, dans le tems des jeux romains ,
portoient la toge prétexte. La *toga picta* , ou
palmata étoit une robe tissue de pourpre et d'or,
dont s'habilloient sur-tout ceux qui avoient
obtenu l'honneur du triomphe. La *trabea* étoit
aussi une toge plus brillante , dont on revêtoit les statues des dieux , et que portoient
quelquefois les augures : on pense que c'avoit
été l'habit des rois. La tunique étoit une espèce
de soutane courte , avec des manches courtes ,
qui se mettoit sous la toge. Elle ne descendoit
guère qu'à mi-jambe. On mettoit une ceinture
sur cette tunique , au moins quand on sortoit

(1) Cic. pour Cœlius , ch. 15.

de chez soi ; car dans sa maison on étoit sans ceinture. Les personnes voluptueuses serroient moins leurs ceintures que les autres, de manière que la tunique étoit tenue plus lâche ; ce qui étoit regardé comme un signe de mollesse (1). La tunique descendant jusqu'aux talons, avec de longues et larges manches, *tunica manicata et talaris*, étoit une chose indécente et indigne d'un homme. Les sénateurs portoient une tunique avec une large bande de pourpre ; c'est ce qu'on appelloit *latus clavus* : les chevaliers en portoient une avec une bande moins large, nommée *angustus clavus*. Ce ne fut que dans les derniers tems que l'on connut l'usage du linge ; on portoit sous la tunique une espèce de chemise de laine, appellée *subucula* pour les hommes, et *indusium* pour les femmes. Les Romains ne connoissoient pas les chausses ou culotes ; ils prenoient seulement pour les exercices du champ de Mars un caleçon nommé *campestre*. Les esclaves et la dernière classe des citoyens n'avoient que la tunique sans toge. De là l'expression *tunicatus populus*, *tunicata plebs*. Il y avoit aussi une *tunica pal-*

(1) Hor. Sat. l. 1, sat. 2, v. 25. Cic. Cat. 2, ch. 10.

mata, habillement des triomphateurs. *Lacerna*
et *penula* étoient d'épais et larges manteaux,
dont on se servoit ou dans les camps ou dans
les voyages pour se garentir de la pluie ou
du froid.

L'habit militaire étoit d'abord une tunique
de laine, qui descendoit un peu au-dessous
du genou. Par-dessus cette tunique se mettoit
la cuirasse qui varioit pour le poids et la matière. Elle couvroit le corps depuis le haut
de la poitrine jusqu'aux hanches. Par-dessus la
cuirasse, le soldat romain mettoit le *sagum*
qui étoit l'habillement militaire de cérémonie.
C'étoit une draperie ouverte et assez flotante,
qui s'attachoit sur l'épaule avec une boucle,
et descendoit plus bas que la tunique. Le
sagum étoit de laine ; on le quittoit pour le
combat et pour les travaux militaires : il servoit
de couverture aux soldats dans le camp. Le
paludamentum étoit le manteau romain militaire, dont se servoient les généraux, comme
le *chlamys* étoit le manteau grec militaire.

Anciennement toutes les femmes avoient
porté la toge ; par la suite les dames romaines
prirent la *stola*, (1) c'est-à-dire une tunique

(1) Hor. Sat. l. 1, Sat. 2, v. 99.

à grandes manches qui descendoit jusqu'aux
piés : elle étoit ordinairement de pourpre ,
ornée de bandes d'étoffes d'or. Par-dessus la
stola elles mettoient une espèce de manteau
appellé *palla*. La coëffure des femmes se nommoit *mitra* : elles arrêtoient leurs cheveux avec
un rézeau et les nouoient avec des rubans.

Dans le commencement de la république
les Romains et même les sénateurs portoient
des souliers de cuir non apprêté ; mais par
la suite des tems on y mit plus d'apprêt et
de recherche. Les sénateurs eurent une chaussure distinguée. On ne sait pas au juste en
quoi elle consistoit ; on croit que c'étoient des
espèces de brodequins.

Outre la grande division des citoyens romains
en sénateurs, chevaliers et peuple, il y
avoit encore bien des distinctions particulières
que formoient l'état, la profession et le métier.

Les affranchis étoient libres, mais il n'étoient
pas nés libres, de condition libre, ils n'étoient
pas ce qu'on appelloit *ingenui*. *Liberti* et *ingenui*
faisoient donc deux espèces de citoyens différentes.

Nous avons parlé dans ce qui précède du
peuple de la ville et de la campagne , *plebs
urbana* et *plebs rustica* ; nous avons dit que
le

le peuple de la campagne étoit beaucoup plus estimé que le peuple de la ville. Nous nous contenterons ici de remarquer que l'agriculture étoit en bien plus grande considération chez les Romains que chez les Grecs ; que ceux-ci pour la plupart la renvoyoient aux esclaves, au lieu qu'à Rome, sur-tout dans les premiers siècles, les plus illustres citoyens ne connoissoient d'autres professions que l'agriculture et les armes. Les plus grands généraux, après avoir commandé les armées et gagné des batailles, retournoient à la charrue, et ne regardoient pas le labourage comme au-dessous de leur dignité. Beaucoup de sénateurs demeuroient à la campagne ; et les magistrats avoient des *viatores*, des messagers à leurs ordres, pour les appeller à la ville lorsqu'ils convoquoient le sénat. Depuis même que le luxe introduit à Rome avec les richesses, eut été cause que la plupart des personnes de distinction abandonnoient la culture des terres à leurs esclaves, les gens libres de la campagne continuerent à jouir d'une certaine considération, et les travaux des champs furent toujours plus estimés que les arts mécaniques.

Parmi les citoyens romains, les uns cultivoient leurs propres terres, les autres faisoient

Tome I.   M

valoir celles de la république qu'ils prenoient
à ferme. C'étoit sur-tout les chevaliers qui
affermoient les différentes parties des revenus
de l'empire sous le nom de publicains ou
fermiers des domaines. Ces publicains formoient
dans l'état un ordre considérable.

Le peuple se subdivisoit en autant de
différens ordres que les citoyens romains exerçoient de professions différentes. Il y avoit
des tribuns du trésor, des greffiers, des com-
merçans, des négocians, des marchands, des
banquiers, des usuriers, sans parler des artisans
qui se divisoient en divers corps de métiers,
formant des communautés et des confréries;
sans parler des affranchis qui la plupart exerçoient aussi quelque métier, ou faisoient les
fonctions d'officiers de quelque magistrat. Les
tribuns du trésor étoient les plus considérables
entre les plébéiens, Cicéron les nomme (1)
après les sénateurs et les chevaliers. Ce qui
prouve combien ils étoient considérés, c'est
qu'ils furent choisis avec ceux-ci pour siéger
dans les tribunaux. Cicéron nomme les greffiers
immédiatement après les tribuns du trésor.
Quoique leur emploi ne fût pas fort rélevé,

(1) Cat. 4, ch. 8.

ils pouvoient cependant parvenir aux premières charges. Les citoyens qui faisoient un commerce un peu étendu , ou qui établis dans les
provinces y trafiquoient sous le nom de négocians , étoient bien plus estimés que les simples débitans de marchandises.

, Il paroît que les Romains firent de bonne
heure le commerce d'argent , c'est-à-dire qu'ils
prêtèrent de l'argent à usure. La sévérité des
loix contre les débiteurs insolvables , et la dureté des créanciers qui réduisit le peuple au
désespoir , furent la cause de la plûpart des
séditions qui s'excitèrent à Rome dès les premiers tems de la république. Les banquiers ,
argentarii , étoient de riches citoyens à qui de
riches particuliers confioient leur argent pour
le faire valoir. Leur première destination avoit
été de faire le change : dans une ville où il
devoit y avoir un grand concours d'étrangers ,
il falloit nécessairement qu'il y eût des hommes auxquels on pût s'adresser pour changer
les espèces. Le profit qu'ils faisoient dans ce
change , s'appelloit *Collybus* (1). Leurs bureaux
(*mensæ argentariæ*) étoient dans la place pu-

(1) Cic. à Atticus , l. 12 , ép. 6. Contre Verrès ,
l. 3 , ch. 78.

blique. Ils avoient sous eux des espèces de commis nommés *Coactores*, parce qu'ils étoient employés, tant à faire payer les sommes provenues des ventes, qu'à exiger au bout du terme les sommes prêtées à usure ou les usures mêmes.

Les communautés ou confréries de petits marchands et artisans, autorisés par le sénat, s'appelloient *collegia*. Celles que formoient des séditieux ou des ambitieux pour troubler la liberté des suffrages et se les faire donner de force, se nommoient *sodalitia*. Ce qui formoit un crime particulier *de sodalitiis*, qu'on pouvoit porter devant les tribunaux.

Les Romains ne connoissoient guère ce que nous appellons arts libéraux, sculpture, peinture, architecture, médecine, et autres. Ce furent des Toscans ou des Grecs qui cultivèrent à Rome les arts et les sciences,

La profession de comédien étoit regardée comme flétrissante ; tout citoyen romain qui l'exerçoit étoit noté d'infamie, exclus de sa tribu, du service militaire, et de toutes les dignités.

Esclaves et affranchis.

Bien des publicistes ont prétendu que l'es-

clavage est de droit naturel : moi je pense
qu'il est contraire à la nature, contraire aux
droits et à la dignité de l'homme, qu'il n'a
pu être fondé originairement que sur la force;
et que la force ne peut constituer un droit.
Il seroit trop long et même inutile de prouver
une vérité maintenant reconnue. L'esclavage
étoit répandu dans le monde entier avant
l'établissement du christianisme; c'est à la
religion chrétienne qu'on doit la destruction
totale d'une servitude qui dégradoit l'homme.

Les Romains traiterent d'abord avec douceur
leurs esclaves (1), et ils userent du moins
modérément d'un droit barbare. Le titre de
maître (*dominus*) leur paroissoit trop fastueux :
ils se contentoient de celui de père de famille, *pater familiâs*, et appelloient leurs esclaves leur famille, leurs familiers, *familia*,
familiares. Un sentiment d'humanité leur avoit
fait instituer la fête des Saturnales, dans laquelle, pour marquer l'inconstance des choses
de ce monde, les esclaves dominoient à leur
tour, et se voyoient servis par leurs maîtres.
Une maison étoit une espèce de république,
où il n'y avoit que les loix qui gouvernoient,

(1) Pline, l. 33, ch. 1.

M 3

et où le maître étoit préposé à les faire exécuter.

Mais les Romains ne se tinrent pas long-
tems dans les bornes de cette juste modération.
Ils traiterent bientôt leurs esclaves avec une
cruauté qui fit de ces malheureux leurs plus
grands ennemis. Je ne parlerai pas des supplices
qu'il leur faisoit subir, des affreuses prisons où
ils les enfermoient, des durs travaux auxquels
ils les condamnoient, des cruelles tortures auxquelles ils .les appliquoient, du despotisme
inhumain avec lequel ils disposoient de leurs
personnes et de leur vie : les choses en vinrent
au point sous les empereurs qu'on désigna
des tribunaux et des juges auxquels les esclaves
pourroient porter leurs plaintes (1).

Les Romains n'avoient eu dans les commencemens qu'autant d'esclaves qu'il leur en
falloit pour le service de leurs maisons et pour
les aider dans leurs travaux ; mais par la suite
ils se multiplierent à l'infini : des citoyens riches
en eurent un nombre qu'on a peine à imaginer;
ils les employoient à faire valoir leurs immenses
possessions, ils en firent un objet de richesses

(1) Suét. vie de Claude, ch. 25. Digest. l. 1, tit.
leg. 12.

comme dans nos colonies ; ils en avoient de tous les métiers, de tous les arts, de tous les talens, plusieurs même cultivoient les sciences et les lettres. Les esclaves étoient des hommes achetés à prix d'argent, ou des prisonniers faits en guerre, ou nés dans la maison, du commerce des deux sexes ; ces derniers s'appelloient *vernæ*.

Il y avoit des esclaves publics, appartenans à l'état. Ils étoient entretenus des deniers de la ville de laquelle ils dépendoient, et n'étoient employés qu'à des ministères publics, à rendre service aux magistrats qui en avoient chacun un certain nombre à leurs ordres. On les traitoit avec beaucoup plus de douceur que les esclaves particuliers ; ils pouvoient acquérir quelque chose en propre, et même disposer de la moitié de leurs biens par testament. Il y a toute apparence que ces esclaves étoient la plûpart des prisonniers de guerre. On leur faisoit espérer d'être bientôt remis en liberté, s'ils se conduisoient d'une manière satisfaisante (1).

Un avantage important qui adoucissoit la situation des esclaves particuliers quelque dure qu'elle fût, c'est qu'ils pouvoient être affranchis, et que le même acte qui les rendoit libres, les

(1) Cic. Phil. 8, ch. 11.

M 4

rendoit citoyens romains. C'est, je crois, ce précieux avantage qui les a empêchés de s'armer contre l'empire, et qui même en a fait tirer de grands secours dans bien de conjonctures. Un esclave pouvoit obtenir sa liberté de deux manières différentes. D'abord, elle dépendoit de lui en quelque sorte ; et il étoit rare que des esclaves sobres et laborieux restassent long-tems en servitude. On donnoit, soit par jour, soit par mois, à chaque esclave pour sa nourriture, une certaine portion sur laquelle il pouvoit épargner, et se former une petite bourse, appellée *peculium*, que par la concession de son maître, il possédoit en propre. On lui permettoit de faire valoir cette petite somme, et de faire quelque trafic. Quelquefois même il amassoit de quoi acheter un esclave, qu'on appelloit *servus vicarius* (1), parce que souvent il lui faisoit remplir ses fonctions auprès du maître, tandis que lui-même s'occupoit de ses propres affaires. Souvent il le dressoit à quelque métier, et puis le revendoit avec avantage, ou le faisant travailler, il tiroit du profit de son travail. Avec ces facilités, et d'autres encore, il pouvoit amasser des sommes assez considérables pour

(1) Digest. l. 15, tit. leg. 17. de peculio.

racheter lui-même sa liberté , et pour n'être
pas tout-à-fait dépourvu de ressources en devenant libre. Telle est la première manière dont
il pouvoit cesser d'être esclave. La seconde
manière étoit la bienveillance et la seule volonté du maître , qui , satisfait de ses services ,
lui accordoit gratuitement la liberté comme
une récompense. L'affranchissement se faisoit
pour l'ordinaire avec quelques formalités , en
présence du préteur ou du consul. Un licteur
tenant une baguette , appellée *vindicta , quia
vindicabat servum in libertatem* , en frappoit la
tête de l'esclave , et lui donnant un soufflet ,
le faisant tourner sur lui-même , il disoit : Je
veux que cet homme soit libre , *hunc hominem
liberum esse volo* (1) ; et dès-lors l'esclave étoit
libre. Un affranchissement plus simple , est
lorsqu'un maître ordonnoit à son esclave de
donner son nom aux censeurs pour être inscrit
sur le rôle des citoyens ; cet esclave étoit par
là même réputé libre et citoyen. Tant que les
censeurs n'avoient pas encore reçu son nom ,
le maître avoit encore le pouvoir de retirer sa
parole , et de le retenir dans l'esclavage ; mais
dès que son nom avoit été inscrit , il étoit

(1) Brisson , de form. l. 8.

pleinement libre. Enfin les maîtres donnoient souvent la liberté à leurs esclaves par testament; ce qui avoit un plein et entier effet. En mettant son esclave en liberté, le maître lui donnoit un anneau de fer et une toge blanche. Alors l'affranchi se faisoit couper les cheveux et raser la tête, qu'il couvroit d'un chapeau ou bonnet (1), lequel étoit le symbole de la liberté. Les affranchis adoptoient le prénom et le nom de famille de leur maître, en y ajoutant un surnom. Ainsi de deux affranchis de Cicéron, l'un s'appelloit Marcus Tullius Laurea, et l'autre Marcus Tullius Tiro.

Quoique les esclaves affranchis acquissent avec la liberté le droit de cité romaine, leur condition cependant étoit moins avantageuse que celle des citoyens nés libres, qui se nommoient *ingenui*, comme nous l'avons dit plus haut. Ils jouissoient à la vérité du droit de suffrage, mais ils l'exerçoient d'une manière moins favorable que les autres citoyens, étant renfermés avec la dernière classe du peuple dans les quatre tribus de la ville. Plusieurs citoyens factieux, tribuns et autres, entreprirent quelquefois de les répandre dans les autres

(1) Plaute, amph. acte I, scène I, v. 306.

tribus , mais ils furent toujours ramenés dans les quatre dernières. Clodius lui-même , ce tribun si plein d'audace , n'osa , quelque désir qu'il en eût , entreprendre la même chose dans son tribunat ; mais il se préparoit à l'exécuter lorsqu'il seroit préteur , comme on le vit par une loi qu'il avoit déja fait graver sur l'airain, et qui fut trouvée chez lui après sa mort (1). Les affranchis étoient exclus de toutes les charges et dignités de la république, et il n'y a point d'exemple qu'on leur ait donné entrée dans le sénat. Ils n'étoient pas même admis dans les légions , et ce n'étoit que dans des cas de la dernière nécessité qu'on les y enrôloit (2).

Le patron , ou ancien maître conservoit sur son affranchi certains droits qui s'étendoient assez loin. Le patron succédoit dans tous les biens de l'affranchi , s'il mouroit sans avoir fait de testament , ou sans laisser d'enfans. C'étoit là un article de la loi des douze tables. Les préteurs étendirent encore les prérogatives des patrons. Comme ils ne succédoient aux biens de leurs affranchis , que lorsque ceux-ci décédoient sans laisser d'enfans et sans avoir

(1) Cic. pour Milon , ch. 32.
(2) Tite-Live , l. 10 , ch. 21.

fait de testament , un affranchi sans enfans pouvoit toujours exclure le patron de sa succession
en faisant un testament. Les préteurs reglèrent
par leurs édits, qu'à moins que l'affranchi
ne laissât des enfans légitimes, il seroit obligé
de laisser au patron la moitié de son bien :
et le préteur lui-même mettoit le patron en
possession de cette moitié , si l'affranchi en
mourant avoit négligé de lui en faire le legs.
Les droits qu'un patron avoit sur son affranchi
étoient héréditaires : il les transmettoit à ses
enfans ; s'ils étoient plusieurs , ils partagoient
entre eux la succession de l'affranchi qui
mouroit sans avoir fait de testament et sans
laisser d'enfans (1).

Quoiqu'on ne voie pas , sous la république ,
les affranchis élevés à ce degré de puissance
auquel ils parvinrent depuis sous les empereurs , le faste , l'arrogance et les grandes richesses de Démétrius , affranchi de Pompée ,
montrent qu'il y avoit dès-lors des affranchis
fort puissans. On voit dans le plaidoyer de
Cicéron pour Roscius d'Amérie , quel étoit
le crédit énorme et l'immense fortune de l'af-

_____

(1) Ulpien , frag. tit. 29. Instit. l. 3 , tit. 8. pr.

franchi Chrysogonus sous le dictateur Sylla son ancien maître.

Etrangers dans Rome.

Dans une ville telle que Rome , il devoit y avoir un grand concours d'étrangers ; les uns n'y faisoient que passer , les autres s'y établissoient. Le titre d'étrangers s'étendoit quelquefois à tous ceux qui n'étoient pas originaires de Rome , quoique de villes municipales ; mais on appelloit en général étrangers , tous ceux qui ne jouissoient pas du droit de cité romaine. *Hospes* , *peregrinus* , étoient les mots par lesquels on désignoit un étranger. Dans les loix des douze tables, *hostis* signifie également ennemi et étranger ; ce qui annonce qu'anciennement les étrangers n'étoient pas regardés de bon œil à Rome. En effet , il semble qu'ils n'y étoient soufferts que par une espèce de grace : sequestrés des citoyens , ils en étoient encore distingués par l'habillement ; car il leur étoit sévèrement défendu de porter la toge, que nous avons dit plus haut être l'habillement propre au citoyen romain (1). Il ne leur étoit pas permis non plus de prendre le nom d'une famille

(1) Pline , l. 4 , ép. 2.

romaine. On leur rendoit même la justice d'une manière différente ; et il y avoit un préteur particulier pour juger les procès , ou entre les étrangers eux - mêmes , ou entre un étranger et un citoyen romain. Ce préteur , en conséquence , étoit appellé préteur étranger, *prætor peregrinus*. A l'égard des priviléges , ils étoient exclus de tous ceux dont jouissoient les citoyens romains. Les magistrats pouvoient les faire battre de verges. Tout mariage avec des Romaines leur étoit interdit. Ils n'avoient pas, comme pères , ce pouvoir sans bornes que les citoyens romains exerçoient sur leurs enfans. Pour eux nul droit de patronage sur leurs affranchis. Ils n'avoient ni le droit de tester , ni celui de jouir de ce qui avoit été légué par le testament d'un Romain : ils ne pouvoient même servir de témoins dans ce testament. Leurs biens étoient dévolus au fisc , s'ils venoient à mourir sans avoir testé , ou sans s'être choisi un citoyen romain pour patron. Le citoyen qu'un étranger s'étoit choisi pour patron héritoit de lui , s'il mouroit *ab intestat* : car lorsque nous avons dit qu'il n'avoit pas droit de tester , nous avons voulu dire qu'il ne pouvoit le faire suivant les formalités romaines ; il le pouvoit en suivant les loix de son pays , et l'équité vouloit alors que le préteur ratifiât son testament. Enfin les étrangers ne jouissoient pas du droit de prescription. La prescription étoit d'un an pour les biens meubles, et de deux ans pour les immeubles : mais cette loi ne regardoit que les citoyens romains, et la prescription n'avoit aucun terme pour les étrangers. Ne jouissant d'aucun de ces droits, à plus forte raison ne jouissoient-ils pas de celui de suffrage, du droit de servir dans les légions, et de pouvoir aspirer aux dignités de l'état. Remarquons cependant que les Latins et les Italiens, qui, avant qu'on leur eût accordé le droit de cité romaine, étoient censés étrangers à Rome, y jouissoient pourtant de divers priviléges qui les distinguoient des autres étrangers. Nous verrons bientôt en quoi consistoient ces priviléges.

Nous avons dit que les étrangers n'étoient soufferts à Rome que par une espèce de grace : nous voyons en effet que les magistrats leur ordonnèrent souvent de sortir de Rome. L'an 658 les consuls Lucius Lucinius Crassus et Quintus Mucius Scævola portèrent une loi qui ordonnoit à tous les étrangers de quitter Rome et de se retirer dans les villes d'où ils étoient originaires. Cette loi fut cause du soulèvement presque général de l'Italie et de la guerre la plus dangereuse que les Romains eussent eu encore à soutenir.

Quoique les Romains, prodigues d'abord du droit de cité, en fussent devenus ensuite un peu plus avares ; cependant l'histoire nous les montre accordant ce droit , non-seulement à des particuliers , mais encore à des villes et à des peuples.

Droit du Latium et droit italique.

Nous allons examiner en peu de mots ce qu'on entend par droit du Latium et droit italique ; et l'on verra comment les peuples latins et ceux d'Italie parvinrent enfin à obtenir le droit de cité romaine.

De tous les sujets de l'empire romain , les Latins étoient ceux qui avoient obtenu les conditions les plus avantageuses. Ils ne jouissoient pas à la vérité de toutes les prérogatives des citoyens romains ; mais leur condition en approchoit assez , et ils avoient toutes les facilités pour y parvenir. Les Latins étoient proprement les habitans du Latium , qui , ayant une conformité de mœurs et d'origine avec les Romains, avoient dès les premiers tems vécu avec eux dans une espèce de confédération , et s'étoient secourus réciproquement , pour se soutenir contre les nations dont ils étoient environnés.

Cette

Cette communauté d'origine avoit établi ,
comme il étoit naturel , une union plus étroite
entre les Albains et les Romains , qu'entre les
autres peuples du Latium moins voisins de
Rome. Mais comme , malgré cette confédération , il pouvoit survenir des différends entre
ces divers peuples , et qu'ils en vinrent même
très-souvent à des guerres ouvertes , ces guerres
se terminèrent par divers traités , plus ou moins
avantageux. Ainsi il y eut des Latins qui obtinrent le droit de cité au meilleur titre , d'autres avec certaines restrictions ; d'autres qui ,
sous le titre d'alliés continuèrent à se gouverner
par leurs anciennes loix ; d'autres enfin qui
furent entièrement assujettis.

Il n'est point de mon sujet de marquer les
limites de l'ancien et nouveau Latium , et de
décrire toutes les guerres des Romains avec
les divers peuples que renfermoient l'un et
l'autre. Qu'il me suffise de dire que le premier
Tarquin termina la guerre avec les Latins , par
un traité où il leur donna la loi (1). Il leur
laissa leur territoire , leurs loix , leurs privilèges , et leur accorda le titre d'alliés des
Romains , mais à condition qu'ils fourniroient

(1) Den. d'Hal. , liv. 3.

Tome I.   N

leur contingent de troupes toutes les fois que le roi de Rome l'ordonneroit. Cette confédération paroît être la prémière qui ait donné aux Romains la supériorité sur les Latins. Ces derniers la reconnurent encore mieux, quand ils consentirent que Servius Tullius établît à Rome, dans un temple consacré à Diane, un sacrifice commun à tous les peuples du Latium, qui, en s'y rendant, reconnoissoient Rome pour leur capitale. Tarquin le Superbe renouvella ces conventions; et afin de s'attacher encore plus fortement les Latins, il institua les féries Latines, qui se célébroient sur le mont albain, et auxquelles tous les peuples du Latium prenoient part (1).

Il se passa un long intervalle de tems rempli par des guerres et des traités jusqu'à la guerre sociale. Alors les peuples du Latium, étant restés fidèlement attachés aux Romains dans le soulèvement général de l'Italie, méritèrent par là le droit de cité romaine, qui fut accordé à tous les peuples jouissant du droit des Latins. Ce droit des Latins ou du Latium fut donc aboli par rapport à ces peuples; mais il subsista encore, pour diverses villes et colonies hors de l'Italie.

(1) Denys d'Hal., liv. 4.

Quoique la condition des peuples du Latium, avant qu'ils obtinssent le droit de cité romaine, fût meilleure que celle des autres sujets de Rome, elle différoit cependant à plusieurs égards de celle des citoyens romains. La loi Porcia, qui défendoit de battre de verges un citoyen romain, ne s'étendoit pas jusque sur les Latins. Ils ne jouissoient pas du droit de contracter des mariages avec des Romaines, et n'avoient pas ce pouvoir que les Romains exerçoient sur leurs enfans. Ils se gouvernoient suivant leurs loix particulières ; et si quelquefois ils adoptoient les loix romaines, c'étoit de leur choix et de leur plein gré. Le peuple qui s'étoit ainsi approprié une loi romaine, étoit qualifié *populus fundus* (1). On appelloit *populi fundi*, les peuples libres qui adoptoient des loix romaines, soit que ces peuples fussent alliés ou même citoyens de Rome. Car il y avoit beaucoup de villes municipales qui, jouissant du droit de cité, continuoient à jouir de leurs exemptions et à se gouverner par leurs anciennes loix. Ces villes adoptoient les loix romaines qu'elles croyoient leur convenir ; mais en se réservant toujours la liberté

(1) Cic. pour Corn. Balb. ch. 8.

de les abolir quand bon leur sembloit. Quant aux Latins et autres peuples alliés, ils pouvoient adopter les loix romaines sans être pour cela citoyens romains. Les Latins, par exemple, ayant adopté les loix romaines sur les testamens, pouvoient tester selon les formalités prescrites par ces loix, mais ce n'étoit qu'entre eux : car du reste ils ne pouvoient hériter d'un citoyen romain, ni par disposition testamentaire, ni autrement, parce que pour cela il falloit avoir le droit de cité romaine. Les Latins en général n'avoient pas le droit de cens ; mais si, venant à Rome, ils donnoient leur nom aux censeurs, et que ceux-ci le reçussent, ils jouissoient dès-lors du droit de cité (1). Ils pouvoient encore acquérir ce droit de cité, si, accusant de malversation, un magistrat, ou tout autre Romain, chargé de quelque administration publique, ils parvenoient à le convaincre. Ajoutez encore que, si quelqu'un d'entre eux avoit exercé une magistrature dans une ville latine, il acquéroit par là même le droit de cité au meilleur titre.

(1) Cic. pour Archias, ch. 4. Pour Corn. Balb. ch. 23.

Les Latins avoient leurs troupes armées et disciplinées de la même manière que les Romains : elles étoient aussi distribuées en légions, mais elles ne se confondoient pas avec les légions romaines , et ne leur étoient jointes que comme auxiliaires (1). On ne sait pas au juste s'ils payoient tribut , et quel tribut ils payoient ; il est plus que probable qu'à cet égard leur exemption n'étoit pas aussi entière que celle des citoyens. Quelques auteurs ont prétendu que les Latins avoient droit de suffrage , mais d'autres , avec plus de raison , leur ont refusé ce droit. Un avantage considérable dont jouissoient les Latins , c'est qu'ils étoient gouvernés par leurs propres magistrats , sans être soumis à la juridiction des magistrats de Rome ; de sorte que même les colonies latines , établies dans les provinces , n'étoient point dans la dépendance des proconsuls , mais avoient leur gouvernement propre. Il y avoit , sans doute , beaucoup de conformité pour la religion entre les Romains et les Latins ; plusieurs fêtes même et plusieurs sacrifices leur étoient communs , comme on peut en juger d'après les féries latines. Plusieurs peuples du Latium jouis-

(1) Tite-Live . l. 8 , ch. 8.

N 3

soient de tous les privilèges dont nous venons de parler, d'autres en possédoient une partie, snivant qu'ils avoient traité avec les Romains à des conditions plus ou moins avantageuses, jusqu'à ce qu'ils fussent tous rendus égaux par le droit de cité romaine accordé à tous.

Je suivrai, pour les peuples d'Italie, le même procédé que j'ai suivi pour les peuples du Latium ; et, sans entreprendre de marquer les limites de cette contrée, j'observerai seulement que les Romains ne lui donnoient pas toute l'étendue que nous lui donnons aujourd'hui.

Sans m'occuper à détailler les longues guerres que Rome eut à soutenir contre les divers peuples d'Italie, je me contente d'examiner en peu de mots quelle fut long-tems sa politique à l'égard des nations conquises. Chacune des nations d'Italie étoit divisée en plusieurs villes ou cités, dont chacune étoit indépendante, avoit son gouvernement et ses loix particulières. La nation avoit ses états généraux, qui faisoient sa force par l'union qu'elle établissoit dans tout le corps. C'étoit cette union que les Romains s'attachoient sur-tout à rompre. Après avoir forcé une nation à se rendre, contens de la dé-

pouiller d'une partie de ses terres, ils lais-
soient à chaque ville ses loix et son gouvernement, mais ils rompoient la confédération, en défendant la tenue des états, enfin
toute correspondance, ne permettant pas même
que les habitans d'une ville pussent se marier
dans une autre. Une partie des terres de chaque nation étoit ordinairement confisquée pour
indemniser les Romains des frais de la guerre.
De ces terres confisquées, une partie étoit
incorporée au domaine de la république, qui
les donnoit à ferme ; l'autre partie se distribuoit à des citoyens romains. On établissoit des
colonies dans quelqu'une des villes dont on
avoit détruit les habitans : ces colonies tenoient
lieu de garnisons, veilloient sur les démarches
de la nation vaincue, et l'empêchoient de
rien entreprendre. Les villes qui avoient favorisé le parti de Rome, en étoient récompensées
par différens privilèges, et par une entière
indépendance, qui n'étoit qu'apparente, à la
vérité ; car dès qu'elles entreprenoient d'en
faire usage, elles apprenoient bientôt que cette
liberté n'étoit que précaire, qu'elle ne les
dispensoit pas d'obéir en tout à la volonté
des Romains. L'autre partie de la nation,
outre la perte de la plus grande portion de ses

N 4

terres , ne conservoit que l'ombre de la liberté ;
ne pouvant ni former des alliances , ni entretenir des correspondances avec ses voisins.

En quoi donc consistoit le droit italique ,
ou les privilèges des peuples de l'Italie? Le
premier et le plus important de ces privilèges ,
étoit de continuer à être gouverné par ses
anciennes loix , sans être soumis à des magistrats envoyés de Rome , c'est-à-dire de
rester un peuple libre. Mais nous venons de
voir combien cette liberté étoit restreinte. Le
second privilège des Italiens étoit l'exemption
de tributs , tant par rapport à leur terres ,
que par rapport à leurs personnes (1). Mais
on peut dire que , malgré cette prétendue
exemption , presque toute l'Italie étoit tribu-
taire. Car les Romains s'étant approprié la
plus grande partie des terres , et ces terres ,
ou étant toutes données à ferme , moyennant
une certaine redevance qui se payoit au trésor,
ou étant distribuées à ceux qu'on établissoit
dans les colonies ; qui payoient aussi une
certaine taxe par arpent , quoique très-modi-
que , il est évident que dans le fond la plus
grande partie des terres étoient chargées d'un

(1) Voyez Sigon. de ant. jure ital. l. 1 , ch. 21.

tribut ; d'où elles se nommoient *vectigales*. Un troisième privilège étoit de jouir de certains droits par rapport aux contrats de vente et d'achat et à la prescription , *nexûs* , *mancipî* , *annalis exceptionis* , qui étoient particuliers aux Romains , et auxquels ils paroissent avoir associé les Latins et les Italiens. Les Italiens , ainsi que les Latins , étoient obligés à fournir des troupes , suivant les conditions des traités ; de sorte que les uns étoient plus chargés que les autres , selon que les conditions qu'ils avoient obtenues étoient plus ou moins avantageuses. Tels furent les privilèges des peuples de l'Italie jusqu'à la guerre sociale , pendant laquelle les uns obtinrent le droit de cité romaine , et les autres après cette même guerre.

Dans le Latium , dans l'Italie et hors de l'Italie , on comptoit cinq sortes principales de villes , les municipes , les colonies , les préfectures , les villes libres alliées , les villes libres *fœdérates*.

Municipes , colonies , préfectures , villes libres alliées , villes libres fœdérates.

Les municipes ou villes municipales étoient des villes auxquelles on avoit accordé en tout ou en partie les prérogatives dont jouissoient les citoyens romains (1). Il y avoit donc, sous ce rapport, deux sortes de municipes ou villes municipales, les unes auxquelles on avoit accordé, il est vrai, le droit de cité, mais avec exclusion de diverses prérogatives, comme du droit de suffrage, de celui de parvenir aux magistratures, quelquefois aussi de celui de contracter mariage avec des citoyennes; les autres qu'on avoit gratifiées du droit de cité au meilleur titre : les citoyens de celles-ci, dès qu'ils se transportoient à Rome, y jouissoient de toutes les prérogatives des anciens citoyens, et pouvoient parvenir aux premières dignités de l'état. On peut encore, à un autre égard, distinguer deux sortes de municipes ou villes municipales; celles qui, ayant été gratifiées du droit de cité romaine, étoient obligées de renoncer à leurs loix particulières, de se conformer en tout aux loix et au gouvernement de Rome, et celles qui, quoique admises au droit de cité, conservoient leurs anciennes loix et leur ancien gouvernement, sans être obligées de se conformer aux loix romaines, qu'autant qu'elles le vouloient, ou qu'elles jugeoient ces loix propres à leur constitution. Il

(1) Pompéius Festus, sur le mot *municipium*.

paroît cependant que même ces dernières , en conservant leur police , leur forme de gouvernement et leurs magistrats sur l'ancien pié , étoient obligées de suivre les formalités du droit romain , c'est-à-dire que , dans les contrats de vente , dans les contrats de mariage , dans les testamens , et dans d'autres cas , les citoyens de ces villes étoient obligés de suivre les formalités que prescrivoient les loix romaines. Il n'y avoit que les villes municipales avec droit de suffrage , qui fussent inscrites dans une tribu ; les autres n'étoient pas inscrites , et ne l'étoient que lorsqu'elles venoient à acquérir ce droit de suffrage. Les citoyens des villes municipales , comme le remarque Cicéron (1) , avoient deux patries , la ville où ils naissoient , et Rome qui les recevoit dans son sein. Tant qu'ils demeuroient dans leur ville natale , ils n'étoient pas qualifiés citoyens romains , mais simplement *municipes* : ceux qui n'avoient pas obtenu droit de cité avec toutes ses prérogatives , continuoient à porter ce dernier nom , même après qu'ils s'étoient établis à Rome ; ils ne pouvoient prendre véritablement le titre de citoyens romains , qu'après avoir obtenu le droit de suffrage , et avoir été inscrits dans une tribu.

(1) Dans son traité des loix , l. 2 , ch. 1 et 2.

Il pouvoit arriver que ceux qui jouissoient
de tous les droits de cité romaine , après s'être
établis à Rome , après y être parvenus à la
dignité de sénateurs , et même après y avoir
exercé les principales charges , en exerçoient
aussi dans leurs villes natales ; comme Cicéron (1) le témoigne de Milon , qui étoit dictateur à Lanuvium dans le tems même qu'il
demandoit à Rome le consulat ; et de
Cœlius , à qui la ville de Pouzoles avoit
conféré en son absence les premières dignités ,
tandis qu'il étoit occupé dans Rome à obtenir
les magistratures. Les loix Porcia et Sempronia , qui défendoient , l'une de frapper de
verges un citoyen romain , l'autre de le faire
mourir , regardoient aussi les citoyens des villes
municipales demeurant dans ces villes , lesquels , à tous égards , jouissoient des mêmes
priviléges que le citoyen habitant à Rome.

Quoique la plupart des villes municipales
se gouvernassent suivant leurs loix particulières ; cependant, autant qu'elles pouvoient ,
elles formoient leur gouvernement sur celui
de Rome. Elles avoient de même leurs trois
ordres, les sénateurs, les chevaliers et le peu-

_____

(1) Pour Milon , ch. 10. Pour Cœlius , ch. 2.

ple. Leurs sénateurs ne prenoient pas ce titre,
réservé à ceux de Rome, mais celui de
décurions, et leur sénat celui de collége
des décurions. Il y avoit, comme à Rome,
une certaine quantité de biens prescrite pour
devenir décurion ou sénateur. L'habillement
des décurions les distinguoit aussi du peuple;
ils portoient la tunique bordée de pourpre,
de même que les sénateurs à Rome (1). Ces
villes avoient aussi leurs chevaliers ; et Cicéron
fait mention des chevaliers de Pouzoles, de
Téanum et de Lucérie. Ils étoient distingués
du sénat et du peuple : on voit même qu'à
Cadix ils avoient, ainsi qu'à Rome, quatorze
bancs qui leur étoient destinés dans les spectacles (2). Le peuple y formoit aussi le troisième ordre et avoit ses droits. Dans quelques
villes, c'étoit lui qui élisoit ses magistrats et
qui confirmoit les loix, par lesquelles il vouloit être jugé. Ce que Cicéron rapporte de
son ayeul, montre que le peuple d'Arpinum
s'assembloit en comices et donnoit ses suffrages. Pour ce qui est des magistrats, chaque
ville en général avoit conservé la forme de

(1) Tite-Live, l. 34, ch. 7.
(2) Cic. ép. fam. l. 12, ép. 32.

son ancien gouvernement, et les titres qui
avoient été chez elles en usage avant qu'elles
eussent été admises au droit de cité ; la
plupart néanmoins, quoique sous des noms
différens, avoient les mêmes magistrats que
Rome. Les duumvirs y tenoient la place des
consuls, et se voyoient à la tête de l'administration. Les premiers magistrats de ces villes
ne portoient pas tous le même titre. Il paroît
que, dans les villes latines, il n'y avoit qu'un
magistrat ordinaire qui prenoit le titre de
dictateur, et que, dans les villes de Toscane,
il n'y en avoit qu'un aussi qui prenoit celui
de préteur. Ces villes avoit aussi leurs censeurs ; quoiqu'on les nommât plus ordinairement *duumviri quinquennales*, duumvirs quinquennaux, parce qu'ils se créoient tous les
cinq ans. Enfin elles avoient leurs édiles, leurs
questeurs, leurs tribuns du peuple. Ces derniers portoient le titre de *defensores civitatis* (1),
défenseurs des citoyens. Dans plusieurs de ces
villes, l'édilité étoit la principale magistrature, comme elle l'étoit à Arpinum. Les
édiles, ainsi qu'à Rome, étoient obligés de
donner des spectacles au peuple ; et cela leur

_____

(1) Brisson, de verb. sign.

causoit de si grandes dépenses , que souvent,
pour n'être point élus , ils abandonnoient leur
ville et s'absentoient pour quelque tems. Les
villes municipales avoient leurs cérémonies et
leur culte , qui leur avoient été transmis par
leurs ancêtres , et que les pontifes même de
Rome ne leur permettoient pas d'abandonner.
Ainsi les Romains , après avoir donné le droit
de cité à la ville de Lanuvium , non-seulement
lui permirent de continuer le culte qu'elle
rendoit à Junon *Sospita* , mais voulurent même
que le temple de cette déesse et le bois qui
y étoit joint , fussent communs aux habitans
de cette ville et à ceux de Rome (1).

Depuis que le droit de cité eut été accordé
à toute l'Italie , la condition de ses divers
peuples devint la même , et la différence qu'il
y avoit dans l'origine entre les villes municipales et les colonies cessa entièrement. Comme
les premières jouissoient de plusieurs priviléges que celles-ci n'avoient pas , dès que les
colonies eurent obtenu le droit de cité avec toutes ses prérogatives , elles prirent toutes le nom
de villes municipales. Voici la différence essentielle qui distinguoit originairement les villes

(1) Tite-Live , l. 8 , ch. 14.

municipales des colonies. Les villes municipales, ayant formé auparavant une république
distincte et indépendante de la république
romaine, y avoient été incorporées pour jouir
en tout ou en partie des mêmes prérogatives,
et ne former à l'avenir qu'un corps avec elle,
quoiqu'on leur permît quelquefois de conserver
leurs loix et leurs anciens usages. Les colonies,
au contraire, tiroient leur origine de Rome,
qui en les établissant leur donnoit des loix, et
leur prescrivoit une forme de gouvernement,
ne leur accordant jamais en entier toutes les
prérogatives des citoyens romains. Ainsi donc
à cet égard, comme à divers autres, la condition des villes municipales étant plus avantageuse que celle des colonies, celles-ci, dès
quelles eurent obtenu les mêmes priviléges,
furent jalouses de prendre le titre de villes municipales. On remarque cependant que par la
suite, sous les empereurs, les choses changèrent de face, et que beaucoup de villes municipales, qui jouissoient depuis long-tems de
tous les droits de cité, sollicitèrent le titre de
colonies romaines (1). La raison de cela, c'est
que, les villes municipales ayant perdu leurs
plus beaux priviléges, les colonies pouvoient

(1) Aulugelle, l. 16, ch. 13.

Se glorifier de tirer leur origine de Rome, au lieu que les autres n'y paroissoient incorporées que par grace. D'ailleurs, il paroît que ce fut dans les villes les plus considérables, tant de l'Italie que des provinces, que les empereurs établirent des colonies ; de sorte que celles-ci ne tardèrent pas à effacer les villes municipales.

Dans les guerres fréquentes que Romulus eut avec ses voisins, sa maxime constante fut de traiter les vaincus avec beaucoup de douceur : toute la peine qu'il leur infligeoit étoit de les transférer à Rome, et de les obliger à devenir ses concitoyens (1). Comme d'après cet usage, la ville de Rome auroit pu bientôt se voir surchargée d'habitans, il avoit soin de la décharger d'une jeunesse inutile et d'une populace indigente, à laquelle il partageoit les terres conquises, en les établissant dans les villes qu'il avoit dépeuplées. Par-là il tenoit en respect les peuples subjugués et formoit un rampart contre les ennemis du dehors. S'il n'est pas bien sûr que Romulus ait suggéré cette politique au sénat de Rome, il est du moins certain que celui-ci l'a mise constamment en

(1) Den. d'Hal., liv. 7.

Tome I. O

usage, et qu'au lieu de détruire les villes soumises à sa domination, il se contentoit de punir les vaincus en confisquant leurs terres pour
les distribuer à de pauvres citoyens qu'il établissoit dans ces villes. Il retiroit de-là un double avantage : d'abord il n'avoit besoin ni de
garnison ni d'armées pour contenir les sujets
dans le devoir, ces colonies mêmes tenant lieu
de garnison ; ensuite il déchargeoit la ville
d'une foule d'hommes désœuvrés et indigens,
qui n'ayant rien à perdre, n'étoient propres
qu'à troubler la tranquillité de l'état, et à y
exciter des séditions. Il devoit y en avoir un
grand nombre à Rome, où les citoyens n'a-
voient presque d'autre métier que l'agriculture
et les armes, où tous les arts mécaniques,
nécessaires à la vie, étoient abandonnés à des
esclaves et à la dernière classe du simple peuple. Depuis, on fit de ces établissemens, une
récompense de vieux soldats qui avoient servi la
république, ou plutôt qui l'avoient opprimée.
En effet, quoique du tems de la république, on
ait ainsi récompensé une ou deux fois les services des soldats, on ne voit cependant pas
qu'avant Sylla on ait établi des colonies purement militaires. Dans celles qu'on établissoit
sous la république, il y a toute apparence

qu'on y avantageoit ceux qui l'avoient servié utilement comme soldats ; mais c'étoit comme citoyens, et non comme soldats, qu'on les y envoyoit.

Pour que l'on pût fonder une colonie, il falloit un décret du sénat ou une loi expresse du peuple : on y exprimoit quel territoire on accordoit aux colons, quelle étendue on y donnoit, la manière dont se feroit la distribution, quel seroit le nombre de citoyens qu'on y placeroit, et la portion de terres qu'on accorderoit à chacun, enfin combien de personnes auroient la direction de l'établissement de la nouvelle colonie (1). Nous disons qu'il falloit un décret du sénat ou une loi du peuple, parce qu'il paroît qu'en effet il suffisoit d'un sénatusconsulte, et qu'on n'a jamais contesté ce droit au sénat. Cependant souvent le sénatusconsulte étoit confirmé par une loi du peuple. Souvent aussi des magistrats, et particulièrement des tribuns, ont proposé l'établissement d'une colonie ou d'un partage de terres devant les comices par tribus, malgré le sénat qui s'opposoit à toutes les distributions qui ne se faisoient point par son autorité.

(1) Tite-Live, l. 4, ch. 11, et l. 8, ch. 16.

D'un autre côté le peuple, en vertu de sa puissance souveraine, prétendoit avoir le droit de disposer de ce qui étoit à lui, et il exerça très-souvent ce droit (1).

Quoiqu'il en soit, dès que le sénatusconsulte avoit eté rédigé ou la loi portée, le peuple élisoit ceux qui devoient être chargés d'établir la nouvelle colonie, Ces commissaires, selon leur nombre, s'appelloient, triumvirs s'ils etoient trois, quinquevirs s'ils étoient cinq, septemvirs s'ils étoient sept, décemvirs s'ils étoient dix : car leur nombre n'étoit pas déterminé ; et la loi de Jules César en établit jusqu'à vingt, qui devoient être chargés du partage des terres de la Campanie. Cette commission étoit fort honorable ; et les premiers de la ville, ceux qui s'étoient vus élevés aux plus hautes dignités, ne la dédaignoient pas. Caïus Gracchus, étant tribun du peuple et tout puissant à Rome, se fit donner la commission de conduire une colonie à Carthage, et se fit associer Fulvius, personnage consulaire (2). César offrit à Cicéron qui avoit été

(1) Tite-Live, l. 24, ch. 53, et l. 35, c. 40.
(2) Plutarque, vie de Gracchus. Cic. à Attic. l, 2, ép. 6.

consul , de le faire nommer entre les vingt qui devoient être chargés du partage des terres de la Campanie. Cicéron refusa cette commission , parce qu'il désaprouvoit la loi de César ; car du reste les vingt commissaires furent choisis entre tout ce qu'il y avoit de plus distingué dans la république, et Pompée lui-même consentit à être de ce nombre. La suite nombreuse dont étoient accompagnés ceux qui avoient commission de conduire des colonies, prouve assez que leur fonction étoit des plus honorables. L'état leur fournissoit et leur entretenoit quantité d'officiers subalternes, des huissiers , des hérauts, des greffiers, des architectes , des gardes, et autres. On leur donnoit aussi des chevaux, des mulets, des tentes , enfin tout ce qui pouvoit leur être nécessaire (1). Quelquefois même leur pouvoir duroit plusieurs années. Le tribun Rullus vouloit que la commission de ses décemvirs durât cinq ans. Ces commissions n'étoient pas incompatibles avec d'autres charges, puisque Rullus étant tribun du peuple vouloit se faire mettre du nombre des commissaires , et que Caïus Gracchus, étant aussi revêtu du tribunat, établit la colonie de Carthage.

(1) Cic. sec. disc. contre Rullus , ch. 13.

Lorsque le rôle du nombre de citoyens prescrit par la loi avoit été dressé, les commissaires les conduisoient rangés sous un étendart, comme une troupe militaire. Dès qu'on étoit arrivé à l'endroit où devoit se fonder la colonie, on faisoit arborer l'étendart, et s'il n'y avoit point de ville, on désignoit une enceinte de la manière suivante. Une charrue, attelée d'un bœuf et d'une genisse, traçoit un sillon d'après l'enceinte qu'on vouloit donner à la nouvelle ville. Ceux qui devoient peupler la colonie, suivoient la charrue, et renversoient en dedans de l'enceinte les mottes de terre qu'elle enlevoit. On soulevoit la charrue à tous les endroits qu'on destinoit pour les portes. Après ces cérémonies, toujours précédées des auspices, on sacrifioit le bœuf et la genisse qui avoient traîné la charrue, et plusieurs autres victimes. On (1) mettoit ensuite la main à l'ouvrage, et on élevoit les remparts et les murs aux endroits où on avoit rangé les mottes de terre. On traçoit de la même façon l'étendue qu'on vouloit donner au territoire de la colonie. Il n'étoit point permis d'établir avec ces cérémonies une colonie dans un en-

(2) Den. d'Halic., l. 2. Plut., vie de Romulus.

droit où il y en avoit déja une ; mais il étoit permis , en cas qu'elle fût diminuée et qu'elle manquât d'habitans , d'y en envoyer d'autres pour la repeupler (1). Ajoutez qu'on n'avoit pas toujours besoin de tracer l'enceinte et le territoire des colonies : on les établissoit la plupart du tems dans des villes conquises , dont la situation paroissoit la plus avantageuse, tant pour les nouveaux colons que pour contenir dans le devoir les anciens habitans. Quelquefois même on permettoit à ceux-ci de se faire enrôler au nombre des colons ; et alors on leur assignoit une égale portion de terres avec les mêmes priviléges (2).

Comme il y avoit diverses sortes de villes municipales , il y avoit aussi diverses sortes de colonies, colonies romaines, colonies latines , colonies italiques , colonies plébéiennes , ou *togatæ* , composées indistinctement de soldats et de citoyens, colonies militaires, composées uniquement de soldats. Il seroit trop long d'expliquer la nature de ces diverses colonies, et les priviléges plus ou moins étendus dont elles jouissoient ; qu'il nous suffise de dire que

(1) Cic. Phil. 2 , ch. 40.

(2) Tite-Live , l. 8 , ch. 14.

O 4

Sylla fut le premier qui établit des colonies militaires. Ce dictateur mit en possession de terres confisquées aux villes qui avoient tenu le parti de Marius, les soldats qui l'avoient si bien servi dans les guerres civiles (1) : il se les attachoit fortement et les intéressoit à maintenir sa domination, en même tems qu'il se vengeoit de ses ennemis. Jules César, et après lui les triumvirs, suivirent cet exemple, et récompensèrent de même les soldats anciens et nouveaux qui les avoient aidés à opprimer la république.

Remarquons encore que rien ne contribuoit davantage à la grandeur de Rome et à assurer ses conquêtes, que le grand nombre de colonies qu'elle établit dans toutes les parties du monde. Ces villes, conservant le langage, les mœurs et les usages de leur origine, s'en ressouvenoient toujours, considéroient leur ville originaire comme leur mère-patrie, comme leur métropole, et observoient envers elle les mêmes devoirs que des enfans envers leurs parens. Les colonies étoient autant de petites images et de copies de la ville de Rome. On y reconnoissoit en effet les mêmes loix, le même gouver-

(1) Tite-Live, épitome 89. Salluste, Cat. ch. 11.

nement, les mêmes magistrats, la même religion, les mêmes fêtes. Comme c'étoient les
commissaires, en quelque nombre qu'ils
fussent, chargés d'établir ces colonies, qui leur
donnoient des loix, ils formoient toutes ces
loix sur les coutumes et les usages reçus à
Rome. Leur gouvernement étoit donc entièrement formé sur celui de cette capitale. Leur
sénat, il est vrai, se qualifioit *collége des décu-*
rions, leurs sénateurs *décurions*, les consuls
duumvirs, leurs censeurs *duumvirs quinquennaux*;
mais c'étoient, sous des noms différens, les
mêmes places et les mêmes fonctions. Il en
étoit de même de l'habillement. Les citoyens
portoient la toge unie, les senateurs la tunique bordée de pourpre, et les magistrats la
toge prétexte. Elles avoient leurs patrons à
Rome, chargés de prendre soin de leurs affaires et de les protéger (1).

Outre les colonies et les municipes, il y
avoit encore en Italie plusieurs villes qu'on appelloit préfectures, parce qu'on y envoyoit de
Rome tous les ans un préfet pour les gouverner. Les villes où les Romains envoyoient des
préfets, étoient celles qui, après avoir été sou-

_____

(1) Cic. pour Sylla, ch. 21.

mises par les armes ou volontairement , et avoir
obtenu les priviléges des villes municipales ,
s'étoient ensuite révoltées. On ne les privoit pas
du droit de cité romaine , dont une des prérogatives etoit que personne ne pût en être privé
malgré lui ; mais on les dépouilloit de tous les
priviléges dont elles avoient joui comme villes
libres. Les préfets qui leur étoient envoyés les
gouvernoient à-peu-près avec la même autorité
que les proconsuls gouvernoient les provinces ;
de sorte qu'à cet égard leur condition étoit plus
dure que celle du reste de l'Italie (1). Plusieurs
même étoient dans une plus grande dépendance que les provinces , puisque c'étoit le
préteur de la ville , et non le sénat ou le peuple , qui leur donnoit des préfets. Une partie
d'entre elles apparemment resta privée du droit
de suffrage , jusqu'à ce que le droit de cité
romaine eût été accordé à toute l'Italie , avec
le droit de suffrage et celui de parvenir à toutes les magistratures. On voit donc que , dans
la vengeance que les Romains continuèrent à
tirer de ces villes rebelles , ils épargnèrent les
particuliers , ils se vengèrent sur le corps des
villes , leur ôtant tous les priviléges de villes ,

(1) Pompéius Festus, au mot *præfectura.*

ne voulant plus qu'il y eût chez elles de conseil
public et de magistrats , mais qu'elles fussent
gouvernées par des préfets envoyés de Rome.
Telle étoit donc la condition des préfectures.
Quelques-unes , il est vrai , conservoient encore une espèce de gouvernement : par exemple , on avoit laissé à Anagnie des magistrats
chargés du soin de la religion ; Arpinum , quoique réduite en préfecture , jouissoit de divers
priviléges , puisqu'elle créoit ses édiles , que le
peuple s'y assembloit en comices et y donnoit
ses suffrages ; nous voyons qu'on avoit rétabli
à Capoue un conseil et des magistrats avant que
César y établît une colonie : mais sans doute
que les conseils et les magistrats de ces villes
étoient soumis au préfet que Rome y envoyoit
tous les ans. Cicéron dans sa seconde harangue
sur la loi agraire , nous apprend avec quelques
détails la manière dont les Romains punirent
Capoue de ses fréquentes révoltes.

Je ne parle pas des villes qu'on appelloit
fora , ainsi appellées , ou parce qu'on y avoit
établi des foires et des marchés , ou parce qu'on
y rendoit la justice et qu'on y assembloit le
peuple , ou enfin parce qu'un gouverneur de
province y tenoit les états et ce qu'on nomme
les grands jours.

Outre les différentes villes dont nous venons de parler, il y avoit beaucoup de villes en Italie qui étoient ce qu'on appelle libres et alliées, et dont plusieurs préférerent ce titre au droit de cité romaine. La maxime des Romains fut toujours de laisser aux peuples qu'ils avoient soumis les apparences de la liberté, d'alléger le joug qu'ils leur imposoient, et par là de le leur faire aimer. Avant qu'ils fussent parvenus à ce haut degré de gloire et de puissance auquel ils se virent élevés après le seconde guerre punique, ils traitèrent avec douceur la plupart des peuples d'Italie, et rendirent leur sort plus que tolérable. Ils recueillirent les fruits de cette modération pendant leur seconde guerre contre les Carthaginois. Après les batailles du Tésin, de Trébie et de Trasimene, Annibal, maître de la campagne, parcourant et ravageant impunément toute l'Italie, ne put venir à bout de faire déclarer en sa faveur aucun des peuples de cette contrée ; ils restèrent tous fidèlement attachés aux Romains. La terreur de l'armée Carthaginoise qui brûloit et ravageoit tout, ne fut pas capable de leur faire rompre la foi qu'ils avoient vouée aux Romains. « C'est,

» dit Tite-Live (1) , qu'ils étoient gouvernés
» avec justice et avec douceur ; et , ce qui fait
» le plus fort lien de la fidélité , ils ne refu-
» soient pas de se soumettre à ceux en qui ils
» reconnoissoient une supériorité de vertus ».
Les heureux succès par lesquels les Romains
terminèrent cette guerre , et la prospérité con-
tinuelle de leurs armes , les enflèrent d'orgueil,
et leur firent oublier les sages maximes de
leurs ancêtres.

Les villes libres et alliées jouissoient à la
vérité de certains droits ; on leur laissoit leurs
anciennes loix , et même la liberté d'en faire
de nouvelles ; elles avoient leur gouvernement
propre , et créoient elles-mêmes leurs magistrats ; elles étoient maîtresses de tout leur
territoire ; elles ne payoient point de tributs.
Mais il y avoit bien des restrictions à tous
ces droits. Elles ne pouvoient faire ni paix
ni guerre , ni contracter d'alliance , sans l'agrément des Romains : dans leurs différends entre
elles , on les obligeoit de s'en rapporter à la
décision du sénat de Rome ; quelquefois même
on leur envoyoit un préfet qui régloit les affaires de l'intérieur à sa fantaisie. Elles étoient

(1) L. 12 , ch. 13.

chargées de loger les troupes et les généraux
romains qui venoient à passer par leur territoire , et de leur fournir des vivres. Si elles ne
payoient pas de tribut fixe, on exigeoit d'elles
des contributions extraordinaires , dans lesquelles elles n'avoient d'autre avantage que de
les lever elles-mêmes , et de n'être pas assujetties aux exactions des publicains ou traitans.
C'est ce qu'éprouvèrent les alliés que les Romains se firent hors de l'Italie. Ménagés d'a-
bord , traités avec égard et avec une sorte
d'égalité , tant qu'on eut besoin d'eux pour
réduire des ennemis redoutables , ils sentirent
bientôt qu'ils s'étoient associés à un maître supérieur en forces auquel il falloit obéir ; que ,
sous le nom d'alliés , ils étoient véritablement
sujets , et que libres en apparence ils étoient
en effet esclaves. Quand ils voulurent sécouer
le joug , se trouvant trop foibles ils ne firent
que l'appésantir , et finirent pour la plupart
par voir leurs pays réduits en provinces romaines.

La même politique eut lieu à l'égard des
rois amis et alliés. Les Romains récompensèrent
d'abord magnifiquement les princes qui les
avoient aidés dans leurs conquêtes. Masinissa ,
Eumène , Pleuratus , n'eurent jamais à se repen-

tir d'avoir prêté leurs forces et leur bras pour
affermir ou pour étendre l'empire de Rome.
Mais et leurs descendans et d'autres monarques
sentirent toute la sujettion dans laquelle les
mettoit ce titre d'ami et d'allié des Romains
dont ils avoient été si jaloux. Ils n'osoient ten-
ter de s'arracher à la servitude, parce que ris-
quer une guerre, c'étoit s'exposer à la capti-
vité, à un triomphe diffamant, à une mort
déshonorante. Ils sentoient tout le poids d'une
alliance onéreuse ; mais cette alliance leur étant
nécessaire pour se maintenir sur le trône, ils la
demandoient humblement au sénat, ils l'achetoient bien cher des grands dont la protection
la leur faisoit obtenir, ils souffroient tout, se
soumettoient à tout pour l'acquérir ou pour la
conserver : plusieurs monarques se sont vus
dépouillés de leur couronne et de leurs tré-
sors, pour avoir offensé, pour avoir choqué
un seul romain puissant.

En parlant des différentes sortes de villes,
j'ai annoncé des villes libres *fœderates*. Cicéron,
dans plusieurs de ses discours et sur-tout dans
son plaidoyer pour Lucius Cornélius Balbus,
distingue bien clairement les villes alliées des
villes *fœderates*. Voici, je crois, la différence
qu'on peut assigner entre ces deux sortes de

villes. Les villes libres alliées étoient celles qui se gouvernoient par leurs propres loix sans être assujetties à aucun tribut ; les villes libres *fœderates* se gouvernoient aussi par les propres loix , mais étoient soumises à un tribut quelconque en vertu d'un traité , *ex fœdere* ; de là on les appelloit *fœderatœ*.

Il me resteroit à parler des provinces , mais je réserve cet objet pour l'article du pouvoir exécutif dans lequel je vais entrer. J'y traiterai des magistrats romains , et entre autres des proconsuls et préteurs qu'on envoyoit de Rome dans les provinces pour les gouverner.

Du pouvoir exécutif.

Nous avons traité , dans ce qui précède , du pouvoir législatif ou souverain à Rome , c'est-à-dire du peuple romain en qui residoit ce pouvoir , de ses différentes divisions , des trois ordres qui le composoient , des assemblées ou comices , de la religion et des auspices , du citoyen romain ou membre de la souveraineté , et par occasion des objets qui tiennent à ces objets principaux ; nous allons nous occuper maintenant du pouvoir exécutif à Rome , c'est-à-dire de ses magistrats.

Des

Des rois à Rome.

Le gouvernement de Rome, de même que celui de la plûpart des petits états de l'ancienne Grèce, fut d'abord monarchique ; mais tous ces peuples avoient eu soin de resserrer l'autorité royale dans des bornes assez étroites. Les rois de Rome n'étoient dans le fond que des premiers magistrats, des magistrats perpétuels. La couronne étoit élective ; et c'étoit le peuple qui, dans des assemblées ou comices, élisoit ses rois, de même que depuis il resta en possession d'élire ses magistrats, qui partagèrent entre eux toutes les prérogatives de l'autorité royale. C'étoit pareillement dans des comices que le peuple ordonnoit de la paix ou de la guerre, et qu'il établissoit lui-même les loix selon lesquelles il vouloit être gouverné. Il sembleroit même que les loix, les ordonnances, les décrets de déclaration de guerre, les traités de paix, se dressoient au nom du sénat et du peuple, sans que le nom du roi y parût seulement (1). La souveraineté résidoit donc dans l'assemblée du peuple, qui en exerçoit les principaux droits.

(2) Tite-Live, l. 1, ch. 32.

Tome I.   P

Voici ce qui se pratiquoit quand il falloit élire un nouveau monarque. Le sénat autorisoit par un décret la convocation des comices que l'interroi présidoit ; le peuple procédoit ensuite à l'élection, laquelle, pour être valide, devoit être autorisée par un second décret du sénat , *regem populus jussit* , *patres autores facti* (1).

Les prérogatives du roi consistoient en ce qu'il étoit le chef de la religion , le souverain magistrat de la ville , et le général né de l'état (2). Son pouvoir sur la religion paroît avoir été plus étendu que sur le reste : lui seul avoit la direction de tout ce qui la concernoit ; c'étoit lui qui en régloit toutes les cérémonies et tous les sacrifices, c'étoit lui qui en nommoit les prêtres. Chargé de maintenir et de faire observer les loix , il étoit juge dans les causes les plus graves ; mais on pouvoit appeller de sa sentence devant l'assemblée du peuple (3). Le sénat lui tenoit lieu de conseil , et c'étoit lui qui le présidoit. Il y proposoit les matières , y ouvroit le premier avis , et portoit ensuite

(1) Tite-Live , l. 1 , ch. 22 et 32.

(2) Den. d'Halic. , liv. 2.

(3) Tite-Live , l. 1, ch. 26.

le résultat des délibérations devant le peuple,
pour qu'il en ordonnât par ses suffrages. Il n'y
avoit que lui qui fût en droit de convoquer
l'assemblée du sénat ou du peuple, et d'y proposer les affaires. Il étoit toujours chargé de
l'exécution de ce qui avoit été résolu. Son autorité étoit plus étendue en tems de guerre,
parce que le succès y dépendant sur-tout du
secret et de la promptitude, on s'en rapportoit
entièrement à lui pour la conduire. Cependant
il ne pouvoit, comme nous l'avons déja dit,
ni la résoudre, ni la terminer sans une décision
des comices. Les ornemens de la dignité royale
étoit une couronne d'or, un sceptre d'or sur-
monté d'une aigle, une robe tissue de pourpre
à fleurs d'or, *toga picta* ou *palmata*, et une
chaire curule. Douze licteurs armés de haches
et de faisceaux marchoient devant le roi et
l'accompagnoient par-tout. Ce gouvernement
subsista dans Rome l'espace de 243 ans, sous
sept rois, jusqu'à ce qu'enfin Tarquin le
Superbe, s'étant rendu odieux par ses cruautés
et par sa tyrannie, fut chassé du trône, et le
nom de roi proscrit pour toujours à Rome.

On ignore quels étoient les principaux ministres ou officiers sur lesquels le roi pouvoit se
reposer d'une partie des soins du gouvernement.

Il est parlé (1) d'un gouverneur de la ville qui y commandoit en l'absence du roi. La principale dignité, après la dignité royale, étoit celle du *tribunus celerum*. Romulus ayant choisi entre ses sujets, trois cents jeunes gens des meilleures familles, des plus riches et des mieux faits, en composa un corps de cavalerie dont il forma sa garde. Les cavaliers furent nommés *celeres* et leur chef *tribunus celerum*. Cette charge fut abolie sous la république. Cependant le commandant de cavalerie que se nommoit le dictateur, paroît avoir été substitué au *tribunus celerum* : son autorité et ses fonctions étoient à-peu-près les mêmes.

Les consuls succédèrent aux rois. Avant de parler de cette magistrature républicaine, je vais donner quelques idées sur l'autorité du sénat et sur les magistrats en général.

Lorsque j'ai traité du sénat, je me suis reservé de tracer ici un tableau de son autorité, parce qu'il étoit chargé de plusieurs parties de la puissance exécutrice, et que, sous ce rapport, il peut être regardé, non-seulement comme le conseil de l'état, mais encore comme une espèce de magistrat perpétuel.

(1) Tac. an. l. 6, ch. 11.

Autorité du sénat considéré comme pouvoir exe-
cutif permanent.

L'autorité du sénat étoit presque sans bornes
au commencement de la république , et le
peuple ne pouvoit exercer sa souveraineté que
d'une manière tout-à-fait dépendante. Il ne
pouvoit s'assembler qu'en vertu d'un décret du
sénat , et on ne pouvoit lui faire aucune proposition qu'elle n'eût été auparavant agitée et
approuvée dans cette compagnie. Les résolutions même qui se prenoient dans les comices ,
devoient être conformes aux vues du sénat ,
puisqu'elles n'avoient force de loi qu'après
avoir été ratifiées par un second sénatusconsulte. Le sénat auroit conservé sans peine une
autorité aussi étendue , s'il n'eût travaillé un
peu trop ouvertement à asservir ce même peuple qu'il vouloit bien reconnoître comme souverain. Les manières populaires des premiers
consuls , les haches ôtées des faisceaux , ces
mêmes faisceaux baissés devant lui comme pour
rendre hommage à sa souveraineté , les appels
à lui-même ; tout cela avoit ébloui le peuple ,
et lui avoit fait croire que la révolution lui
étoit infiniment avantageuse. Il ne fut pas long-
tems sans s'appercevoir que son joug étoit

P 3

plutôt appésanti qu'allégé, et que les patriciens, qui remplissoient toutes les places du
sénat, qui étoient seuls admis aux magistratures, n'avoient d'autre but que de le tenir
dans l'oppression et dans la misère, comme le
plus sûr moyen de le rendre soumis et docile.
La dureté avec laquelle ils poursuivirent les
débiteurs insolvables, qu'ils avoient ruinés par
des usures criantes, et qu'ils vouloient encore
réduire à l'esclavage, mit enfin le peuple au
désespoir. Il se retira sur le mont sacré, disposé à renoncer à une patrie où il gémissoit
dans une dure servitude. En un mot, le sénat
ne put l'engager à revenir à Rome, qu'en lui
accordant des tribuns, qui devoient le protéger contre les injustices des grands. Ces
tribuns firent diverses brèches au trop grand
pouvoir du sénat, et le fit rentrer de tems à
autre dans de justes bornes ; tandis que le sénat,
toujours occupé à saisir les occasions de repren-
dre son ancienne autorité, empiétoit de tems
en tems sur les droits du peuple. C'est ce qui
ne permet pas de fixer au juste les bornes de
cette autorité, laquelle fut plus ou moins étendue, selon que les tribuns du peuple lui laissèrent la liberté d'agir.

Voici pourtant à-peu-près les principales

affaires dont on lui laissa la direction. Il avoit
une inspection particulière sur la religion , dont
tous les ministres lui étoient soumis , et où
l'on ne pouvoit rien faire de nouveau sans un
sénatusconsulte. Il arrivoit néanmoins que
dans des cas importans , le peuple devoit confirmer ce qu'avoit ordonné le sénat (1).
Cétoit encore le sénat qui ordonnoit quand
on devoit consulter les livres de la Sibylle ; et
on n'osoit même les lire sans son ordre. C'étoit
lui qui régloit le gouvernement des provinces
et le commandement des armées ; dont il pro-
longeoit ou dont il abrègeoit la durée, selon
qu'il le jugeoit à propos : et par-là, comme on
peut croire, il tenoit les magistrats dans sa dépendance. Il avoit la garde du trésor public et le
maniement des finances, dont il disposoit à son
gré et sans être obligé de rendre compte. Sa jurisdiction s'étendoit sur toute l'Italie et sur toutes
les provinces. Il prenoit connoissance de tous les
crimes qui s'y commettoient, et jugeoient les
différends qui s'élevoient entre les villes. C'étoit
encore le sénat qui donnoit audience aux ambassadeurs des rois et des nations étrangères ;
et qui répondoit à leurs demandes. Il envoyoit

_____

(1) Tite-Live, l. 39, ch. 19.

P 4

les ambassades , et nommoit des ambassadeurs,
toujours tirés de son corps : il dressoit leurs
instructions. C'étoit lui qui accordoit ou refusoit le titre de roi , ou d'allié du peuple romain, aux princes qui le sollicitoient. C'étoit
lui qui, après une victoire , décidoit du sort
des nations vaincues , qui accordoit des récompenses et des exemptions à celles qui étoient
restées fermes dans l'alliance des Romains , et
les avoient aidés à soumettre leurs ennemis.
C'étoit lui qui ordonnoit les jours de fêtes et
de prières solemnelles , tant dans les calamités
publiques , que dans les réjouissances à l'occasion de quelque victoire éclatante. C'étoit lui
qui examinoit les prétentions des généraux ,
et qui leur adjugeoit le triomphe. C'étoit aussi
le sénat qui ordonnoit les assemblées du peuple , qui en fixoit ou différoit le jour , et préparoit les affaires qui devoient s'y traiter : il
faut excepter les comices par tribus , que les
tribuns du peuple dirigeoit souvent à leur volonté , et qu'ils assembloient malgré le sénat.
Mais la puissance de cette compagnie ne se
manifestoit jamais avec plus d'éclat , que quand
elle recouroit à ce fameux sénatusconsulte , par
lequel elle ordonnoit aux premiers magistrats
d'être attentifs à ce que la république ne souf-

frît aucun dommage , *dent operam consules ne
quid respublica detrimenti capiat.* En vertu de
ce décret, les consuls avoient une autorité sans
bornes, le droit de lever des troupes, et de
faire la guerre sans consulter le peuple. Telles
étoient les prérogatives du sénat. C'étoit un
conseil perpétuel qui veilloit à la sûreté et à la
conservation de la république. Les magistrats
devoient les consulter dans toutes les affaires,
et n'étoient proprement que les ministres de ses
volontés. Ce n'étoit qu'après s'être munis de
l'autorité du sénat qu'ils devoient porter les affaires devant le peuple, ou former quelque entreprise. C'étoit à cette compagnie que le peuple
remettoit les rênes du gouvernement, et dont il
suivoit les lumières. C'étoit à cette compagnie
toujours assemblée, à régler toutes les affaires
qui ne souffroient point de retardement, et sur
lesquelles on n'avoit pas le loisir de consulter le
peuple. C'étoit à elle à préparer les affaires qui
devoient être portées devant lui, et à diriger ses
opérations par ses conseils. Enfin, c'étoit à
cette compagnie qu'il s'en remettoit pour faire
exécuter ses ordonnances ; dès qu'il avoit ordonné, il laissoit au sénat les moyens les plus
propres à l'exécution.

Mais quelque étendue que fût l'autorité du

sénat, et quoiqu'il se soit arrogé souvent une puissance destructive de celle du peuple, il a toujours affecté quelque modération, et a toujours reconnu sa souveraineté. Il s'exprimoit, dans tous ses décrets, avec beaucoup de modestie. Jamais il n'ordonnoit, il trouvoit simplement à propos, il jugeoit convenable que telle ou telle chose se fît, *senatui videri, senatum judicare, arbitrari, existimare* (1). Lorsque le peuple prenoit une résolution conforme au vœu du sénat, c'étoit le sénat qui avoit arrêté, et le peuple qui avoit ordonné, *senatus censuit, populus jussit.* Les ordres même qu'il adressoit aux consuls, aux proconsuls et autres magistrats, étoient conçus en termes fort adoucis, et paroissoient plutôt des conseils que des ordres. La condition que l'on y ajoutoit, s'ils le trouvoient à propos, s'ils jugoient qu'il fût avantageux à la république, les laissoit en quelque sorte maîtres de les exécuter ou de les négliger; *si ei videretur, si è republicâ ei videretur, si commodo reipublicæ fieri posset.*

Quoique le sénat s'exprimât avec cette modestie, il aimoit à voir les magistrats dociles et soumis, agir conformément à ses vues. Il

(1) Brisson, de form. l. 2.

employoit même quelquefois des remèdes assez
violens pour les contenir dans leur devoir,
et les forcer à la soumission. Il leur infligeoit
une espèce de flétrissure, en condamnant
leur entreprise, ou en les rayant du rôle des
sénateurs; il les bornoit dans l'exercice de leurs
charges, et leur défendoit de rien entreprendre au-delà; il leur ôtoit le commandement
des armées, et souvent même il les chassoit
de Rome (1). Mais il n'usoit qu'avec circons-
pection de ces remèdes. Il avoit toujours à
craindre qu'un tribun n'évoquât l'affaire au
peuple, qui alors devenoit le juge du sénat.
C'étoit sur-tout dans les provinces et chez les
nations étrangères, que le sénat jouissoit de
la plus haute considération. Les peuples soumis
à la domination de Rome, ou ceux qui en re-
doutoient les armes, avoient une profonde vénération pour ce conseil auguste, qui s'étoit
érigé en tribunal souverain, où tous les rois
et tous les peuples de la terre devoient rendre
compte de leurs actions (2). Les peuples peu
instruits de la véritable constitution du gou-

(1) Dion Cassius, l. 40. Cic. Phil. 2. ch. 22. Le
même à Atticus, l. 7 ép. 9.

(2) Polybe, l. 6, ch. 2.

vernement de Rome , et voyant que le sénat
disposoit à son gré du sort des rois et des nations entières , qu'il décernoit des peines et des
récompenses , qu'il donnoit audience aux ambassadeurs et leur rendoit réponse , enfin que
les loix mêmes confirmées par le peuple romain
dans les comices , étoient presque toujours formées en conséquence de quelque décret du
sénat ; les peuples , dis-je , se trouvoient portés
à croire que ce gouvernement étoit une aristo-
cratie pure , et que c'étoit dans cette compagnie
que résidoit la souveraineté. Les rois mêmes
n'osoient jetter des regards fixes sur le sénat ,
tant il avoit su leur inspirer de respect , et tant
il s'étoit rendu redoutable. Polybe rapporte de
Prusias , roi de Bithynie , qu'outre plusieurs
bassesses que fit ce prince , il se prosterna en
entrant dans le sénat , et après avoir baisé le
seuil de la porte , il adora les sénateurs comme
des dieux , n'ayant point la honte de les appeller ses dieux tutélaires. Enfin , l'épithète de
sacré étoit particulièrement affectée à cet ordre ;
et Cicéron l'appelle , *sanctissimus ordo* (1). Ailleurs il le qualifie : « le conseil suprême du

(1) Pour Déjotarus , ch. 3. Pour sa maison , c. 28.
Pour Milon . ch. 33.

,, peuple romain et des autres peuples, de tous
,, les empires, et de tous les monarques ,,.
Dans un autre endroit, il nomme la salle où
le sénat s'assembloit le plus ordinairement,
,, le temple auguste de l'ame et du conseil
,, public, le sanctuaire de Rome, l'autel des
,, alliés, le temple choisi par le peuple ro-
,, main, pour être le siége du premier ordre
,, de l'état. ,,

Des magistrats en général.

Il y avoit deux sortes de dignités à Rome.
Les unes n'étoient que des dignités simples,
auxquelles n'étoit attaché aucun pouvoir particulier. Telles étoient les dignités de prince du
sénat, de sénateur, de juge, de pontife, de
prêtre, et autres : toutes ces dignités étoient à
vie. Les dignités de magistrats ou charges de
magistrature étoient presque toutes annuelles.
On y joignoit toujours le pouvoir civil, pour
faire exécuter les loix, soit au dedans, soit au
dehors, selon l'étendue du ressort de la charge.
Le commandement militaire n'y étoit joint
que lorsque le peuple l'y avoit ajouté par une
loi expresse. Anciennement on appelloit tous
les principaux magistrats *préteurs*, à cause de
leur prééminence, du verbe latin *præire* ou

preasso. Dans une ancienne loi citée par Tite-Live, le dictateur est nommé *prætor maximus* (1). Cicéron appelle préteurs les deux consuls; et ce titre se donne souvent aux proconsuls, ou gouverneurs des provinces.

On distingue les magistrats en ordinaires et extraordinaires. Les magistrats ordinaires étoient ceux qui s'élisoient de règle dans des tems fixes, et dont les fonctions entroient de nécessité dans le plan du gouvernement. Tels étoient les consuls, les préteurs, les édiles, les tribuns du peuple, les questeurs, qui changeoient tous les ans. On peut y joindre les censeurs qui de règle devoient s'élire tous les cinq ans, quoique le terme de leur autorité ne s'étendît pas au-delà de dix-huit mois. Les magistrats extraordinaires étoient ceux qui ne se créoient que dans certains cas particuliers, ou qui n'eurent lieu que dans certaines époques de la république, comme le dictateur avec le commandant de la cavalerie, l'interroi, les décemvirs, les tribuns militaires revêtus du pouvoir consulaire, et autres.

On distingue aussi les magistrats en patri-

(1) Tite-Live, l. 7, ch. 3. Cic. traité des loix, l. 3, ch. 3.

ciens et en plébéiens. Cette distinction ne pouvoit exister au commencement de la république , puisque toutes les magistratures appartenoient aux patriciens , et que les plébéiens en
étoient exclus. Elle n'a donc commencé qu'a-
près l'établissement des tribuns du peuple et des
édiles plébéiens , charges auxquelles les patriciens ne furent jamais admis. Au contraire ,
toutes les magistratures réservées aux seuls patriciens , devinrent communes aux deux ordres,
et il n'y eut que la charge d'interroi dont
les patriciens restèrent seuls en possession jusqu'à la fin de la république.

On distingue encore les magistrats en supérieurs ou du premier ordre , et en inférieurs ou
du second ordre. Les magistrats du premier ordre
avoient les grands auspices (1) , au lieu que
les magistrats du second ordre avoient les petits
auspices. Toute la différence des uns et des
autres , c'est qu'un magistrat inférieur ne pouvoit prendre les auspices , et interrompre des
comices convoqués par un magistrat supérieur,
en annonçant quelque mauvais présage : il faut
cependant excepter les tribuns du peuple , qui,
en vertu du pouvoir de leur charge et indépen-

_____

(1) Aulugelle, liv. 13 , ch. 15.

damment des auspices , pouvoient tout arrêter par ce mot solemnel , *veto* , je m'oppose. Les magistrats du premier ordre étoient les consuls, les censeurs et les préteurs , qui se créoient dans les comices par centuries. On peut y ajouter quelques magistratures extraordinaires , comme le dictateur, les décemvirs et autres. Les magistrats du second ordre étoient les édiles , les tribuns du peuple , les questeurs qui s'élisoient dans les comices par tribus. Les magistrats du premier ordre se distinguoient encore en ce qu'ils se faisoient précéder par des licteurs , prérogative dont ceux du second ordre ne jouissoient pas. La quatrième distinction entre les magistrats , consiste en ce que quelques-uns d'eux avoient droit de s'asseoir sur la chaire curule , ou d'ivoire ; tels étoient le dictateur, les consuls , les censeurs , les préteurs et les édiles curules : les autres magistrats ne jouissoient pas de cette marque de distinction. Enfin on les distinguoit en magistrats de la ville , *urbani* , et en magistrats des provinces , tels que les proconsuls , les propréteurs et les proquesteurs. Cette distinction ne commença à avoir lieu que depuis que les Romains eurent étendu leurs conquêtes hors de l'Italie. Entre les qualités auxquelles on avoit égard en con-

férant

férant les charges , on examinoit particulièrement la naissance et l'âge.

Dans les commencemens de la république ,
les patriciens étant seuls en possession de toutes
les dignités , la naissance étoit un titre d'exclusion pour tous les plébéiens. Ces distinctions
cessèrent par la suite : toutes les charges reservées d'abord aux seuls patriciens , devinrent
communes aux deux ordres ; tandis que les
plebéiens se reservèrent à eux seuls le tribunat
du peuple et l'édilité plébéienne , dont les patriciens furent toujours exclus par leur naissance.
Les plébéiens furent admis a la questure en
344 (1). Ils avoient des-lors fait diverses tenta-
tives pour arracher un consulat aux patriciens ;
et ceux-ci , pour les contenter en quelque sorte ,
avoient consenti qu'au lieu des consuls on élût
des tribuns militaires revêtu du pouvoir consulaire , et que les plébéiens fussent admis à
cette dignité ainsi que les patriciens. Les tribuns
militaires furent élus l'an 309 de Rome. Satisfait de la condescendance du sénat , le peuple
ne donna ses suffrages qu'à des patriciens ,
jusqu'à l'an 353 , que Publius Licinius Calvus
fut le premier plébéien revêtu de cette dignité.

(1) Tite-Live , l. 2 , ch. 33.
Tome I.   Q

Depuis ce tems, les plébéiens remportèrent encore diverses victoires sur les patriciens, jusqu'à l'an 387, qu'après des débats fort vifs ils s'ouvrirent enfin l'accès au consulat. Il y avoit eu deux ans auparavant un commandant de la cavalerie plébéien, et dix ans après Caïus Marcius fut le premier de cet ordre élevé à la dictature (1). Le même fut encore le premier censeur plébéien en 402. Pour dédommager en quelque façon les patriciens de la perte d'un consulat, on avoit consenti à l'érection de trois nouvelles charges en leur faveur, savoir, celle d'un préteur et de deux édiles. On accorda à ces nouveaux magistrats des distinctions qui les égaloient presque aux consuls. Mais il fallut, dès la seconde année, admettre les plébéiens à l'édilité curule, et en 417 Quintus Publilius Philo arracha encore la préture aux patriciens. Depuis ce tems-là, on n'eut d'autre égard à la naissance dans l'élection des magistrats, si ce n'est qu'il ne pouvoit y avoir qu'un patricien consul ou censeur, aulieu que les deux consuls et les deux censeurs pouvoient être plébéiens l'un et l'autre.

Il ne paroît point qu'avant l'an de Rome 573

(1) Tite-Live, l. 6, ch. 39, et l. 7, ch. 17 et 22.

il y ait eu de loi qui reglât quelque chose sur
l'âge qu'il falloit avoir pour être élevé à une
magistrature. On ne voit point qu'on ait fait
là-dessus aucune difficulté à Valérius Corvus ,
qui fut élevé au consulat à l'âge de ving-trois
ans , ni au premier Scipion l'Africain qui fut
élu consul assez jeune. Titus Quinctius Flami-
ninus demanda aussi fort jeune le consulat ;
et les tribuns du peuple qui s'opposèrent à son
élection , ne lui objectèrent point son âge ,
mais seulement que n'ayant été que questeur
il demandoit le consulat sans avoir été ni edile
ni préteur (1). Mais comme il n'y avoit point
de réglement par rapport à cela , non plus que
par rapport à l'âge , les tribuns furent obligés
de lever leur opposition. Ce ne fut donc qu'en
573 que Lucius Villius Tappulus , tribun du
peuple , fit adopter une loi qui régloit l'âge
qu'il falloit avoir pour demander une magistrature (2). Mais on ignore absolument quel
âge il fixa pour chacune. Plusieurs même
croient que sa loi ne regardoit que les magistratures curules , et qu'elle ne régloit rien par
rapport aux autres. Comme Cicéron , d'après

(1) Tite-Live . l. 32 , ch. 7.

(2) Tite-Live , l. 40 , ch. 44.

Q 2

son propre témoignage , exerça toutes les magistratures précisément dans le tems où les loix
le lui permettoient , on peut juger , par l'âge
auquel il y parvint , de ce que les loix régloient
sur cet article. Il fut élu questeur dans sa trente-
unième année , édile curule dans sa trente-sep-
tième , préteur dans sa quarantième , et consul
dans sa quarante-troisième. C'étoit le peuple
qui faisoit les loix , c'étoit aussi à lui seul à en
dispenser qui il vouloit. On en voit un exemple dans Scipion Emilien , qui , demandant
l'édilité , se vit élever au consulat par le peuple , malgré les fortes oppositions du sénat (1).
Depuis , le sénat s'arrogea le droit d'accorder
ces sortes de dispenses : non qu'il pût contester
ce droit au peuple ; mais comme il falloit un
sénatusconsulte pour que cette affaire pût être
portée devant le peuple , le sénat se contentoit
du sénatusconsulte , et ne consultoit plus la
volonté du peuple. Cicéron dans sa cinquième
Philippique , opine dans le sénat pour qu'on
accorde dispense d'âge au jeune Octave et à
un citoyen nommé Egnatuleius. En demandant
qu'on accorde cette dispense , l'orateur parle

(1) Tite-Live , épitome 50. Velléius Pat. liv. I ;
ch. 12.

comme si le sénat eût été pleinement autorisé à accorder ces sortes de graces, sans annoncer qu'il fût nécessaire de les faire confirmer par le peuple.

Il y avoit encore diverses loix qui régloient l'exercice des magistratures ou qui en bornoient le pouvoir. La plus ancienne étoit une loi (1) attribuée à Romulus, qui défendoit d'entrer en exercice d'aucune charge, qu'on n'eût observé le vol des oiseaux, et que l'auspice ne fût favorable. La loi Valèria, dont Valérius Publicola étoit l'auteur, ordonnoit qu'il y eût appel de la sentence de tout magistrat devant l'assemblée du peuple. Cette loi fut renouvellée l'an 304 de Rome, par un descendant de Valérius, qui ajouta à la loi, que quiconque crééroit un magistrat sans appel, seroit traité comme ennemi de l'état, et qu'on pourroit le tuer impunément (2). Valérius Corvus renouvella cette même loi en 453, et dans la suite Porcius Læca, et depuis Caïus Gracchus, l'un et l'autre étant tribuns du peuple. Ils ajoutèrent à la loi, que quiconque feroit battre de

(1) Den. d'Hal., liv. 2.

(1) Tite-Live, l. 3, ch. 55. l. 9, c. 9. Cic. pour Rabirius, ch. 3 et 4.

verges ou mettre à mort un citoyen romain, sans avoir égard à l'appel , seroit traité comme perturbateur du repos public et comme ennemi de l'état.

Lucius Génucius , tribun du peuple , fit recevoir une loi, qui défendoit qu'un même homme fût revêtu à la fois de deux magistratures. Il régla aussi qu'on ne pourroit gérer une seconde fois la même charge qu'après un intervalle de dix ans (1). Sylla , pendant sa dictature, renouvella cette loi , et y ajouta la défense d'élever un citoyen à la préture avant qu'il eût exercé la questure, ou de l'élever au consulat avant qu'il eût passé par la préture. Il y avoit encore une loi qui défendoit d'élire ceux qui ne se présenteroient pas en personnes pour demander une magistrature. César demanda à être dispensé de cette loi , afin de pouvoir , quoiqu'absent , se mettre sur les rangs pour briguer un second consulat (2). Tous les magistrats , dans l'espace des cinq premiers jours qu'ils étoient en exercice , étoient obligés de prêter serment qu'ils se conformeroient aux loix. En sortant de

(1) Tite-Live, l. 7 , ch. 42. Appien , civ. l. 1.
(2) Dion Cassius , l. 40. Plut, vie de Pompée.

charge , ils faisoient un second serment , et protestoient qu'ils n'avoient rien fait contre la loi. Tout magistrat , au sortir de charge , pouvoit être appellé devant le peuple , et obligé d'y rendre compte de sa conduite (1). Mais on ne pouvoit les citer devant aucun tribunal tant qu'ils étoient en exercice, parce qu'on ne devoit point les troubler pendant qu'ils étoient employés au service de l'état. La plupart des magistrats étoient nommés un certain tems avant celui où ils devoient entrer en exercice ; pendant cet intervalle on les appelloit ou consuls , ou préteurs , ou édiles , ou tribuns , désignés.

Des consuls.

Aussi-tôt qu'on eut secoué le joug de la domination de Tarquin le Superbe , on établit à Rome un gouvernement républicain d'après le plan que Servius Tullius en avoit tracé dans ses mémoires (2). On créa deux consuls , auxquels on confia toute l'autorité dont avoient joui les rois. On limita à une année la durée de cette magistrature , afin qu'elle ne pût dégénérer en tyrannie. On la partagea entre deux personnes,

(1) Cic. contre Pison , ch. 3.
(2) Tite-Live, l. 1, ch. dern.

Q 4

afin que l'une pût contrebalancer l'autorité
de l'autre , et l'empêcher d'abuser du pouvoir qui lui étoit confié. Le titre modeste de consuls devoit leur rappeller qu'ils
étoient moins les magistrats suprêmes de la
république , que ses ministres et ses chefs , chargés de veiller à sa conservation et à sa gloire ;
consules quia reipublicæ consulebant. Il n'y avoit
point de dignité plus relevée dans la république , et le consulat étoit regardé comme le but
auquel tendoient tous ceux qui vouloient se
distinguer par des services rendus à l'état.
C'étoit le comble de toutes les magistratures ,
et tous les autres magistrats leur étoient subordonnés ; excepté cependant les tribuns du peuple , qui non-seulement surent se maintenir
dans l'indépendance , mais qui vinrent même
à bout de faire plier les consuls sous leur autorité. La crainte qu'ils n'abusassent de leur grand
pouvoir , ne permettoit pas de souffrir que la
république n'eût qu'un seul consul ; et si l'un
des deux venoit à mourir dans l'année , celui
qui restoit devoit faire procéder à une nouvelle élection pour le remplacer. Valérius Publicola étant resté seul consul après la mort
de Brutus , et ayant différé quelque tems de se
donner un collègue , le peuple en murmura ,

et craignit qu'il ne voulût perpétuer son autorité ; de sorte que , pour dissiper ces soupçons ,
il fut obligé de donner un successeur à Brutus (1). Pompée , en vertu d'un décret du sénat,
ayant été créé seul consul , dans un tems où
l'on devoit être accoutumé à le voir revêtu
d'un pouvoir sans bornes , eut la modération ,
pour prévenir tous les soupçons , et ôter au
peuple tout sujet du murmure , de se faire
nommer un collègue (2).

Les marques de la dignité consulaire étoient
à-peu-près les mêmes que celles qui distinguoient les rois. Les consuls jouissoient de
même qu'eux de la chaire curule ou siège d'i-
voire. Ils portoient une toge bordée de pourpre , *toga prætexta* , moins magnifique , à la
vérité , que celle des rois , que la toge tissue
de pourpre à fleurs d'or , *toga picta ou palmata*.
Brutus , pour éloigner les apparences d'un trop
grand faste , voulut qu'on la reservât pour
des jours solemnels , pour les jours où les généraux vainqueurs rentreroient dans Rome en
triomphe (3). Les consuls alloient prendre la

(1) Tite-Live, l. 2, ch. 7.
(2) Plut. vie de Pompée.
(3) Den. d'Hal. , l. 4.

robe prétexte en grande cérémonie dans le
temple de Jupiter Capitolin le jour qu'ils
entroient en exercice. Ce qui donnoit le principal relief à la dignité du consul, c'étoit les
douze licteurs qui portoient devant lui les faisceaux de verges armés de haches, comme cela
s'étoit pratiqué pour les rois. Les premiers
consuls, ne voulant pas effaroucher le peuple
par le nombre de licteurs doublé, convinrent
entre eux qu'ils alterneroient, qu'il n'y en auroit
qu'un qui feroit porter devant lui les haches et
les faisceaux. Chaque consul avoit son mois
(1). C'étoit ordinairement le plus âgé des deux
consuls qui commençoit : on cédoit aussi le
premier tour à celui qui étoit consul pour la
seconde fois, ou qui se distinguoit de son
collègue par quelque avantage considérable,
soit par sa naissance, soit par les services qu'il
avoit rendus à la république. Dès la première
année de la république, Valérius Publicola
s'appercevant de la terreur que les haches causoient au peuple, les fit ôter, et se contenta des
simples faisceaux. Depuis ce tems, les faisceaux
ne furent plus armés de haches dans l'intérieur
de Rome ; mais dès que les consuls sortoient

(1) Tite-Live, l. 2, ch. 1. Den. d'Hal. l. 5.

de la ville, il les reprenoient, pour montrer
que hors de Rome ils exerçoient le droit de vie
et de mort sans appel (1). Les licteurs faisoient
faire place aux consuls lorsqu'ils marchoient
dans les rues, et obligeoient ceux qu'ils rencontroient d'observer ce qui étoit dû aux premiers magistrats de la république. On se rangeoit pour leur faire place ; on leur cédoit le
haut du pavé ; et si l'on étoit à cheval on en
descendoit. Tout magistrat inférieur étoit obligé
de se tenir debout devant eux. Le consul Acilius fit briser la chaire curule, sur laquelle
Luculus étoit assis en qualité de préteur, parce
qu'il ne s'étoit pas levé pour lui faire honneur
lorsqu'il passoit (2). Fabius Maximus, après
avoir été plusieurs fois dictateur et consul, fut
nommé lieutenant de son fils, qui, en qualité
de consul de cette année, commandoit l'armée
dans l'Apouille. Le fils, averti de l'arrivée de
son père, alla au-devant de lui, précédé de
ses licteurs. Ceux-ci respectant un homme de
cette considération, et le père de leur général,
n'osèrent lui faire observer les formalités ordinaires ; le père étoit déja auprès du dernier

(1) Den. d'Hal. l. 5. Tite-Live, l. 24, ch. 9.
(2) Suét. vie de César, ch. 78. Dion Cassius, l. 36.

licteur , lorsque le fils cria à ce licteur d'agir selon le devoir de sa charge : celui-ci ordonna à Fabius le père , de rendre au consul ce qu'il lui devoit , et de descendre de cheval. Le père obéit et dit : *Mon fils , j'ai voulu voir si tu savois faire rendre au premier magistrat de la république ce qui lui est dû.* Publius Valérius , pour rendre hommage à la souveraineté du peuple , et reconnoître sa supériorité sur ses magistrats , fit baisser ses faisceaux devant l'assemblée. Tout magistrat inférieur , qui avoit droit de faire porter des faisceaux devant lui , les faisoit baisser en présence d'un magistrat supérieur, De-là l'expression *submittere fasces* , baisser les faisceaux , pour dire reconnoître la supériorité de quelqu'un (1).

L'autorité des consuls étoit peu différente de celle des rois , sur-tout au commencement de la république. Toutefois les premiers consuls , voulant inspirer encore plus d'aversion au peuple pour la royauté , et lui adoucir le nouveau gouvernement, mirent eux-mêmes des bornes à un pouvoir si étendu. Publius Valérius , comme nous venons de le dire , fit baisser les faisceaux devant le peuple assemblé ,

(1) Cic. dans son Brutus , ch. 6.

pour reconnoître sa supériorité sur les consuls. Une loi que fit le même Valérius, dut encore plus rassurer le peuple contre leur trop grande autorité. Ce fut celle qui leur permit d'appeller de leurs sentences devant le peuple, loi qui leur ôta le droit de vie et de mort, et que Valérius confirma en quelque façon en faisant ôter les haches des faisceaux dans l'intérieur de Rome. Nous avons vu plus haut que cette loi fut renouvellée à diverses époques, et toujours avec plus de vigueur. L'établissement des tribuns du peuple contribua beaucoup à limiter le pouvoir des consuls, de même que celui des autres magistrats. Avec leur droit d'opposition, les tribuns pouvoient les tenir en respect, et se les assujettir en quelque sorte. Cependant il y eut toujours certains cas où les consuls rentroient en possession de leurs anciens droits. Dès qu'ils sortoient de Rome, les tribuns, dont la jurisdiction ne s'étendoit guère hors de l'enceinte de la ville, ne pouvoient plus les traverser. Mais l'autorité des consuls n'étoit jamais plus étendue que dans des tems de trouble, lorsque l'état se trouvant dans un grand péril, ils se voyoient armés de ce fameux senatusconsulte, que les consuls prennent des mesures pour que la république ne souffre aucun dom-

mage , *viderint consules ne quid respublica detri-*
menti capiat. Les consuls alors se trouvoient
revêtus du plus absolu pouvoir. Ils pouvoient
lever des troupes , faire la guerre , exercer une
autorité souveraine sur les citoyens de Rome ,
comme sur les sujets de l'empire , à Rome
comme dans les provinces. Dans ce sénatusconsulte on comprenoit quelquefois avec les
consuls . les préteurs , les tribuns, et même les
proconsuls dans le voisinage de la ville (1).

Malgré les différentes brèches faites à l'autorité des consuls, ils jouissoient d'un pouvoir
très-étendu. Ils étoient les chefs de la république , et tant qu'ils étoient à Rome , il falloit
que toutes les affaires leur passassent sous les
yeux. Tous les magistrats , à l'exception des
tribuns , leur étoient soumis. Les rois et les
nations étrangères se faisoient honneur de leur
protection. Généraux nés de l'état , en tems
de guerre leur autorité sur les armées étoit la
même que celle des rois. Ils faisoient les levées,
et nommoient tous les officiers des troupes ,
excepté une partie des tribuns de soldats que
le peuple créoit dans ses comices. Ils avoient
une pleine autorité sur toute l'Italie et sur tou-

(1) Salluste, hist. l. 1, ch. 17.

tes les provinces : ils pouvoient en citer les sujets à Rome, et les punir du fouet ou du dernier supplice, selon le cas de leur délit. Seuls, tant qu'ils étoient présens, ils avoient le droit de convoquer le sénat, d'y proposer les objets de délibération, de compter les suffrages, et de faire rédiger les sénatusconsultes. On ne pouvoit prendre aucune résolution, ni rédiger de décret, si un des consuls s'y opposoit. C'étoit à eux que s'adressoient les lettres des gouverneurs de provinces, des rois et des peuples. Ils donnoient audience aux ambassadeurs, les introduisoient dans le sénat, et étoient chargés de faire exécuter les décrets rendus à leur sujet. C'étoient eux qui portoient toutes les affaires devant le peuple : ils convoquoient les comices et les présidoient, soit qu'il s'agît de faire de nouvelles loix ou de créer des magistrats. Enfin ce qui prouve leur suprématie et leur prééminence, c'est que l'année se marquoit toujours par leur nom. On disoit qu'un événement étoit arrivé sous tels consuls, *Marco Tullio*, *Caïo Autonio consulibus*. Les Athéniens marquoient de même les années par le nom du premier de leur archontes.

Le jours où les consuls entroient en exercice varia beaucoup jusqu'à l'an de Rome 600, où

il fut fixé aux calendes ou premier de Janvier (1). Ce jour se célébroit avec beaucoup
de solemnité. Tous les sénateurs, les chevaliers,
et même le peuple, se rendoient en foule chez
les consuls pour les féliciter, et les accompagnoient de-là au Capitole. Arrivés dans ce
temple, ils y faisoient des prières et y offroient
des sacrifices pour la prospérité de la république. Du Capitole ils se rendoient au sénat, et
y commençoient les fonctions de leur charge.
Les premières affaires qu'ils y proposoient
avoient toujours pour objet la religion, et sur-
tout on y fixoit le jour auquel on célébreroit les
féries latines (2). Dès les premiers momens
de leur magistrature, ils consultoient le sénat
sur les principales affaires de la république ; et
comme les Romains ne quittoient jamais les
armes, les consuls, en qualité de généraux nés
de l'état, avoient pour l'ordinaire le commandement des principales armées, et le gouvernement des provinces les plus exposées au péril.
Le sénat leur assignoit deux provinces, et le
plus souvent leur ordonnoit de tirer au sort ou

(1) V..Pighii annal. ad an. 600.

(2) Tite-Live, l. 21, ch. dern.

da

de s'accommoder entre eux (1). La multitude des affaires, et l'éloignement des pays où l'on avoit à combattre, obligea le sénat, dans les derniers tems de la république, de retenir les consuls à Rome pendant toute l'année ; et ce n'étoit qu'après qu'elle étoit expirée, qu'ils alloient prendre possession des gouvernemens que le sénat leur avoit décernés dès les premiers jours où ils étoient entrés en exercice. Lorsque les consuls n'étoient pas satisfaits des gouvernemens qui leur avoient été assignés par le sénat, ils s'adressoient au peuple s'ils se sentoient appuyés de sa faveur, et le peuple ordonnoit ce qu'il jugeoit à propos en vertu de sa souveraineté.

Des censeurs.

On range quelquefois les censeurs parmi les magistrats extraordinaires, parce qu'ils ne se renouvelloient pas tous les ans comme les autres magistrats ordinaires ; il nous semble néanmoins que, comme ils se créoient dans un tems fixe, leur place doit être naturellement parmi ces derniers.

(1) Tite-Live, l. 21, ch. 18, et ailleurs.

Tome I. R

Nous avons déjà parlé, dans ce qui précède, du cens, ou dénombrement général des citoyens romains, institué par Servius Tullius. Les rois eux-mêmes faisoient ce dénombrement ; et comme après que les rois eurent été proscrits à Rome, les consuls furent chargés de toutes les fonctions royales, ce furent aussi eux qui eurent soin de faire le cens. On ne trouve qu'un seul exemple que cette fonction ait été remplie par un dictateur (1). La multitude des affaires, les guerres fréquentes qui survenoient, peut-être aussi les occupations que les tribuns du peuple donnoient aux consuls, les ayant empêchés d'y vaquer, et même le cens, qui devoit se faire tous les cinq ans, ayant souffert une interruption de dix-sept années, on prit le parti de créer une nouvelle charge pour remplir ce ministère (2).

La principale fonction de cette charge, qui étoit de faire le cens ou dénombrement du peuple, fit appeller censeurs ces nouveaux magistrats. On créa toujours deux censeurs ; et la durée de cette charge, dans sa première institution, fut fixée à cinq ans, ou à la ré-

(1) Den. d'Hal., liv. 5.
(2) Tite-Live, l. 4, ch. 8.

volution du lustre, tems après lequel se renouvelloit le dénombrement. Neuf ans après
qu'elle eut été établie, Mamercus AEmilius
signala sa dictature par une loi qui en réduisit
l'exercice à dix-huit mois (1). Ce dictateur crut
qu'il étoit dangereux de donner plus de durée
à une magistrature dont l'autorité s'étendoit sur
la réputation et sur la fortune de tous les citoyens, de quelque rang et de quelque condition qu'ils fussent. Depuis cette loi, il se passoit régulièrement trois ans et demi sans que
l'on eût de censeurs ; mais les troubles domestiques ou les guerres étrangères furent souvent
cause qu'il se passa plus de cinq ans, et d'un autre
côté on n'attendit pas toujours pour en élire
qu'il y eût cinq ans révolus. Cette dignité ne
se conféroit qu'à des consulaires ; et l'on ne remarque que très-peu d'exceptions à cette règle.

La censure, de même que toutes les autres
charges de la république, fut d'abord affectée
aux seuls patriciens ; ils en restèrent seuls en
possession jusqu'à l'an de Rome 402, que
Caïus Marcius Rutilus, qui avoit déja été le
premier dictateur plébéien, prétendit à cette
magistrature, et s'y vit élevé malgré les oppositions des patriciens. L'an 416, Quintus Publi-

(1) Tite-Live, li. 4, ch. 24 et l. 9, ch. 33.

lius Philo étant dictateur, fit passer en loi que des deux censeurs il y en auroit toujours un plébéien, et que même ils le pourroient être tous deux (1).

La dignité de censeur étoit si considérable, et prit de si grands accroissemens, ses fonctions étoient si importantes, qu'elles méritent une attention toute particuliére. Voici l'idée que Cicéron nous en donne dans son troisième livre des loix, « Que les censeurs tiennent » registre de l'âge, des enfans, des esclaves et » de la fortune des citoyens. Qu'ils soient » chargés de l'entretien des temples, des grands » chemins et des acqueducs ; qu'ils aient ins- » pection sur le trésor et sur les revenus de » l'état. Qu'ils partagent le peuple en tribus, » et qu'ensuite ils partagent les tribus en dif- » férens ordres, suivant l'âge et la fortune de » ceux qui les composent ; qu'ils divisent en » centuries les hommes de pié et de cheval. » Qu'ils ne permettent à personne de rester » dans le célibat ; qu'ils veillent sur les mœurs » du peuple ; qu'ils ne souffrent point dans le » sénat de membre qui le déshonore. Qu'ils » soient toujours deux en exercice ; que leur

(1) Tite-Live, épitome 49.

,, magistrature dure cinq ans , et que la répu-
,, blique ne soit jamais sans (1) censeurs ,,.

Quoique la censure ne fût d'abord qu'un démembrement du consulat, on voit par ce tableau que leur ressort étoit très-étendu. On
peut rapporter à deux chefs principaux le ministère des censeurs : le premier renfermoit l'estimation des biens , le soin des revenus de
l'état , et l'entretien des édifices publics ; le second avoit rapport à la réforme des mœurs.

Le cens, ou dénombrement du peuple
romain, se faisoit régulièrement tous les cinq
ans dans la grande place de Rome. Là les
censeurs assis sur leurs sièges curules , faisoient
citer par un huissier une des tribus , et ensuite
chaque particulier de cette tribu. Ils se présentoient devant les censeurs , leur faisoient une
déclaration de leur nom , de leur âge, du lieu
de leur demeure ; du nom et de l'âge de leurs
femmes , du nombre de leurs enfans et de
leurs esclaves, de leur bétail, en un mot de

(1) Nous avons vu plus haut , que la loi AEmilia
avoit réduit l'exercice de la censure à dix-huit mois,
et qu'ainsi il se passoit régulièrement trois ans et
demi sans qu'on eût de censeurs : on sait aussi par
l'histoire que d'autres causes en suspendirent plus
long-tems la nomination.

R 3

leurs biens , de même que de la classe et de la
centurie dans laquelle ils étoient enrôlés. On
les obligeoit d'appuyer leur déposition d'un
serment ; et si elle ne se trouvoit pas exacte ,
la peine pour les contrevenans étoit la confiscation des biens et la perte de la liberté. La
même peine étoit établie contre ceux qui
manquoient de se faire inscrire sur le rôle. Les
censeurs étoient les maîtres de faire entrer dans
l'estimation des biens beaucoup de choses qui
n'y entroient pas ordinairement , de les estimer
autant qu'ils vouloient, et de régler ensuite le
tribut sur cette estimation. Ceux qui étoient
absens pouvoient faire leur déclaration par
procureur. Les citoyens romains qui se trouvoient répandus dans les provinces , faisoient leur
déclaration aux gouverneurs de ces provinces
suivant la formule que les censeurs envoyoient.
Toutes ces listes étoient envoyées à Rome ; on les
gravoit sur des tables, afin que les censeurs
et le sénat pussent voir d'un coup d'œil les forces
de la république. Les citoyens romains répandus
dans les colonies et dans les villes municipales ,
faisoient leur déclaration aux censeurs de ces
villes, et ceux-ci envoyoient à Rome leurs
registres. Les censeurs rangeoient les citoyens en
classes et en centuries selon la quantité de leurs

biens, et formoient de nouvelles tribus lorsque le cas l'exigeoit. Ils partageoient les membres d'une même tribu en différens corps, suivant leurs professions où leurs rangs, afin que les suffrages pussent se recueillir sans confusion.

C'étoient eux qui affermoient les revenus de la république, lesquels pour l'ordinaire étoient pris à ferme par les chevaliers romains. Les censeurs faisoient planter une pique dans la place, comme cela se pratiquoit à toutes les ventes publiques ; et après avoir fait proclamer de quoi il s'agissoit, ils adjugeoient la ferme au plus offrant en présence du peuple. Les censeurs avoient fait pour cela divers réglemens qu'on appelloit *leges censoriæ* : les registres, qu'ils tenoient des domaines de la république, se nommoient *tabulæ censoriæ* (1).

Ils étoient chargés de l'entretien des temples, des grands chemins, des ponts, des aqueducs, et en général de tous les édifices publics. C'étoient eux qui faisoient les marchés avec les entrepreneurs, tant pour la construction des nouveaux bâtimens que pour la réparation de ceux qui tomboient en ruine. Les censeurs mettoient ordinairement leur nom aux édifices

(1) Cic. contre Verrès, l. 3, ch. 6. Premier disc. sur la loi agraire, ch. 2.

R 4

qu'ils avoient fait construire. La basilique que
Caton, surnommé le censeur, avoit fait bâtir,
pendant sa censure, fut nommée basilique
Porcia : on nomma de même *Sempronia* celle
que le père des Gracques fit construire pareillement étant censeur : ces basiliques étoient
des édifices publics, destinés à divers usages.
Plusieurs tribunaux y jugeoient les causes de
leur compétence ; les jurisconsultes y donnoient
des audiences à ceux qui venoient les consulter ;
les négocians et marchans y venoient traiter
de leurs affaires ; toutes sortes de personnes s'y
rendoient pour se promener ou pour y apprendre
des nouvelles. Ces édifices étoient environnés
de vastes portiques, soutenus de plusieurs rangs
de colonnes. Appius Claudius, surnommé
l'Aveugle, signala sa censure par la construction
du célèbre chemin, appellé de son nom voie
appienne, *via appia*, dont on voit encore des
restes considérables. Il fit aussi construire un
aqueduc pour fournir de l'eau à Rome. Ils
avoient encore soin d'examiner si ceux qui
avoient entrepris quelques ouvrages sous les
précédens censeurs, avoient satisfait à leurs
baux ; ce qui s'appelloit *sarta tecta exigere*.
Telles étoient leurs principales fonctions, sans
parler d'autres moins connues.

Mais la plus belle prérogative sans contredit de la charge des censeurs, celle qui la rendoit redoutable à tous les ordres de l'état, c'étoit l'inspection qu'ils avoient sur les mœurs et la conduite de tous les citoyens en général. C'est sur-tout par cette prérogative qu'ils tenoient dans leur dépendance (1) le sénat, les chevaliers, le peuple, à cause du droit qu'elle leur donnoit de flétrir la réputation de ceux dont la vie étoit irrégulière, et de les punir par de honteuses dégradations. Leur autorité dans la manutention des mœurs et de la discipline, ne s'étendoit point sur les crimes, ni sur les autres délits qui sont du ressort des juges, et contre lesquels les loix ont établi des peines. Elle tomboit principalement sur la conduite, sur certains mauvais exemples, sur certains vices, qui échappent à la rigueur des loix, et auxquels on ne peut remédier sans multiplier trop le nombre des loix, quoique les suites en soient souvent dangereuses. ,, Il y a de ,, mauvais exemples, dit Montesquieu, qui ,, sont pires que les crimes, et plus d'états ,, ont péri parce qu'on a violé les mœurs ,, que par ce qu'on a violé les loix. A ,, Rome, tout ce qui pouvoit introduire des

(2) Tite-Live, l. 4, ch. 8.

,, nouveautés dangereuses , changer le cœur
,, ou l'esprit du citoyen , et en empêcher, s'il est
,, permis d'user de ce terme, la perpétuité ,
,, en un mot les désordres domestiques. ou
,, publics, étoient réformés par les censeurs ,,.
Sans entrer dans le détail des exemples ,
voici ce que je me contente de dire. Négligence
ou lâcheté dans le service militaire , inconduite
dans ses affaires privées , célibat et mariage ,
luxe et mollesse , manque au serment et à
la bonne foi , paroles ou actions indécentes ,
tout cela étoit de la compétence des censeurs ,
et soumis à leur sévérité. Une même cause
pouvoit être débattue devant les censeurs et
devant le préteur. Le préteur, dans la sentence
qu'il prononçoit , jugeoit selon la rigueur de
la loi; au lieu que le jugement des censeurs
étoit dicté par la simple équité. Le préteur
faisoit exécuter sa sentence ; les parties ne se
conformoient qu'autant qu'elles vouloient à
celle des censeurs , qui pourtant pouvoient
punir les coupables d'une autre manière. Les
peines qu'ils infligeoient ne consistoient proprement pas dans une punition réelle , mais seulement dans une flétrissure qui ne causoit que
de la honte. C'étoit une espèce d'affront public
qu'ils étoient autorisés, par le droit de leur

charge , de faire subir à tout citoyen qui s'étoit
mal comporté , soit que sa faute fût de celles
qui échappent aux loix , soit qu'elle y fût
comprise ; et dans ce dernier cas , il pouvoit
encore être condamné par la sentence des
juges. Car la condamnation des censeurs n'étoit
point regardée comme une condamnation for-
melle, n'ayant pas besoin d'être appuyée des
mêmes preuves qu'on exigeoit devant les tribunaux ordinaires. Aussi, n'avoit elle pas les mêmes
effets que celle des juges, Si la sentence de
ceux-ci déclaroit quelqu'un infâme pour avoir
été convaincu d'une mauvaise action , il ne
pouvoit plus en être relevé, il étoit exclu à
jamais de tous les tribunaux et de toutes
les dignités de la république. Il n'en étoit pas
de même du jugement des censeurs : ceux
qu'ils avoient condamnés, pouvoient continuer
à prendre séance parmi les juges , et même
être absous par les juges ordinaires , du même
crime pour lequel les censeurs les avoient
condamnés (1). Ils pouvoient aussi faire
effacer cette flétrissure par les censeurs suivans,
être remis dans le sénat , et parvenir à toutes
les magistratures : enfin ils pouvoient, par le

(1) Cic. pour Cluentius , ch. 42.

soin à réformer leur conduite, effacer eux-mêmes la tache imprimée à leur réputation.

On peut distinguer quatre manières différentes dont les censeurs punissoient les divers ordres de citoyens. Premièrement ils dépouilloient un sénateur de sa dignité sénatoriale ; et pour cela il suffisoit qu'ils passassent son nom dans le rôle, en ajoutant néanmoins la raison pour laquelle ils l'excluoient du sénat. La seconde punition dont ils faisoient usage étoit, dans la revue du corps des chevaliers, d'ordonner à un chevalier de vendre le cheval que lui fournissoit la république ; et par là même il étoit dépouillé de la dignité de chevalier, dont le cheval étoit la marque essentielle. Troisième-ment ils punissoient un simple citoyen, en le transférant d'une tribu distinguée dans une autre qui l'étoit peu, comme d'une tribu de la campagne dans une des quatre tribus de la ville, lesquelles étoient fort méprisées parce qu'on y renfermoit tous les affranchis et tous les derniers du peuple : cela s'appelloit *tribu movere*. Quatrièmement enfin ils privoient un citoyen du droit de suffrage, en le rejettant parmi ceux qui n'avoient d'autre privilège que de payer les contributions. On appelloit cela *ærarium facere, inter ærarios referre*. J'ai suivi

l'explication d'Asconius , suivant lequel *inter
ærarios referre* étoit la même chose que *in
Cæritum tabulas referre*. Les habitans de Cæré
ville Etrusque , avoient obtenu autrefois le
droit de cité romaine , mais sans droit de
suffrage.

Les censeurs pouvoient exercer la sévérité
de leurs jugemens , tant sur la connoissance
qu'ils avoient eux-mêmes de la conduite d'un
citoyen que sur le témoignage d'un seul.
Cependant ils n'excluoient pas les moyens de
justification ; et en flétrissant quelqu'un , ils
ajoutoient ordinairement par écrit la raison de
leur procédé , ce qui s'appelloit (1) *elogium*
ou *subscriptio censoria*. Ils observoient sur-tout
cette règle à l'égard d'un sénateur ou de
quelque personne distinguée. Les censeurs
étoient soumis à la censure l'un de l'autre , et
pouvoient se flétrir réciproquement. L'histoire
en offre un exemple qu'il seroit trop long de
rapporter ; exemple qui prouve aussi que les
censeurs n'étoient pas toujours exempts de
passion ni de partialité dans l'exercice de leur
chargè (2). Leur sévérité injuste , et quel-

(1) Cic. pour Cluentius , ch 43.
(2) Tite-Live , l. 39 , ch. 42.

quefois excessive , avoit besoin d'être réprimée.
Aussi les loix avoient elles établi divers remèdes
contre les abus de pouvoir qu'ils se permettoient
dans quelques occasions. Le remède le plus
efficace, c'est qu'un censeur ne pouvoit rien
faire sans l'autre , et pour que leurs sentences
eussent leur effet il falloit qu'elles fussent
unanimes. Si l'un rayoit un sénateur, l'autre
pouvoit le remettte dans le rôle : il en étoit
de même des chevaliers, Dès que la discorde
se mettoit entre les censeurs , leur pouvoir
n'avoit plus aucune énergie; et c'est pour cela
que Tite-Live , quand la concorde régnoit entre
les censeurs, a grand soin d'en faire la remarque.
Si la désunion s'y mettoit, le sénat ne négligeoit rien pour les remettre bien ensemble ,
et pour les engager à sacrifier à la république
leurs ressentimens particuliers (1). Publius Clodius, étant tribun du peuple, abolit, ou du moins
affoiblit beaucoup l'autorité censoriale; ce
dont Cicéron lui fait de vifs reproches. Cette
autorité fut rétablie quelques années après ;
mais, suivant que l'observe un historien judi-
cieux , la corruption étoit trop générale pour

(1) Tite-Live , l. 40, ch. 45.

que les censeurs osassent entreprendre de
réformer les mœurs.

Comme la république a été souvent dépourvue
de censeurs, qu'il y avoit régulièrement trois
ans et demie d'intervalle, quelquefois plus,
qu'il se passa même seize ou dix-sept ans sans
qu'on eût de censeurs, depuis 667 jusqu'à 683,
il semble que plusieurs affaires en devoient
souffrir. Le senat devoit se réduire à un petit
nombre, de même que l'ordre des chevaliers.
Comment pouvoit-on tenir des listes exactes
des citoyens? à qui rendoit-on compte des
deniers publics, et qui avoit soin de renouveller les baux des fermes lorsqu'ils étoient
expirés? enfin négligeoit-on pendant ce tems
là l'entretien des grands chemins et des édifices
publics? Pour ce qui est du remplacement
des places vacantes dans le sénat, comme cet
intervalle de seize ou dix-sept ans où l'on
n'eût point de censeurs, se trouve après la
dictature de Sylla, et que celui-ci avoit réglé
que les questeurs nommés par le peuple
deviendroient sénateurs, il entroit ainsi tous
les ans vingt nouveaux membres dans le sénat.
Au sujet des chevaliers, les changemens que
Caïus Gracchus avoit introduits dans cet ordre,
en rendoient la revue et la réforme beaucoup

moins nécessaires. Quant au rôle des citoyens,
il se remettoit, par un ordre du peuple ou par
un décret du sénat, entre les mains d'un
préteur, qui avoit soin d'y faire inscrire les
noms de ceux qui obtenoient le droit de cité.
Par rapport à l'adjudication des fermes et
aux comptes qu'on devoit en rendre, les
consuls rentroient dans leurs anciens droits à
cet égard, donnoient à ferme, et faisoient
tous les arrangemens qu'ils croyoient nécessaires
(1). Ils en agissoient de même pour l'entretien
des édifices publics; et s'ils ne pouvoient suffire
à tous ces soins, le sénat en donnoit la
commission à un des préteurs.

Il y a diverses choses à observer, qui étoient
particulières à la censure. Personne ne pouvoit
être élevé deux fois à cette dignité. Les censeurs
entroient en exercice aussitôt après leur élection; au lieu que pour les autres magistrats,
il y avoit un certain tems prescrit avant lequel ils ne pouvoient entrer en charge. Après
avoir rempli tous les devoirs de leur magistrature, et leur tems se trouvant près d'expirer,
ils tiroient au sort pour savoir qui des deux
feroit la clôture du lustre; solemnité qui

_____

(1) Cic. contre Verrès, l. 3, ch. 7, et l. 1, c. 50.

mérite

mérite que nous nous y arrêtions un peu.

Cette cérémonie instituée par Servius Tullius, fut depuis continuée toutes les fois que se faisoit le cens, excepté dans quelques cas particuliers. Les censeurs, après avoir fait citer toutes les tribus une à une, et chaque membre d'une tribu, et lui avoir fait rendre compte de son âge, de ses facultés, de sa conduite, après avoir fait l'examen des sénateurs et des chevaliers, ordonnoient à tout le peuple de se rendre au Champ-de-Mars, rangé selon sa distribution en classes et en centuries. Là les censeurs, après avoir rendu des actions de grace aux dieux immortels de ce qu'ils avoient conservé le peuple romain, leur adressoient de nouvelles prières pour la prospérité de la république. On promenoit ensuite trois fois autour du peuple ainsi assemblé dans le Champ-de-Mars, un taureau, un porc et une brebis, victimes destinées au sacrifice qui devoit terminer toute la cérémonie. Ce sacrifice s'appelloit *solitaurilia*, ou plutôt *suovetaurilia* (1), à cause des trois victimes qu'on y immoloit. C'étoit une espèce de purification du peuple romain, qui avoit pareillement lieu dans les

(1) Festus Pompéius, sur ces mots.

armées sur terre, sur mer, en différentes occasions. On appelloit cela *lustrare*, du verbe
luere qui signifie *payer*, parce qu'alors les
censeurs exigeoient les paiemens des fermiers
publics. Comme cette cérémonie se renouvelloit tous les cinq ans, le mot de *lustre* commença à signifier une révolution de cinq
années ; de même que les olympiades se
prennent pour une révolution de quatre ans,
parce que les jeux olympiques se célébroient
au bout de quatre années révolues. C'est là ce
qui s'appelloit proprement faire la clôture du
lustre, *lustrum condere* (1), parce que cette
cérémonie, suivant l'institution de Servius
Tullius se faisoit immédiatement après le
cens, après qu'on avoit achevé de dresser
les registres de tous les citoyens, de leur
âge, de leurs facultés et de leur conduite.

Les censeurs jouissoient de presque toutes
les marques de distinction du consulat à
l'exception des licteurs. Leur dignité en quelque
sorte étoit au-dessus de celle des consuls,
moins par le pouvoir qui y étoit attaché, que
parce que le peuple n'y élevoit que des consulaires, et qu'entre ces consulaires il ne choisissoit que les hommes du mérite le plus rare
et dont la probité étoit connue.

(1) Tite-Live, l. 29, ch. 37.

Des préteurs.

Une magistrature ordinaire, c'est-à-dire qui se conféroit tous les ans, qui étoit la seconde en autorité, et immédiatement au-dessous du consulat, étoit la préture. Le nom de préteur, comme nous l'avons dit plus haut, dérivé du verbe *præire* ou *præesse*, désignoit anciennement tout magistrat supérieur, comme les consuls, le dictateur, qui dans une ancienne inscription se trouve appellé *prætor maximus*. Mais depuis qu'on eut fait un démembrement du consulat, et qu'on eut établit un magistrat particulier préposé à l'administration de la justice, le nom de préteur lui devint affecté particulièrement. Cependant on le trouve encore très-souvent employé pour désigner un général d'armée ou un commandant en chef.

Cette nouvelle magistrature fut établie l'année même que le consulat fut accordé aux plébéiens. Les consuls occupés des affaires du dehors et du commandement des armées, d'ailleurs détournés par différentes autres affaires qui se multiplioient à mesure que Rome étendoit son domaine, ne pouvoient presque plus vaquer à rendre la justice. Cependant les procès se multiplioient à proportion du nom-

bre des habitans , qui augmentoit tous les
jours. Le sénat crut donc qu'il falloit décharger
les consuls de cette fonction , et créer un nouveau magistrat pour la remplir (1). Les plébéiens contens de la victoire qu'ils venoient de
remporter sur les patriciens , en leur arrachant
un consulat , consentit sans peine que cette
magistrature leur demeurât affectée. Le premier
qui s'en trouva revêtu fut Spurius Furius
Camillus , fils du fameux Camille , l'an de
Rome 387. Cette magistrature se conféroit dans
les comices par centuries , en observant les
mêmes auspices et les mêmes formalités que
dans l'élection des consuls. Aussi le préteur est
souvent appellé le collègue des consuls , et il
en faisoit toutes les fonctions lorsqu'ils étoient
absens. Les patriciens restèrent seuls en possession de cette charge pendant trente années :
l'an 417 Quintus Publilius Philo , qui avoit
été consul et dictateur , se mit sur les rangs
pour briguer la préture , et l'obtint malgré les
oppositions de la noblesse patricienne.

   Avant la seconde guerre punique , on exerçoit souvent la préture après le consulat , et
même quelquefois après deux ou trois consu-

(1) Tite-Live , l. 6 , ch. dern. et l. 7 , ch. 1.

lats (1) : mais depuis on ne revint plus guère à cette charge après avoir été consul , à moins qu'on n'eût été exclus du sénat par les censeurs. Ce fut le cas où se trouva un des conjurés de Catilina , Lentulus qui , pour rentrer dans le sénat , demanda et obtint une seconde fois la préture (2).

On ne créa d'abord qu'un préteur ; mais comme le nombre des habitans de Rome s'augmentoit à proportion qu'elle étendoit ses conquêtes , et qu'il s'y formoit un grand concours d'étrangers , il ne pouvoit plus suffire seul à l'administration de la justice. On résolut donc de lui joindre un second magistrat , et de partager leurs fonctions. Le premier rendoit la justice selon les loix romaines , et seulement entre des Romains. Le second jugeoit les procès qui survenoient tant entre les étrangers qu'entre un étranger et un citoyen. C'est pour cela qu'on l'appelloit le préteur étranger , *prætor peregrinus* ; au lieu que le premier s'appelloit préteur de la ville , *prætor urbanus*. Quoique ce fût le sort qui , après leur élection , décidât de ces divers départemens, le préteur de

____

(1) Tite-Live , l. 23 , ch. 30.

(2) Salluste , Catil. ch. 47.

la ville étoit beaucoup plus considéré , et ses prérogatives bien supérieures. Comme sa jurisdiction s'étendoit sur tous les citoyens romains, c'est des édits qu'il proposoit que dérive une partie de la jurisprudence romaine. Ce fut l'an de Rome 510 que le nouveau préteur fut établi.

En 526, après la conquête de la Sicile et de la Sardaigne , on en créa encore deux nouveaux , qui furent revêtus des gouvernemens de ces deux isles. En 556 leur nombre fut encore augmenté jusqu'à six , après que les Romains eurent soumis la plus grande partie de l'Espagne, et l'eurent divisée en deux provinces , l'ultérieure et la citérieure (1). De ces six préteurs, il en restoit régulièrement deux à Rome , et les quatre autres étoient envoyés pour gouverner ces provinces. C'étoit ordinairement le sort qui décidoit entre eux de ces divers départemens.

Le nombre des préteurs resta le même jusqu'au tems de Sylla ; mais il se fit un changement dans leur administration, dont il n'est pas facile de fixer l'époque. Les affaires se multipliant à Rome , et les crimes y devenant

(1) Tite-Live , l. 32, ch. 27.

plus communs , on résolut de soumettre à
la recherche des préteurs certains crimes dont
le peuple s'étoit réservé la connoissance , et
pour lesquels il nommoit des commissaires ,
quæsitores , toutes les fois que les cas se présentoient. On établit donc les tribunaux qu'on
appella *quæstiones perpetuæ* , tribunaux perpétuels
(1). Il fut réglé en même tems que les six
préteurs passeroient à Rome l'année de leur
préture, et que l'année finie, ils partiroient pour
aller gouverner les provinces qui leur échoi-
roient par le sort. Sylla , en augmentant le
nombre des tribunaux jusqu'à huit , établit
aussi huit préteurs.

Le préteur jouissoit à peu de chose près de
toutes les marques de distinction du consulat.
Il avoit la prétexte, ou toge bordée de pourpre,
qu'il alloit prendre au Capitole le jour qu'il
entroit en charge ; la chaire curule , et les
licteurs. Il ne prenoit que deux licteurs dans
Rome , et six dans les provinces ; c'est là du
moins ce qui paroît le plus véritable. Le
tribunal du préteur étoit dans la grande place

(1) *Tribunaux perpétuels* ; voilà comme je traduis
quæstiones perpetuæ , et non *questions perpétuelles* ,
ce qui ne présente aucun sens en françois. *Quæstio*
signifie tribunal , commission établie pour juger.

S 4

de Rome , ou plutôt dans le comice qui en faisoit partie. Il y plaçoit sa chaire curule, pendant que les autres juges n'étoient assis que sur des sièges ordinaires. C'étoit là qu'il donnoit audience et qu'il prononçoit ses arrêts. L'orsqu'il présidoit le conseil des centumvirs , *centumvirali judicio* , on plantoit une pique (1) dans la place, comme la marque de sa jurisdiction. La première et la principale fonction du préteur étoit l'administration de la justice dont il étoit le chef. En l'absence des consuls c'étoit le préteur de la ville qui remplissoit toutes leurs fonctions , et qui dirigeoit toutes les affaires de l'état (2). Tout ce qui est du ressort des consuls formoit alors celui du préteur de la ville. A son défaut , c'étoit le préteur étranger qui entroit dans tous ces droits. C'étoit encore au préteur de la ville qu'appartenoit la direction de certains jeux solemnels , tels que les jeux apollinaires qui se célébroient en l'honneur d'Apollon et de Diane , par des courses de chevaux et de chars , des combats de bêtes féroces , et même par des jeux scéniques (3). Le préteur ,

(1) Seneque , de la briéveté de la vie, ch. 11.

(2) Tite-Live , l. 10 , ch. 21. Cic. ép. fam. l. 10. ép. 12.

(3) Tite-Live , l. 25, ch. 12. L. 27 , ch. 23. L. 39, ch. 39.

vêtu d'une robe de pourpre à fleurs d'or , telle que les généraux la portoient le jour de leur triomphe , traversoit le cirque en pompe monté sur un char. Souvent les préteurs , lors même qu'il n'y en avoit encore qu'un seul , ont été mis à la tête des armées , sur-tout dans le cinquième siécle de Rome (1). Depuis on leur donna souvent le commandement d'une flotte ; et souvent ils furent joints à un des consuls , lorsque l'importance de la guerre demandoit plus d'un général.

J'aurai occasion de parler des préteurs, et principalement du préteur de la ville , dans l'article du pouvoir judiciaire , lorsque je parlerai un peu plus en détail de la manière de rendre la justice chez les romains.

Des édiles.

Les édiles furent ainsi nommés, selon Varron , parce qu'ils avoient l'intendance sur les édifices tant publics que particuliers , *quod ades publicas privatasque curarent* ; ou , selon le jurisconsulte Pomponius , parce que les premiers édiles furent chargés de garder les plébiscites , qui se déposoient dans le temple

(1) Tite-Live , l. 10 , ch. 31.

de Cérès. Il y avoit trois différentes sortes
d'édiles ; les édiles plébéiens, les édiles curules,
et les édiles céréales, qui furent tous établis
en différens tems. Les premiers édiles plébéiens
furent créés dans le même tems et dans les
mêmes comices que les premiers tribuns du peuple ; d'où vient aussi qu'ils sont souvent qualifiés
collégues des tribuns du peuple. Les plébéiens
ayant obtenu des tribuns , ceux ci demandèrent
qu'on leur donnât deux adjoïnts tirés du corps
des plébéiens, qui pussent les soulager dans
une partie de leurs fonctions, et qui, sous
le titre d'édiles, seroient chargés, comme
leurs subalternes, de l'exécution de leurs ordres
(1). Les édiles plébéiens furent d'abord créés
dans les comices par curies ; mais depuis la
loi Publilia, ils furent élus, de même que
les tribuns et les autres magistrats inférieurs,
dans les comices par tribus.

L'an de Rome 387 , après plusieurs années
de débats fort vifs entre les patriciens et les
plébéiens, la concorde s'étant rétablie entre
les deux ordres , par la cession d'un des deux
consulats dont les patriciens consentirent à se
dépouiller en faveur des plébéiens, le sénat

(2) Den. d'Halic., liv. 6 et 8.

ordonna qu'en mémoire de cette réunion, on ajouteroit un jour, qui seroit célébré par des spectacles publics, aux grands jeux ou jeux romains qui se célébroient tous les ans (1). Les édiles plébéiens s'étant refusés à ce ministère, deux jeunes patriciens offrirent de s'en charger pour la gloire des dieux immortels, si l'on vouloit créer pour eux deux charges d'édiles. Le sénat loua leur zèle, accepta leur offre, et ordonna qu'à l'avenir on éliroit tous les ans deux édiles, qui seroient choisis entre les patriciens. On leur accorda toutes les marques de distinction des grands magistrats, à la réserve des licteurs. Ils portoient la prétexte ou robe bordée de pourpre, avoient la chaire curule; et c'est de cette dernière prérogative que vient leur nom d'édiles curules. Ce qui rendoit encore cette charge considérable, c'est qu'elle annoblissoit en donnant le droit de transmettre son image à sa postérité *jus imaginis*, ce qui chez les Romains constituoit la noblesse. Ces prérogatives furent toujours réservées aux seuls édiles curules, et les édiles plébéiens en furent toujours exclus. Mais les plébéiens ne permirent pas long-tems que les

(1) Tite-Live, l. 6, ch. 42.

seuls patriciens fussent en possession de cette dignité , et dès l'année suivante ils s'y firent admettre (1). Cette dignité devint donc commune aux deux ordres , tandis que les patriciens furent toujours exclus de l'édilité plébéienne. Ce ne fut que l'an de Rome 709 que Jules César ajouta deux nouveaux édiles, dont le département étoit d'avoir l'inspection sur les blés , et sur les distributions qu'on en faisoit au peuple (1). Ce fut de-là qu'ils prirent le nom de *céréales*, de Cérès déesse des blés.

La première et la plus importante fonction des édiles , étoit le soin de la police , qui les autorisoit même à faire divers réglemens , lesquels faisoient partie des loix civiles (1). De même que les préteurs de la ville , ils faisoient afficher des édits auxquels on étoit obligé de se conformer pendant l'année de leur magistrature. Ils étoient chargés de l'entretien de tous les édifices publics, des temples , des palais ou basiliques, des portiques , des aque-ducs, et autres objets pareils. C'étoit particu-culièrement lorsqu'il n'y avoit point de censeurs;

(1) Tite-Live , l. 7 , ch. 1.

(2) Suétone , vie de César , ch. 41.

(3) Dion Cassius , l. 44.

car ce n'étoit que dans ces intervalles que les
édiles se trouvoient chargés de cet entretien ,
et encore n'étoit-ce qu'autant que le sénat n'en
eût pas donné la commission à quelque autre
magistrat, comme on a vu qu'il la donnoit
quelquefois à un préteur. A l'égard des maisons
particulières , ils avoient l'œil a ce qu'elles
fussent bâties dans un juste alignement , que
les propriétaires ne les laissassent point tomber
en ruine, soit parce qu'elles auroient mis
les passans en peril , soit parce qu'elles auroient
déparé les rues. Ils avoient l'inspection sur tous
les autres lieux publics, tels que les bains , les
cloaques , les égoûts , sur la propreté des
rues , à ce qu'on n'y laissât point d'embarras
qui pût arrêter ou incommoder les passans ou
les voitures : ils mettoient à l'amende ceux qui
se trouvoient en faute. Ils empêchoient qu'il
ne se commît des désordres dans les tavernes ,
dans les maisons de joie et autres lieux de
débauche , que Sénèque (1) pour cette raison
appelle *loca ædilem metuentia* , des lieux où l'on
craint l'édile. Toute femme à Rome qui vouloit
exercer le métier de courtisane, pouvoit le
faire en toute liberté, pourvu qu'elle vînt
faire enregistrer son nom chez les édiles. On

(1) Dans son traité *de vitâ beatâ*, ch. 7.

avoit cru que ce frein seroit suffisant pour
les retenir, et que cette déclaration même étoit
assez humiliante pour éloigner d'une aussi
infâme profession (1). Sans parler d'autres
détails de police dont ils étoient chargés,
leurs soins s'étendoient jusque sur la religion;
ils veilloient à ce qu'il ne s'établît point à
Rome de culte étranger, à ce qu'on n'y
pratiquât d'autres cérémonies religieuses que
celles qui avoient été autorisées par le sénat.
Ils avoient le département des vivres, et une
inspection sur toutes les denrées qui s'exposoient
en vente dans les marchés; ils y mettoient le
prix, et faisoient jetter celles qui n'étoient
pas bonnes. Ils examinoient les poids et les
mesures, et faisoient briser ceux qui ne se
trouvoient pas justes. Comme il y avoit des
loix qui régloient l'intérêt qu'on pouvoit tirer
de l'argent prêté, ils avoient encore soin de
punir par des amendes ceux qui exigeoient
des usures illicites (2). Les ventes d'esclaves,
de chevaux, ou d'autres animaux, étoient
pareillement de leur ressort. Ils jugeoient les
procès qui survenoient à ces occasions, con-

(1) Tac. an. l. 2, ch. 85.

(2) Tite-Live, l. 10, ch. 23.

damnoient les délinquans à l'amende, et employoient le produit de ces amendes à des ouvrages qui contribuoient à l'utilité ou à l'ornement de la ville. Outre ces fonctions ordinaires, le sénat chargeoit encore souvent les édiles, dans des tems de disette, d'acheter des blés, et de les distribuer au peuple, soit gratuitement, soit à un prix modique. Cette commission étoit regardée comme une des plus importantes et des plus honorables.

Enfin les édiles avoient l'intendance des jeux solemnels qui se célébroient régulièrement à certains jours de l'année, tels que ceux en l'honneur de Cérès et de Bacchus, les jeux floraux en l'honneur de Flore, les jeux mégalésiens en l'honneur de Cybele mère des Dieux, et les jeux romains en l'honneur de Jupiter, de Junon et de Minerve (1). L'intendance de ces jeux regardoit particulièrement les édiles curules : les édiles plébéiens paroissent avoir été bornés à la direction des jeux plébéiens, institués en mémoire de la réconciliation des deux ordres. Mais les jeux votifs, tels que ceux qui avoient été voués à quelque dieu par un général d'armée, ou

(1) Cic. contre Verrès, l. 5, ch. 14.

par un magistrat, au nom du peuple romain,
pour obtenir l'heureux succès d'une entreprise,
ne regardoient pas les édiles, non plus que
les jeux funèbres. Pour ce qui est des autres
précédemment nommés, c'étoient eux qui en
régloient l'appareil et tous les détails ; ils
disposoient des peines et des récompenses que
pouvoient mériter les acteurs ; ils examinoient
les tragédies et comédies qui devoient être
représentées, et en payoient la représentation.
Il seroit trop long de décrire la prodigieuse
magnificence que la plupart des édiles étaloient
dans ces spectacles, les sommes immenses
qu'ils y dépensoient, et comment ils mettoient
à contribution les rois et les provinces. C'étoit
par la splendeur de leur édilité qu'ils espéroient
se frayer un chemin au consulat. Comme il
se créoit tous les ans huit préteurs, et qu'il
ne se créoit que quatre édiles, deux édiles
curules et deux plébéiens, il y en avoit plusieurs
qui parvenoient à la préture sans avoir passé
par l'édilité ; mais on peut juger par la passion
du peuple pour les spectacles, que ceux qui
avoient omis la charge d'édile, avoient de la
peine à obtenir la dignité consulaire.

Il est difficile de bien distinguer en quoi
les fonctions des édiles curules différoient de
celles

celles des édiles plébéiens. On a vu que par rapport aux jeux, elles ne différoient qu'en ce que les édiles curules avoient la direction des principaux jeux, au lieu que les édiles plébéiens n'avoient l'intendance que des jeux plébéiens. Du reste, pour ce qui est de la police de la ville et du soin des vivres, il paroît qu'à cet égard ils exerçoient la même jurisdiction, si ce n'est que les édiles curules avoient seuls droit de faire des réglemens sur ce sujet. Une fonction particulière aux édiles plébéiens, étoit d'avoir la garde des sénatusconsultes et des plébiscites, qui se mettoient en dépôt dans le temple de Cérès, et qu'avant ce tems là les consuls avoient altéré ou supprimé selon qu'ils l'avoient jugé à propos (1). Les édiles céréales établis par Jules César déchargèrent les autres édiles du soin de distribuer le blé à la dernière classe du peuple.

Comme les édiles n'étoient que des magistrats inférieurs, ils ne se faisoient accompagner ni de licteurs ni d'huissiers, mais seulement d'esclaves publics. Ils n'avoient droit de faire arrêter personne, et ne pouvoient condamner les délinquans qu'à une amende ; encore ne

(1) Tite-Live, l. 3, ch. 55.

Tome I.   T

pouvant les contraindre de la payer, étoient-
ils obligés d'avoir recours au préteur pour
qu'il fît exécuter leur sentence (1).

Des tribuns du peuple.

Le nom de tribun désignoit en général une
personne ayant l'intendance d'un certain département. Sous les rois, on donnoit le nom
de tribun, *tribunus celerum*, au commandant
de la cavalerie. On appelloit de même tribuns
de soldats, *tribuni militum*, les principaux
officiers de l'infanterie. On appelloit tribuns
du trésor, *tribuni ærarii*, ceux qui avoient la
garde du trésor, qui étoient chargés de remettre
aux questeurs les sommes nécessaires pour
le paiement des troupes. Il y eut de même,
sous les empereurs, divers officiers qualifiés
tribuns. Par exemple, sans parler des autres,
il y eut des *tribuni voluptatum*, qu'on pourroit
nommer surintendans des plaisirs. Ils étoient
chargés de l'intendance des divertissemens
publics, d'y faire observer l'ordre et la bienséance. Le nom de tribuns désignoit donc
en général l'intendance d'un certain département, et c'étoit le mot qu'on y joignoit qui
en déterminoit les fonctions particulières, ainsi

(1) Aulugelle, liv. 13, ch. 12.

les plébéiens ayant obtenu des magistrats particulier, son leur donna le nom de tribuns du peuple ou plutôt de tribuns des plébéiens, *tribuni*
plebis, parce que leur fonction principale étoit de
protéger le peuple ou plutôt les plébéiens,
contre l'oppression des riches et des nobles.

Voici qu'elle fut l'origine de ces tribuns.
La plus grande partie du peuple ne vivoit
que de la culture de ses champs. Le service
militaire dont il n'étoit pas payé, joint aux
guerres fréquentes, le détournoit de son travail,
et l'obligeoit de contracter des dettes. L'intérêt ordinaire étoit au moins de douze pour
cent par an, de sorte que ces usures accumulées
excédoient bientôt le capital. Les loix étoient
fort sévères à l'égard des débiteurs; et les
consuls les faisoient exécuter si vigoureusement
qu'on voyoit tous les jours quelque pauvre
citoyen réduit à l'esclavage, ses modiques
possessions ne pouvant suffire à satisfaire ses
créanciers. Le peuple, dont le sénat refusoit
d'écouter les plaintes, ne voyant que trop
l'intention de cette compagnie étoit de le tenir
dans la misère et dans la bassesse, pour qu'il
fût plus souple et plus dans sa dépendance,
se révolta ouvertement. Sicinius, homme plein
de courage et qui s'étoit signalé dans beaucoup

de circonstances, étoit le principal auteur de
l'insurrection. Le peuple se retira sur le mont
sacré ; et sans commettre aucune hostilité,
ni contre le sénat, ni contre les patriciens,
il attendoit tranquillement qu'on lui fît justice
sur ses demandes (1). Il ne consentit à rentrer
dans Rome qu'après que le sénat eut souscrit
à l'abolition des dettes, et eut fait remettre
en liberté tous ceux qui avoient été asservis
pour ce sujet. Mais le point le plus essentiel
fut l'établissement d'un nouveau magistrat pris
du corps des plébéiens, qui devoit les protéger
contre la tyrannie des nobles et des riches.
Les chefs de l'insurrection eurent soin d'en
faire une des principales clauses de la réconciliation du peuple avec le sénat ; et ils
trouvèrent dans cette nouvelle charge une
récompense de la chaleur avec laquelle ils
avoient soutenu ses intérêts.

On ne sait pas certainement quel fut d'abord
le nombre des tribuns. Quelques-uns disent
deux, d'autres trois, d'autres cinq : ce qu'il y
a de certain, c'est qu'en 297, leur nombre fut
augmenté jusqu'à dix (1), et resta toujours

(1) Denys d'Hal., l. 5. Tite-Live, l. 2, ch. 32
et 33.

(2) Tite-Live, l. 3, ch. 30,

le même sous la république. Leur élection se
fit d'abord dans des comices par curies, et comme
ils n'avoient encore ni le pouvoir de convoquer
les comices ni celui de les présider, il falloit
que ce fût un des consuls qui convoquât ces
assemblées et qui les dérigeât. Cela parut
gênant pour les tribuns ; et dès qu'ils eurent
inventé les comices par tribus qu'ils présidoient,
ils y transférèrent le droit d'élection pour tous
les magistrats inférieurs. Le sort décidoit de
celui qui devoit présider. S'il arrivoit quelque
empêchement, ou que la nuit survînt, et
obligeât de congédier l'assemblée avant que le
peuple eût pu élire ses dix tribuns, ceux qui
avoient été élus pouvoient nommer eux-mêmes
les collègues jusqu'à ce qu'ils formassent le
nombre de dix. Mais un abus de ce pouvoir
fit changer cet usage par la suite ; et il fut
porté une loi, laquelle obligeoit celui qui
présidoit les comices, de renouveller les
assemblées jusqu'à ce que le peuple eût élu
ses dix tribuns. Une loi condamnoit à mort
celui qui seroit cause que le peuple demeurât
sans tribuns (1). Aussi le peuple ne manqua-
t-il jamais de tribuns, quoique la république

_____

(1) Tite-Live, l. 3, ch. 55 et 56.

T 3

se soit vue souvent sans consuls et sans ses
autres magistrats ordinaires. Les tribuns du
peuple entroient en charge le onze du mois de
décembre, avant les autres magistrats qui n'entroient en exercice que les calendes ou premier
de janvier.

Le motif de l'établissement du tribunat fut
simplement de donner au peuple des protecteurs qui le rassurassent contre la tyrannie du
sénat et des grands. Les tribuns ne se portèrent point d'abord comme magistrats , et ne
demandèrent aucune des marques extérieures
qui distinguoient la magistrature. Ils n'avoient
ni la robe bordée de pourpre, ni la chaire
curule, ni tribunal , ni licteurs : ils se faisoient
accompagner par un simple huissier ou messager,
viator. Ils n'étoient pas sénateurs, et n'avoient
pas même séance au sénat durant l'exercice
de leur charge. Assis sur un banc à l'entrée
de la salle, ils y attendoient qu'on leur fît
part des délibérations. Ils ne restèrent pas
long-tems dans cet état humble et modeste ;
et s'ils furent jusqu'à l'an 625 sans devenir
sénateurs par le droit de leur charge , ils
s'arrogèrent, pendant qu'ils étoient en exercice,
le droit non-seulement d'entrer au sénat et
d'assister aux délibérations, mais même celui

de le convoquer et d'y faire des rapports. Le
plébiscite d'Atinius (1) annexa la dignité sénatoriale au tribunat du peuple, et même, dans les
derniers tems de la république, on ne pouvoit
devenir tribun du peuple qu'on ne fût sénateur. Les tribuns n'avoient d'abord , comme
nous l'avons dit, ni le droit de convoquer
le sénat, ni celui d'assembler le peuple. Toutes
leurs fonctions paroissoient devoir se réduire
à garantir le peuple d'oppression, et au droit
de s'opposer à tout ce qu'ils croyoient préjudiciable à ses intérêts. Pour qu'aucune force
humaine ne les empêchât de prendre la défense
d'un citoyen injustement opprimé, il fut ordonné que leurs personnes seroient sacrées,
que la tête de quiconque attenteroit à leur vie
seroit dévouée aux dieux infernaux, et ses biens
confisqués. Ce fut à la faveur de ce droit d'opposition, et de la loi qui les mettoit à l'abri de
toute insulte, qu'ils surent étendre leurs prérogatives, se rendre indépendans des autres
magistrats, se les assujettir même, attirer à
eux toutes les affaires, et dominer, pour ainsi-
dire, sur toute la république.

On peut rapporter leurs prérogatives à cinq

(1) Aulugelle, l. 14, ch. 8.

T 4

chefs principaux. Ils avoient le droit de protéger
le peuple *auxilium* ; ils avoient celui d'opposition ; il pouvoient convoquer et congédier
le sénat ; ils pouvoient assembler le peuple,
lui proposer des loix, et les lui faire confirmer.
Leur premier et principal ministère étoit de
garantir le peuple de l'oppression , en s'opposant aux entreprises des grands et du sénat.
Pour cet effet, leurs maisons étoient ouvertes
nuit et jour, et ils devoient être continuelle-
ment prêts à entendre les plaintes de ceux qui
recouroient à leur protection. Comme leur
pouvoir à cet égard se réduisoit à l'enceinte
de la ville, il ne leur étoit pas permis de s'en
éloigner un jour entier, si ce n'est dans le
tems des féries latines (1). Il étoit naturel que
le peuple fût attaché à des magistrats qui
étoient chargés de ses intérêts, et qui coloroient
toutes leur entreprises de ce spécieux prétexte.
Ce fut en vertu de ce titre glorieux de protecteurs du peuple, et comme chargés de veiller
à ses intérêts, qu'ils s'ingerèrent dans toutes
les affaires, et disposèrent en son nom des finances de l'état et des gouvernemens de provinces. Ils se mêloient même très-souvent dans

(1) Den. d'Halic., l. 7. Dion Cassius , l. 37.

les causes civiles; ils dispensoient celui qui étoit ajourné de comparoître, ou cassoient la sentence du juge. (1) La puissance tribunitienne servit principalement à affoiblir l'autorité des autres magistrats : car dès qu'un citoyen, condamné par le magistrat à être conduit en prison, en appelloit aux tribuns, ceux-ci pouvoient ordonner qu'il fût remis en liberté. Mais non contens de cette prérogative, ils l'étendirent bientôt jusqu'à faire emprisonner les principaux magistrats de la république. Le sénat lui-même, par une imprudence qui paroît surprenante dans un corps si respectable, parut reconnoître ce droit dans les tribuns, et leur fournit le prétexte de l'exercer en diverses occasions. Ayant ordonné aux consuls de nommer un dictateur, et ni l'un ni l'autre n'ayant voulu obéir, il appella les tribuns, et les exhorta à faire intervenir l'autorité du peuple, dont ils étoient dépositaires, pour obliger les consuls à obéir au sénat. L'occasion étoit trop belle pour la laisser échapper. Les tribuns ordonnèrent d'un commun accord que les consuls eussent à obéir au sénat, ou que s'ils persistoient dans leur refus de s'y soumettre, ils les feroient

(1) Cic. contre Vat. ch. 14. Phil. 2, ch. 2.

conduire en prison (1). C'est ainsi que le sénat,
contre ses propres intérêts, fournit lui-même
des armes aux tribuns pour l'abaisser, en leur
donnant un droit sur les premiers magistrats
de la république , dont ils abusèrent plus d'une
fois, comme nous l'apprenons par l'histoire.
Les censeurs, les dictateurs eux-mêmes ne furent
point à l'abri du pouvoir des tribuns , dont
un des priviléges étoit de ne jamais cesser
dans la république, lorsque tous les autres
se trouvoient suspendus.

Le droit d'opposition, aussi ancien que celui
de protection, fut la principale source de l'a-
grandissement des tribuns du peuple. Quoique
ce droit, dans son origine , parût de peu d'importance, puisqu'il ne les autorisoit point à
agir, mais seulement à empêcher l'action des
autres , ils surent se servir habilement de ce
moyen pour étendre leur autorité. Par ce seul
mot solemnel *veto* , je m'oppose, ils arrêtoient
tous les magistrats dans les fonctions de leurs
charges , cassoient et annulloient toutes les
loix qui leur déplaisoient, ainsi que les sénatusconsultes qui n'avoient de force que lorsque

(1) Tite-Live , l. 4 , ch. 26.

les tribuns y avoient souscrit la lettré T (1). Si l'on écrivoit les délibérations du sénat malgré l'opposition d'un tribun, on n'y donnoit pas, comme nous l'avons remarqué ailleurs, le nom de sénatusconsulte, mais simplement d'autorité, d'arrêté du sénat, *senatûs autoritas*. Ce même mot de *veto* pouvoit rompre les comices, et empêcher qu'il ne s'y prît aucune résolution. Ce fut par ce droit d'opposition que la république se vit souvent dans l'anarchie, et quelquefois pendant plusieurs années entières sans autres magistrats que des tribuns. L'histoire en fournit plus d'un exemple remarquable. Elle nous apprend aussi que le sénat trouva souvent sa plus grande ressource contre la puissance tribunitienne dans cette puissance même. Il tâchoit de gagner quelqu'un des tribuns, qui seul pouvoit arrêter les entreprises de tout le reste du collége. Cet expédient fut suggéré de bonne heure au sénat, qui le mit depuis fréquemment en usage. Le droit d'opposition des tribuns étoit borné à l'enceinte de Rome, et à un mille au-delà. Dès qu'on avoit passé cette distance, leur opposition, ainsi que leur protection, étoit sans effet.

(1) Val. Max. l. 2, ch. 2.

La plus belle prérogative des tribuns du peuple, à la faveur de laquelle ils osèrent tout entreprendre, étoit la loi qui déclaroit leurs personnes sacrées et inviolables, qui défendoit, sous peine de mort, de les insulter ou de les maltraiter. Pour que nul ne pût se dispenser de se soumettre à une loi qui leur étoit si favorable, ils la firent jurer par tous les ordres de l'état, et la firent renouveller après la déposition des décemvirs (1). Il étoit nécessaire, dans l'établissement de cette charge, pour que leur protection pût servir aux citoyens pauvres, que leur personne fût mise à l'abri du pouvoir immense des consuls et du sénat. Mais aussi, quand ils s'apperçurent qu'une pareille prérogative les mettoit en droit de tout oser impunément, ils traitèrent quelquefois de violation de ce droit sacré, toutes les oppositions qu'on apportoit à leurs ordres, manifestés par eux-mêmes ou par leur officier. Ce furent sur-tout les derniers tribuns qui firent un abus énorme de cette prérogative. On voit des Saturninus, des Sulpicius, des Clodius, commettre impunément des violences, de meurtres, insulter les plus illustres personnages, porter les loix les plus injustes.

(1) Tite-Live, l. 3, ch. 55.

Nous ferons quelques réflexions sur les premiers tribuns après que nous aurons parcouru
les autres prérogatives de leur charge. Ils
avoient encore le droit de convoquer le sénat.
Tant s'en faut qu'ils l'eussent dans le commencement, que comme nous l'avons dit plus haut,
ils n'y entroient pas même, mais attendoient
à la porte, assis sur un banc, qu'on leur fît
part des résolutions. Après avoir obtenu le droit
de convoquer le peuple toutes les fois qu'ils
jugeoient à propos, ils s'arrogèrent aussi celui
d'assembler le sénat, d'y proposer des affaires,
d'y prendre des conclusions, et de le congédier, droit qui jusqu'alors avoit été exercé par
les seuls consuls. Ce fut l'an de Rome 297,
qu'Icilius, tribun du peuple, homme habile et
éloquent, vint à bout de forcer les consuls
d'accorder ce droit aux tribuns (1): et l'on voit
que depuis ils l'exercèrent dans toute son étendue. Ils n'avoient pas même d'abord le droit
de convoquer l'assemblée du peuple, et ce
fut une parole lâchée imprudemment par le
consul, qui leur fournit l'occasion de se l'ar-
roger. Les tribuns du peuple se plaignant que
le consul les interrompoit, et ne leur permet-

(1) Den. d'Hal., l. 10.

toit point de haranguer l'assemblée , le consul
leur dit que c'étoit lui qui , selon le pouvoir
de sa charge , avoit convoqué l'assemblée , et
qu'ainsi la parole lui appartenoit; il ajouta avec
trop de précipitation et sans en prévoir les suites , que si les tribuns avoient convoqué l'assemblée , bien loin de les interrompre , il ne
viendroit pas même les entendre. Là-dessus
Junius Brutus s'écria que les tribuns avoient
vaincu , puisque le consul reconnoissoit lui-
même qu'ils avoient le droit de convoquer le
peuple : et aussi-tôt il convoqua l'assemblée
pour le lendemain (1). Comme une première
victoire en amenoit toujours une seconde ,
après avoir convoqué l'assemblée du peuple, ils
y firent passer en loi qu'il seroit défendu à
qui que ce soit d'interrompre ou de contredire un tribun , lorsqu'il harangueroit le peuple , loi que le sénat fut obligé de ratifier.

Ils n'eurent pas plutôt obtenu le droit de
convoquer le peuple, qu'ils s'en servirent pour
appeller à ce tribunal tous ceux qui se croyoient
au-dessus des loix par leur crédit et par leur
puissance , ou qui du moins regardant le sénat
comme leur seul juge , étoient sûrs de le trou-

(1) Den. d'Hal., l. 7.

ver toujours disposé à leur pardonner les fautes
que leur zèle pour ses intérêts leur avoit fait
commettre. Coriolan fut la première victime de
la puissance des tribuns ; et pour qu'il ne pût
leur échapper , ils introduisirent une nouvelle
espèce de comices où les suffrages se recueilloient par tribus , au lieu qu'auparavant ils se
recueilloient toujours par curies et par centuries (1). J'ai dit précédemment quel avantage
les tribuns trouvoient dans les comices par tribus et quels magistrats s'y élisoient : j'ai dit
que c'étoit là que se confirmoient ces plébiscites auxquels le sénat et les patriciens refusèrent
long-tems de se soumettre , mais dont ils furent enfin obligés de reconnoître l'autorité.
Par-là les tribuns se virent maîtres d'établir de
nouvelles loix et d'abolir celles qui leur déplaisoient. Ils s'arrogèrent le droit de disposer
des gouvernemens et du commandement des
armées , d'en dépouiller l'un pour en revêtir
l'autre. Ils disposèrent souverainement des
finances , des domaines et des terres de la république.

Cette puissance, quelque grande qu'elle nous
paroisse , ne produisit que de bons effets , tant

(1) Den. d'Hal. même l. 7.

que les Romains ne s'écartèrent pas de leurs anciennes maximes. Elle contribua même beaucoup à maintenir le gouvernement qu'elle avoit réformé , puisque les tribuns étoient des surveillans incommodes pour les magistrats qui auroient voulu abuser de leur pouvoir. Mais depuis que la corruption se fut glissée parmi les grands , toute réforme dans les abus devenant insupportable , comme l'exemple des Gracques le prouve , la puissance du tribunat tomba souvent en des mains qui en abusèrent. Le pouvoir immense que s'arrogèrent quelques tribuns fut la principale cause de la ruine de la république , puisque ce fut par leur moyen que Pompée , et après lui César , obtinrent les gouvernemens et les armées qui les mirent en état d'opprimer la république. Telle fut l'autorité que surent se procurer les premiers tribuns du peuple , et dont les derniers tribuns abusèrent étrangement, Cicéron , en traitant ce sujet dans ses livres des loix (1) , introduit son frère Quintus , qui fait une énumération des divers inconvéniens du tribunat , des maux qu'il a causés à la république ; et qui voudroit abolir cette charge. Cicéron ,

(1) L. 3 , ch. 9.

plus favorable aux tribuns , soutient qu'on a
fait très-sagement d'établir cette magistrature ,
pour empêcher les consuls d'abuser de leur
pouvoir , et tenir les autres magistrats en respect. Il prétend que , s'il y a eu quelques tribuns qui ont fait un mauvais usage de leur autorité , et qui ont excité des troubles dans la
république , il ne faut pas en conclure que le
tribunat en lui-même soit pernicieux , puisqu'on pourroit argumenter de même contre le
consulat et contre divers autres établissemens.
Il regarde au contraire le tribunat comme une
des plus sages institutions , et qui présentoit
une foule d'inconvéniens beaucoup plus dangereux. En effet , comme la souveraineté résidoit dans le peuple , il étoit bien plus à craindre que cette multitude sans chef n'abusât de
sa puissance et ne poussât les choses trop loin,
que si elle en avoit un qui dirigeât toutes les
opérations à ses propres risques. Il étoit naturel
que celui-ci envisageât toutes les difficultés et
les dangers qu'il pourroit rencontrer dans son
entreprise ; au lieu que la multitude s'aveugle
sur le péril et sur les obstacles. Il pense donc
que la puissance tribunitienne a été très-salu-
taire à la république, et même nécessaire pour
y entretenir une espèce d'égalité qui doit ré-

Tome I.   V

gner entre les citoyens d'un état libre. Il lui
semble que, dans l'espace de tems qui s'est
écoulé depuis l'expulsion de Tarquin jusqu'à
l'établissement des tribuns, on n'a joui que
d'un fantôme de liberté, puisque le peuple,
après s'être affranchi de la tyrannie des rois,
étoit retombé sous celle des consuls et des patriciens, joug aussi dur à porter que celui qu'il
venoit de secouer. Il croit qu'il étoit juste qu'on
accordât au peuple des tribuns pour protéger
contre le despotisme des consuls, tant les magistrats inférieurs, que les particuliers qui auroient recours à leur protection. Il cite l'exemple de Lacédémone, où l'on avoit établi des
éphores pour contrebalancer l'autorité des rois,
et les empêcher d'en abuser. Il parle en zélé
républicain et en citoyen vertueux qui, rempli d'un amour sincère pour sa patrie, croyoit
qu'on ne pouvoit trop en assurer la liberté.

Il est certain, comme nous l'avons remarqué,
que cette puissance ne commença à devenir
préjudiciable que lorsque la corruption eut
gagné tous les ordres de l'état. Du tems des
Gracques, le peuple romain conservoit encore
ses mœurs, et n'étoit pas encore un mélange
de toutes les nations d'Italie. Si alors le
sénat eût pu souffrir une réforme nécessaire,

personne n'étoit plus propre , que Tibérius Gracchus à remettre l'ordre dans la république , à y faire refleurir les anciennes loix , à prévenir la dépopulation de l'Italie , et à empêcher ces acquisitions des grands qui les rendoient maîtres de toutes les terres. Mais dans le tems où vivoit Cicéron , un tribun honnête homme et bon citoyen , qu'auroit-il pu faire ? Rome étoit devenue le rendez - vous de tous les peuples d'Italie ; et ce mélange de tant de nations étoit bien plus propre à favoriser les entreprises de quelques seditieux , qu'à seconder les efforts d'un bon citoyen pour rétablir le calme , corriger les abus , et remettre le gouvernement sur l'ancien pié.

Lorsque Sylla , sous le titre de dictateur , fut devenu maître absolu dans Rome , il affoiblit considérablement, sans la détruire entièrement, la puissance des tribuns. On ne sait pas au juste , et les savans ne sont pas d'accord sur cet objet , jusqu'à quel point il la réduisit. Ce qu'il y a d'indubitable , c'est que le pouvoir des tribuns fut renfermé dans des bornes fort étroites, la noblesse rétablie dans toutes ses anciennes prérogatives , le peuple assujetti de nouveau aux grands , et le gouvernement rendu purement aristocratique. La

V 2

révolution ne pouvoit que déplaire au peuple ; qui demanda souvent qu'on rétablît ses tribuns dans leur ancien état. Ils ne restèrent donc que six ou sept ans abaissés et humiliés : dès l'an de Rome 677 , le consul Caïus Auré-lius Cotta (1) abolit la loi qui leur fermoit l'accès aux autres magistratures ; et Pompée étant consul avec Crassus , les remit en pos-session de tous leurs précédens priviléges , dans lesquels ils se maintinrent jusqu'à la fin de la république.

Des questeurs.

Le nom de questeur vient du mot latin *quærere* , chercher : ils étoient appellés ques-teurs , tant parce qu'une de leurs principales fonctions étoit la recherche des revenus de la république , que parce qu'on en créoit quelque-fois pour la recherche de certains crimes. Il y avoit trois sortes de questeurs : les questeurs de la ville ou du trésor , *quæstores urbani* ou *ærarii* ; les questeurs militaires ou provinciaux ,

---

(1) Il ne faut pas confondre ce Caïus Aurélius Cotta , avec Lucius Aurélius Cotta , qui étant préteur porta la loi pour partager entre les trois ordres le droit de juger dans les tribunaux.

qui accompagnoient les consuls, les proconsuls et les prépréteurs dans les provinces, qui
avoient soin de recevoir les derniers et de distribuer la paie aux troupes ; les questeurs du
parricide ou des crimes capitaux, *quæstores parricidii* ou *rerum capitalium*. Ces derniers étoient
des commissaires établis par les suffrages du
peuple pour la recherche de certains crimes,
toutes les fois que le cas l'exigeoit. Nous nous
réservons à en parler, lorsque nous traiterons
de la manière dont la justice s'administroit à
Rome. Quant aux questeurs provinciaux, nous
en parlerons à l'article des magistrats gouverneurs de provinces.

Quelques auteurs font remonter l'origine de
cette charge jusqu'à Romulus ou Numa : on
croit du moins qu'il y a eu des questeurs à
Rome dès le règne de Tullus Hostilius. Tacite (1)
dit que cette magistrature étoit établie du tems
des rois, et qu'elle fut confirmée par Brutus
après qu'il eut détrôné Tarquin. Il ajoute que
les consuls en disposoient eux-mêmes, et que
ce ne fut que soixante-trois ans après le premier
consulat que le peuple commença à la conférer
par ses suffrages. Plutarque (2) rapporte le

(1) Ann. l. II, ch. 22.
(2) Vie de Publicola.

V 3

premier établissement des questeurs à Valérius Publicola , qui , ne voulant point se charger lui-même de l'administration des finances , de peur de devenir suspect au peuple , et ne voulant pas non plus se rendre responsable de la conduite de ceux à qui il auroit pu la confier , fit créer par les suffrages du peuple deux questeurs , qui préposés à la garde du trésor public, devoient rendre compte des deniers qui y rentroient ou qui en sortoient.

Il n'y en eut d'abord que deux ; et ce ne fut , selon Tite-Live , que l'an 333 qu'on en ajouta deux autres chargés d'accompagner les consuls à la guerre (1). Les premiers , comme nous l'avons déjà dit , se nommoient questeurs de la ville , ils étoient chargés de la garde du trésor et du maniement des finances ; et les seconds , questeurs militaires ou provinciaux. L'an de Rome 488 , les Romains ayant soumis toute l'Italie , la partagèrent en quatre régions, l'Ostienne, la Calène , l'Ombrie , la Calabre , et doublèrent le nombre des questeurs , dont quatre furent employés à lever et à administrer les revenus de ces quatre provinces , chacun suivant son dépar-

(1) Tite-Live , l. 4 , ch. 42.

tement (1). On ne trouve pas que ce nombre ait été augmenté avant Sylla, bien que le nombre des provinces soumises à l'empire romain dans cet intervalle, et qui demandoient chacune leur questeur, doive le faire croire. Ce qu'il y a de sûr, c'est que ce dictateur régla qu'on en créeroit vingt tous les ans (2). C'étoit le sort qui décidoit de leurs départemens. Deux d'entr'eux restoient à Rome ; d'autres avoient les quatre départemens ci-dessus nommés ; d'autres acompagnoient les proconsuls. et les propréteurs à l'armée et dans leurs provinces. Cette charge fut d'abord affectée aux seuls patriciens, et même dans les commencemens on la vit exercée par un consulaire. Lorsqu'on eut augmenté le nombre des questeurs , il fut permis au peuple de les choisir indifféremment entre les patriciens ou entre les plébéiens.

La première et principale fonction des questeurs de la ville, étoit la garde du trésor public, appellé *ærarium*, qui étoit dans le temple de Saturne. Ils avoient soin d'y faire rentrer les revenus de la république , et le

(1) Tite-Live, épitome 15.

(2) Tacite, ann. l. II , ch. 22.

produit de la vente du butin fait sur les
ennemis. C'étoient eux qui délivroient aux
magistrats toutes les sommes que la république
leur avoit assignées sur le trésor ; mais ils
ne pouvoient leur remettre aucune somme
qu'ils n'y fussent autorisés par un décret du
sénat (1). Il faut excepter les consuls, qui
étant les souverains magistrats de la république , pouvoient se faire délivrer telles
sommes qu'ils jugeoient à propos. Les questeurs étoient tenus à rendre compte , tant
des sommes qui étoient entrées dans le trésor,
que de celles qu'ils avoient remises. Ils faisoient
vendre à l'encan le butin fait sur les ennemis,
et les biens confisqués, dont ils portoient le
produit au trésor. Quand on étoit prêt à
entrer en campagne , ils remettoient aux consuls les enseignes des légions déposées au
trésor et dont ils avoient la garde (1). La
république les chargeoit encore de recevoir les
ambassadeurs des nations étrangères , qui
venoient à Rome , de les loger et de les
défrayer pendant leur séjour. C'étoient eux
aussi que le sénat chargeoit de recevoir les

(1) Polybe, l. 6 , ch. 11.
(2) Tite-Live, l. 3 , ch. 69, et l. 7 , ch. 23.

rois étrangers qui venoient dans la Capitale.
Ils étoient encore chargés du soin des funérailles, qui par ordre du sénat se faisoient
aux frais de la république, ainsi que de faire
élever des statues à ceux que le sénat avoit
jugé dignes de cet honneur. Les généraux
qui, après quelque victoire signalée, demandoient le triomphe, étoient obligés de faire
serment entre les mains du questeur, que la
relation qu'ils avoient envoyée au sénat du
nombre des morts, tant du côté des ennemis
que du côté des Romains, étoit exacte et
fidèle. Ayant la garde du trésor ils avoient
aussi l'intendance des monnoies, du moins
avant l'établissement des triumvirs monétaires,
triumviri monetales. Leur jurisdiction ne s'étendoit guère que sur les greffiers, et autres officiers
subalternes travaillant sous leurs ordres (1).
Aussi n'avoient-ils ni le droit d'ajourner à
comparoître devant eux, ni celui de faire
saisir personne, n'ayant ni licteurs ni huissiers.

La questure étoit le premier degré par où
on s'élevoit à la dignité sénatoriale, et à toutes
les autres dignités de la république. On montoit
par la questure au tribunat du peuple, et du

(1) Aulugelle, l 13, ch. 14.

tribunat à l'édilité , ensuite à la préture , et enfin suivoit le consulat , qui étoit le comble des honneurs. Comme on ne pouvoit être élevé à aucune magistrature qu'on n'eût fait dix campagnes (1), il paroît qu'on ne pouvoit guère prétendre à celle-ci qu'on n'eût passé vingt-six ans. Pour commencer le service militaire il falloit avoir seize ans accomplis (2), on ne pouvoit donc parvenir à la questure qu'on ne fût au moins dans sa vingt-septième année. Tant que les questeurs étoient en charge , ils avoient entrée au sénat et assistoient à ses délibérations, quoiqu'ils ne fussent pas encore inscrits dans le rôle des sénateurs. Mais après être sortis de charge , il falloit qu'ils fussent nommés par les censeurs pour y avoir encore séance. Depuis , en vertu du réglement de Sylla, les questeurs devinrent sénateurs par le droit de leur charge , et après être sortis d'exercice, conservèrent voix et séance dans le sénat. Comme l'âge de trente

(1) Polybe , l. 6 , ch. 17.

(2) En général les Romains qui recevoient une éducation distinguée, commençoient bien plus tard leur service , cela du moins est indubitable pour les derniers tems de la république.

ans étoit requis pour devenir sénateur, il fallut aussi alors avoir atteint cet âge pour parvenir à la questure.

Il y avoit encore, sous la république, des officiers établis pour la garde du trésor, qui probablement étoient subordonnés aux questeurs. On les nommoit tribuns du trésor, *tribuni ærarii*. Ce n'étoit point une magistrature, et il ne paroît pas que cette place dépendît des suffrages du peuple. Ils devoient être les plus considérables de l'ordre des plébéiens, puisque la loi Aurélia les joignit, pour remplir les tribunaux, à l'ordre des sénateurs et à celui des chevaliers.

De quelques magistrats inférieurs.

Il y avoit encore à Rome quelques charges inférieures, qui n'étoient pas qualifiées du titre de magistratures, du moins dans les premiers tems, puisque d'abord on refusoit ce titre aux tribuns du peuple et même aux questeurs.

Les triumvirs capitaux, *triumviri capitales*, prenoient connoissance des crimes capitaux, et faisoient exécuter à mort les criminels. Leur tribunal étoit près de la colonne Ménia dans la grande place. Leur jurisdiction ne s'étendoit pas sur les citoyens, mais seulement sur les étrangers qui étoient à Rome, sur les esclaves fugitifs, et autre gens pareils, qui s'étoient rendus coupables de quelque crime, ou avoient commis quelque désordre dans la ville. Quelquefois aussi le magistrat supérieur leur faisoit remettre ceux qu'il avoit condamnés à mort, et ils se chargeoient de faire exécuter sa sentence. Cette charge se conféroit par les suffrages du peuple : elle fut établie vers l'an de Rome 465, à peu près à la même époque que le fut la charge des triumvirs monétaires, ou intendans de la monnoie, dont nous avons dit un mot dans l'article qui précède.

Au même tems qu'on établit à Rome les deux charges précédentes, on institua aussi celle des quatre intendans des rues et grands chemins, *quatuor viri viales ou viarum curandarum*. Leur nombre fut augmenté jusqu'à six : quatre avoient l'inspection des rues de la ville, et deux celle des grands chemins. Il y avoit encore trois officiers, préposés à distribuer des gardes dans les villes, pour prévenir les désordres et remédier aux incendies. On les nommoit en conséquence *triumviri nocturni*, triumvirs nocturnes. Ils avoient un certain nombre d'esclaves à leurs ordres, dont ils formoient des corps de gardes , qu'ils disposoient autour des murailles et des portes de la ville, et qui devoient accourir où le besoin commandoit. La charge des triumvirs nocturnes fut établie de bonne heure à Rome, et Tite-Live (1) en fait mention dès l'an 449. D'après ce qu'il en dit, on peut juger qu'elle étoit annuelle, de même que les grandes magistratures, et qu'elle se conféroit aussi par les suffrages du peuple. Les édiles et tribuns du peuple, en vertu de l'inspection qu'ils exerçoient sur la police de la ville, étendoient aussi leur autorité sur les triumvirs nocturnes.

Des magistrats extraordinaires.

Du dictateur et du commandant de la cavalerie.

Après avoir traité des magistratures ordinaires , qui se renouvelloient tous les ans ; ou du moins à des époques fixes , et dont la république ne se voyoit guère dépourvue, je passe à certains magistrats auxquels on n'avoit recours que dans des occasions extraor-

(1) L. 9 , ch. 47.

dinaires , et lorsque le besoin de l'état paroissoit l'exiger.

Entre ces derniers , le dictateur tient le
premier rang par sa dignité , et par l'étendue
de son pouvoir. On le trouve encore nommé
maître du peuple, *magister populi* (1), et
grand préteur, *prætor maximus*. Voici comme
Cicéron parle des causes pour lesquelles on
créoit un dictateur et du pouvoir qu'on lui
attribuoit. ,, Quand il surviendra une guerre
« dangereuse, ou que la division se mettra
,, entre les citoyens, qu'un seul magistrat
,, réunisse en sa personne l'autorité des deux
,, consuls , pour six mois seulement, si le
,, sénat l'ordonne: que celui qui aura été
,, ainsi nommé sous d'heureux auspices, soit
,, le maître du peuple. Que ce juge suprême
,, des citoyens s'associe avec les mêmes pré-
,, rogatives un commandant de la cavalerie.
,, Que toute autre magistrature cesse , dès
,, qu'il y aura un tel consul ou maître du
,, peuple ,,,

On voit que Cicéron assigne pour causes
de la création d'un dictateur, les troubles au

(1) Cic. dans son traité des loix , l. 3 , ch. 3.
Tite-Live, l. 7 , ch. 3.

dedans, ou une guerre dangereuse à soutenir au dehors. Pendant long-tems on n'eut en effet recours à la dictature, que pour étouffer une sédition dont on étoit menacé, ou pour quelque guerre importante qui demandoit une autorité sans bornes. Mais depuis on en créa fréquemment pour d'autres causes, lesquels ordinairement abdiquoient dès qu'ils avoient satisfait l'objet de leur destination. L'histoire nous montre des dictateurs créés, ou pour la cérémonie d'enfoncer le clou sacré, ou pour les féries latines, ou pour présider aux jeux, ou pour tenir les comices, ou pour la recherche de certains crimes, ou enfin pour nommer aux places vacantes dans le sénat, La seule de ces circonstances qui ait besoin d'explication, c'est la cérémonie du clou sacré. Lorsqu'affligé de la peste, ou de quelqu'autre calamité on vouloit appaiser les dieux, on élisoit quelquefois un dictateur pour enfoncer un clou dans la muraille du temple de Jupiter Capitolin, *clavi figendi causâ.*

Tous les magistrats en général s'élisoient par les suffrages du peuple : le dictateur doit être excepté. Il étoit nommé par un des consuls, mais toujours d'après un ordre du sénat (1), qui jugeoit s'il falloit créér un dictateur, et qui pouvoit même contraindre les consuls d'en nommer un s'ils refusoient d'obéir. Le consul nommoit ordinairement celui que le sénat desiroit, et c'étoit presque toujours un consulaire. Nous ne parlons pas de Sylla et de Jules-César qui furent tous deux élus par des moyens violens, et qui rendirent leur dictature perpétuelle ; l'histoire ne fournit qu'un exemple d'un dictateur élu par les suffrages du peuple, sans l'intervention d'un des consuls. Ce fut Quintus-Fabius-Maximus, que le peuple nomma dictateur après la bataille de Trasimene (1).

Au commencement, le dictateur exerçoit le pouvoir le plus absolu, tant au dedans qu'au dehors de Rome, et ordonnoit souverainement de toutes les affaires, tant de la paix que de la guerre. Les biens et la vie de tous les citoyens lui étoient soumis, et ses arrêts étoient sans appel. Mais l'établissement des tribuns du peuple fit de grandes brèches à ce pouvoir énorme, et l'obligea de se renfermer dans des bornes assez étroites pour qu'il ne devînt

(1) Tite-Live, l. 4, ch. 26, et ailleurs.
(2) Tite-Live, l. 22, ch. 8.

pas

pas redoutable à la liberté. Dès qu'il y avoit un dictateur, tous les autres magistrats lui étoient subordonnés, ou même se démettoient de leurs charges, excepté les tribuns du peuple (1). Pour marque qu'il réunissoit lui seul le pouvoir des deux consuls, il se faisoit accompagner de vingt-quatre licteurs tant à Rome qu'au dehors. Et ce qui rendoit encore cette magistrature plus terrible au peuple, c'est qu'il ne faisoit point ôter les hachés des faisceaux de verges que les licteurs portoient devant lui, de même que devant les consuls : il avoit toutes les marques extérieures de la royauté, comme il en exerçoit réellement tout le pouvoir.

La première précaution qu'on avoit prise pour empêcher que celui qui se verroit revêtu d'une si grande autorité n'en abusât, étoit d'en restreindre la durée à l'espace de six mois. Ainsi, quand même le dictateur n'auroit pu terminer, dans cet espace de tems, la guerre ou l'affaire pour laquelle il avoit été élu, il étoit obligé d'abdiquer dès que le terme étoit écoulé. On trouve cependant quelques exemples que le sénat ait prolongé ce terme, lorsque

(1) Den. d'Hal., l. II. Polybe, l. 3, ch. 87.

Tome I. X

la république se trouvoit en péril (1). Mais
très souvent, lorsque le dictateur avoit rempli
le but qui l'avoit fait nommer, il avoit assez
de modération pour se démettre lui-même,
après n'avoir été en exercice que quelques
jours. On pouvoit appeller des arrêts de la
dictature, et les tribuns tenoient son pouvoir
en échec ainsi que celui des consuls. Un
dictateur ne pouvoit commander les armées
hors de l'Italie. On ne cite qu'un exemple
contraire ; et l'on observe que, dès que les
Romains portèrent leurs armes hors de l'Italie,
dès qu'ils commencèrent à subjuguer des
provinces éloignées, ils cessèrent de créer des
dictateurs.

Quoique le peuple souffrît avec peine la
dictature, quoiqu'elle ne fût à ses yeux qu'une
invention de la politique du sénat pour l'accoutumer à la servitude, il faut cependant
reconnoître qu'elle fut extrêmement utile dans
bien des circonstances, et que ceux qui en
furent revêtus en usèrent toujours avec modération. Elle étoit presque oubliée, lorsque
Sylla et Jules César la firent revivre dans
leurs personnes, et la rendirent si odieuse,

(1) Tite-Live, l. 6, ch. 2. Plut. vie de Camille.

qu'on sut un gré infini à Marc-Antoine (1)
de l'avoir abolie pour toujours. encore qu'il
ne l'eût fait que dans des vues ambitieuses , et
pour empêcher que le peuple ne le soupçonnât
d'aspirer à la puissance de César. Au reste , dès
que le dictateur avoit été nommé par le consul ,
il entroit immédiatement après en fonction et il
nommoit son commandant de la cavalerie.

Comme le dictateur s'appelloit le maître du
peuple , parce que son autorité s'étendoit sur
tout le peuple ; de même celui-ci s'appelloit
le *maître* de la cavalerie , *magister equitum* ,
parce que son département particulier étoit
le commandement en chef de la cavalerie et
des troupes légères. Il remplissoit à peu près
les mêmes fonctions sous le dictateur , que sous
les rois le *tribunus celerum* dont nous avons
parlé dans ce qui précède. Le dictateur pouvoit
se choisir tel commandant de la cavalerie qu'il
vouloit : ce dernier étoit entièrement soumis aux
ordres du dictateur , qui exerçoit sur lui un
empire aussi absolu que sur le reste des citoyens.
Les marques de distinction dont il jouissoit ,
étoient la robe bordée de pourpre , la chaire
curule , et six licteurs avec leurs faisceaux.

(1) Cic. Phil. I , ch. I.

X 2

De l'interroi.

Lorsque Rome étoit gouvernée par des rois, la couronne y étant élective, toutes les fois qu'un roi venoit à mourir, il y avoit un interrègne jusqu'à ce qu'on lui eût donné un successeur. Pour que le sénat ne tombât point dans l'anarchie durant cet intervalle, le sénat résolut, après la mort de Romulus, d'établir une personne de son corps, qui, revêtue de toutes les marques de la royauté, en exerceroit aussi tout le pouvoir. La durée de son autorité étoit bornée à cinq jours (1). Le sénat nommoit le premier interroi ; celui-ci, avant que de sortir de charge, après avoir rempli ses cinq jours, nommoit son sucesseur, et ainsi de suite, jusqu'à ce qu'on eût élu un roi.

L'interrègne eut de même lieu sous la république, toutes les fois qu'elle se trouva sans consuls et sans dictateur. Cela arrivoit ou lorsque les deux consuls mouroient dans l'année, sans avoir fait élire leurs successeurs ; ou même lorsqu'un des deux consuls étant mort, l'autre par maladie, ou par quelqu'autre empêchement, se trouvoit hors d'état de pré-

(1) Tite-Live, l. 1, ch. 17. Den. d'Hal., l. 2.

sider les comices (1). Cela arrivoit encore assez
souvent par l'opposition qu'apportoient les
tribuns du peuple à la tenue de ces mêmes
comices : car pour dominer plus à leur aise ,
étant les seuls magistrats en exercice pendant
l'interrègne , ils rompoient ou différoient ces
assemblées, selon le pouvoir de leur charge.
La principale destination de l'interroi étoit de
présider les comices pour l'élection des consuls;
et comme les consuls ainsi élus entroient en
charge aussitôt après leur élection , l'autorité
de l'interroi finissoit dès qu'il avoit rempli ce
but. Celui qui présidoit les comices avoit
beaucoup d'influence sur les élections ; on
choisissoit donc les interrois parmi les sénateurs
les plus illustres et les plus respectables, afin
qu'ils n'admissent au nombre des candidats que
des sujets dignes d'exercer la première magistrature. Un usage reçu , et que les Romains ,
scrupuleux observateurs des anciennes coutumes , voulurent toujours observer depuis ,
étoit que le premier interroi ne pouvoit
convoquer les comices ni terminer les élections
(2). Pendant ses cinq jours , l'interroi étoit

(1) Den. d'Hal., l. 9.

(2) Asconius sur Milon , ch. 5.

X 3

revêtu de toute l'autorité des consuls. Quoique
Valérius Flaccus, étant interroi, ait fait recevoir
la loi qui attribuoit à Sylla un pouvoir sans
bornes, on croit cependant, et avec raison,
que l'interroi ne pouvoit porter de loi pendant
une magistrature d'aussi courte durée. Il pouvoit
faire des levées et commander les armées,
lorsque le sénat rendoit ce fameux décret :
que l'interroi et les proconsuls qui se trouvent aux
environs de Rome, veillent à ce que la république
ne souffre aucun dommage. On sent qu'avec
une autorité bornée à si peu de jours, il
ne pouvoit rien exécuter de considérable.
C'est la seule magistrature qui soit toujours
demeurée affectée aux patriciens, et à laquelle
les plébéiens n'ayent pas prétendu se faire
admettre (1).

Des décemvirs, tribuns militaires, et autres.

A Rome, comme ailleurs, il y eut très-peu de
loix d'abord. Les rois y rendoient la justice assez
arbitrairement, et leur volonté tenoit souvent
lieu de loi. Les consuls qui leur succédèrent
dans la qualité de juges souverains, conti-

(1) Cic. pour sa maison, ch. 14.

nuèrent à rendre la justice d'une manière aussi arbitraire. Les patriciens, qui avoient recueilli en un corps les loix que les rois avoient faites, en cachoient avec soin la connoissance au peuple. Ils étoient seuls avocats, jurisconsultes et juges. Dès qu'il survenoit quelque différend entre des particuliers, c'étoit à eux seuls qu'ils pouvoient avoir recours, et ils étoient obligés de se conformer à leurs décisions. Le peuple apperçut, ou plutôt ses tribuns, lui ouvrant les yeux, lui faisoient appercevoir la dépendance où on le tenoit par-là (1) : ils l'excitèrent à demander qu'on dressât un code de loix, qui fixassent la forme des procédures, et auxquels les consuls fussent obligés de se conformer dans leurs sentences. Après quelques débats, il fut décidé qu'on enverroit en Grèce trois députés tirés du corps du sénat, qui seroient chargés de parcourir les principales républiques de cette nation, de s'instruire de leurs loix, de recueillir ce qu'elles avoient de plus sage, et qui pouvoit convenir à la république romaine. Après le retour de ces députés l'an 301 de Rome, on résolut de travailler à mettre en ordre ces nouvelles loix.

(1) Tite-Live, l. 3, ch. 9.

X 4

On nomma donc dix commissaires ou magistrats, appellés décemvirs à cause de leur
nombre, tous tirés de l'ordre des patriciens.
Pour qu'ils pussent travailler librement, on leur
donna une grande étendue de pouvoir ; et dès
qu'ils eurent été élus, toutes les autres magistratures furent supprimées, même celle des
tribuns du peuple. Ils se conduisirent si modérément la première année de leur administration,
que le peuple charmé de la douceur de ce
gouvernement, eût voulu abolir pour toujours
le consulat qui lui étoit odieux. Ils avoient
toutes les marques de la dignité consulaire ;
mais, de même que les consuls, ils alternoient
et il n'y en avoit qu'un qui se fît précéder
de douze licteurs avec leurs faisceaux de verges.
Ils publièrent, avant la fin de l'année, dix
tables des loix qu'il avoient rédigées ; et après
que le peuple les eut examinées par lui-même,
elles furent confirmées, avec une unanimité de
suffrages, dans les comices par centuries. Cependant, soit qu'il n'eussent pas eu le tems de
finir leur ouvrage, soit que quelques-uns d'eux
voulussent se faire continuer dans leur magistrature, ils répandirent dans le public qu'ils
avoient encore de la matiere pour deux tables,
mais qu'ils ne pouvoient les achever avec la

fin de l'année qui étoit près d'expirer. Le peuple,
qui se trouvoit bien de cette forme de gouvernement, ne fut pas fâché d'avoir une seconde
année des décemvirs, sorte de magistrats qui
lui plaisoient beaucoup plus que les consuls.
Appius Claudius qui, par son affabilité et ses
manières populaires, avoit su gagner l'affection
du peuple, trouva l'art de se faire continuer
dans le décemvirat, et de se faire donner pour
collègues ceux qu'il voulut. Dès qu'il se vit
confirmé dans sa place, il leva le masque,
et montra que sa modération jusqu'alors n'avoit
été que feinte. La hauteur avec laquelle lui et
ses collègues entrèrent en charge la seconde
année, remplissant le forum de cent vingt
licteurs, qui avoient remis les haches dans leur
faisceaux, ne permit pas de douter de leurs
intentions. Toutefois le peuple n'auroit pas
sitôt éclaté, si la passion d'Appius Claudius
pour Virginie, les moyens violens qu'il employa
pour la satisfaire, et la mort funeste de cette
jeune romaine, n'eussent fourni une occasion
de se déclarer contre la tyrannie des décemvirs
qui étoit devenue insupportable. On les obligea
d'abdiquer; on leur fit leur procès; les uns
furent condamnés à mort et moururent dans
la prison, les autres passèrent le reste de leurs

jours en exil. Cependant on ne changea rien aux loix qu'ils avoient établies ; on fit même confirmer par les suffrages du peuple les deux nouvelles tables qu'ils avoient différé de publier. C'est donc à eux qu'on est redevable de cette fameuse collection de loix des douze tables, la source de tout le droit civil, le fondement et la règle de toute décision des jurisconsultes. Nous en dirons un mot dans l'article du pouvoir judiciaire.

. Une autre sorte de magistrats, qui, ainsi que les décemvirs, n'eurent lieu qu'à une certaine époque, mais dont l'autorité dura un peu plus long-tems, ce sont les tribuns militaires, revêtus du pouvoir consulaire. Canuléius, tribun du peuple, avoit proposé deux loix : par l'une il vouloit que les alliances par mariages entre les patriciens et les plébéiens, jusqu'alors interdites, (1) fussent permises ; par la seconde, il demandoit que le peuple pût choisir ses consuls indifféremment parmi les patriciens et parmi les plébéiens. La première loi souffrit moins de difficulté ; et la loi qui interdisoit les mariages entre les deux ordres fut abolie. Quand à la seconde, le sénat craignant de se

_____

(1) Tite-Live, l. 4, oh. 1.

voir arracher le consulat, imagina un expédient
pour contenter les plébéiens, sans les admettre
à cette haute dignité. Ce fut de substituer aux
consuls des tribuns militaires, qui seroient
revêtus du même pouvoir, qui jouiroient des
mêmes marques de distinction, et pourroient
se choisir indifféremment entre les patriciens
ou entre les plébéiens. On n'en créa que trois
pendant plusieurs années ; leur nombre augmenta successivement jusqu'à six. Tite-Live en
compte huit une année ; mais on croit que c'est
une erreur dans le texte. Il fut créé alternati-
vement des consuls et des tribuns militaires,
jusqu'à ce qu'enfin les plébéiens eurent conquis,
pour ainsi-dire, le consulat, qu'ils y furent
admis irrévocablement et sans restriction.

. Nous ne disons rien de quelques autres magistratures extraordinaires moins connues. En
traitant des colonies, nous avons parlé des
commissaires nommés pour l'établissement des
colonies nouvelles, qui s'appelloient, suivant
leur nombre, quatuorvirs, quinquevirs, septemvirs, decemvirs, vigintivirs.

On nommoit encore à Rome, dans certaines
circonstances, un préfet des vivres ou de l'annone, et un préfet de la ville. Le préfet des

vivres ou de l'annone étoit choisi extraordinairement pour présider aux approvisionnemens
de blé dans le cas d'une extrême disette et
de la nécessité la plus pressante. Cette commission étoit des plus importantes et des plus
honnorables, puisque (1) Pompée, après toutes
ses victoires, ne la dédaigna pas. Elle lui fut
conférée pour cinq ans. La charge du préfet
de la ville est presque aussi ancienne que
Rome, puisque, selon Tacite (2), Romulus
lui-même l'établit, et en revêtit Deuter Romi-
lius, pour qu'il exerçât l'autorité royale en
l'absence du roi. Comme les fréquentes guerres
que les Romains avoient à soutenir, obligeoient
les rois et les consuls de s'absenter très-souvent, ils établissoient un lieutenant chargé de
faire leurs fonctions en leur absence, et principalement de rendre la justice, et de pourvoir
à toutes les affaires qui ne pouvoient souffrir
de retardement. Il avoit le droit de convoquer le
sénat, et d'y proposer les objets de délibération.
Il avoit de même celui de convoquer les comices
par centuries, comme cela se voit par l'exem-

(1) Cic. pour sa maison, ch. 7.
(2) Ann. l. 6, ch. 11.

ple de Spurius Lucrétius , que Tarquin avoit établi préfet de Rome , et qui présida à l'élection des deux premiers consuls (1). Nous ne voyons pas d'autre exemple , sous la république , où un préfet de la ville ait présidé les comices pour l'élection des magistrats. Lorsqu'il n'y avoit point de consuls , c'étoit un interroi ; ou lorsque les consuls ne pouvoient point y vaquer eux-mêmes , ils nommoient un dictateur. Ajoutons que , depuis qu'on eut établi un préteur l'an 387 , ce magistrat chargé de l'administration de la justice , fut aussi chargé de faire toutes les autres fonctions des consuls en leur absence ; et il ne fut plus apparemment nécessaire d'établir de préfet de la ville. On continua néanmoins d'en établir un tous les ans , mais seulement pour peu de jours , à l'occasion des féries latines (2). On choisissoit pour cette fonction qui ne duroit que quatre jours, un jeune homme pris dans la noblesse , qui n'avoit pas encore l'âge requis pour être sénateur. Cette charge de préfet de la ville acquit un très-grand lustre et beaucoup de considération sous les empereurs ,

(1) Tite-Live , l. 1 , ch. dern.
(2) Den. d'Hal. , l. 4.

qui y joignirent la charge de préfet du pré-
toire. Mais je me suis interdit dans tout cet ouvrage de m'étendre à ce qui regarde les empereurs , et de sortir des tems de la république.

Des magistrats provinciaux , ou gouverneurs de provinces.

Le terme de province , dans sa signification
la plus étendue , désigne toute région ou pays,
dans lequel un général romain commandoit
une armée. Ainsi les deux consuls eurent pour
province l'Italie , c'est-à-dire la commission de
commander les armées sur les frontières de
l'Italie. Le sénat décréta pour province à un
des consuls la Macédoine , c'est-à-dire , le
commandement de l'armée destinée contre Phi-
lippe , roi de Macédoine , à qui on déclaroit
la guerre. De même , pendant la seconde guerre
punique , un des préteurs eut pour province
Lucérie , un autre Suessula , et un troisième
Ariminenus ; ce qui n'étoit autre chose que le
commandement des armées que la république
plaçoit pour sa sûreté aux environs de ces villes. Dans tous ces sens , le terme de province
répond à ce que nous appellons en françois ,
commission , département. Mais nous prenons
ici ce terme dans un autre sens , dans le sens

où il désigne une région , ou une étendue de pays , dont les Romains s'étoient emparés , soit par droit de conquête , soit à quelque autre titre , et dans laquelle ils envoyoient un magistrat pour la gouverner au nom de la république. Ainsi l'Italie ne fut jamais une province, quoiqu'elle formât une des plus belles parties de l'empire romain. La Gaule cisalpine ne devint une province romaine que près de deux siècles après qu'elle eut été conquise ; et la Macédoine , après que Paul Emile en eut fait la conquête , conserva encore plus de vingt ans ses loix et sa liberté , avant qu'elle fût réduite en province proprement dite. Un pays qui , quoique soumis aux Romains , conservoit ses loix et son gouvernement , ne recevoit des ordres que du sénat et des magistrats ordinaires de la république, et n'étoit point une province proprement dite : il ne le devenoit que , lorsque dépouillé de ses loix et de ses priviléges , il étoit soumis à l'autorité d'un magistrat envoyé de Rome pour le gouverner. Nous avons vu que , pour des raisons particulières , les Romains envoyoient dans quelques villes de l'Italie , même dans des villes municipales , un préfet pour y rendre la justice ; mais nous ne voyons pas qu'ils aient songé à diviser

l'Italie en gouvernemens soumis à des magistrats envoyés de Rome.

Sans parcourir en détail toutes les provinces
proprement dites que les Romains ont établies
à diverses époques, je me contente de dire
que la Sicile et la Sardaigne furent les deux
premières provinces qu'ils établirent en 526.
Les Romains avoient traité d'abord avec beaucoup de modération les peuples vaincus ; ils
en faisoient des alliés et non des sujets : mais
quand ils vinrent à étendre leurs conquêtes,
ils furent jaloux d'en former des provinces.
Lorsque le sénat se déterminoit à faire une province d'une nouvelle conquête, c'est-à-dire,
de la soumettre à un gouverneur envoyé de
Rome, le général convoquoit les états du pays,
et avec les commissaires que le sénat lui avoit
adjoints, il examinoit la conduite différente
des villes et des peuples de ces contrées avant
et durant la guerre. On traitoit d'une manière
plus ou moins favorable ceux qui avoient rendu
des services plus ou moins importans. Le
reste (1) de la province étoit dépouillé de tous
ses priviléges ou d'une grande partie, chargé
d'un tribut, et soumis à l'autorité d'un magis-

(1) Tite-Live, l. 25, ch. 40.

trat

trat envoyé de Rome. Le tribut n'étoit pas le
même par-tout. C'étoit ou une taxe pour la paie
des troupes, *stipendium* ; ou un impôt fixe , *vecti-*
gal certum : on ne sait pas au juste quel étoit ce
vectigal , que Cicéron semble confondre avec le
stipendium ; ou la dîme des récoltes , *decuma* ou
decumæ (1). Delà on disoit *populi stipendiarii* ,
populi vectigales , *ager vectigalis* , *ager decuma-*
nus. Les terres qu'on avoit cru devoir confis-
quer s'appelloient *ager publicus* , *agri publici* ,
les domaines de l'empire. Il y avoit des droits
d'entrée et de sortie , *portarium*. On appelloit
scriptura ce qu'on faisoit payer aux particuliers
pour envoyer leurs troupeaux dans les pâtu-
rages apartenans à l'état. On écrivoit les noms
des particuliers , le nombre des animaux qu'ils
envoyoient , les sommes qu'ils devoient payer ;
delà les droits de paturage et la ferme de ces
droits se nommoient *scriptura*. Ceux qui levoient les tribus ou impôts s'appelloient publicains , *publicani* , personnages de l'ordre éques-

_____

(1) Dans mon sommaire du troisième livre de Cicéron contre Verrès , intitulé *de re frumentariâ* , sur
les blés , j'ai hazardé mes conjectures sur la manière dont les dîmes se recueilloient en ce siècle. Je
renvoie à ce sommaire ceux qui voudront voir ce
que je pense sur cet article.

Tome I.   Y

tre , odieux aux provinces , mais formant dans
l'état un ordre considérable. Les terres publiques ou domaines de l'empire , étoient ordinairement prises à ferme par des citoyens romains , établis dans les provinces et y faisant
le commerce. Ces citoyens romains , dans les
grandes villes sur-tout , formoient une société
nommée *conventus* ; les gouverneurs les prenoient souvent pour conseil , et choisissoient
parmi eux des commissaires ou juges , *recupe-*
ratores. Ils n'abusoient que trop souvent de
leur droit de cité romaine , et c'est ce qui les
rendoit à charge aux naturels du pays.

La dignité de proconsul et celle de propré-
teur fut peu connue à Rome avant la seconde
guerre punique. Tant que les bornes de la république ne s'étendirent pas au-delà de celles
de l'ancien Latium , les deux consuls suffisoient
pour commander ses armées , et en cas
de besoin on avoit recours à un dictateur.
Depuis que les bornes de l'empire se furent
beaucoup étendues , et qu'on se vit obligé ,
comme il arriva pendant la seconde guerre punique , d'entretenir plusieurs armées tant en
Italie que dans la Sicile , dans la Gaule cisalpine , en Espagne ; alors les magistrats ordinaires ne pouvant suffire à toutes ces fonc-

tions , on prolongea le commandement à divers magistrats , avec le titre de proconsuls ou de propréteurs , pour une ou plusieurs années.

On demande si les proconsuls et les propréteurs étoient réellement magistrats. Pour répondre à cette question , il faut distinguer trois sortes de proconsuls et de propréteurs : ceux qui étant préteurs ou consuls , après l'expiration de leur magistrature , étoient continués dans le commandement des armées , sous le titre de proconsuls ou de propréteurs , par une loi du peuple ou par un décret du sénat ; ceux qui n'étant que simples particuliers , étoient décorés de l'un de ces deux titres , et chargés de commander les troupes pour quelque expédition ; enfin ceux qui , après avoir passé à Rome l'année de leur consulat ou de leur préture , étoient envoyés pour gouverner des provinces avec les titres de proconsuls ou de propréteurs. On avoit d'abord nommé des préteurs , outre le préteur de la ville et le préteur étranger , pour aller gouverner des provinces aussi-tôt qu'ils étoient nommés ; mais depuis l'établissement des tribunaux perpétuels , il fut réglé que tous les huit préteurs resteroient une année à Rome , et qu'après cette année ils iroient gouverner des provinces sous le titre de

propréteurs , ou simplement de préteurs (1).
Quant aux consuls , aussi-tôt qu'ils étoient élus,
ils prenoient la conduite des armées avec un
département ; mais environ depuis l'an 600 de
Rome , ils restoient toujours une année dans
la ville , et après cela ils alloient gouverner des
provinces ou commander dans un département
avec le titre de proconsuls. D'après ce que nous
venons de dire , il est évident que la prémière
et que la troisième sorte de proconsuls et de
propréteurs étoient réellement magistrats , puisqu'ils avoient tout ce qui constitue le magistrat,
je veux dire , non-seulement *imperium* , le pouvoir militaire , mais encore *potestas* , le pouvoir
civil. Ceux de la seconde sorte n'étoient point
magistrats , parce qu'ils n'avoient que le pouvoir militaire , *imperium*. Ces derniers n'avoient
aucune jurisdiction , aucune autorité civile. Les
premiers étoient revêtus des deux pouvoirs qui

(1) Il y a ici une chose à remarquer , c'est que
les préteurs qui , après l'année de leur magistrature à Rome , alloient gouverner des provinces,
prenoient dans ces provinces le titre de préteurs ,
quoiqu'ils ne fussent réellement que propréteurs ;
mais les consuls qui gouvernoient des provinces ,
après l'année de leur consulat n'étoient que proconsuls , et ne portoient réellement que ce nom.

leur étoient continués , et ils les exerçoient au
nom de la république , soit que le pays dans
lequel ils commandoient eût été réduit en province ou non. Les troisièmes avoient déjà le
pouvoir civil , que la loi attachoit à leurs magistratures , et qu'ils alloient exercer dans leurs
provinces : on y ajoutoit par la loi curiate
le pouvoir militaire.

Le sénat disposoit presque toujours des provinces et de la prolongation du commandement ; mais il arriva très-souvent que les tribuns s'en mêlèrent , et que le peuple en dis-
posa dans des comices par tribus : le sénat
s'étoit arrogé un droit que le peuple , en vertu
de sa souveraineté , exerça dans quelques occasions (1). Au commencement de l'année , dès
que les magistrats étoient entrés en exercice ,
le sénat décidoit des divers départemens des
consuls et des préteurs ; il décidoit encore si
l'on prolongeroit le commandement à ceux
dont le tems alloit finir. Cette prolongation
n'étoit jamais que pour une année , et elle devoit se renouveller tous les ans pour ceux que
l'on continuoit plusieurs années de suite. Après

_____

(1) Tite-Live , l. 7 , ch. 22.

que le sénat avoit réglé les divers départemens
soit des consuls, soit des préteurs, le sort décidoit de ceux qui devoient leur écheoir. L'an
631, Caïus Sempronius Gracchus, tribun du
peuple, confirma les droits du sénat à l'égard
des départemens consulaires ; il lui en donna
la disposition absolue, pourvu qu'il reglât ces
départemens avant les comices, et lorsqu'il étoit
encore incertain sur quels sujets tomberoit
l'élection. Alors les arrangement du sénat ne
pouvoient être traversés par les tribuns du peuple (1). Vers le déclin de la république, les
gouvernemens étant devenus les grands objets
de l'ambition, on eut souvent peu d'égard aux
volontés du sénat ; et ce fut malgré le sénat
que le peuple donna à plusieurs grands hommes la conduite des guerres importantes.

Dès que le sénat avoit réglé quelles seroient
les provinces où l'on enverroit de nouveaux
gouverneurs, et que le sort avoit décidé des
divers départemens, ceux qui devoient partir
en qualité de proconsuls ou de préteurs, assembloient les comices par curies, ou plutôt
prioient un des consuls de les convoquer ; et
la loi curiate ajoutoit au pouvoir civil, que

(1) Cic. har. sur les prov. cons. ch. 8.

leur avoient déja conféré les centuries en les
élevant à la magistrature , elle ajoutoit , dis-je,
le pouvoir militaire. Après quoi , en conséquence de la loi curiate , le sénat régloit (1)
la force de l'armée , le nombre d'officiers , et
le reste de la suite du gouverneur , ainsi que
son équipage qui lui étoit fourni par la république. On appelloit cela orner les provinces ,
ornare provincias. Dans ces occasions , le sénat
avoit toujours égard à la dignité de la personne,
de même qu'à l'étendue et à l'importance de
la province que l'on lui confioit ; et il n'y a
point de doute que la suite du proconsul ne
fût toujours plus nombreuse que celle d'un
simple préteur , et qu'on ne lui fournît tout
plus abondamment. La république , en général,
fournissoit libéralement à ses magistrats de quoi
soutenir leur rang et la dignité de l'empire (2).
On leur donnoit des chevaux , des mulets , des
tentes , des lits pour eux et pour leur suite ,
avec une vaisselle d'argent. Cette attention
s'étendoit jusqu'aux plus petites choses , puisque même on leur fournissoit un anneau d'or.

(1) Cic. à Atticus , l. 4 , ép. 18.

(2) Tite-Live , l. 42 , ch. 1. Cic. contre Verrès ,
l. 4 , ch. 5.

Ajoutons que le proconsul étoit défrayé lui et toute sa suite, et même les amis qu'il menoit avec lui.

Le premier et principal officier du préteur ou proconsul étoit le questeur. Il n'y en avoit ordinairement qu'un pour chaque province, excepté en Sicile, où il y en avoit deux, dépendans du même gouverneur. La différence entre les questeurs et les autres officiers du préteur ou proconsul, c'est que le questeur lui étoit donné par la république, élu par les suffrages du peuple, ainsi que les autres questeurs, entre lesquels le sort décidoit de leurs divers départemens. Il arrivoit (1) souvent néanmoins que le sénat permettoit au général de se choisir son questeur ; mais cela paroît avoir été assez rare. Le questeur étoit donc un officier que la république donnoit au préteur ou proconsul : mais si le questeur venoit à mourir, le préteur ou proconsul pouvoit lui substituer qui il vouloit de sa suite ; et celui-ci, sous le titre de proquesteur, en remplissoit toutes les fonctions (1). Les fonctions du questeur étoient d'accompagner par tout le général, dont il

(1) Tite-Live . l. 30 , ch. 33.
(2) Cic. contre Verrès, l. 1, ch. 36.

étoit l'homme de confiance, et qui se déchargeoit sur lui d'une partie des affaires de la province. C'étoit le questeur qui avoit le maniement des finances, qui faisoit apporter au trésor tous les revenus de la province, qui fournissoit les vivres et la paie à l'armée ; enfin ce n'étoit pas tant au préteur ou proconsul qu'à la république qu'il devoit rendre compte des deniers qui avoient passé par ses mains (1). Les questeurs provinciaux jouissoient de diverses marques de distinction, dont ne jouissoient pas ceux de la ville. Ils avoient une autorité plus étendue, et se faisoient accompagner de licteurs. Les uns et les autres avoient plusieurs officiers employés sous eux, sur-tout des secrétaires, pour les aider à dresser et à tenir leurs comptes. Lorsque le terme étoit expiré, où le gouverneur devoit quitter la province, et qu'il ne pouvoit la remettre à son successeur, c'étoit ordinairement à son questeur qu'il la remettoit, et celui-ci y exerçoit toute l'autorité en attendant l'arrivée du nouveau préteur ou proconsul. Le gouverneur, à la vérité, pouvoit, et même devoit y rétablir un de ses lieutenans, supposé qu'il fût d'un rang plus relevé, con-

_____

(1) Cic. contre Verrès, l. 2, ch. 8.

sulaire ou prétorien ; mais hors ce cas là, c'étoit
à son questeur qu'il devoit la préférence (1).
Les Romains établissoient une liaison très
étroite entre le préteur et proconsul et son
questeur ; celui-ci devoit regarder le premier
comme son père, ainsi que l'autre devoit le
traiter en fils.

Les lieutenans des préteurs ou proconsuls
étoient ordinairement des personnes de la
première destinction, souvent sénateurs, souvent prétoriens, quelquefois consulaires. Le
préteur ou proconsul pouvoit donner ces
emplois à de simples chevaliers, puisque
Quintus Cicéron offrit à Atticus, son beau-frère,
et simple chevalier, de l'emmener avec lui
dans son gouvernement d'Asie en qualité de
lieutenant (1). On voit par cet exemple, et
par plusieurs autres, que c'étoit le gouverneur
ou général lui-même qui nommoit ses lieutenans.
Il falloit néanmoins qu'il fît approuver son choix
au sénat, qui le confirmoit par un sénatusconsulte. Je croirois même qu'il recevoit du peuple
imperium : car Cicéron, dans la harangue

_____

(1) Cic. à Atticus, l. 6, ep. 5 et 6. Div. ou
contre Cecilius, ch. 18. Contre Verrès, l. 1, ch. 15.

(1) Corn, Nep. vie d'Atticus, ch. 6.

contre Rullus, dit que *legatio* étoit *nomen imperii*. A moins qu'on ne dise qu'il n'avoit *imperium* que précairement. Au reste, il étoit naturel de laisser au préteur ou proconsul le soin de se choisir des personnes qui étoient considérées comme ses adjoints, et en qui il devoit avoir assez de confiance pour se décharger sur eux d'une partie des fonctions de sa place. Il dépendoit de lui de rendre dépositaires de son autorité, ou le questeur ou quelqu'un de ses lieutenans ; de même qu'en partant avant l'arrivée de son successeur, il pouvoit laisser le commandement à celui d'entr'eux qu'il jugeoit à propos, comme nous l'avons déja dit. Il y avoit cette différence entre le questeur et les lieutenans, que celui-là tenoit son autorité du peuple romain, au lieu que celle des lieutenans émanoit toute entière du général, dont la confiance plus ou moins étendue resserroit ou étendoit les bornes de leur pouvoir : les lieutenans étoient astreints à suivre ponctuellement en tout les ordres de leur chef. Le nombre des lieutenans du préteur ou proconsul n'étoit pas toujours le même, mais proportionné à l'étendue de la province ou à l'importance de la guerre dont il avoit la conduite. Il en avoit ordinairement trois ou quatre.

Jules César, qui joignoit au gouvernement de la Gaule transalpine celui de la Gaule cisalpine et de l'Illyrie, en eut dix. Pompée en avoit autant lorsqu'il étoit revêtu du gouvernement des Espagnes citérieure et ultérieure. Il en avoit eu jusqu'à quinze lorsqu'il fut chargé de la guerre contre les pirates. Les lieutenans peuvent être considérés comme des magistrats, puisqu'ils étoient presque toujours choisis entre ceux qui avoient exercé des magistratures, et même les principales de la république. Aussi pour relvever leur dignité, se faisoient-ils accompagner dans les provinces de licteurs qui portoient devant eux les faisceaux et les haches.

Presque tous les autres emplois tant militaires que civils étoient à la disposition des préteurs ou proconsuls, excepté les tribuns de soldats, dont le peuple élisoit une partie, et l'autre à la nomination du général. Anciennement il y avoit eu quatre tribuns de soldats pour chaque légion, et c'étoit toujours le général qui les nommoit; mais l'an 391, le peuple voulut les nommer lui-même (1). Ce dernier usage fut interrompu et renouvellé à plusieurs reprises, jusqu'à l'année 584, où le peuple, se

(1) Tite-Live, l. 7, ch. 5, l. 44, ch. 21.

contentant de nommer les deux tiers de ces
officiers, voulut bien laisser le choix du reste
aux généraux. Il paroît qu'il étoit beaucoup
plus honorable de tenir cette place du peuple
que du général : c'étoit ordinairement par là
que la jeune noblesse commençoit à se concilier les suffrages du peuple. Il y avoit six
tribuns de soldats pour chaque légion ; et si le
général n'en nommoit que deux, sa recom-
mandation influoit beaucoup sur l'élection des
autres. Ces emplois étoient fort recherchés,
et regardés comme un effet ou de la faveur du
préteur ou proconsul, ou des puissantes
recommandations de ses amis.

Officiers subalternes des magistrats gouverneurs de provinces et autres.

Outre des officiers principaux, les magistrats
gouverneurs de provinces avoient encore des
officiers subalternes, dont la nomination dépendoit d'eux seuls, et qui leurs étoient communs
avec les principaux magistrats de la ville. J'ai
réservé à parler ici de ces officiers, dont j'aurois
pu traiter l'article après celui des consuls, préteurs, et autres magistrats de Rome.

Chaque grand magistrat avoit sous lui divers
officiers, désignés par le nom général d'appa-

riteurs , *apparitores* ; ils étoient à ses ordres et entretenus par la république. Les magistrats eux-mêmes les choisissoient pour l'ordinaire entre leurs cliens ou entre leurs affranchis. Il y en avoit de différentes espèces , compris sous ce nom général d'appariteurs , *scribæ* , *accensi* , *præcones* , *interpretes* , *viatores* , *carnifices* : nous allons décrire en peu de mots leurs fonctions diverses.

Ceux qui tenoient le premier rang entre ces officiers , étoient les greffiers ou secrétaires , *scribæ*. Leurs fonctions étoient de dresser lès actes et les décrets , de tenir les registres et les comptes de tout ce qui avoit rapport aux affaires de l'état; c'étoit même à leur garde que l'on confioit les loix et les actes publics. Chaque magistrat en avoit plusieurs à ses ordres ; ils tiroient leurs noms (1) du magistrat sous lequel ils étoient employés , *scribæ prætorii* , *scribæ ædilitii* , *scribæ quæstorii*. On les partageoit en différentes décuries ou classes , sans doute à cause de leur grand nombre , pour éviter la confusion. Cette place étoit à la disposition du magistrat , quoiqu'il semble aussi que quelquefois elle s'achetoit

(1) Cic. contre Verrès , l. 3 ,ch. 8,

(1). Les greffiers étoient peu considérables par eux-mêmes, officiers à gages, et à gages modiques, presque tous fils d'affranchis, ou d'une condition peu relevée. Comme leurs fonctions néanmoins étoient assez importantes, ils surent se rendre nécessaires aux magistrats, qui, changeant tous les ans, avoient besoin d'être mis au fait de bien des affaires que leurs greffiers entendoient à fond par routine. Aussi paroissent ils avoir été beaucoup plus considérés dans les derniers tems de la république (2). Leur charge étant à vie, ils devoient être mieux instruits de quantité d'affaires qui leur passoient tous les jours par les mains, que de jeunes questeurs et de jeunes édiles, qui la plupart du tems s'en reposoient sur eux. C'étoit donc eux souvent, comme l'observe Plutarque, qui gouvernoient sous le nom des magistrats.

Les *Accensi* accompagnoient toujours les magistrats, particulièrement les consuls et les préteurs. Ils marchoient sur-tout devant le consul, lorsque ce n'étoit pas à son tour à faire porter devant lui les faisceaux (3). Leur prin-

(1) Cic. contre Verrès, l. 3, ch. 8.

(2) Cic. contre le même Verrès, l. 3, ch. 78.

(3) Tite-Live, l. 2, ch. 35.

cipale fonction étoit d'appeller le peuple aux
assemblées ; et c'est de-là qu'ils tiroient leur
nom , *Accensi ab acciendo.* Ils se tenoient autour
du tribunal du préteur ou du proconsul, appelloient par leur nom ceux qui demandoient à
être entendus , et faisoient faire silence. C'étoient
eux encore qui annonçoient à haute voix , par
ordre du préteur, l'heure où l'audience devoit
commencer ou finir. Ils étoient ordinairement
nommés par les magistrats eux-mêmes, qui
donnoient ces petits emplois à leurs affranchis.

La troisième sorte d'officiers que les magistrats
avoient à leurs ordres , étoit des crieurs publics
ou espèce d'huissiers, *præcones.* Sans entrer
dans le détail de leurs fonctions, disons, en un
mot, qu'ils lisoient et proclamoient tout ce qui
devoit être lu et proclamé en public.

Il y avoit aussi des *interprètes*, qui à Rome
se tenoient auprès des magistrats ou dans le
sénat, pour y servir de truchemens aux ambassadeurs des nations étrangères. Il y en avoit
sur - tout que les gouverneurs des provinces
emmenoient avec eux, ou qui accompagnoient
les députés que le sénat envoyoit pour prendre
connoissance de l'état des provinces (1). Ce

(1) Cic. de Finib. l. 5, ch. 29. Contre Verrès,
l. 3, ch. 37. Pour Corn. Balb. ch. 11.

ministère

ministère se remplissoit ordinairement par des affranchis.

Les tribuns du peuple se faisoient accompagner par des officiers nommés *viatores*, messagers. L'usage de ces sortes d'officiers étoit fort fréquent dans les premiers tems de la république, où la plupart des sénateurs demeuroient à la campagne, et s'occupoient d'agriculture, dès que les affaires de l'état leur donnoient du relâche. Toutes les fois que le magistrat vouloit convoquer le sénat extraordinairement, il envoyoit ces messagers en campagne, pour avertir les sénateurs du jour et de l'heure où ils devoient se rassembler. Tous les magistrats supérieurs avoient de cette sorte d'officiers à leurs ordres, sur-tout les tribuns du peuple, qui s'en servoient pour faire arrêter ceux qu'ils vouloient faire mettre en prison: les édiles et les questeurs n'en avoient point.

Outre ces officiers, les magistrats, sur-tout les questeurs et les édiles, avoient à leurs ordres un certain nombre d'esclaves publics, qui leur rendoient les mêmes services que les officiers précédens.

Les licteurs, selon Tite-Live (1), doivent

(1) L. 1, ch. 2.

leur origine à Romulus, qui, pour donner plus d'éclat à la majesté royale, se fit accompagner de douze licteurs, armés de haches et de faisceaux de verges. Comme après l'abolition de la royauté, on en retint tout l'appareil, on conserva aussi les licteurs pour les premiers magistrats, pour les consuls. On en usa de même pour les autres magistrats supérieurs, pour le dictateur, pour le commandant de la cavalerie, pour les préteurs, mais non pour les censeurs, quoiqu'ils fussent comptés entre les principaux magistrats de la république. La fonction des licteurs étoit d'accompagner partout le magistrat, marchant devant lui à la file. Ils avoient soin d'écarter la foule, pour qu'on lui fît place. Ils avoient soin, aussi de faire rendre au magistrat ce qui lui étoit dû par tous ses inférieurs, d'obliger tout le monde, et même un magistrat inférieur, de se lever s'il étoit assis, de descendre s'il étoit à cheval, de baisser ses faisceaux s'il étoit en fonction ou en marche. Cet office du licteur s'appelloit *animadversio*. Enfin ils faisoient souvent la fonction de bourreaux, exécutant eux-mêmes la sentence du magistrat (1). Celui-ci donnoit

_____

(1) Tite-Live, l. 26, ch. 16.

ses ordres au licteur de la manière suivante :
*vas, licteur, frappes le coupable de verges, et
punis le selon les loix.* En conséquence de cet
ordre, après avoir battu de verges le criminel,
ils lui tranchoient la tête avec leurs haches. Il
y a toute apparence que ce n'étoit que hors de
Rome, dans les armées et dans les provinces,
où les sentences des magistrats s'exécutoient
sur-le-champ et sans appel, que les licteurs
faisoient cet office. Remarquons aussi qu'après
la loi Porcia le supplice des verges n'eut plus
lieu à l'égard d'un citoyen Romain. Les licteurs
étoient de condition libre, mais pris dans la
dernière classe du peuple, et le plus souvent
affranchis du magistrat qui les employoit.

La principale différence entre le licteur et le
bourreau, c'est que le bourreau, *carnifex*,
n'exécutoit que les étrangers, les esclaves, et les
affranchis, à qui on faisoit subir des supplices
cruels et infames (1), tels que celui de la croix
ou celui d'être étranglés ; au lieu que l'on se contentoit de faire trancher la tête à un citoyen romain, et alors on se servoit du ministère d'un
licteur. On avoit une telle aversion pour le bour-

(1) Tacite, ann. l. 3 ch. 50.

Z 2

reau, qu'on ne lui permettoit pas d'habiter dans
la ville (1).

Les préteurs ou proconsuls avoient aussi ce
qu'on appelloit leur cohorte prétorienne. L'ancien Scipion l'africain est le premier qui ait
formé une cohorte prétorienne, c'est-à-dire
une compagnie de gardes attachés à sa personne,
auxquels il donnoit une paie beaucoup plus
considérable. On ne sait pas au juste si les
généraux romains, après lui et à son exemple,
eurent une cohorte prétorienne; ce qu'il y a
de certain, c'est que les empereurs la conservèrent ou la renouvellèrent, et qu'ils s'en
servoient dans Rome et hors de Rome. La
cohorte prétorienne des préteurs ou proconsuls
dans les provinces étoit une troupe d'amis ou
d'officiers de confiance, qui formoient en
quelque sorte leur maison. De ce nombre
étoient aussi des jeunes gens distingués, qui
alloient dans les provinces pour se former au
métier de la guerre et au gouvernement. On
appelloit ces derniers *contubernales*, parce qu'ils
étoient sous l'inspection et sous la tutelle du
préteur ou proconsul (2). Excepté ces derniers,
tout le reste n'accompagnoit guères le gouver-

(1) Cic. pour Rabirius, ch. 5.
(2) Cic. à Atticus, l. 13. ep. 33.

neur que pour s'enrichir ; c'étoient autant de sangsues qui se repaissoient et s'engraissoient aux dépens de la province.

Nous avons donné au gouverneur ses officiers principaux et ses officiers subalternes , voyons le partir de Rome et suivons le dans son gouvernement. Je supprimerai les détails moins nécessaires pour ne m'arrêter qu'aux principaux.

Lorsqu'après la loi curiate le sénat avoit réglé la force de l'armée , la suite et l'équipage du préteur ou proconsul, celui-ci préparoit tout pour son départ. On ne voit pas qu'il y eût de loi qui fixât le terme précis de ce départ. Tout ce que l'on sait , c'est que souvent il sortoit de Rome , pendant qu'il y avoit encore des affaires qui l'obligeoient quelquefois de séjourner assez long-tems dans les fauxbourgs (1) : car il ne pouvoit rentrer dans Rome sans renoncer à son gouvernement et au commandement de l'armée. Ainsi Pompée qui , après son second consulat, s'etoit fait donner le gouvernement des deux Espagnes, sort de Rome , et reste aux portes près de deux années, gouvernant l'Espagne par ses lieutenans , et ne

_____

(1) Asconius sur Verrès , l. 2 chap. 6.

Z 3

pouvant rentrer dans la ville sans renoncer
à son gouvernement (1). Lorsque tout étoit
prêt pour le départ, le préteur ou proconsul
se rendoit en grande cérémonie au temple du
capitole, y faisoit un sacrifice solemnel et des
vœux à Jupiter capitolin, et après avoir
quitté la toge, avoir pris l'habillement militaire, et l'avoir fait prendre à ses licteurs, en
leur faisant joindre les haches aux faisceaux,
il sortoit de Rome. Il étoit ordinairement
accompagné, à son départ, des premiers de
la république, de tous ses parens et amis,
et d'une grande foule de peuple, qui l'escortoit
jusques hors des portes, en faisant des vœux
pour la prospérité de ses armes. Nous ne dirons
pas combien son voyage étoit à charge aux
villes par où il passoit, lorsqu'il n'étoit pas
assez modéré pour dispenser ces villes de le
défrayer lui et toute sa suite; nous dirons seulement qu'il étoit obligé de suivre une certaine
route pour arriver dans sa province (2), et que
s'il devoit s'y rendre par mer on chargeoit quelque peuple allié de lui fournir des vaisseaux de
transport.

(1) Tite-Live, l. 42, ch. 10. Dion Cassius l. 49.
(2) Cic. contre Vatinius, ch. 5.

Dès qu'il y étoit arrivé, il ne lui étoit plus permis d'en sortir pendant tout le tems de son administration, à moins d'un ordre exprès du sénat ou du peuple romain (1) : les loix de Sylla en faisoient un crime de lèze-majesté. Il commençoit par proposer un édit pour annoncer suivant quels principes il gouverneroit. Si sa province ne jouissoit pas d'une parfaite tranquillité, il employoit la belle saison à commander ses troupes et à poursuivre les ennemis; l'hiver étoit employé à parcourir les divers cantons de son département et à tenir ses assises dans les villes principales. Lorsqu'il avoit remporté quelque victoire importante, il en informoit le sénat, qui, s'il étoit persuadé de l'importance de cette victoire, lui décernoit des prières publiques ou actions de graces rendues aux dieux, et par là lui faisoit espérer d'obtenir le triomphe.

Il ne pouvoit séjourner dans sa province plus de trente jours au de-là du terme qui lui étoit prescrit (2). Alors il étoit obligé de la remettre à son successeur; et au cas qu'on ne lui en eût pas encore nommé, ou qu'il ne fût pas encore

(1) Cic. contre Pison, ch. 21.
(2) Cic. ép. fam. l. 3, ép. 6.

arrivé , il en laissoit le gouvernement à son
questeur ou à un de ses lieutenans. Il pouvoit
être continué pendant deux ans et même pendant trois pour des raisons particulières. Il
avoit des comptes à rendre quand il étoit de
retour à Rome, et son questeur rendoit les
siens à part. Si sa province lui prodiguoit quelquefois des honneurs distingués, ou en lui élevant des temples, ou en instituant des fêtes pour
consacrer sa mémoire, elle étoit aussi en droit
de l'accuser, si elle avoit à s'en plaindre, d'après
les loix établies contre la concussion. S'il prétendoit au triomphe , c'étoit l'usage que les
licteurs qui l'accompagnoient eussent leurs
faisceaux et leurs haches ornés de laurier ,
jusqu'à ce qu'il eût obtenu le triomphe ou
qu'il y eût renoncé en rentrant dans Rome :
car s'il y rentroit avant qu'il fût décidé si on le
lui accorderoit ou non , il étoit censé y renoncer.
Il s'arrêtoit dans un des fauxbourgs de la
ville, et demandoit audience au sénat, qui
s'assembloit dans le temple de Bellone (1), hors
de la ville. Là le général exposoit au sénat
ses exploits et ses conquêtes ; et si le sénat
trouvoit à propos de lui accorder sa demande ,
il pouvoit entrer en triomphe au jour marqué

(1) Tite-Live , l. 31, ch. 47.

qui étoit à son choix : ce jour étoit quelquefois
assez reculé, parce que les préparatifs demandoient quelquefois un tems assez considérable.

Le triomphe ne s'accordoit que lorsqu'on
avoit rempli de certaines conditions. La première
et la principale étoit que celui qui le demandoit
fût actuellement revêtu d'une magistrature
supérieure, comme celle de préteur ou de
consul, ou qu'il eût été continué dans le commandement en qualité de préteur ou de proconsul, et qu'ainsi il fût revêtu du pouvoir
militaire et qu'il eût les auspices. Il falloit que
ce fût dans la province qui étoit de son département, et non dans celui d'un autre, que le
général eût remporté la victoire. Les prières
publiques décernées pour quelque victoire,
étoient bien une espèce de promesse du triomphe, mais elles n'en étoient pas toujours une
assurance certaine. Comme c'étoit sur les lettres
envoyées au sénat par le général qu'elles étoient
ordonnées, et qu'ensuite, lorsque le général étoit
de retour, on examinoit la fidélité de son rapport,
il arrivoit quelquefois que le triomphe étoit refusé
quoique les prières publiques eussent été accor-
dées. Si le général avoit souffert auparavant
quelque échec remarquable, on lui refusoit
le triomphe quelque brillant que fût d'ailleurs

l'avantage qu'il avoit remporté depuis. Il devoit
être resté au moins cinq mille ennemis sur
la place. On devoit remettre la province à son
successeur sans y laisser aucune semence de
guerre, de sorte qu'on pût ramener son armée
afin qu'elle assistât au triomphe (1). Enfin, il
falloit avoir étendu par ses conquêtes les frontières de l'empire romain : car on n'accordoit
pas le triomphe pour avoir reconquis des villes
révoltées ; à plus forte raison ne pouvoit-on
pas y prétendre pour avoir remporté quelque
victoire sur des citoyens dans des guerres civiles.
Telles étoient les régles pour obtenir le triomphe, qui ne furent pas toujours observées à
la rigueur, et auxquelles il fut fait souvent des
exceptions. Nous décrirons ailleurs la pompe
et les cérémonies du triomphe, qui étoit le
comble des honneurs et l'ambition des généraux.
L'institution en remonte jusqu'à Romulus, qui
en donna lui-même le premier exemple.

Nous ne finirions pas si nous voulions rapporter tous les abus qui se commettoient dans
le gouvernement des provinces ; si nous voulions
dire comment ces provinces n'étoient regardées
que comme des moyens sûrs de s'enrichir,

(1) Tite-Live, l. 26, ch. 6, et ailleurs.

qu'elle autorité despotique les gouverneurs
exerçoient sur les peuples, de quelle manière
arbitraire ils administroient la justice, ils imposoient les taxes, ils exigeoient les troupes et
les redevances, ils se faisoient payer ce qui
leur étoit dû ou même ce qu'on ne leur devoit
pas, en un mot les exactions et les vexations
de toute espèce qu'ils se permettoient: les
plaidoyers de Cicéron, et sur-tout ceux contre
Verrès, ne nous laissent rien à désirer, et
nous offrent là dessus des détails qui nous
surprenent autant qu'ils nous révoltent. La
république cependant avoit pris toutes les
précautions et avoit établi de sévères loix, soit
pour prévenir les rapines de ses magistrats,
soit pour les punir; mais, et ces précautions
et ces loix devinrent inutiles, parce que le sénat
se relâcha trop à l'égard de ses membres. En
négligeant trop de les poursuivre, il permit
aux gouverneurs, à leurs lieutenans, à leurs
officiers supérieurs, et inférieurs de vexer et de
piller les sujets de l'empire avec une cruauté
inouie; et il auroit laissé jouir de l'impunité les
plus criminels magistrats, si le peuple ne se fût
montré plus sévère.

Du pouvoir judiciaire.

Nous diviserons en deux parties ce qui regarde le pouvoir judiciaire, la jurisdiction de Rome, ou la manière d'y rendre la justice, et un traité abrégé des loix romaines.

Jurisdiction de Rome, ou manière d'y rendre la justice.

Il y avoit à Rome deux sortes de tribunaux ou de jugemens, tribunaux ou jugemens particuliers, tribunaux ou jugemens publics. " Tous " les tribunaux, dit Cicéron dans son plaidoyer " pour Cécina, (ch. 2.) ont été établis, ou " pour terminer des différends ou pour punir " des crimes ". *Omnia judicia ante distrahendarum controversiarum, ant puniendorum maleficiorum causâ reperta sunt.* Ainsi les jugemens privés, *judicia privata*, étoient les tribunaux où se jugeoient les causes civiles, les différens des particuliers. Les jugemens publics, *judicia publica*, étoient les tribunaux où se jugeoit tout ce qui avoit un rapport direct ou indirect à l'intérêt commun ou en général tous les crimes qui troublent la tranquillité publique. Nous allons commencer par les tribunaux civils, et nous traiterons ensuite des autres.

Jugemens particuliers, ou tribunaux civils.

Les rois furent d'abord les juges souverains ,
et les consuls leur succèdèrent dans les fonctions
de rendre la justice (1). Le dictateur, lorsqu'il
y en avoit nn, étoit de même le souverain
juge ; et les tribuns militaires, qui furent pendant quelque tems substitués aux consuls ,
remplirent aussi leurs fonctions dans cette partie.
La préture ne fut qu'un démembrement du
consulat ; et lorsqu'en l'an de Rome 387
on établit un préteur, ce fut pour le charger
de l'administration de la justice , qui jusqu'alors
avoit été du département des consuls. Depuis ,
comme le concours des étrangers devenoit tous
les jours plus grand à Rome , on établit encore
un préteur, qu'on chargea de juger les différends
qui survenoient tant entre ces étrangers qu'entre
un étranger et un citoyen. Ce préteur n'étoit astreint à d'autres loix qu'à celles que lui dictoient
l'équité et la raison ; au lieu que l'autre préteur,
qu'on nomme ordinairement le préteur de la
ville, étoit obligé dans ses arrêts de se conformer aux loix établies, qu'il étoit chargé de
faire exécuter. Ce n'étoit que dans les cas où

(1) Den. d'Halic., l. 2. Tite-Live, l. 2, ch. 27.

elles n'avoient rien réglé qu'il lui fut permis de
suivre ce que l'équité lui dictoit. Les édiles
avoient aussi leur jurisdiction, comme nous
l'avons dit en traitant des fonctions de cette
charge. Ils faisoient des réglemens sur les poids
et mesures, sur les ventes tant d'animaux que
d'esclaves, et en général sur toutes les choses
qui se vendoient dans les marchés, sur-tout
ce qui tendoit à entretenir le bon ordre et la
police dans la ville. Mais souvent la jurisdiction
de l'édile concouroit avec celle du préteur : le
préteur pouvoit évoquer à lui des causes qui
étoient proprement du département des édiles,
parce que ceux-ci n'étant que des magistrats
inférieurs, étoient dans la dépendance des magistrats supérieurs. Nous avons distingué dans ce qui
précède *potestas* et *imperium*. *Potestas* étoit le
pouvoir civil; *imperium*, le pouvoir militaire,
la grande force exécutrice. Les magistrats inférieurs n'avoient que le *potestas*, le pouvoir
civil : aussi n'avoient-ils ni le droit de citer à
comparoître devant eux, ni celui de faire
saisir ceux qui refusoient de leur obéir, *neque
vocationem, neque prehensionem habebant* (1). Les
magistrats supérieurs avoient non-seulement
potestas, mais *imperium* : aussi pouvoient-ils faire

_____

(1) Aulugelle, l. 3, ch. 13.

citer devant leur tribunal , et y faire conduire
de force ceux qui refusoient d'y comparoître ;
aussi étoient-ils accompagnés de licteurs pour
faire exécuter leurs ordres.

C'est un vice de la constitution romaine
d'avoir mis dans les mêmes mains le pouvoir
exécutif et le pouvoir judiciaire. Je sais que le
pouvoir judiciaire pourroit être regardé comme
une partie du pouvoir exécutif. Mais soit que
ces deux pouvoirs soient distingués , soit que
l'un ne soit qu'une partie de l'autre , ces deux
pouvoirs ou les parties bien distinctes d'un
seul pouvoir , ne doivent pas être abandonnés
au même homme. Le pouvoir exécutif suprême
peut bien veiller à l'administration de la justice ,
il peut bien seconder et appuyer les juges ,
mais il ne doit pas juger lui-même. A Athènes ,
l'Archonte, premier magistrat, et qui, ainsi
qu'à Rome le préteur , étoit le chef de la
justice , donnoit action aux parties , leur assignoit des juges, mais ne jugeoit pas lui-même ,
où s'il jugeoit quelquefois , ce n'étoit que pro-
visoirement et avec appel aux tribunaux ordinaires. Le préteur, dit Cicéron , a le droit de
juger par lui-même ou de donner des juges ,
qui privata judicet , judicarive jubeat.. De-là
tant d'arbitraire dans les jugemens du préteur.

Il est vrai qu'on pouvoit appeller de ces jugemens au peuple ; mais il falloit trouver un
tribun qui voulût bien lui en porter des
plaintes.

Quoiqu'il en soit, nous allons examiner la
manière dont le préteur, chef de la justice
civile, exerçoit sa jurisdiction. Il le faisoit soit
en jugeant lui-même, et alors l'arrêt prononcé
par lui s'appelloit décret, *decretum* (1) ; soit
en nommant un juge, auquel il prescrivoit une
formule, selon laquelle il devoit juger, et dont
il ne lui étoit pas permis de s'écarter en rien.
Les causes qui devoient se plaider devant le
préteur étoit celles dont le cas n'étoit pas exprimé clairement dans la loi, et où la question
rouloit sur le droit et non sur le fait. Si au contraire la loi étoit claire sur le cas en question,
et qu'il ne s'agît que du fait, le préteur renvoyoit
l'affaire au juge inférieur. C'est ce qu'apprend
la formule même dont il faisoit usage, et où,
après avoir indiqué au juge l'affaire, et la
disposition de la loi, il ajoutoit, si la chose est
prouvée, condamnez -- le, *si paret condemna.*
Lors donc que le fait se trouvoit clairement
exprimé dans la loi, et qu'il ne s'agissoit que

(1) V. Noodt, de jurisd. ch. 5 et 7.

de

de produire les preuves et les témoins, le
préteur renvoyoit l'affaire à un juge ; mais
lorsqu'il s'agissoit de modérer la rigueur de la
loi, de consulter plutôt l'équité et la raison,
c'étoit le préteur lui-même, assisté de son conseil, qui jugeoit. Si le juge ordinaire, après un
mûr examen, trouvoit que le fait n'étoit pas
bien prouvé, il en faisoit son rapport au
préteur, et affirmant que la chose ne lui
paroissoit pas claire, il étoit dispensé de la
juger (1).

En cas de maladie ou d'absence, le préteur
pouvoit se faire remplacer par une personne
qui remplissoit toutes ses fonctions dans l'administration de la justice. Cette prérogative des
premiers magistrats vient de la coutume qu'a-
voient les rois de Rome, lorsqu'ils étoient obligés
de s'absenter, d'établir un lieutenant ou préfet
de la ville pour rendre la justice en leur nom.
Comme les consuls succédèrent à tous les droits
de l'autorité royale, ils eurent ce même privilège, qu'eurent aussi les préteurs, qui, en
qualité de souverain juge, jouirent de tous les
droits dont avoient joui les consuls. Il y a
peu d'exemples que cela se soit pratiqué à Rome :

(1) Aulugelle, l. 14, ch. 2.

Tome I.   A a

mais les préteurs et proconsuls, qui, dans leurs gouvernemens, suivoient les mêmes formalités qu'à Rome, les magistrats étoient souvent obligés de se reposer de la fonction de rendre la justice, sur leur questeur ou sur leurs lieutenans (1). Alors celui qui étoit commis exerçoit absolument le même pouvoir que le commettant. Ce que nous venons de dire doit se restreindre à la jurisdiction civile : car les magistrats qui jugeoient les causes criminelles ne pouvoient transporter à un autre le droit du glaive. La raison de cette différence est tirée de la différente manière dont s'exerçoient à Rome la jurisdiction civile et la jurisdiction criminelle. Les magistrats exerçoient la jurisdiction civile en vertu du pouvoir attaché à leurs charges ; au lieu que la jurisdiction criminelle s'exerçoit, dumoins jusqu'au tems où furent établis les tribunaux perpétuels ou par le peuple lui-même ou par les commissaires qu'il nommoit pour cet effet. Ainsi les préteurs à Rome, les préteurs et proconsuls dans les provinces, jugeoient les causes civiles en vertu du pouvoir attaché à leurs charges, et conséquemment pouvoient faire exercer ces fonctions par un autre. Mais

(1) Suétone, vie de César.

le droit de connoître du criminel étoit toujours censé ne leur être conféré que par une commission particulière, et conséquemment il étoit personnel et ne pouvoit être transféré à un autre. Ainsi un préteur ou proconsul, en chargeant ses lieutenans d'exercer ses fonctions, ne pouvoit les revêtir que du pouvoir civil, et non du pouvoir de condamner ou d'absoudre des criminels, qui étoit inhérent à sa personne : à moins toutefois que celui qu'il vouloit charger de ces fonctions, n'y fût autorisé par quelque loi ou quelque privilège particulier. C'est-ainsi qu'à Rome celui qu'on appelloit juge de la question, *judex quæstionis*, dont nous parlerons bientôt, pouvoit en l'absence ou par commission du préteur préposé à la recherche d'un certain crime, exercer ses fonctions dans cette partie. Le préteur ou proconsul pouvoit donner à son lieutenant la commission d'entendre et d'examiner les criminels, mais sans que ce lieutenant pût les absoudre ni les condamner.

On appelloit *jus* le lieu où le préteur rendoit la justice, en quelque lieu qu'il donnât audience, soit chez lui, soit dans la rue même. Le lieu ordinaire où il se tenoit étoit le comice, ou quelqu'une des basiliques. Anciennement il ne paroît pas y avoir eu d'autre lieu destiné aux

audiences que la grande place ou le *forum* ;
et on y étoit en plein air. Mais depuis qu'on
eut bâti les basiliques, qui étoient de grands
édifices, composés de diverses salles et environnés de portiques, c'étoit dans quelqu'une
de ces salles que les juges s'assembloient (1).
Comme ces basiliques étoient dans la grande
place désignée par le nom de *forum*, c'est aussi
très souvent par ce dernier nom que se désigne
le lieu où se rendoit la justice. Lorsqu'il s'a-
gissoit d'une cause importante et dont la dis-
cussion étoit difficile, le préteur faisoit placer
sa chaire curule sur un tribunal fait en forme
de demi cercle. Ses assesseurs prenoient place
à côté de lui, et les autres juges étoient assis
sur des siéges ordinaires. Il y avoit des causes
de moindre importance que le préteur jugeoit
indifféremment par-tout où il se trouvoit ; et
cela s'appelloit *cognoscere de plano*. Lorsqu'une
cause se plaidoit devant le tribunal du préteur,
il avoit ses assesseurs, qui étoient en nombre
plus ou moins grand selon l'importance ou la
difficulté de la cause. Ces assesseurs sont souvent
nommés juges ; et quoique ce ne fût pas eux
qui prononçassent la sentence, c'étoit sur leurs

(1) Quintil, l. 10, ch. 5, et l. 12, ch. 5.

avis que se rédigeoit celle que le préteur prononçoit en son propre nom. Ils étoient ordinairement au nombre de dix , et s'appelloient
décemvirs. C'étoit avec ces décemvirs, et jamais
sans eux, quele préteur jugeoit toutes les causes
qui se portoient devant son tribunal ; d'un
autre côté les décemvirs ne jugeoient jamais
sans le préteur.

Le tribunal le plus considérable , et devant
lequel se portoient les principales causes, étoit
celui des centumvirs, que le préteur présidoit
aussi. Quoi qu'on les nomme centumvirs, ils
étoient au nombre de cent cinq : car on en
choisissoit trois dans chaqu'une des tribus , qui
étant au nombre de trente-cinq formoient celui
que nous venons de dire. On place leur établissement vers l'an de Rome 520. Ce tribunal
prenoit connoissance de tous les procès qui
survenoient à l'occasion des tutelles , de la
prescription , des testamens, et de quantité
d'autres affaires dont Cicéron fait le détail dans
son premier livre des orateurs : il paroît avoir
été beaucoup moins célèbre du tems de la république que dans le siècle de Quintilien et
de Pline le jeune.

Lorsque les causes, comme nous l'avons déja
dit , étoient de moindre importance, et que

la question rouloit sur le fait et non sur le droit, le preteur les renvoyoit à un juge ordinaire, qu'il nommoit ou qu'il laissoit au choix des parties. Comme le magistrat préposé à rendre la justice ne pouvoit seul suffire à juger toutes les causes, il y eut toujours un certain nombre de principaux citoyens qui firent les fonctions de juges, et auxquels il renvoyoit toutes les affaires qui paroissoient mériter un peu moins son attention. Les rois, en qualité de juges souverains, jugeoient certaines causes, et renvoyoient les autres à des juges qu'ils nommoient. Cet ordre continua sous la république ; et les principaux magistrats, qui entrerent dans toutes les prérogatives de l'autorité royale, continuerent à nommer des juges pour les causes de moindre importance. Les juges destinés à juger les causes civiles étoient ceux que le préteur de la ville lui-même choisissoit, et qu'à cause de cela on nommoit juges choisis, *selecti judices.* Parmi les causes civiles, ainsi que nous l'avons dit précédemment, il y en avoit qui devoient se juger devant le tribunal du préteur : c'étoient les plus difficiles, celles dont le cas ne paroissoit pas bien clairement exprimé dans la loi. On appelloit celles-ci causes extraordinaires ; et l'on disoit qu'elles étoient

cognitionis (1) , parce que le préteur devoit
les faire plaider devant lui et les juger lui-
même. Alors il assembloit le conseil des décemvirs, ou bien avec les décemvirs celui des
centumvirs , selon la nature de la cause. La
cause se plaidoit alors avec grand appareil ,
le préteur siégeant en son tribunal, la pique
plantée devant lui, *hasta positâ* , qui étoit le
symbole de sa jurisdiction. Si la question, comme
nous l'avons dit encore plus haut, rouloit
simplement sur le fait , le préteur renvoyoit
la cause à un juge ordinaire, qui étoit un des
juges choisis, *judex selectus* , quelquefois à des
récupérateurs , quelquefois à des arbitres. C'é-
toient les parties elles mêmes, qui s'adressant
au préteur lui demandoient un juge ou un arbitre.
Il falloit que le juge fût agréé par les parties
qui étoient en droit de le recuser ; mais dès
qu'elles l'avoient une fois agréé , elles ne pouvoient plus le rejetter. Il en étoit de même
lorsqu'elles avoient nommément demandé un
certain juge au préteur ; et qu'il le leur avoit
accordé. Lorsque le juge avoit été approuvé
par les parties, le préteur comme nous l'avons
dit encore , lui prescrivoit une formule dont

(1) Suét. vie de Claude , ch. 15.

il ne devoit pas s'écarter : par exemple, s'il paroît que Mérius doive une telle somme ou qu'il ait fait telle chose, condamnez-le. Cette formule contenoit en même-tems le pouvoir d'absoudre, si le demandeur ne donnoit point de preuves suffisantes de ce qu'il avançoit. Si le juge trouvoit la cause si obscure qu'il ne sût que prononcer, il déclaroit avec serment qu'il n'y voyoit pas clair, et par là il renonçoit à la juger. Il prioit ordinairement quelques-uns de ses amis, et c'étoit le plus souvent des jurisconsultes, de l'assister dans le jugement des causes qui lui étoient commises; c'étoit sur leur avis qu'il prononçoit (1).

Quelquefois la cause se renvoyoit à des récupérateurs, *recuperatores*, nommés par le préteur. Il n'est pas facile de déterminer en quoi ces récupérateurs différoient des juges ordinaires, ni de distinguer la différence des causes qu'ils jugeoient. Dans les provinces, tous les juges que nommoit le gouverneur pour juger les procès étoient nommés récupérateurs, et se choisissoient ordinairement parmi les citoyens romains qui se trouvoient dans la ville où il tenoit ses

---

(1) Cic. contre Verrès, l. 2, ch. 29. Aulugelle, l. 12, ch. 13.

assises. Son conseil étoit aussi composé de vingt récupérateurs. Quant à ce qui se passoit à Rome, il n'est pas facile de dire en quoi différoient proprement les causes pour lesquelles on donnoit des juges ordinaires, de celles qui se plaidoient devant des récupérateurs. Nous avons divers exemples de causes que les anciens nous disent avoir été débattues devant des récupérateurs, qui étoient de nature à être portées devant les juges ordinaires, ou même devant le conseil des centumvirs. La seule différence qu'on remarque entre le juge ordinaire et le récupérateur paroît consister en ce que, lorsque le préteur donnoit plusieurs juges pour une seule et même cause, on les nommoit récupérateurs; au lieu que s'il n'en donnoit qu'un, on le désignoit simplement par le nom de juge. En effet, on ne voit pas que jamais un récupérateur ait jugé seul, ni qu'il y ait eu plusieurs juges dans une cause civile, à moins qu'elle ne se plaidât devant le tribunal du préteur, qui alors avoit des assesseurs, les décemvirs ou les centumvirs.

Quelquefois aussi le préteur, à la réquisition des parties, nommoit des arbitres dont le pouvoir étoit beaucoup plus étendu que celui des

juges ordinaires (1). Ceux-ci étoient astreint à
la formule que le préteur leur avoit dictée,
et leur sentence devoit ou faire perdre le tout
à une des parties ou faire gagner le tout à l'autre;
au lieu que l'arbitrage consistoit à faire relâcher
à une des parties quelque chose de son droit
prétendu, en lui accordant une partie de ce
qu'elle demandoit.

Le préteur à Rome et les gouverneurs dans
les provinces régloient d'avance par un édit
l'ordre dans lequel les différentes matières devoient être débattues durant tout le cours de
l'année; de sorte que chacun pouvoit s'instruire
du tems auquel il devoit se présenter pour
être entendu, et quand sa cause pourroit se plaider. Nous expliquerons, dans le traité des loix
romaines, les divers édits des magistrats, et
sur-tout celui du préteur de la ville.

Il y avoit certain jour où le préteur donnoit
audience, qu'on appelloit jour faste, *dies fasti*,
parce qu'alors il lui étoit permis de prononcer
ces trois mots, *do, dico, raddico,* lesquels expri-
ment toute l'étendue de sa juridiction. *Do*,
je donne; *dico*, je prononce; *addico*, j'ad-
juge. Le premier marquoit le pouvoir qu'il avoit

(1) Pompéius Festus , au mot *arbiter.* Cic. pour
Rosc. le com. ch. 4.

de donner ou de nommer les juges qui devoient examiner une cause, de donner le possessoire, de donner action au demandeur et de lui prescrire la formule qu'il devoit suivre : le second exprimoit le pouvoir qu'il avoit de prendre connoissance d'une cause, d'ajourner les parties et de prononcer la sentence. Les jours fastes étoient donc ceux auxquels le barreau étoit ouvert, auxquels il étoit permis de plaider et de juger des causes. Les jours néfaste, *dies nefasti*, étoient les jours auxquels il n'étoit pas permis de prononcer les trois mots dont nous venons de parler : ils comprenoient les fêtes consacrées par la religion, et les jours malheu- reux, *dies atri*, auxquels les Romains se faisoient scrupule de rien entreprendre. Il y avoit encore des jours entrecoupés, *dies intercisi*, dont une partie étoit donnée au culte et l'autre pouvoit être employée aux affaires ; de sorte que les tribunaux tenoient pendant une partie de la journée. Ce fut la connoissance de ces diffé- rens jours que les pontifes et les patriciens ca- cherent si long-tems au peuple, afin de se rendre plus nécessaires, et de mettre les plaideurs dans la nécessité de recourir à eux. Mais un greffier nommé Flavius, publia cette distinction des jours, et par là mit chacun à portée de s'en instruire.

Nous avons vu quels étoient à Rome les différens tribunaux civils, voyons maintenant de quelle manière on procédoit devant ces tribunaux. Les procès doivent avoir été assez rares sous la république. L'empire absolu qu'un père de famille exerçoit sur sa femme, sur ses enfans, sur ses esclaves, devoit couper racine à beaucoup de procès et épargner bien de la peine aux juges. De plus, telle étoit la rigueur des loix des douze tables, qu'on ne s'exposoit pas volontiers aux hasards d'un jugement dont toutes les procédures étoient violentes, et dont l'issue pouvoit être funeste à l'une des parties. Avant donc que de s'appeller en justice, on tentoit toujours toutes les voies d'accommodement ; on assembloit de part et d'autre quelques amis, qui tâchoient d'accommoder le différend à l'amiable. Si le différend n'avoit pu se terminer par cette voie, le demandeur assignoit sa partie à comparoître en justice le jour d'audience, c'est-à-dire qu'il le sommoit de venir avec lui devant le préteur. Si le défendeur refusoit de le suivre, les loix des douze tables permettoient au demandeur de le saisir, et de le traîner par force devant le juge. Mais il falloit auparavant prendre à témoin de son refus quelqu'un de ceux qui étoient présens: on touchoit le bout de l'oreille de celui qu'on prenoit à témoin. Dans la suite, il fut ordonné par un édit du préteur, que si l'ajourné ne vouloit pas se présenter sur-le-champ en justice, il donneroit caution de se représenter un autre jour. S'il refusoit de donner caution, où s'il n'en donnoit pas une suffisante, on le menoit devant le tribunal du préteur, si c'étoit un jour d'audience ; si non, on le conduisoit en prison, pour l'y retenir jusqu'au prochain jour d'audience, et le mettre ainsi dans la nécessité de comparoître. Lorsque quelqu'un demeuroit caché dans sa maison, il n'étoit pas à la vérité permis de l'en tirer, parce que tout citoyen doit trouver dans sa maison un asyle contre la violence ; mais il étoit assigné en vertu d'une ordonnance du préteur qu'on affichoit à sa porte en présence de témoins. Que si le défaillant n'obéissoit pas à la troisième des assignations, qui se don-noient à dix jours l'une de l'autre, il étoit ordonné par sentence du magistrat, que ses biens seroient saisis par ses créanciers, affichés et vendus à l'encan (1).

Si le défendeur comparoissoit, le demandeur exposoit sa prétention, c'est-à-dire qu'il décla-

(1) Sigonius, de judic. l. 1, ch. 18.

roit de quelle action il prétendoit se servir, et pour quelle cause il vouloit poursuivre. Ensuite il demandoit le jugement au préteur, c'est-à-dire qu'il le prioit de lui permettre de poursuivre sa partie, et le défendeur de son côté demandoit un avocat. Après ces préliminaires, le demandeur exigeoit du défendeur qu'il s'engageât sous caution à se représenter en justice un certain jour, qui pour l'ordinaire étoit le surlendemain. C'est ce qu'on appelloit, de la part du demandeur *reum vadari*, et de la part du défendeur *vadimonium promitere*. Si celui-ci ne comparoissoit pas, on disoit qu'il avoit fait défaut; ce qui s'exprimoit par *vadimonium deserere*. Trois jours après, si les parties n'avoient point transigé, le préteur les faisoit appeller : si l'une des deux ne comparoissoit pas, elle étoit condamnée, à moins qu'elle n'eût des raisons bien légitimes pour excuser son défaut de comparoître. Lorsque les deux parties comparoissoient à l'ajournement, le défendeur disoit, où est celui qui m'a appellé en justice ? Le demandeur répondoit, me voici. Le défendeur disoit encore, que demandez-vous ? Le demandeur alors exposoit sa prétention selon la formule propre à l'action qu'il intentoit ; par exemple, je dis

que la terre dont vous êtes en possession
m'appartient, *Aiofundum quem possides meum
esse*. Chaque action avoit sa formule propre ,
et conçue en certains termes dont il n'étoit
pas permis de s'écarter (1). On y étoit attaché
si scrupuleusement, que, si l'une des parties
ou demandoit plus qu'il ne falloit , ou omettoit
ou ajoutoit quelque mot qui n'y dût point être,
elle perdoit d'abord sa cause. C'étoient des
formules qu'avoient inventées les jurisconsultes
et qu'ils avoient tenues cachées long-tems afin
qu'on ne pût se passer d'eux , jusqu'à ce qu'enfin
le même Flavius qui avoit publié les jours
d'audience , publiât aussi les formules. Le
demandeur , après avoir exposé sa prétention
comme nous venons de le dire , demandoit ou
que le préteur fît débattre la cause devant son
tribunal , ou qu'il leur donnât un juge. Si le
préteur renvoyoit à un juge ordinaire , il lui
prescrivoit une certaine formule. Par exemple,
que Caïus Aquillius soit juge ; et s'il est prouvé
que telle terre appartienne à Servilius selon le
droit des Romains , et que Catulus ne la lui ait
pas restituée , qu'il condamne Catulus. Ainsi
le juge n'avoit autre chose à faire qu'à examiner

(1) Cic. de invent. l. 2 , ch. 19. Quintil. l. 3 , ch.
8 , l. 7 , ch. 3.

si la terre appartenoit en effet à Servilius, et si cela étoit bien prouvé, il prononçoit en sa faveur. On appelloit ces sortes d'actions *stricti juris*, c'est-à-dire, où l'on s'en tenoit à la rigueur, et où le juge étoit borné par la formule que lui avoit dictée le préteur. Mais il y avoit des actions qu'on appelloit de bonne foi, *bonæ fidei*, où le juge avoit plus d'égard aux régles de l'équité qu'à la rigueur de la loi, et où il avoit un pouvoir plus étendu, un pouvoir différent de celui des arbitres. Voici à peu près, la formule que lui prescrivoit alors le préteur : s'il est prouvé que Mœvius ait vendu sa maison à Servilius, que le juge condamne Servilius à lui payer ce qu'il lui doit selon l'équité, *bonâ fide*. Si l'affaire se renvoyoit à un arbitre, le préteur lui dictoit la formule suivante : qu'un tel soit arbitre ; s'il est prouvé que Mœvius ait la robe de Servilius, et qu'il refuse de la rendre, qu'il soit condamné à en payer la valeur suivant l'estimation qu'il en aura faite lui-même avec serment. Souvent, dans les arbitrages, on déposoit d'un commun accord, une certaine somme que perdoit celui qui refusoit de se soumettre à la sentence arbitrale, et que gagnoit celui qui s'y tenoit. Cela s'appelloit un compromis, *compromissum*. Si la cause étoit renvoyée

à

à des récupérateurs, elle se traitoit à peu près de même que devant les juges ordinaires. Si la cause étoit de nature à être plaidée devant le tribunal du préteur, celui-ci siégeoit assisté du conseil des décemvirs ses assesseurs ordinaires, ou de celui des décemvirs et des centumvirs réunis.

Lorsque le préteur avoit nommé un juge et qu'il avoit été agréé des parties, on les obligeoit à donner des sûretés, comme elles consentoient de payer ce à quoi on les condamneroit, *judicatum solvi*. Si quelqu'un agissoit au nom d'un autre, ou cet autre étoit absent, et alors celui qui agissoit s'appelloit *procurator*, et on l'obligeoit à donner des sûretés *satisdare*, *satisaccipere*; *satisdatio*, *satisacceptio*; ou il étoit present, et alors celui qui agissoit se nommoit *Cognitor*, et celui au nom duquel il agissoit donnoit les sûretés lui-même. Observons toute fois que, si le défendeur comparoissoit en personne, on l'obligeoit rarement à donner des sûretés, à moins qu'on n'eût sujet de se défier de lui; l'on se contentoit de son serment, ou même d'une promesse verbale, qu'il se représenteroit au jour de l'assignation. On prenoit toutes ces précautions, pour qu'on n'eût point de prétexte pour éluder les sentences,

Tome I.   –   B b

et qu'une personne ne se vît pas exposée à
courir deux fois les risques d'un procès. Les
plaideurs consignoient encore chacun une
certaine somme, qu'on appelloit *sacramentum.*
Celui qui obtenoit gain de cause, retiroit la
somme consignée par lui : l'autre perdoit la
sienne; elle étoit consignée au profit du trésor
et employée à des usages sacrés (1). Quelquefois une personne en attaquoit une autre,
en lui proposant de consigner toutes deux une
somme, et consentant de perdre la sienne, si
le fait qu'elle avançoit étoit faux; ce qui s'appelloit *sponsione provocare, spondere ni res itâ
esset.* Ce n'étoit proprement qu'après toutes ces
formalités que s'entamoit le procès, *fiebat litis
contestatio;* c'est-à-dire, que les plaideurs de
part et d'autre expliquoient leurs prétentions
mutuelles. Après quoi ils s'ajournoient réciproquement au surlendemain, où la cause
devoit être plaidée et jugée; ce qu'on appelloit
comperendinatio. Le procès se jugeoit ce jour-là,
à moins que le juge, ou un des plaideurs,
arrêtés par quelque maladie, ou autre excuse
valable et bien avérée, ne se fût vu forcé de

(1) Festus Pompéius, au mot *sacramentum.*

manquer à l'ajournement. En ce cas on remettoit
à un autre jour, *dies diffindebatur*. Si l'une
des parties manquoit à l'ajournement sans
avoir de bonnes raisons à alléguer, le préteur
décrétoit contre elle une première et une seconde
fois; si elle manquoit encore à comparoître,
il donnoit un décret péremptoire, *edictum
peremptorium*, par lequel ses biens étoient confisqués, et vendus à l'encan, pour satisfaire
le demandeur. Si les parties comparoissoient,
le juge commençoit par faire serment qu'il se
conformeroit à la loi dans la sentence qu'il
devoit rendre. Il faisoit ensuite prêter serment
aux deux parties, que ce n'étoit ni dans la
vue de tromper, ni par esprit de chicane,
qu'elles entreprenoient ce procès. On appelloit
ce serment *juramentum calumniæ*; car le verbe
latin *calumniari* signifie proprement, chicaner,
faire de mauvaises difficultés (1). Il y avoit
aussi des causes où le demandeur étoit obligé
d'estimer lui-même sa prétention, en accom-
pagnant cette estimation d'un serment; ce qui
se pratiquoit sur-tout dans les jugemens de
bonne foi, où le juge n'étoit pas astreint à la

(1) Cic. pour Milon, ch. 27.

lettre de la loi , mais pouvoit donner quelque chose aux régles d'équité. On prenoit la même précaution contre le défendeur si l'on soupçon-noit de sa part quelque dol ou fraude. Après cela le juge prenoit sa place , et la cause se plaidoit des deux côtés. Il arrivoit très-souvent que les plaidoyers excédoient le tems de l'au-dience, et que le juge étoit obligé de remettre la décision de l'affaire à une autre jour ; *res illo die non peroratur, dimittitur judicium* (1). Après que les plaidoyers avoient été prononcés de part et d'autre , on produisoit les actes et autres pièces du procès , et l'on écoutoit les témoins.

La loi des douze tables qui vouloit que la matinée fût employée à l'examen de la cause , ordonnoit aussi que la sentence fût prononcée avant le coucher du soleil , à moins que le juge trouvant la cause trop obscure , n'affirmât avec serment qu'il n'y comprenoit rien. Le préteur alors nommoit un autre juge devant lequel la cause se plaidoit de nouveau. Quel-quefois aussi les juges renvoyoient à un autre jour à prononcer ; ce qui cependant étoit plus

(1) Cic. contre Verrès , l. 2 , ch. 29.

ordinaire dans le criminel que dans le civil. S'il y avoit plusieurs juges, celui qui avoit des doutes pouvoit se dispenser de juger en affirmant qu'il n'y voyoit pas clair; les autres juges prononçoient sans lui. Les juges ne prononçoient jamais d'une manière décisive, quelque clairement qu'une chose fût prouvée ; ils disoient modestement qu'il leur sembloit ainsi : *videri sibi hunc hominem esse liberum, videri jure fecisse, non jure fecisse.* Les juges, récupérateurs et arbitres étoient tous également soumis au préteur: c'étoit lui qui prononçoit leurs sentences et qui les faisoit exécuter. Lorsqu'un juge avoit une fois prononcé sur une affaire soit bien, soit mal, il ne pouvoit plus être juge dans la même cause. On ne pouvoit être (1) admis à prononcer dans une cause, à moins qu'on n'eût assisté à toute la plaidoirie dès le commencement.

Lorsqu'il y avoit de l'injustice dans la sentence du juge, soit qu'il eût péché contre sa conscience, soit que ce fût par ignorance ou par négligence, il étoit condamné à se charger de la cause de celui en faveur duquel il avoit

(1) Cic. pour Cluentius, ch. 37 et 41.

Bb 3

prononcé, qui étoit mis hors de procès, *litem suam faciebat* (1). Celui qui avoit été condamné pouvoit de nouveau poursuivre son droit contre le juge, et le faire condamner envers lui à des dommages et intérêts. Si le juge n'avoit péché que par ignorance, il en étoit quitte pour les frais et dépens ; mais s'il avoit rendu une sentence inique par corruption ou par d'autres causes peu honnêtes, il étoit outre cela noté d'infamie. Une loi des douze tables condamnoit à mort le juge convaincu de s'être laissé corrompre, mais on adoucit la rigueur de cette loi. Les juges corrompus pouvoient être poursuivis devant les tribunaux publics, soit devant celui ou l'on jugeoit les crimes de concussion, *de rebus, ou de pecuniis repetundis* (2), soit devant celui ou l'on jugeoit proprement le crime de faux et de corruption, *de falso et corrupto judicio*. Depuis l'établissement des tribuns du peuple, on eut souvent recours à eux contre l'injustice des juges, dont ils faisoient casser les sentences. Les préteurs accordoient aussi quelquefois la

(1) Cic. de orat. l. 2 , ch. 75.

(2) Cic. pour Cluentius , chap. 37 et 41. Contre Val. ch. 14. Phil. 2 , ch. 2.

restitution en entier , *in integrum restitutionem* , laquelle remettoit celui qui l'obtenoit en droit de recommencer le procès , comme s'il n'y avoit point eu de sentence.

Si celui qui avoit été condamné ne satisfaisoit pas à sa partie dans l'espace de trente jours , et que ses biens n'y pussent suffire , le préteur adjugeoit sa personne au créancier selon la loi des douze tables ; et celui-ci pouvoit le tenir aux fers ou dans une prison, jusqu'à ce qu'il l'eût satisfait en argent ou par son travail. On infligeoit diverses peines à ceux qui entreprenoient des procès par esprit de chicane. Je ne parle point des causes criminelles, dans lesquelles, suivant Cicéron (1), on leur marquoit le front, avec un fer rouge, de la lettre K initiale du mot *calumnia* qui anciennement s'écrivoit par un K. Dans les causes civiles, on se bornoit ordinairement à condamner celui qui étoit convaincu de mauvaise chicane, à payer les frais du procès. Si quelqu'un avoit touché de l'argent pour intenter action à un autre, il étoit condamné à payer le quadruple de ce qu'il avoit reçu. Il y avoit des cas où de

(1) Pour Rosc. d'Am. ch. 20.

Bb 4

mauvais chicaneurs étoient déclarés infames (1).

Jugemens publics , ou tribunaux criminels.

On appelloit jugemens publics , *judicia publica*, les tribunaux établis pour la recherche des crimes. Ce n'est point que toutes sortes de crimes fussent jugés à ces tribunaux ; car il y avoit divers crimes dont la connoissance étoit attribuée aux juges ordinaires : mais c'est que chaque crime dont la recherche étoit attribuée à un de ces tribunaux , étoit marquée par une loi spéciale , laquelle statuoit une peine contre le délinquant , et régloit les formalités qu'on devoit observer dans les procédures. On appelloit ces jugemens *publics*, soit parce que dans les commencemens le peuple jugeoit lui-même, ou nommoit des commissaires pour juger en son nom, toutes les fois qu'il survenoit un cas nouveau , soit parce qu'il étoit permis à tout homme d'entre le peuple de se porter accusateur de celui qui s'étoit rendu coupable de quelqu'un de ces crimes. Les jugemens publics étoient ordinaires ou extraordinaires. Dans l'origine , les jugemens publics étoient toujours

(1) Instit. de pœná temerè litig.

extraordinaires, et il falloit une nouvelle loi
pour chaque occasion qui se présentoit (1).
Mais depuis l'établissement des commissions
perpétuelles ou tribunaux fixes, la loi régloit
les procédures et les peines de certains crimes.
Ceux qui n'étoient pas spécifiés dans ces loix,
étoient soumis à la recherche des commissaires
que le peuple nommoit chaquefois qu'il existoit
une nouvelle espèce. C'étoient ces derniers tribunaux qu'on nommoit *cognitiones extraordinariæ*.
La principale différence des uns et des autres
ne consistoit que dans le nom ; car du reste
ils tendoient tous à la punition de certains
crimes qui troublent la tranquillité publique,
et par là ont quelque rapport à l'intérêt de
l'état. Mais les uns étoient des tribunaux permanens et réglés par les loix ; au lieu que les
autres ne s'établissoient que pour les cas sur
lesquels les loix n'avoient rien statué, et ne
pouvoient étendre leurs recherches que sur les
seuls objets pour lesquels ils avoient été établis.
Les premiers tribunaux avoient toujours des
préteurs qui les présidoient, et un certain
nombre de juges réglé par la loi. Les seconds

(1) Sigonius, de judic. l. 2, ch. 4.

étoient dirigés par ceux que le peuple nommoit lui-même.

Nous avons déja observé qu'anciennement les rois, en qualité de juges souverains, s'étoient attribués la connoissance du criminel. Ne pouvant suffire à juger les causes civiles et criminelles, ils nommoient des juges pour les premières comme les moins importantes. Tarquin le Superbe, comme le remarque Tite-Live (1) jugeoit les crimes capitaux par lui-même et sans conseil, contre la pratique de ses prédécesseurs. Il paroît que les consuls entrerent à cet égard dans tous les droits que les rois avoient exercés, puisque nous voyons Brutus, le premier consul, condamner lui-même à mort ses fils et les autres complices de la conjuration formée pour rétablir Tarquin sur le trône (1). Les consuls ne resterent pas long-tems en possession de cette prérogative : dès la même année Valérius Publicola, en permettant les appels au peuple, ôta aux consuls le droit de condamner un citoyen à mort. Dupuis cette loi, toutes les fois qu'il se commettoit quelque crime qui n'étoit pas

(1) L. 1, ch. 49.
(2) Tite-Live, l. 2, ch. 5.

de la compétence du juge ordinaire, il fallut assembler le peuple, pour qu'il jugeât lui-même, ou qu'il autorisât des commissaires par ses suffrages. On appelloit ces commissaires *quæsitores parricidii*, (1) ou *quæsitores rerum capitalium*. *Rerum capitalium* explique dans quel sens il faut entendre *parricidii*. Toutes les fois donc qu'il se commettoit un crime capital, le sénat rendoit un décret, par lequel il chargeoit les tribuns d'assembler le peuple et de lui demander qui il vouloit commettre par ses suffrages à la recherche de tel ou tel crime. Quelquefois le peuple autorisoit le sénat à nommer les commissaires qu'il jugeroit à propos. Mais plus souvent le peuple nommoit lui-même ces commissaires. Souvent aussi, assemblé en comices, il jugeoit lui-même.

Les principaux crimes qui se portoient devant son tribunal étoient celui *de leze-majesté*, celui de péculat et celui de concussion. Le premier comprenoit différens chefs, comme d'avoir eu dessein d'envahir l'autorité souveraine, d'avoir conjuré contre la république, de lui avoir suscité des ennemis et leur avoir fourni du

(1) Pompéius Festus, à ces mots.

secours, de s'être révolté contre un magistrat, d'avoir commis quelque crime contre la religion, d'avoir fait mourir un citoyen romain sans avoir égard à ses défenses et à son appel au peuple, d'avoir souffert quelque échec par sa propre faute en commandant les armées, de s'être opposé à ce qui tendoit au soulagement du peuple, et d'autres chefs encore. Le crime de péculat regardoit le vol des deniers de l'état, et le crime de concussion les vexations et rapines exercées sur les sujets de la république. L'histoire nous offre une foule d'illustres citoyens traduits au tribunal du peuple pour ces trois principaux crimes, et sur-tout pour celui de *majesté*. D'autres encore ont subi le jugement du peuple pour divers autres crimes. Je ne citerai que ce fameux Horace qui fut jugé par le peuple après avoir tué sa sœur. C'est le premier et le plus ancien exemple d'un jugement exercé par le peuple (1) : c'est aussi l'unique qui prouve qu'il ait eu ce droit sous la monarchie. Ce fut dans les comices par curies que fut jugé Horace, parce qu'il n'y avoit pas alors d'autres comices, et que les comices par

(1) Tite-Live , l. I , ch. 26.

centuries n'étoient pas encore instituées. Il étoit
ordonné par une loi des douze tables que ce
ne seroit que dans des comices par centuries
qu'on pourroit condamner à mort ou à l'exil
un citoyen romain, *de capite civis nisi per
maximum comitiatum ne ferunto*. Depuis l'institution des comices par centuries, on n'a plus
d'exemple que le peuple ait exercé quelque
jugement assemblé par curies. Mais lorsque
les tribuns du peuple eurent introduit la coutume de recueillir les suffrages par tribus, ils
voulurent aussi que le peuple exerçât divers
jugemens en cette dernière forme. La coutume
s'établit alors de citer devant les comices par
centuries ceux qu'on accusoit d'un crime capital,
c'est-à-dire d'un crime qui méritoit la mort ou
l'exil ; au lieu qu'on portoit devant les comices
par tribus les causes où il ne s'agissoit que
d'une amende pécuniaire. Il est vrai que
Coriolan, accusé d'un crime capital, fut condamné dans des comices par tribus ; mais en
cette occasion on agit contre les loix, et le
sénat se vit obligé d'abandonner cet illustre
coupable à l'animosité des tribuns, qui vouloient
le perdre à quelque prix que ce fût. Cicéron

(1) se plaint que Clodius avoit enfrein les loix en le faisant condamner dans des comices par tribus, et il prétend que cette condamnation étoit nulle.

Les loix des douze tables étoient aussi sévères pour les délits civils qu'elles étoient douces pour les crimes d'état et pour les crimes capitaux. La loi du consul Valérius Corvus, laquelle défendoit de battre de verges ou de faire mourir celui qui en appelleroit au peuple, ajoutoit pour toute peine que *quiconque agiroit contre cette loi feroit méchamment*. Cette menace, observe Tite-Live, feroit rire aujourd'hui; mais, ajoute-t-il, telle étoit alors la modération des Romains, que ce frein paroissoit suffisant pour les contenir dans le devoir (2). Cette modération ne se soutint pas toujours. Les crimes devinrent plus fréquens, et il fallut des loix plus sévères pour les réprimer. Il ne fut plus possible d'assembler le peuple, soit pour qu'il jugeât par lui-même, soit pour qu'il nommât des commissaires chaque fois qu'il survenoit un cas nouveau. D'ailleurs,

(1) Dans son traité des loix, l. 3, ch. 19.
(2) Tite-Live, l. 10, ch. 9.

il y avoit des crimes qui demandoient des recherches dans lesquelles le peuple ne pouvoit entrer ; et s'il nommoit des commissaires, il y avoit encore appel au peuple de leur sentence. Comme donc il falloit un sénatusconsulte avant que de pouvoir assembler le peuple, qu'ensuite il falloit beaucoup de tems pour convoquer les comices, et que les crimes devenoient si fréquens qu'il n'étoit plus possible de s'engager dans ses longueurs pour chaque cas qui survenoit, on prit le parti d'établir des commissions perpétuelles, des tribunaux permanens, auxquels on attribua la recherche des crimes les plus ordinaires. Cependant le peuple se réserva pour ses grands comices la connoissance de certains crimes, entr'autres de celui de majesté au premier chef, connu sous le nom de *perduellio*. Il jugeoit aussi par lui-même ou par des commissaires certains crimes peu communs. Par exemple, il nomma ces commissaires pour juger Clodius accusé d'avoir violé les mystères de la bonne déesse (1) ; il en nomma aussi dans la cause de Milon, accusé d'avoir tué Clodius. Toutes les fois donc qu'il

(1) Cic. à Atticus, l. 1, ép. 12. Plut. vie de Cic.

survenoit quelque cas nouveau , auquel il n'avoit pas été pourvu par les loix, ou qui n'étoit pas du ressort des tribunaux permanens qu'on avoit établis , le peuple en prenoit connoissance par lui-même , ou nommoit des commissaires pour agir en son nom ; et s'étoit ce qu'on appelloit *cognitiones extraordinariæ*.

Lorsque la république eut étendu ses conquêtes et ajouté tant de riches provinces à son domaine , les dignités et les gouvernemens devinrent moins des objets de l'ambition des grands que de leur cupidité et de leur avarice. On ne considéroit guère les gouvernemens de provinces que comme des moyens sûrs de s'enrichir , et de fournir à ce luxe prodigieux qui s'étoit introduit dans Rome. Les brigues devinrent si ouvertes et la corruption des suffrages si ordinaire , qu'il fallut les plus sévères loix pour les réprimer. Comme on ne briguoit les dignités que dans la vue des gouvernemens dont on devoit être revêtu au sortir de la préture ou du consulat , on prétendoit bien se dédommager de l'argent qu'on avoit répandu pour acheter les suffrages , en rançonnant les provinces et en pillant les revenus de la république. Il étoit si rare qu'un gouverneur

neur de province ne fût pas atteint de l'une ou l'autre de ses malversations , qu'il fallut établir des tribunaux fixes , devant lesquels ils pussent être appellés eux & ceux qui avoient été employés sous eux , pour y rendre compte de leur conduite. On en établit en même tems pour prendre connoissance des crimes *de majesté*. Les quatre premiers tribunaux qu'on établit l'an de Rome 509 , furent donc pour la recherche des crimes de majesté, *majestatis* ; de brigue , *ambitûs* ; de concussion , *repetundarum* ; de péculat , *peculatûs*. Nous avons suffisamment expliqué ces divers crimes dans ce qui precède.

Des six préteurs qui se créoient tous les ans , il y en avoit quatre qui partoient pour aller gouverner autant de provinces ; mais il fut resolu qu'ils demeureroient tous six à Rome pendant l'année de leur préture , et que le sort assigne-roit à chacun d'eux son département. Il y en eut deux qui continuèrent, selon la coutume , l'un à rendre la justice aux citoyens romains , et l'autre aux étrangers. Les quatre autres presi-doient chacun un des tribunaux dont nous venons de parler. Or comme chacun de ces tribunaux ne prenoit connoissance que d'un crime particulier , et qu'il s'en commettoit tous

Tome I.   C c

les jours à Rome divers autres qui n'étoient pas de leur ressort, Sylla augmenta le nombre de ces tribunaux, et ajouta encore pour les présider deux préteurs à l'ancien nombre. Les nouveaux tribunaux que Sylla ajouta aux anciens furent établis pour rechercher les empoisonneurs, *de veneficiis* ; les assassins, *de sicariis* ; les faussaires, *de falsis* ; ceux qui avoient corrompu les juges, et les juges qui s'étoient laissé corrompre, *de corrupto judicio*. On y ajouta depuis un tribunal pour juger les parricides ou meurtriers ; et les loix de Jules César y en ajoutèrent aussi pour réprimer les violences publiques et privées, les parjures et les adultères.

Je donnerai quelques détails sur ces derniers crimes et sur les autres, dans le traité des loix romaines ; je me borne maintenant à ce qui regarde les tribunaux. Il paroît que, lorsqu'il y avoit beaucoup d'affaires à un tribunal ; et que le préteur avoit de la peine à y suffire, on lui adjoignoit un juge de la question, *judex questionis*, qui le déchargeoit d'une partie de son ministère. Ces juges de la question présidoient quelquefois un tribunal particulier, et d'autres fois aussi ne remplissoient leur ministère que sous la direction d'un préteur. Ce n'étoit cer-

tainement pas une magistrature ; car , sans parler
de plusieurs autres , on voit un Caïus Junius,
juge de la question , cité à un autre tribunal ,
dépouillé de sa charge , et condamné à l'exil (1).
Or , s'il eût été magistrat , on n'auroit pu le
traduire en justice qu'après qu'il auroit été hors
d'exercice. Mais il semble que c'étoit un emploi
important que l'on obtenoit , sans doute , par
les suffrages du peuple , et que l'on géroit entre
l'édilité et la préture. On voit du moins plusieurs
personnages , entr'autres Cesar , gérer cet emploi après avoir eté édile èt avant d'être préteur. Ce fut en (2) exerçant cet emploi , et
en présidant le tribunal qui informoit contre
les assassins , que César fit valoir la loi de Sylla
contre les assassins; qu'il la fit valoir , dis-je ,
contre ceux même qui , dans le tems de la
proscription , avoient reçu de Sylla des récompenses pour lui avoir apporté des têtes de
proscrits , quoique Sylla les eût exceptés de
cette loi nommément. Un endroit du plaidoyer
de Cicéron pour Cluentius (3) paroît annoncer

(1) Cic. pour Cluentius , ch. 29 , 33 et suiv.
(2) Suétone , vie de César, ch. 17.
(3) Ch. 54.

que le préteur même pouvoit être qualifié juge
de la question. Le juge de la question, proprement dit, remplissoit diverses fonctions qui
paroissoient au dessous de la dignité du préteur,
ou auxquelles la multitude des affaires ne lui
permettoit pas de vaquer. C'étoit lui, qui, d'entre
les juges inscrits sur le rôle du préteur, tiroit
au sort les noms de ceux qui devoient juger
telle cause, et qui de même remplaçoit ceux
que l'accusé ou l'accusateur avoient rejettés. Il
y a toute apparence qu'en cas de maladie ou
d'absence du préteur, il étoit autorisé à remplir
toutes les parties de son ministère. Lorsqu'il
présidoit un tribunal, il prenoit le titre de
quæsitor.

Des savans croient que le même préteur
présidoit quelquefois différens tribunaux, et que
quelquefois aussi le même tribunal se partageoit
entre deux préteurs, selon qu'il y avoit peu ou
beaucoup d'affaires ; mais on ne peut donner
là dessus que des conjectures. Il faut remarquer
qu'un homme accusé à un tribunal, quoique
convaincu de divers autres crimes, ne pouvoit
être jugé que sur le crime qui étoit de la compétence de ce tribunal, ni condamné à d'autre
peine qu'à celle statuée par la loi qui le régloit.

Cependant celui qui entreprenoit l'accusation pouvoit entreprendre de convaincre l'accusé de s'être rendu coupable à divers autres égards. Il pouvoit donc arriver que le crime principal, savoir celui qui étoit de la compétence du tribunal où se plaidoit la cause, fût moins prouvé que les autres, et que cependant l'accusé fût condamné à ce tribunal qui ne pouvoit prendre connoissance que de ce seul crime, parce que les autres crimes bien prouvés donnoient plus de force aux preuves qu'on apportoit de celui-ci (1). Remarquons encore que, pour le même crime, on pouvoit être cité à différens tribunaux. Cœlius, accusé d'avoir tenté d'empoisonner Clodia, ne fut point appellé devant le tribunal qui connoissoit des empoisonnemens ; son accusateur lui fit un crime d'état de ce qui devoit être regardé comme un crime particulier, et porta son accusation devant le tribunal qui jugeoit de la violence publique, *de vi publicâ*.

Chaque préteur avoit pour assesseurs un certain nombre de juges que prescrivoit la loi qui régloit son tribunal. C'étoit sur les suffrages de ces juges recueillis par le préteur, qu'il

____

(1) Cic. pour Cluentius ch 35 et 41.

prononçoit la sentence d'absolution ou de condamnation. Les causes se plaidoient avec grand
appareil. Le tribunal du préteur étoit environné
de divers officiers attentifs à ses ordres , de
greffiers , d'huissiers , de licteurs , et autres (1).
Il y avoit outre cela un grand concours de
monde, que la curiosité et l'intérêt de la cause
y attiroit. Les causes publiques étoient toujours
plus intéressantes que les causes particulières ,
soit par la nature des affaires portées devant les
nouveaux tribunaux , soit par la qualité des
accusateurs et des accusés. Au commencement
de l'année le sénat annonçoit le nombre de ces
tribunaux , et suivant quelles loix ils devoient
être réglés. C'étoit le sort qui décidoit entre les
préteurs, de leurs divers départemens. Le préteur
de la ville , après avoir fait serment, dressoit le
rôle des juges , et le sort décidoit aussi entr'eux
de leurs départemens divers. Ce rôle se renouvelloit tous les ans ; et dans chaque nouvelle
cause on tiroit de nouveau au sort , jusqu'à ce
que le sort eût amené le nombre de juges
prescrit par la loi. Après que leurs noms
étoient sortis , ils étoient obligés de faire ser-

(1) Cic. pour Cluentius , ch. 53.

ment qu'ils jugeroient selon la loi ; et dès que le préteur les convoquoit, ils devoient se rendre à son tribunal, au-dessous duquel ils étoient assis sur des siéges. Ils prêtoient un second serment toutes les fois qu'ils alloient opiner.

Avant d'examiner la manière de procéder devant les tribunaux publics, voyons en peu de mots de quel ordre on devoit être pour être juge, quel revenu on devoit avoir et quel âge.

Je serois de l'avis de quelques savans qui pensent que pour les causes civiles, il n'y eut jamais, en aucun tems, de distinction d'ordres, que sénateurs, chevaliers et plébéiens indistinctement pouvoient être choisis juges, sans qu'il y eût rien de réglé ni pour l'âge ni pour le revenu. Il n'en fut pas de même pour les jugemens publics. Les sénateurs jusqu'à Caïus Gracchus restèrent seuls en possession des tribunaux. Celui-ci, dans le dessein d'humilier les sénateurs, leur fit ôter les tribunaux et les fit donner aux chevaliers romains, qui demeurèrent seuls juges jusqu'au tribunat de Plotius Silvanus. Ce tribun, l'an 664 de Rome, fit ordonner par une loi qu'on prendroit les juges indistinctement dans les trois

ordres. Ce réglement ne fut suivi que jusqu'à la
dictature de Sylla, qui, ayant augmenté, jusqu'à
six cents le nombre des sénateurs, ordonna
aussi qu'ils seroient seuls juges (1). On fut encore
plus mécontent des sénateurs qu'on ne l'avoit
été des chevaliers ; et ils furent si décriés pour
leur manière de rendre la justice, que Lucius
Aurélius Cotta, préteur en 682, de concert
avec Pompée qui étoit consul la même année,
crut devoir porter une loi qui leur fit partager
les tribunaux avec les chevaliers et les tribuns
du trésor. Tant que les seuls sénateurs ou les
seuls chevaliers composèrent les tribunaux, il
n'étoit pas nécessaire de rien régler pour le
revenu des juges, puisque le revenu des chevaliers et des sénateurs étoit réglé ; on ne le régla
que quand on leur joignit des plébéiens, ou
des tribuns du trésor. On sait qu'il devoit être
assez considérable, *ex amplissimo censu*, sans
savoir au juste ce qu'il étoit. Quant à l'âge, on
pense qu'il falloit avoir au moins trente ans pour
être juge, et qu'on ne pouvoit plus l'être après
soixante. Soit lorsqu'un seul ordre tenoit les
tribunaux, soit lorsqu'ils furent remplis par les

(1) Appien, civ. l. I. Vell. Pat. l. 2, ch. 32.

trois ordres , les juges se partagèrent en trois
décuries ou classes. On ignore de quel nombre
étoit composée chaque décurie ; ce qu'il y a de
certain c'est que ce nombre passoit de beaucoup
celui de dix qu'emporte le mot de décurie.

Voici de quelle manière on procédoit dans
les jugemens publics. Celui qui vouloit se porter
accusateur contre quelqu'un , le citoit en justice
à peu près de même que dans les jugemens
particuliers. Souvent de jeunes Romains (1) de
la première naissance , qui cherchoient à s'illus-
trer en accusant des citoyens illustres , ou qui
vouloient rendre leur jeunesse recommandable ,
ne rougissoient pas de faire ce personnage.
L'accusateur demandoit au préteur la permission de dénoncer (*deferre nomen*) celui qu'il
avoit envie d'accuser; et par conséquent la
dénonciation étoit distinguée de l'accusation
même. Les loix défendoient d'accuser les magistrats, ou ceux qui etoient absens pour le service
de la république. S'il se présentoit plusieurs
accusateurs, il intervenoit un jugement appellé
divinatio, lequel décidoit auquel seroit déférée

(1) Cic. dans le disc. intitulé *divinatio* , ch. 20.
Contre Verrès, l. 1, ch. 38. Pour Cœlius, c. 7 et 30.

l'accusation (1). Les autres pouvoient se joindre à l'accusateur, sous le titre de *subscriptores*. Ensuite, au jour marqué ; la dénonciation se faisoit devant le préteur selon une certaine formule, par exemple : je dis que dans votre préture vous avez dépouillé les Siciliens, et je répéte contre vous telle somme en vertu de la loi. L'accusateur devoit avoir prêté le serment de calomnie, c'est-à-dire, avoir affirmé que ce n'étoit pas par malignité qu'il accusoit, qu'il étoit fondé dans son accusation. Si l'accusé ne répondoit point, ou s'il avouoit le fait, on estimoit le domage dans les causes de concussion ou de péculat; dans les autres on demandoit que le coupable fût puni : s'il nioit le fait, on demandoit que son nom fût inscrit sur les registres au nombre des accusés. La dénonciation étoit laissée entre les mains du préteur, sur une tablette signée de l'accusateur, laquelle contenoit en détail toutes les circonstances de l'accusation ; on appelloit cette tablette, *libellus accusatorius*. Alors le préteur fixoit le jour auquel l'accusateur et l'accusé devoient se présenter. Ce jour étoit

_____

(1) Ascon. in divin. argum. Aulugelle, l. 2, c. 4.

quelquefois le dixième , quelquefois le tren-
tième ; souvent, dans une cause de concussion,
le délai étoit prolongé , parce qu'il falloit du
tems pour recueillir des preuves dans les provinces. Alors l'accusé , avec ses amis et ses pro-
ches , prenoit des habits de deuil , et tâchoit
d'intéresser beaucoup de monde à sa cause.
Ces habits de deuil n'étoient pas des habits
noirs , mais des habits sales et usés. De là
sordes , *sordidatus* , en parlant des accusés et
de leurs vêtemens.

Le jour étant arrivé , on faisoit appeller par
un huissier les accusateurs , l'accusé et ses défenseurs. L'accusé qui ne se présentoit pas étoit
condamné ; son nom étoit rayé des registres ,
si l'accusateur ne paroissoit pas. Si les deux
parties comparoissoient , on tiroit au sort le
nombre des juges prescrit par la loi. Ils étoient
pris parmi ceux qui avoient été choisis pour
rendre la justice cette année là. Les parties
pouvoient recuser un certain nombre de juges ;
et le préteur ou le juge de la question en tiroit
d'autres au sort pour les remplacer, ce qui
s'appelloit *subsortiri* , *subsortitio*. Dans les causes de brigue , l'accusateur seul nommoit les
juges ; et cela s'appelloit *edere judices* : les

juges ainsi nommés étoient *judices editi* ou
edititii. Il paroît aussi , d'après le passage d'un
plaidoyer de Cicéron (1) , que , dans une cause
de conjuration , l'accusateur seul recusoit des
juges , et que lui-même en choisissoit d'autres
à la place de ceux qu'il avoit recusés. Les juges
nommés juroient qu'ils jugeroient suivant la
loi. Alors on instruisoit le procès par voie
d'accusation et de défense. L'accusation se fon-
doit 1°. sur les témoignages que l'on tiroit des
esclaves par la rigueur des tourmens , mais qu'on
ne pouvoit tirer contre les maîtres que dans une
accusation de sacrilége (2) : d'autres ajoutent ,
et de conjuration ; mais Cicéron dit expressé-
ment que cela n'eut lieu dans celle de Catilina ,
qu'à cause du grand péril où se trouvoit la république ; 2°. sur la déposition des témoins ,
qui devoient être des hommes libres et d'une
réputation intacte. Les témoins étoient ou vo-
lontaires , ou forcés , c'est-à-dire , sommés par
l'accusateur de rendre témoignage en vertu de
la loi. Les uns et les autres faisoient leur déposition après avoir prêté serment. La troisième

(1) Pour Pub. Sylla , ch. 33.
(2) Cic. pour Milon , ch. 22.

espèce de preuves étoit *tabulæ*, ce que nous appellerions chez nous les pièces, tous les genres d'écritures qui servent à établir une cause. L'accusateur prouvoit son accusation par un discours, dans lequel il se proposoit de faire voir la réalité des crimes et d'en montrer toute l'attrocité. Les défenseurs de l'accusé s'efforçoient de détruire ou d'infirmer les griefs dont on le chargeoit, d'intéresser les juges en sa faveur, sur-tout dans la péroraison où ils n'oublioient rien de ce qui pouvoit les toucher et les fléchir. Outre ses défenseurs, l'accusé faisoit souvent paroître des personnes de considération, qui s'intéressoient à sa cause, et lui servoient beaucoup par leur seule présence. On les nommoit *advocati*, c'est-à-dire, *vocati ad causam*. Les *laudatores* étoient des étrangers ou citoyens qui faisoient l'éloge de l'accusé, qui rendoient justice à son intégrité et à ses vertus.

Enfin les juges rendoient leurs jugemens, à moins que la loi n'ordonnât une remise au surlendemain (1), comme dans le jugement

_____

(1) Cic. contre Verrès, l. 1, ch. 9, et Ascon. sur cet endroit.

de concussion. La remise , *comperendinatio ,*
différoit de la plus ample information , *am-
pliatio ,* sur-tout en ce que celle-ci étoit pour
un jour marqué au gré du préteur , et celle-là
toujours pour le surlendemain , et en ce que
dans la remise , suivant Asconius, l'accusé parloit le premier, au lieu que le contraire arrivoit dans le plus amplement informé. Plusieurs
endroits des cinq livres contre Verrès, où Cicéron suppose qu'Hortensius lui répondra , sem-
blent contredire ce sentiment d'Asconius. Ainsi,
loin de l'affirmer comme vrai , je croirois plutôt que son auteur se trompe. Voici de quelle
manière se rendoit le jugement. Le préteur
distribuoit aux juges des tablettes ou bulletins,
et leur ordonnoit de conférer entre eux pour
donner leur avis. Ces tablettes étoient de trois
sortes : l'une d'absolution , sur laquelle étoit
écrite la lettre A , *absolvo* ; l'autre de condamnation , sur laquelle étoient écrite la lettre C ,
condemno ; la troisième de plus ample information , sur laquelle étoient écrites les lettres
N L , *non liquet* , la chose n'est pas claire. Le
plus ample informé se prononçoit ordinairement lorsque les juges étoient incertains s'ils
devoient absoudre ou condamner. Le préteur ,

après avoir recueilli les tablettes , prononçoit la sentence selon la pluralité des suffrages. S'il y avoit égalité , de sorte qu'il se trouvât autant de tablettes pour la condamnation que pour l'absolution , le sentiment le plus commun est que l'accusé étoit renvoyé absous. Lorsque la plus grande partie des tablettes portoit les lettres N L , le préteur renvoyoit à un plus ample informé , *amplius cognoscendum pronuntiabat* ; et alors le procès s'instruisoit tout de nouveau. Si la sentence étoit absolutoire , le préteur la prononçoit suivant une de ces deux formules. *Il paroît n'avoir point fait telle action,* ou, *il paroît avoir été fondé à faire telle action.* Si la sentence condamnoit , voici les formules : *Il paroît qu'il a commis telle faute , ou , il paroît que c'est à tort qu'il a fait telle chose.* Quelquefois le préteur exprimoit dans la sentence la peine à laquelle le coupable étoit condamné , de cette manière : *Il paroît qu'il a mérité l'exil, et que ses biens doivent être vendus ; ainsi nous trouvons à propos de lui interdire l'eau et le feu* (1). Mais soit que le préteur exprimât la peine dans sa sentence , ou qu'il ne l'exprimât

(1) Brisson , de form. l. 5.

pas, celui qui étoit condamné encouroit toujours la peine portée par la loi. Nous avons déja remarqué la modestie des formules dans les prononcés du préteur. Il n'est pas moins remarquable qu'avant de prononcer une sentence de condamnation, il se dépouilloit de sa robe prétexte (1).

Nous avons déja parlé des peines infligées à ceux qui attaquoient ou qui accusoient à faux. Elles devoient être pour le moins aussi sévères dans les jugemens publics où les intérêts étoient bien plus considérables. Quelquefois celui qui avoit été condamné en appelloit aux tribuns du peuple : il arrivoit d'autres fois qu'un des consuls ou un autre préteur intervenoit, et empêchoit l'exécution de la sentence. Si aucune de ces oppositions n'avoit lieu, la sentence étoit exécutée. S'il s'agissoit de concussion ou de péculat, les juges, après l'arrêt de condamnation, examinoient l'affaire une seconde fois ; et par une seconde sentence, le délinquant étoit taxé à une certaine somme qu'il s'engageoit à payer sur-le-

_____

(1) Val. Max. l. 9, ch. 12. Seneque, *de irâ*, l. 1, eh. 16.

champ :

champ : au défaut de quoi , on saisissoit ses biens , et on les vendoit à l'enchère.

Quoiqu'on eût établi des tribunaux publics pour prendre connoissance des crimes , cependant le peuple s'étoit reservé le droit de juger par lui-même dans certains cas , particulièrement dans celui de perduellion , ou de léze-majesté au premier chef , crime qui fut toujours porté devant les comices par centuries (1). Des magistrats inférieurs pouvoient citer devant les comices par tribus ; mais il n'y avoit que des magistrats supérieurs , tels que les préteurs et les consuls , qui pussent accuser devant les comices par centuries. Les questeurs néanmoins et les tribuns pouvoient ajourner un coupable devant ces mêmes comices , si les consuls le permettoient. On ne pouvoit y citer un magistrat actuellement en charge , et on attendoit que l'année de son administration fût expirée. Il y a pourtant des exemples , mais rares , que des magistrats actuellement en charge ont été obligés d'y comparoître (2). Nous avons observé précédemment que les causes étoient portées devant les comices par centuries quand

(1) Cic. contre Verrés , l. 1 , ch. 5.

(2) Tite-Live , l. 44 , ch. 16.

elles étoient capitales, et devant les comices par tribus s'il n'étoit question que d'une amende pécuniaire. Le magistrat qui entreprenoit d'accuser quelqu'un devant le peuple, faisoit appeller le peuple par un crieur public; et montant à la tribune aux harangues, il ajournoit l'accusé à comparoître devant les comices, pour y répondre à l'accusation qu'il lui intentoit. Si l'affaire étoit capitale, il falloit que l'accusé donnât des répondans, *vades*, qu'il comparoîtroit au jour marqué. S'il ne s'agissoit que d'une amende pécuniaire, il falloit de même qu'il donnât des cautions, *prædes*, au défaut de quoi il étoit conduit en prison jusqu'à ce que son affaire eût été jugée (1). Le jour de la citation l'accusateur montoit encore à la tribune aux harangues, et faisoit de nouveau citer l'accusé à haute voix. Après ces formalités, il arrivoit quelquefois qu'un magistrat supérieur ou un tribun du peuple s'opposoit à ce qu'on poursuivît les procédures. Quelquefois on alléguoit, qu'il étoit dispensé de comparoître pour cause de maladie ou d'absence, ou parce qu'il étoit occupé aux funérailles d'un de ses parens. Quelquefois aussi l'accusé préve-

(1) Aulugelle, l. 7, ch. 19.

noit sa condamnation par un exil volontaire.
Il arrivoit encore que les comices étoient in-
terrompus par les auspices , par le tonnerre ,
par un orage, et alors le jugement étoit différé ; ou plutôt un scrupule de religion empêchoit qu'on ne revînt à cette affaire, parce
qu'il sembloit que les dieux avoient favorisé l'accusé (1). Lorsque l'accusé comparoissoit, il étoit
obligé de se tenir au-dessous de la tribune aux
harangues. Alors l'accusateur commençoit son
accusation , qui devoit être répétée à trois différens jours. En accusant il exprimoit pour l'ordinaire la peine à laquelle il demandoit que le
délinquant fût condamné ; ce qu'on appelloit
anquisitio. On adoucissoit quelquefois dans la
seconde ou dans la troisième accusation la
peine qu'on avoit demandée dans la première.
Après ces trois accusations , l'accusateur en
dressoit les principaux chefs : il faisoit afficher
cet écrit pendant trois jours de marché consécutifs , afin que tous les gens de la campagne ,
qui venoient dans la ville à l'occasion du marché , pussent s'instruire de l'affaire , et donner
leurs suffrages avec connoissance le jour des co-

(1) Val Max. l. 8 , ch. 1.

Dd *

mices. Ces marchés se tenoient de neuf en neuf
jours.

Le troisième jour de marché , l'accusateur
remontoit à la tribune aux harangues , faisoit
citer de nouveau l'accusé , et reprenoit une
quatrième fois son accusation. Après quoi
l'accusé se défendoit , soit en plaidant lui-
même sa cause , soit en se reposant de ce soin
sur quelque habile orateur. Il est à remarquer
que , dans ces sortes de défenses , on ne touchoit que légèrement le fond de la cause , on
s'appliquoit sur-tout à exciter la pitié des
juges , à exagérer le mérite et les services de
l'accusé. Après que l'accusé avoit plaidé sa
cause , l'accusateur , qui étoit ordinairement
un des principaux magistrats , indiquoit le jour
auquel le peuple devoit s'assembler en comices
pour juger l'affaire définitivement. Entre les
moyens que l'accusé mettoit en œuvre pour
éviter sa condamnation , un des principaux
étoit de mettre un tribun dans ses intérêts ,
et de l'engager à rompre l'assemblée par son
opposition. Il tâchoit quelquefois de gagner
un des augures , qui en dénonçant quelque
signe de mauvais présage , faisoit congédier
l'assemblée. Quelquefois aussi on engageoit
l'accusateur à se désister de sa poursuite. Mais

la principale ressource étoit de fléchir le peuple par une posture humble et soumise. L'accusé, accompagné de ses parens et de ses amis, vêtu d'un habit sale et usé, n'épargnoit ni soumissions ni prières pour adoucir le peuple et l'amener à la compassion. Le jour des comices étant arrivé, et le peuple étant assemblé par centuries au champ de Mars si l'affaire étoit capitale, ou par tribus s'il ne s'agissoit que d'une amende pécuniaire, le magistrat qui se portoit pour accusateur, faisoit citer de nouveau l'accusé par un crieur public. S'il ne répondoit point ou qu'il refusât de comparoître, on le faisoit proclamer à son de trompe, et devant sa maison, et du haut du Capitole. Si l'on venoit annoncer que l'accusé s'étoit condamné lui-même à un exil volontaire, supposé que son crime fût capital, et conséquemment le peuple assemblé en comices par centuries, l'assemblée se changeoit en comices par tribus ; et confirmant la peine de l'exil à laquelle l'accusé s'étoit condamné volontairement, elle y ajoutoit quelquefois la confiscation des biens (1). Si l'accusé comparoissoit, ou recueilloit les suffrages du peuple, et alors

(7) Tite-Live, l. 25, ch. 4, et l. 26, ch. 3.

D d 3

le magistrat , président des comices , après
avoir vu de quel côté étoit la pluralité des suffrages , déclaroit à haute voix que l'accusé
étoit absous ou condamné. S'il étoit condamné , on exigeoit sur-le-champ l'amende
qui lui avoit été imposée , ou on le conduisoit
au supplice si on lui avoit infligé la peine
de mort.

Peines infligées aux criminels.

Cela nous mène naturellement à parler des
différentes peines qui s'infligeoient aux criminels chez les Romains. On compte ordinairement sept sortes de peines par lesquelles on
réprimoit les crimes , l'amende , la prison , le
fouet , le talion , l'ignominie , l'exil et la mort,
*damnum , vincula , verbera , talio , ignominia ,
exilium , mors.* L'amende qu'on nommoit *damnum* ou *mulcta* , a été différente selon les différens tems de la république , et proportion-
née à l'opulence des coupables et à la qualité
du délit. Les Romains distinguoient le criminel qui nioit sa faute , de celui qui en convenoit. Le premier étoit tenu dans une espèce de
prison libre , chez un magistrat , ou même
chez quelque particulier distingué. Celui qui

s'avouoit coupable ou qui étoit pris sur le fait, étoit d'abord jetté dans la prison publique, en attendant que les juges lui eussent prononcé sa sentence. Une loi des douze tables portoit, *s'il a rompu un membre à un autre, qu'il souffre la peine du talion, à moins qu'il ne se soit accommodé avec lui.* Comme la loi permettoit de s'accommoder avec la partie lésée, il y a toute apparence que cette peine s'infligeoit rarement, et que l'offenseur préféroit toujours de satisfaire en argent sa partie adverse, plutôt que de se laisser crêver un œil ou rompre quelque membre. L'ignominie étoit de deux sortes. Celle qui étoit infligée par les censeurs, et dont nous avons parlé à l'article de ces magistrats. Elle ne consistoit que dans une tache à la réputation, sans empêcher que celui qui avoit été noté ne jouît de toutes les prérogatives du citoyen. Celle qui étoit infligée par le juge civil étoit plus ordinairement nommée infamie ; elle excluoit de toutes les dignités et de diverses autres prérogatives. On n'exprimoit jamais l'exil dans la sentence, parce qu'un citoyen romain ne pouvoit être privé du droit de cité que de son propre consentement (1).

(1) Cic. pour sa maison, ch. 29 et 30. Pour Cécina, ch. 34.

D d 4

On se contentoit donc de lui défendre l'usage
de l'eau et du feu ; et comme c'étoit des choses dont il ne pouvoit se passer, on l'obligeoit
par-là de quiter la ville et d'aller s'établir ailleurs. Les exilés étoient censés morts civile-
ment, étant retranchés du nombre des citoyens
et dépouillés de toutes les prérogatives de la
cité romaine, de même que ceux qui étoient
réduits à l'esclavage, autre espèce de mort
civile. Cette dernière peine avoit été établie
contre ceux qui manquoient à donner un état
exact de leurs biens, lorsque les censeurs faisoient le dénombrement (1), et contre ceux
qui étant appellés ne paroissoient pas pour être
enrôlés dans les légions. Les supplices de mort
qu'on faisoit subir aux criminels condamnés,
étoient de différentes sortes. Il paroît que, dans
les plus anciens tems, on les pendoit ; *caput
obnubito, infelici arbori reste suspendito.* Le
supplice le plus ordinaire, au commencement
de la république, étoit de précipiter les criminels de la roche tarpéienne ; et il paroît que
ce supplice étoit commun aux gens libres et
aux esclaves, mais que depuis il fut reservé

(1) Denys d'Hal., l. 4 et 5. Cic. pour Cécina,
ch. 34.

aux seuls gens libres. Le supplice le plus ordinaire des esclaves étoit la croix (*crux*) ou
la potence (*furca*), qu'on les obligeoit de
porter eux-mêmes lorsqu'on les menoit au supplice. Delà , dans les poëtes comiques , les
esclaves sont souvent honorés de l'épithète
furcifer. Souvent on tranchoit la tête aux
criminels , après les avoir frappés de verges. Ce supplice paroît avoir été particulièrement réservé aux citoyens romains : on peut
l'inférer de ce que , lorsqu'on infligeoit cette
peine , la sentence portoit que c'étoit *more
majorum* , selon la coutume des ancêtres. Cette
exécution se faisoit ordinairement dans un
champ hors de la porte esquiline. Une loi pos-
térieure défendit de battre de verges un citoyen
romain. On exécutoit aussi beaucoup de criminels dans la prison , soit en les étranglant ,
soit en les précipitant d'un lieu élevé , nommé
robur.

Traité abrégé des loix romaines.

Mon plan dans ce traité est de donner quelques idées générales sur les principales loix
romaines. Tout ce qui précède offre un grand
nombre de loix sur la religion et ses ministres,

sur les grandes assemblées , sur les différens
ordres de l'état , sur les droits de cité romaine ,
sur l'adoption , sur les mariages , sur une infinité d'autres matières ; et par-là nous sommes
dispensés d'entrer ici dans bien des détails qui
ne seroient que des répétitions. Nous nous
bornerons , comme nous avons fait jusqu'à
présent , aux tems de la république , sans nous
étendre sur les siècles des empereurs.

Des loix romaines en général.

La jurisprudence romaine changea diverses
fois de face. Elle fut , sans doute , différente
sous la république de ce qu'elle avoit été
sous les rois. Les loix des douze tables lui firent
encore prendre une nouvelle forme. Ces loix
des douze tables vieillirent , et devinrent inin-
telligibles pour la plupart des Romains eux-
mêmes , par les changemens que subit la langue latine. Les jurisconsultes y apportèrent
encore de nouvelles obscurités , par les inter-
prétations qu'ils y donnèrent , et par les subtilités qu'ils introduisirent dans les matières
civiles et criminelles. Toutes ces raisons con-
courent à rendre l'étude des loix romaines
assez difficile. Toutes les sociétés civiles ont

d'abord eu peu de loix. La prudence humaine
va rarement jusqu'à prévoir les cas qui peuvent
survenir, et ce n'est qu'à mesure que les inconvéniens se font sentir qu'on pense à y remédier. Un petit nombre de loix régit donc
d'abord la ville de Rome. Ses rois firent, sans
doute, divers réglemens selon l'exigence des
cas, lesquels réglemens n'avoient force de loix
qu'après avoir été confirmés par les suffrages du
peuple. Romulus fit confirmer ses loix par les
suffrages des curies : Numa en agit de même
par rapport aux divers réglemens dont il fut
l'auteur, et dont la plupart avoient la religion
pour objet. Toutes les loix de ces deux
princes et de leurs successeurs, ou du moins
celles qui parurent les plus convenables à une
république furent recueillies en un corps par
un patricien nommé Papirius, qui, selon
Denys d'Halicarnasse, fit cette compilation
peu de tems après qu'on eut secoué le joug de
la royauté (1). Cette collection fut intitulée *jus civile Papirianum*, du nom de son compilateur.

Les patriciens gouvernèrent par ces loix jusqu'au tems où les décemvirs formèrent un
recueil de loix nouvelles, qui fut affiché,

(1) Den. d'Hal., l. 3.

afin que le peuple jugeât par lui-même si ces loix lui convenoient. Les décemvirs firent entrer dans cette collection plusieurs des anciennes ordonnances des rois : ils empruntèrent de toutes les républiques grecques , et surtout de celle d'Athènes , les loix qui leur parurent convenir le mieux à la constitution présente de la république (1). Ils furent aidés dans ce travail par un certain Hermodore , Ephésien , qui avoit été exilé de sa patrie pour la même raison qui fit bannir d'Athènes Aristide , parce que ses concitoyens le trouvoient trop juste et trop vertueux. Il se trouva à Rome fort à propos pour donner aux décemvirs l'intelligence de ces loix , la langue grecque étant encore très-peu cultivée à Rome dans ce tems-là. Telle est l'origine des loix des douze tables ainsi nommées parceque les décemvirs en remplirent douze tables d'airain , sur lesquelles elles furent gravées. Tite-Live remarque que , parmi le nombre infini de loix accumulées les unes sur les autres , elles étoient encore de son tems la source et le fondement de tout le droit romain , tant public que particulier (2). Cicé-

(1) Tite-Live , l. 3 , ch. 31.
(2) Tite-Live , l. 3 , ch. 34. Cic. de orat. l. 1 , ch. 44.

ron n'hésite pas à préférer cette compilation à toutes les bibliothèques des philosophes. Il nous en reste encore quelques fragmens, répandus dans les écrits des anciens, et que plusieurs savans ont recueillis et mis en ordre. Ces loix des douze tables fixèrent la jurisprudence romaine, et y donnèrent une forme toute nouvelle.

Mais commme tous les établissemens humains sont sujets à divers inconvéniens, celui-ci ne pouvoit manquer d'en avoir. D'ailleurs l'intérêt particulier trouvant son compte à éluder les loix, il se rencontre toujours des hommes assez ingénieux pour les interprêter de la manière qui convient à leurs vues. Les praticiens, seuls jurisconsultes, qui jusqu'alors avoient disposés des loix à leur gré, s'attribuèrent l'interprétation de ce nouveau code, et lui ôterent beaucoup de son utilité, en introduisant dans les procédures des actions et des formules qu'ils avoient grand soin de cacher au peuple. Quand on eut établi à Rome un prêteur pour être le chef de la justice, on ne lui donna pas le droit de changer les loix, mais seulement d'y suppléer dans les cas auxquels elles n'auroient pas pourvus. Cependant sous prétexte de les expliquer et de les étendre, il y fit beaucoup de changemens, et donna encore à la jurisprudence une forme très-différente. Ajoutez qu'il se fit de tems à autre, selon que la nécessité l'exigeoit, des loix diverses qui furent jointes aux loix des douze tables. Ces loix étoient dressées par un magistrat supérieur, qui les faisoit approuver par le sénat, et les proposoit au peuple assemblé par centuries. Le peuple les rejettoit ou les confirmoit ; et dans ce dernier cas, un Sénatusconsulte devoit encore les ratifier. Les plébiscites étoient les loix qu'avoit proposées un tribun du peuple, et que le peuple assemblé par tribus avoit confirmées. Nous avons fait voir plus haut, comment les patriciens, après avoir long-tems refusé de se soumettre aux plébiscites, furent enfin obligés eux-mêmes d'en reconnoître l'autorité, et d'y obéir comme à des loix véritables. Nous avons parlé suffisamment à l'article des assemblées par centuries, de la manière dont se portoient les loix.

Nous ajouterons seulement ici que *promulgare legem* en latin, signifie deux choses, afficher une loi pour être examinée avant qu'elle ait été portée ; et afficher une loi pour être observée après qu'elle a été portée, ce que nous appellons en françois *promulguer*. Il se faisoit

assez fréquemment des loix nouvelles, soit
pour introduire quelque chose de nouveau,
soit pour abroger une loi ancienne, soit enfin
pour régler quelque cas extraordinaire que
n'avoient point prévu les anciennes loix.

Chacune de ces loix diverses se désignoit par
le nom de celui qui en avoit fait la proposition.
Ainsi la loi *AEmilia*, la loi *Aurelia*, la loi *Ma-
nilia*, étoient les loix proposées par un Æmilius,
par un Aurelius, par un Manilius. La loi
portoit le nom des deux consuls, s'ils l'avoient
proposée conjointement. Ainsi la loi *Junia Nor-
bona*, la loi *Pupia Poppæa*, loix proposées par
les consuls Junius et Norbanus, Pupius et Pop-
pæus. Au nom de l'auteur de la loi, on ajoutoit quelquefois ce qui en faisoit la matière. *Lex
Fannia sumptuaria*, *lex Sempronia de provinciis*,
lex Gabinia tabellaria ; loi Fannia somptuaire,
loi Sempronia sur les provinces, loi Gabinia sur
les tablettes des suffrages. Il reste encore quelques loix en entier ; on y voit de quelle manière
elles se rédigeoient, et dans quel style elles
étoient conçues.

Les principales parties du droit civil, sous la
république, étoient donc les lois des douze
tables ; les loix portées par le peuple dans les
comices par centuries et dans ceux par tribus.

Il y faut ajouter les édits des préteurs et les décisions des jurisconsultes.

Nous avons parlé ailleurs de l'origine et des fonctions de la préture. Tous les préteurs, sans doute, les autres magistrats, et sur - tout les édiles, avoient le droit de publier des édits : mais comme les édits des préteurs de la ville étoient d'un usage continuel, il arrivoit que leurs successeurs en transféroient une grande partie dans leurs édits nouveaux, et par-là leur donnoient en quelque sorte une forme constante ; au lieu que les édits des autres magistrats n'étoient applicables qu'à certains cas extraordinaires, et se renouvelloient rarement par leurs successeurs. Lorsque le préteur de la ville entroit en charge, il déclaroit par quels principes il avoit dessein de se régler dans l'administration de la justice, durant le cours de sa magistrature : et c'est là ce qui s'appelloit l'édit du préteur. Cet édit n'avoit de force que le tems qu'il étoit en exercice ; son successeur pouvoit y faire tel changement qu'il jugeoit à propos : c'est de-là que Cicéron appelle (1) l'édit du préteur une loi annuelle, *lex annua*. Mais comme le préteur lui-même, dans le cours

(1) Contre Verrès, l. 1, ch. 42.

de

de l'année , dérogeoit assez souvent à son édit général par des édits particuliers qui ne devoient être applicables qu'aux cas actuels, sans devoir s'étendre à d'autres cas semblables , cette licence fut la source d'une infinité de sentences injustes et d'un arbitraire odieux dans les jugemens. La cause de ces abus subsista jusqu'à l'an de Rome 686 , où Caïus Cornélius , tribun du peuple , s'efforça d'arrêter cette licence des préteurs , en faisant confirmer une loi qui leur enjoignoit de suivre, durant tout le cours de l'année , l'édit qu'ils avoient publié au commencement de leur magistrature , sans qu'il leur fût permis de s'en écarter à l'avenir dans leurs arrêts (1). Depuis cette époque , les édits des préteurs prirent une forme plus fixe et plus durable , n'étant plus permis d'y faire de changement dans le cours de l'année. Quoique le préteur de l'année suivante ne fût point obligé de se conformer à l'édit de son prédécesseur ; cependant il étoit assez ordinaire qu'il en fit entrer une partie dans son nouvel édit. La partie qu'il adoptoit s'appelloit *edictum tralatitium.* Ce qu'il y changeoit ou ajoutoit se nommoit *edictum novum.* (2) On

(1) Dion Cassius , l. 36. Asc. Argum. pour Corn.
(2) Cic. contre Verrès , l. 1 , ch. 44 et 45.

Tome I.   E e

donnoit aux réglemens des préteurs, bien qu'ils
ne fussent que pour une année, le nom d'*édit
perpétuel*; nom qu'ils méritèrent bien plus jus-
tement, lorsque de tous les édits réunis en un
corps, ou plutôt de toutes les décisions équi-
tables qu'ils contenoient, l'empereur Adrien
forma l'édit qui mérita vraiment le titre d'édit
perpétuel. C'est la colection de ces édits qui
forme ce qu'on appelle droit honoraire, *jus
honorarium*, parce qu'il émanoit des magistrats. Ce ne fut aussi proprement qu'après
avoir été autorisé par Adrien que le droit honoraire prit force de loi, au lieu qu'auparra-
vant les décisions qu'il renferme n'étoient reçues que par un consentement tacite. Ce qui
avoit donné de l'autorité aux édits des préteurs,
c'est que la plupart d'entr'eux, en les rédigeant, suivoient un esprit d'équité, qu'ils prenoient les avis des plus habiles jurisconsultes,
qu'enfin ils adoptoient les plus sages décisions
tant de ces jurisconsultes que des magistrats
leurs prédécesseurs.

Les décisions des jurisconsultes font une
partie très-considérable du droit romain. Quoique dans leur origine, elles n'aient été regardées que comme des simples opinions de
théorie, auxquelles les Juges ne se soumet-

toient qu'autant qu'ils le jugeoient à propos ?
elles ne laissèrent point que d'être toujours
de très-grand poids à Rome, par la grande
considération dont y jouissoient les jurisconsultes, qui étoient toujours les premiers personnages de la république.

Pour bien comprendre la raison pour laquelle cette profession y fut toujours en si
grand honneur, il faut se rappeller ce que
nous avons dit des patrons et des cliens. Selon
l'institution de Romulus, les patriciens étoient
les seuls admis aux dignités et aux sacerdoces,
dont tous les plébéiens se voyoient exclus.
Pour former quelque liaison entre ces deux ordres, il voulut que les plébéiens se choisis-
sent des patrons ou protecteurs parmi les
patriciens. Nous avons montré qu'un des principaux devoirs des patrons envers leurs cliens,
étoient de se charger de leurs procès et de
plaider eux-mêmes leurs causes. Il falloit donc
qu'ils fissent une étude particulière de la jurisprudence. Dès les premiers tems, les patriciens se trouvoient les seuls jurisconsultes. Ils
mirent tout en œuvre pour se conserver cette
prérogative après que le gouvernement républicain eut été substitué au monarchique. Ils
firent, au commencement de la république,

un recueil de loix royales , dont ils cachréent avec soin la connoissance au peuple , afin de se rendre plus nécessaires. C'étoit chez eux qu'il falloit venir puiser la connoissance des lois ; c'étoient eux qui en étoient les interprètes. En qualité de jurisconsultes, d'avocats et de juges , ils disposoient de toute la justice à leur gré. Si l'établissement des loix des douze tables, auquel ils eurent quelque peine à consentir , de ces loix qui furent exposées publiquement à la lecture du peuple , firent perdre aux jurisconsultes un peu de leur autorité , ils surent d'une autre part se ménager une ressource qui leur conserva presque tout l'ascendant qu'ils avoient eu sur le peuple , lorsqu'ils étoient les seuls dépositaires de la connoissance des loix. Ils introduisirent dans les procédures certaines actions et certaines formules , que les parties ne pouvoient négliger sans perdre leur cause. D'ailleurs, dans une compilation telle que celle des douze tables , il devoit se trouver bien des endroits obscurs et susceptibles de divers sens. Ajoutez qu'il étoit impossible d'appliquer leurs décisions à tous les cas qui se présentoient. Les jurisconsultes travaillèrent donc à éclaircir les endroits obscurs , et à expliquer ce qui pouvoit être susceptible de plus d un sens. Ils restraignoient la disposition de la loi lorsqu'elle paroissoit trop vague , ou l'étendoient aux cas qu'elle paroissoit avoir omis. Souvent aussi ils en adoucissoient la rigueur par un tempérremment d'équité. Mais sous ces différens prétextes, ils introduisirent diverses subtilités sans la connoissance desquelles l'intelligence des loix devenoit absolument inutile. Outre cela ils se réservoient encore à eux seuls la connoissance des fastes ou du calendrier, de sorte que le peuple ne pouvoit savoir que d'eux quels étoient les jours judiciaires. Par - là ils exerçoient sur les plébéiens à peu-près le même empire qu'ils avoient exercé avant qu'on eût établi les loix des douze tables. C'est donc là un des traits de la politique des grands de Rome , et un des artifices qu'ils mettoient en œuvre pour tenir le peuple dans leur dépendance. En se réservant d'abord à eux seuls la connoissance des loix , et depuis en s'en appropriant l'interprétation , ils obligeoient la plupart des citoyens de regarder leur protection comme nécessaire pour se faire rendre justice des torts qu'on leur faisoit. Quand on considère d'un autre côté que les jurisconsultes de Rome étoient ceux-là mêmes qui gouvernoient la république , qui étoient revêtus des sacerdoces et des principales magistratures ; il étoit bien naturel qu'on eût beaucoup de déférrence pour leurs décisions. Il est vrai qu'après la la publication des formules et des fastes, la jurisprudence perdit quelque chose de la grande considération dont elle avoit joui jusqu'alors. Il étoit d'ailleurs impossible que l'accès aux principales dignités de l'état et de la religion étant ouvert aux plébéiens, les patriciens pussent continuer à rester seuls maîtres de cette science.

Mais quoique la profession n'en fût interdite à personne, les jurisconsultes furent toujours les principaux de la république. C'étoit par la jurisprudence que la jeune noblesse commençoit à se faire connoître ; c'étoit par la réputation qu'elle y acquéroit, qu'elle s'ouvroit le chemin aux premières charges, soit en permettant qu'on vînt les consulter sur des matières difficiles, soit en plaidant eux mêmes la cause de ceux qui imploroient leur protection. Les jurisconsultes ne donnoient pas leurs avis et leurs leçons d'une manière ordinaire. Leur porte, il est vrai, étoit ouverte à quiconque venoit les consulter ; mais leurs réponses, soit à leurs cliens, soit aux avocats qui venoient prendre leurs avis, étoient conçues fort brièvement et reçues comme des espèces d'oracles. Ils ne donnoient pas de leçons réglées ; mais leurs maisons s'ouvrant à tous ceux qui vouloient recourir à leurs lumières, la jeune noblesse s'y rendoit, et assistant aux questions et aux réponses, elle acquerroit la science du droit plutôt par l'usage et par l'exercice que par des leçons en règle. On se figure aisément que des personnages d'un rang si élevé ne se faisoient pas plus payer leurs leçons que leurs réponses. Il en étoit de même des avocats ou patrons qui plaidoient gratuitement les causes de leurs cliens. Au reste, on voit que c'est du barreau romain que nous vient l'usage d'appeller encore aujourd'hui patrons les avocats, et cliens ceux qui les chargent de leurs causes. Très-souvent les juges eux-mêmes prenoient l'avis des jurisconsultes lorsqu'ils étoient présens, ou même par lettres s'ils étoient absens. Il arrivoit fort souvent encore que les juges ayant à prononcer sur des cas difficiles, prenoient pour assesseurs les plus habiles d'entr'eux, et se régloient sur leurs avis dans leurs arrêts. Ceux qui firent profession de jurisprudence furent toujours, jusqu'à la fin de la république, les principaux personnages de Rome, et ce fut aussi sous les empereurs le chemin le plus sûr pour arriver à une grande fortune. La haute estime où étoient les jurisconsultes donna tant de relief à leurs décisions, qu'elles devinrent bientôt une partie considérable du droit civil. Elles étoient de trois sortes; les actions et les formules, l'interprétation des lois. diverses maximes nouvelles qu'ils introduisirent dans le barreau à la faveur de cette interprétation. Ces décisions différentes furent reçues par l'usage et par un consentement tacite, sans pourtant que les juges fussent obligés de s'y conformer dans tous les cas.

De quelques loix en particulier.

Loix agraires.

Il est si souvent parlé de la loi agraire dans Cicéron qu'il est nécessaire d'en donner ici une idée précise. La proposition la plus flatteuse pour le peuple, et dans laquelle il ne pouvoit manquer de seconder puissamment ses tribuns, étoit celle d'une loi agraire, ou du partage de terres *conquises* entre les pauvres citoyens. Tite-live (1) en parlant de la première

(1) L. 1, chap. 41. Den. d'Hal., l. 8.

loi agraire, dit que la proposition n'en fut jamais renouvellée sans causer les mouvemens les plus violens dans la république. On voit en effet qu'elle fut toujours mise en avant par des tribuns mal intentionnés pour le sénat, et que le sénat ainsi que tous les grands de Rome s'y opposèrent de toutes leurs forces. C'est un grand malheur pour la république que la loi de Licinius, qui bornoit les possessions des riches à cinq cents arpens, soit restée sans exécution. Ce fut cette loi que Tibérius Gracchus entreprit de faire revivre ; entreprise qui lui coûta la vie. Ce qui rendoit la loi agraire si odieuse au sénat, c'est qu'il craignoit que dans le partage des terres, on ne fît entrer celles que les plus riches sénateurs et patriciens avoient usurpées sur les domaines de l'état, et que par là leurs rapines ne fussent mises au grand jour. S'il avoit voulu concourir avec les tribuns du peuple pour mettre un frein à la cupidité de quelques riches, et prévenir leurs usurpations, il ne se seroit pas tant récrié contre la loi Licinia, qui bornoit les possessions des particuliers, et après qu'elle fut établie, il auroit veillé à la faire exécuter. Par-là il auroit prévenu les justes reproches du peuple, les usurpations des grands et la dépopulation de l'Italie.

Mais il n'y avoit point d'abus pour le sénat
dès qu'ils ne tendoient qu'à l'agrandissement
des membres de son corps, qu'à augmenter
leur crédit et leurs richesses. Le nom seul de
loi agraire révoltoit cette compagnie dès qu'il
sortoit de la bouche d'un tribun du peuple. Il
y eut cependant des tribuns qui proposoient
simplement de partager des terres que la république venoit d'acquérir, uniquement pour prévenir de nouvelles usurpations, et sans rechercher celles qui avoient eu lieu dans des tems
antérieurs. On diroit à l'opposition du sénat,
qu'il vouloit absolument réserver à quelques
hommes la faculté de s'emparer des domaines
publics, dès qu'ils seroient à leur bienséance.
Voilà ce qu'on peut reprocher au sénat, en
convenant néanmoins qu'il s'est rencontré des
tribuns qui ont proposé des partages de terres,
non pour l'intérêt du peuple, mais ou pour
leur avantage personnel, ou par inquiétude d'esprit, ou par des intentions perverses pour l'état
et pour soulever la multitude. Je ne parcourrai
pas en détail les loix agraires, qui toutes excitèrent le mécontentement du sénat, soit qu'elles
tendissent à rechercher les usurpateurs des domaines, soit qu'elles se bornassent à la distribution, des terres nouvellement conquises pour

prévenir les usurpations. Le sénat ordonnoit souvent lui-même cette distribution , mais il étoit bien rare que ce fût autrement qu'en établissant des colonies , et il n'aimoit pas que les tribuns ou les consuls se mêlassent de le prévenir sur cet article.

Loix sur le crime de Majesté.

Le plus grand crime que pût commettre un citoyen Romain, étoit celui de *majesté* , lequel comprenoit tout ce qui s'entreprenoit directement ou indirectement contre la république. Ce crime étoit trop important pour que les loix n'aient pas pourvu de bonne heure à la punition de ceux qui s'en trouveroient atteints. Une loi de Romulus dévouoit les traîtres aux dieux infernaux et permettoit de les tuer impunément (1). Une loi des douze tables condamnoit à mort tous ceux qui formoient des assemblées nocturnes dans la ville. Une autre loi des mêmes tables condamnoit de même à mort celui qui auroit suscité des ennemis à la république, ou auroit livré aux ennemis un citoyen Romain. C'étoit proprement là le crime de perduellion,

(1) Den. d'Halic. , l. 2.

ou de lèze-majesté au premier chef. Plus récemment on regarda encore comme coupable de perduellion celui qui auroit fait battre de verges un citoyen romain et qui l'auroit fait mettre en croix. Une loi de Sylla comprit sous le crime de majesté, divers crimes qu'il soumit à des peines sévères. Il étoit réglé par la loi que le préteur étendroit les recherches sur tous ceux qui seroient accusés d'avoir agi contre les défenses d'un magistrat, qui se seroient opposés à un magistrat agissant en vertu du pouvoir de sa charge ; qui sans ordre auroient conduit l'armée hors des limites de leurs provinces, ou entrepris une guerre de leur propre autorité; qui auroient pardonné aux chefs des ennemis, qui n'auroiemt pas fait respecter l'autorité que le peuple romain leur avoit confiée. La loi soumettoit aux mêmes recherches un citoyen romain qui auroit fait sa cour à un roi étranger. Elle ordonnoit de plus qu'il n'y auroit aucune peine contre ceux qui auroient accusé à faux, qu'on y recevroit le témoignage des femmes , et que la peine de ceux qui auroient été convaincus seroit l'interdiction de l'eau et le feu, c'est-à-dire l'exil. Il y a des savans qui croient qu'on y recevoit les dépositions des esclaves contre leurs maîtres ; ils se fondent sur un passage de

Salluste, qui rapporte que, dans la conjuration de Catilina, le sénat promit une récompense, avec la liberté, aux esclaves qui viendroient dénoncer ce qu'ils en savoient. Mais ils prennent pour règle ce qui n'étoit qu'une exception ; et Cicéron lui même déclare que le sénat n'en avoit ainsi ordonné qu'à cause du grand péril que couroit la république (1). Le même Cicéron dit formellement dans le plaidoyer pour Milon, qu'on ne pouvoit interroger un esclave contre son maître que dans le cas d'un sacrilège, *nisi de incestu.*

Loix sur la brigue.

Des loix très-nécessaires dans tous les tems de la république, et qui néanmoins ne purent jamais remédier à tous les abus, furent celles qu'on établit contre les moyens illicites que quelques ambitieux mettoient en œuvre pour parvenir aux grandes charges. On donnoit à ce crime le nom de brigue *ambitus*. Il y avoit des brigues autorisées et comme permises, qui se nommoient *ambitio*. On donnoit des repas réglés à tout le peuple romain, comme fit Crassus,

(1) Cic. part. or. ch. 34. Pour Milon. ch. 22.

qui régala tous les Romains à dix mille tables ;
et fit à chacun une distribution de bled pour
trois mois. On se frayoit encore le chemin au
consulat par la magnificence que l'on déployoit
dans son édilité. Il y avoit encore divers autres
moyens qu'on employoit pour gagner les suffrages, et même dans les derniers tems de la république on les achetoit assez ouvertement. Il
semble même qu'il fut permis de s'engager pour
une certaine somme envers chaque tribu. Il
y avoit différens entremetteurs à titre qui servoient les candidats; les *interprètes* qui faisoient
la convention avec ceux qui vendoient leurs
suffrages ; les *sequestres*, chez lesquels l'argent
se mettoit en dépôt ; enfin les diviseurs ou
distributeurs, qui faisoient le partage des
sommes promises. Tolérer de pareils abus,
c'est ouvrir la porte aux plus énormes excès.

Mais voyons les loix faites en divers
tems contre la brigue. Dès 395 Caïus Pœte-
lius, tribun du peuple, porta une loi (1) par
laquelle il étoit défendu d'aller dans des endroits où se tenoient des foires et des conci-
liabules pour y mendier les suffrages de ceux
qui s'y assembloient. L'an 571 les consuls Paul

(1) Tite-Live, l. 7, ch. 15.

Emile et Marcus Bœbius, autorisés par le sénat, firent une loi contre la brigue (1). Il en
fut porté une sur le même sujet en 594. L'histoire ne dit pas quelles peine furent statuées
par ces deux loix contre les coupables. On
pense d'après un passage de Polybe, que ce fut
au moins l'exil. Il y eut encore plusieurs précautions prises contre le même crime. Enfin
l'an de Rome 686, Caïus Cornélius entreprit
de réprimer les brigues par une loi très-sévère.
Elle déplut au sénat, qui s'y opposa de toutes
ses forces (2). La sévérité même des peines
qu'elle ordonnoit, lui sembloit devoir mettre
les coupables à l'abri, parce que personne ne
voudroit se porter accusateur, et que les juges
mêmes se feroient une peine de prononcer une
sentence si rigoureuse. Il chargea donc les
consuls Pison et Glabrion d'y faire divers changemens, et de la proposer de nouveau avec
les adoucissemens convenables. Cette loi, connue sous le nom de loi Calpurnia, outre qu'elle
condamnoit les coupables à de grosses amendes,
les excluoit pour toujours du sénat et de toute
autre dignité. Il y avoit aussi des récompenses

(1) Tite-Live, l. 40, ch. 19. Epitome 47. Polybe,
l. 6, ch. 54.
(2) Dion Cassius, l. 35.

assez considérables pour ceux qui se portoient
accusateur, et des peines assez fortes contre
ceux qui faisoient des distributions au nom des
candidats. Les difficultés qu'on trouva à faire
recevoir cette loi, les oppositions qu'elle ren-
contra, tant de la part des grands que d'une
partie du peuple, de sorte même qu'on en
vint plusieurs fois aux mains, montrent que le
mal étoit parvenu à son comble, et qu'on ne
pouvoit plus y apporter de remède. Aussi cette
loi fut-elle si peu capable de réfréner les brigues, qu'elles se firent encore avec moins de
réserve que jamais. Le sénat effrayé de l'audace
avec laquelle Catilina et Caïus Antonius caba-
loient pour emporter le consulat sur leurs con-
currens, voulut renouveller la loi dont nous
venons de parler, et lui donner encore plus
de force ; mais il en fut empêché par l'opposition d'un tribun du peuple. Il se contenta donc
de faire dresser un sénatusconsulte, par lequel il régloit que tous les candidats qui se
feroient accompagner par des hommes à leurs
gages, qui donneroient des spectacles de gladiateurs au peuple, auroient encouru par-là
même les peines de la loi Calpurnia. Cicéron (1),

(1) Pour Sextius ch. 36. Contre Vatinius, ch. 15
pendant

pendant son consulat, changea en loi ce sénatusconsulte, en le faisant confirmer par les suffrages du peuple. Il fixa le terme de deux ans,
pendant lequel il n'étoit permis à aucun de
ceux qui aspiroient à quelques charges, de
donner des spectacles de gladiateurs ou de repas au peuple, à moins qu'ayant été institués
héritiers, le testateur ne leur eût marqué un
certain jour pour cela dans son testament.
Outre qu'il établit la peine de dix ans d'exil
pour les coupables, il n'y avoit point de maladie, il n'y avoit point d'excuses qui pût les
dispenser de paroître le jour de la citation, à
défaut de quoi ils étoient condamnés. La même
loi décernoit diverses récompenses à ceux qui
s'étant portés accusateurs avoient fait condamner quelqu'un pour brigue. Mais il n'est pas
vrai, comme l'ont pensé des savans, que les
accusateurs aient été revêtus des magistratures
de ceux qu'ils faisoient condamner. Cicéron
témoigne (1) le contraire dans un passage de
son plaidoyer pour Muréna, et c'est par ce
passage qu'il faut en expliquer un autre du
plaidoyer pour Sylla, d'où l'on a voulu tirer
une assertion que nous croyons fausse. Il se

(1) Pour Muréna, ch. 38.
Tome I.   F f

fit encore diverses loix contre la brigue, entre autres celle de Crassus dans son consulat en 698 ; mais ce n'étoient que de foibles remèdes contre l'ambition d'un côté et la corruption du peuple de l'autre. Le mal alla toujours en empirant et ne finit qu'avec la république.

Loix sur le péculat.

On appelloit péculat le vol des deniers de l'état. Il y eut certainement des loix de portées contre ce crime ; mais on ignore par qui et dans quel tems. Tout ce que l'on sait, c'est que Caïus Cornélius, tribun du peuple, joignit à la recherche du péculat celle de *residuis*, c'est-à-dire, celle des deniers publics dont Sylla avoit eu le maniment, et dont il n'avoit pas encore été rendu compte (1). On vouloit que son fils Faustus, et tous ceux qui en avoient eu leur part, en fissent restitution. Jules Cesar confirma cette loi de *residuis* par une loi nouvelle, par une loi qui permit de poursuivre ceux qui auroient participé au vol des deniers publics.

(1) Cic. Pour Muréna, ch. 20. Ascon. in Corn.

Loix sur la concussion.

On désignoit par le terme de concussion , *repetundarum*, l'argent dont les sujets de l'empire romains, ou les citoyens mêmes , poursuivoient la restitution en justice , pour leur avoir été extorqué ou ravi injustement par des magistrats , par des juges, ou par toute autre personne publique. Ce crime paroît avoir été inconnu dans les premiers siècles de Rome ; et ce ne fut qu'après que les Romains eurent beaucoup étendu leurs conquêtes , que les fréquentes plaintes des sujets ou alliés de l'empire contre les vexations de leurs gouverneurs, firent songer à réparer leurs torts et à reprimer l'avarice des magistrats. Une loi Porcia (1) régloit ce que les magistrats romains , leurs lieutenans et leurs officiers étoient en droit d'exiger dans les provinces ; mais on ne voit pas que cette loi ait établi des peines pour les coupables. Les vexations des magistrats romains devinrent si ordinaires et les plaintes des sujets ou alliés contre leurs gouverneurs si fréquentes , qu'enfin l'an de Rome 604 , Lucius Calpurnius Piso , le même qui avoit porté une loi contre la bri-

_____

(1) V. Sigon. de antiq. jure provin. l. 1, ch. 10.

gue , en porta une contre le crime de concussion , par laquelle il fut établi un tribunal pour la recherche de ce crime (1). Les
peines que la loi Calpurnia infligeoit aux coupables n'étoient pas probablement fort sévères ; il y a toute apparence qu'elle n'obligeoit
qu'à la restitution. Marcus Junius Pennus , tribun du peuple , fit recevoir une loi contre les
concussionnaires ; il paroît d'après un exemple
particulier , qu'outre la restitution cette loi
condamnoit à l'exil. Une loi Servilia sur le
même objet , régloit quelques formalités pour
le choix des juges , et infligeoit , à ce qu'il
semble , la même peine que la loi Junia; la
peine de l'exil. La loi Acilia suivit d'assez près
et fut encore plus sévère que la précédente , .
si l'on en croit Ciceron (2). Suivant Asconius,
la loi Servilia accordoit à l'accusé un délai
jusqu'au surlendemain , et permettoit même
de remettre à un plus ample informé ; au lieu
que la loi Acilia ordonnoit que , dès que la
cause auroit été plaidée de part et d'autre et
les témoins entendus , les juges fussent obligés
de prononcer. Cette dernière loi fut portée vers

(1) Cic. dans son Brutus , ch. 27. Contre Verrès,
l. 3 , ch. 84.

(2) Contre Verrès, act. 1 , ch. 17.

l'an 652 par Marcus Acilius Glabrio, tribun du
peuple. La loi Cornélia, dont Sylla étoit l'auteur, ordonnoit les mêmes peines que les précédentes. Il paroît d'après Cicéron, dans un
de ses plaidoyers contre Verrès, qu'elle réta-
blit les formalités de la loi Servilia, c'est-à-dire,
qu'elle accordoit un délai jusqu'au surlendemain, de sorte qu'à ce surlendemain l'accusateur d'abord et ensuite l'accusé parloient de
nouveau. La loi Cornélia avoit cela de particulier, qu'elle assujettissoit au même tribunal que les coucussionnaires les juges qui se
seroient laissé corrompre. Enfin Jules César,
dans son premier consulat, fit encore sur cette
matière une nouvelle loi. Cicéron (1) la qualifie de très-rigoureuse, *acerrima* ; cependant il
paroît qu'elle ne condamnoit pas les coupables
à l'exil, qu'elle se contentoit de les exclure du
sénat et de les dégrader.

Dans le jugement de concussion, ainsi que
dans celui de péculat, les juges prononçoient
deux fois : d'abord ils décidoient si l'accusé étoit
coupable ou non, ensuite ils estimoient la peine ;
cette peine étoit, ou l'exil, ou la restitution, quelquefois du simple, quelquefois du double, quelquefois du quadruple, selon la gravité du délit.

(1) Contre Vatinius, c. 12. Pour Rabirius, c. 14.

Nous avons vu que pour le péculat , Jules
César avoit établi ou confirmé une loi *de resi-*
diu ; le même César avoit ajouté à sa loi contre
la concussion l'article *quô ea pecunia perve-*
nerit (1) , c'est-à-dire qu'il avoit statué que ,
quand un magistrat concussionnaire seroit
hors d'état d'acquitter la somme à laquelle
il auroit été condamné , on pourroit poursuivre ceux qui avoient commandé sous lui
dans la même province , et qui seroient soup-
çonnés d'avoir participé à ses vols.

Loix sur l'homicide.

L'homicide fut toujours puni de mort à
Rome , et il se désignoit par le nom de parricide. Une loi des douze tables embrassoit l'homicide , le crime de sortilège et d'empoison-
nement , le parricide proprement dit , c'est-à-
dire, le meurtre d'un père ou d'une mère. Si
quelqu'un , dit-elle , a tué père ou mère, qu'on
lui enveloppe la tête , et que , cousu dans un
sac , on le jette dans le fleuve. Sylla porta
une loi qui soumettoit au même tribunal les
assassins , les empoisonneurs , les juges corrompus et les faussaires , c'est-à-dire , les juges

(1) Cic. pour Rabir. Postum. ch. 4.

iniques, les faux témoins, les faux mon-
noyeurs, tous ceux qui avoient fabriqué ou
supposé un faux testament ou tout autre ins-
trument authentique : la peine des coupables
étoit l'exil. Le même Sylla renouvella la loi
contre les parricides, c'est-à-dire, contre les
meurtriers d'un père ou d'une mère. Sans in-
venter de nouvelles peines contre ce crime,
il l'étendit à divers autres degrés de parenté.
Pompée confirma cette même loi dans son
second consulat avec quelques circonstances
peu essentielles. Le tribunal qui jugeoit les
assassins étoit appellé *judicium de sicariis ou in-*
ter sicarios.

Loix sur les diverses sortes de violences.

Un crime qui avoit beaucoup de rapport
avec le meurtre et l'homicide étoit la violence
qui conduit à l'un et à l'autre. On distinguoit
à Rome diverses sortes de violence. Une violence faite au sujet d'un fond de terre dont on
revendiquoit la propriété, une violence privée, une violence publique.

La première violence étoit faite ou sans hommes armés ou avec des hommes armés. Si elle
étoit faite sans hommes armés, ce n'étoit

qu'une violence simulée , une violence journalière , c'est-à-dire , ordinaire , une violence faite suivant les formalités d'usage , *vis quotidiana* , *moribus facta* (1). On se présentoit pour entrer dans la terre en litige , la partie adverse empêchoit d'y entrer , on demandoit au préteur d'être rétabli dans la terre d'où l'on avoit été chassé par la violence , *undè videjectus sum* ; le préteur rendoit une ordonnance appellée *interdictum* , par laquelle il enjoignoit de rétablir le plaignant. Alors la cause se plaidoit de part et d'autre , et chacun des contendans montroit ses droits sur la terre contestée. Si la violence étoit faite avec des hommes armés , celui contre lequel on avoit employé cette violence , obtenoit du préteur la même ordonnance , *interdictum* ; mais il attaquoit préalablement son adversaire par une espèce d'action criminelle , comme ayant employé contre lui une violence illégitime.

La violence privée étoit le crime par lequel on attaquoit violemment un particulier , on le tuoit ou on le blessoit. On comprenoit encore sous le nom de violence privée, le crime de ceux , ou qui avoient empêché qu'un

(1) V. le plaidoyer de Cic. pour Cécina.

accusé ne comparut en justice, ou qui s'étoient opposés à ceux qui le conduisoient devant le juge, ou qui avoient fait souffrir la torture à l'esclave d'autrui, ou qui, sans attendre un décret du juge, s'étoient emparés du bien de leurs débiteurs, et autres délits semblables. Tout ce qu'on sait, c'est que tous ces délits étoient portés au tribunal nommé *quæstio inter sicarios*; mais il est impossible de dire en quel tems ce tribunal fut établi, par quelles loix il fut réglé.

On appelloit violence publique, tout attentat qui se commettoit contre les magistrats, et en général contre les personnes constituées en autorité. Plautius Sylvanus, tribun du peuple en 668, établit le premier un tribunal pour connoître de la violence publique, dans le tems où la guerre sociale causoit de fréquens désordres à Rome. Jusqu'alors toute violence contre un magistrat, contre des juges, des sénateurs, et autres personnes constituées en dignité, avoit été comprise sous le titre de majesté et jugée à ce tribunal; mais, par sa loi, Plautius établit un nouveau tribunal pour informer contre ce crime, contre tout attentat qui tendoit à troubler la tranquillité publique et à interrompre les magistrats dans leurs fonctions. La loi Plautia fut renouvellée en 675 , par Quintus Lutatius Catulus. Il étoit consul avec Marcus Lépidus , qui vouloit relever le parti de Marius ; au lieu que Catulus , attaché à celui de Sylla , s'opposoit avec vigueur aux entreprises de son collègue , et l'obligea enfin de quitter Rome. Ces querelles occasionnerent dans la ville de violentes séditions et bien des désordres ; ce qui engagea Catulus à renouveller la loi de Plautius. Il ne paroît pas y avoir fait d'autre changement , sinon d'ordonner qu'il n'y auroit point de vacance à ce tribunal , que les jours de fêtes et de jeux publics n'interromproient point le cours des procédures (1). La loi de Plautius ; et celle de Catulus , connues sous le nom de *Lutatia* , étoient donc toutes deux les mêmes , et comprenoient sous le nom de violence publique divers chefs soumis auparavant au tribunal de majesté. Cicéron , au commencement de son plaidoyer pour Cœlius , dit en propres termes que la loi sur la violence publique intéresse la constitution de l'état , la majesté de l'empire , le salut de la patrie , la sûreté de tous. Il ajoute que Catulus avoit fait confirmer la

---

(1) Cic. pour Cœlius , ch. I.

loi de Plautius dans le tems où la discorde armoit les partis les uns contre les autres, et que c'étoit avec cette même loi qu'on avoit éteint le reste de la conjuration de Catilina.

Il est des objets essentiels qui n'ont pu entrer dans mon plan, et dont je dois donner ici une idée ; la distribution du tems chez les Romains, leurs monnoies, leurs nombres, leurs mesures, leurs repas, et leur milice.

Distribution du tems chez les Romains : année, mois et jours.

L'année romaine éprouva différens changemens jusqu'à Jules César où elle fut disposée à-peu-près comme elle l'est aujourd'hui.

Les mois chez les Romains étoient comme chez nous, au nombre de douze ; et c'est d'après les noms des leurs, que nous avons nommé les nôtres. Personne n'ignore d'où ils tiroient ces noms. Leurs mois étoient divisés en trois parties, en calendes, en nones et en ides. Les calendes étoient le premier jour de chaque mois. Elles étoient ainsi appellées d'un ancien mot latin, qui veut dire *assembler*, parce que ce jour-là un pontife annonçoit la nouvelle lune au peuple assemblé. C'étoit aux calendes de chaque mois, que les usuriers exigeoient l'argent qu'ils avoient prêté à usure. Les nones suivoient les calendes. Elles étoient de six jours dans les mois de mars, mai, juillet et octobre, et de quatre dans les autres. On les nommoit ainsi, parce que des ides aux nones, il y avoit neuf jours en rétro- gradant. Enfin les ides prennent leur nom d'un mot étrusque, qui signifioit *diviser*, parce que les ides divisoient le mois à-peu-près par la moitié.

Voici comme les Romains comptoient les jours du mois. Prenons pour exemple le mois de janvier, dans lequel les nones avoient quatre jours. Premier jour de janvier, calen- des de janvier, *calendæ januariis*. Second jour de janvier, quatrième jour avant les nones de janvier, *quarto die anté nonas januarias*, ou simplement *quarto nonas januarias*. Troi- sième jour avant les nones, *tertio nonas*. Quatrième, second jour avant les nones ou la veille des nones, *secundo nonas* ou *pridie nonas*. Cinquième, les nones, *nonæ*. Après les nones, on comptoit de même en rétrogradant jusqu'aux ides qui, dans ce mois, étoient le quatorze. Le sixième de janvier étoit le neu-

vième jour avant les ides , *nono die anté idus* ,
ou simplement *nono idus*. Le septième étoit
le huitième jour avant les ides , *octavo idus* ;
et ainsi de suite jusqu'aux ides. Après les
ides on comptoit encore en rétrogradant jusqu'aux calendes du mois suivant. Le quinzième
jour de janvier étoit le dix-septième jour avant
les calendes de Février , *decimo septimo die anté
calendos februarias* , ou simplement *decimo septimo cal. feb*. Le quinzième étoit le seizième
jour avant les calendes de février , et ainsi
de suite jusqu'aux calendes , ou premier jour
de février.

Le jour civil chez les Romains étoit divisé
en plusieurs parties , auxquelles ils donnoient
différens noms. Il commençoit comme chez
nous à minuit , *media nox Mediæ noctis inclinatio* , *gallicinium* , le chant du coq. *Con-
ticinium* étoit le tems le plus calme de la
nuit ; *diluculum* , la pointe du jour ; *mané* ,
le matin qui duroit jusqu'à midi , *media dias*
ou *meridies* ; *meridiei inclinatio* , étoit ce que
nous appellons la relevée. *Solis occasus* , le
coucher du soleil. *Suprema tempestas* , *vesper* ,
crepusculum , *prima fax* , *concubinum* , le tems
où l'on se couche. *Nox intempesta* , depuis
le coucher jusqu'à minuit. Le jour distingué

de la nuit étoit divisé en douze parties ou douze heures égales. *Prima hora*, la première heure du jour ; *secunda*, *tertia*, etc., la seconde, la troisième heure du jour, ect. *Duodecima hora*, la douzième et dernière heure du jour. Après quoi, *vesper*, le soir. On divisoit la nuit en quatre parties égales ou veilles, *excubiæ* ou *vigiliæ*.

Monnoie, nombres et mesures des Romains.

Il ne paroît pas que les anciens, non plus que les autres nations, se soient servis d'abord de monnoie marquée à un coin. Ils commerçoient entre eux par l'échange de leurs marchandises, ou bien ils employoient des métaux estimés au poids. C'est de là que viennent les différens noms donnés à la monnoie, noms qui marquent l'ancien poids, comme l'as chez les Romains et toutes les parties dans lesquelles on l'a divisé, comme le talent et la mine chez les Grecs, le sicle chez les Hébreux, et comme encore aujourd'hui la livre tournois en France, la livre sterling en Angleterre, etc. Servius Tullius fut le premier qui fit frapper le cuivre à Rome ; il y fit mettre un animal, d'où les Latins appellèrent cette monnoie *pecunia* à *pecus* ; le nom de cuivre étoit l'as et toutes ses parties. On entendoit par *as* un tout solide , *solidum* , divisible en parties aliquotes. Cet as dans les commencemens étoit d'une livre , et on avoit coutume de le peser si la somme étoit considérable. C'est de là que les Romains disoient peser , *pendere*, pour dire payer. Apporter les registres du pesé , pour dire du payé , *expensum ferre*. Plusieurs autres mots latins , qui regardent la monnoie , tirent leur origine de l'ancien usage de peser l'argent.

L'as valoit environ un sou de notre monnoie. Tarquin le Superbe , le divisa en *triens* et en *quadrans* , que l'on appelloit aussi *teruntius*. Le *sextans* étoit le sixième de l'as , et ainsi des autres jusqu'à la douzième partie qui étoit une once ; l'as étant censé peser douze onces. Toutes ces parties différentes avoient leur marque et leur nom. Le numme ou denier d'argent valoit environ dix sous de notre monnoie. Il portoit pour marque un char attelé de deux ou quatre chevaux ; ce qui lui faisoit donner le nom de *bigatus* et de *quadrigatus*. Il étoit à peu près de la valeur de la drachme attique. La quatrième partie d'un denier étoit un sesterce , qui valoit deux as et demi, deux sous et demi de nôtre monnoie. Ce sesterce étoit fort sou-

vent appellé numme, *nummus* ou *nummus ses-*
tertius, parce qu'on l'employoit fréquemment
dans les comptes. C'étoit une des plus petites
monnoies des Romains ; de sorte que quand
on disoit adjuger quelque chose à quelqu'un
pour un numme ou un sesterce, cela signifioit
qu'on le donnoit pour rien ou pour très-peu
de chose. Le sesterce s'exprimoit ainsi LLS ,
ou IIS , ou en mettant une barre en travers
HS ; pour marquer deux livres et demi, ou
deux as et demi.

Les Romains comptoient par les as et plus
souvent par les sesterces. Quand ils comptoient
par les as, ils sousentendoient souvent le nom
d'as, et disoient simplement cent pour cent as.
Il faut remarquer que *sestertius* au masculin ,
veut dire simplement un sesterce , et *sestertia*
au neutre mille sesterces. Ainsi *sestertia* mille
sesterces ; *centum sestertia*, cent mille sesterces ;
decies sestertiûm, sous entendu *centum* ; dix cent
mille sesterces, un million de sesterces.

Il y a encore une espèce de monnoie dont
il est souvent fait mention dans les auteurs ,
quoiqu'elle ne fût pas particulière aux Romains,
mais plutôt aux Grecs. Cette monnoie étoit le
talent et la mine. Chaque mine attique (car
c'est celle-là dont nous parlons) valoit environ
cent

cent deniers, ou cinquante de nos livres. Le talent attique valoit donc environ trois mille de nos livres. Les Romains se sont servi quelquefois de cette façon de compter.

Nous avons dit que l'as des Romains pesoit originairement une livre ; aussi donnoient-ils à leur livre le nom d'as. La livre romaine, réduite au poids de Paris, valoit environ dix onces et demi. Elle se divisoit en plusieurs parties qui avoient chacune leur nom.

Les Romains comptoient par des lettres majuscules que nous appellons chiffres romains. Voici les figures par lesquelles on peut compter tous les nombres I, V, X, L, C, 1, 5. 10, 50, 100. I, II, III, IV, V, VI, VII, VIII, IX, X, 1, 2, 3, 4, , 5, 6, 7, 8, 9, 10. On voit dans ces figures, que quand une figure de moindre valeur est devant une figure d'une valeur plus grande, il faut d'autant rabattre de cette dernière. Ainsi dans IX il faut rabattre un de dix, reste neuf ; dans XL, il faut rabattre dix de cinquante, reste quarante.

Figures arithmétiques d'après lesquelles on peut compter les plus grands nombres.

IƆ	5oo	CIƆ	1000
IƆƆ	5ooo	CCIƆƆ	10000
IƆƆƆ	50000	CCCIƆƆƆ	100000
IƆƆƆƆ	5ooooo	CCCCIƆƆƆƆ	1000000

Dans ce premier rang de figures on voit que le premier C placé à la droite de I doit-être multiplié par cinq. Ainsi dans IƆ cent, multiplié par cinq, donne cinq cent, que nous marquons par D , en rapprochant le I de Ɔ. S'il y a un second C, il faut multiplier le nombre précédent par dix , et toujours de même en ajoutant de nouveaux C. Dans le second rang de figures , les C placés à gauche; annoncent qu'il faut doubler le nombre ainsi IƆ , 5oo , IƆI , 1000 : nous avons changé IƆI en M. IƆƆ , 5ooo , CCIƆƆ , 10000 ; et toujours de même en suivant.

Nous examinerons chez les Romains trois sortes de mesures ; mesures de liquides , mesures de choses solides ou sèches , mesures d'intervalle.

La plus grande des mesures de liquides s'appelloit *culeus* ; elle contenoit vingt am-

phores. L'amphore , mesure principale , contenoit quatre-vingt livres pesant, ce qui valoit
deux urnes. L'urne contenoit quatre conges,
le conge six septiers , le septier deux hemines
ou demi-septiers , le demi-septier deux mesures qu'on nommoit *quartani* ; chaque *quar-
tanus* contenoit deux cyathes et demi. Dans
ces cyathes étoit contenu autant de vin qu'on
pouvoit en boire d'un seul trait. Il y avoit
encore une mesure un peu plus grande que
le cyathe , contenant la quatrième partie d'un
demi septier ; elle s'appelloit *acetabulum*.

Les Romains avoient une autre mesure appellée *modius* , pour les choses solides ou
seches ; il contenoit la troisième partie d'une
amphore , ou vingt-six livres deux septiers pesant d'eau ou de vin. On ne sait point quel
poids de blé il pouvoit tenir. On donnoit
ordinairement aux esclaves quatre de ces mesures par mois. Ce *modius* , ou boisseau , étoit
la sixième partie de la mesure attique , devenue romaine , nommée *medimnus*.

La mesure d'intervalle se marquoit par piés ,
par coudées , etc. Le pié se divisoit en quatre
palmes , la palme en quatre doigts ou pouces.
Le pié , ainsi que l'as , se divisoit en douze
onces , comme il se divise en douze pouces

aujourd'hui. La coudée étoit de six palmes ;
le pas avoit cinq piés de longueur , et mille
de ces pas faisoient ce qu'on appelle un mille ,
à peu près le tiers de nos lieues communes.
Le stade étoit une mesure particulière aux
Grecs , formée d'environ cent vingt-cinq pas
géométriques.

Des repas chez les Romains.

Dans les premiers tems , les Romains
étoient assis à table , et les femmes retinrent
quelque tems cet usage conforme à la modestie : mais dans la suite les hommes et
les femmes se couchèrent , en prenant leurs
repas , sur des lits faits exprès. Leur table
étoit ronde et basse : celle des pauvres étoit
à trois piés ; celle des riches étoit de citro-
nier ou d'érable , soutenu par un seul pié
d'ivoire , travaillé artistement. On apportoit
les tables toutes servies dans la salle à manger. Il y avoit ordinairement trois lits autour
de la table ; ce qui faisoit donner le nom
de *triclinium* à la salle où l'on mangeoit. On
mettoit sur les lits des matelats et des tapis
plus ou moins précieux , suivant les richesses
du maître de la maison. Il y avoit sur chaque

lit trois convives, rarement quatre ; il n'étoit pas honnête d'y en mettre davantage. Ils avoient la partie supérieure du corps appuyée sur le coude, et le reste étendu ; de manière que le premier convive avoit les piés derrière le dos du second, et que la tête de celui-ci étoit vis-à-vis le milieu du corps du premier, avec un coussin entre deux ; les autres convives étoient rangés de même. La place du milieu étoit la place d'honneur, et ensuite celle du haut du lit. Ceux qui étoient invités pouvoient amener avec eux des convives, qu'on appelloit *ombres*. Au pié des lits étoient assis ceux qu'on nommoit parasites, les amis familiers et sans conséquence, et les enfans. Les Romains avoient coutume de prendre le bain avant de se mettre à table : ils se revêtoient alors de l'habit appellé *vestis cœnatoria* ou *synthesis*, et ils ôtoient leurs souliers.

Dans les premiers tems de la république, le repas des Romains étoit fort simple. Il consistoit le plus souvent en un plat de viandes bouillies avec du miel, du fromage et des œufs, appellé *pultis* : souvent ce n'étoit que des herbes. Dans la suite, leurs repas furent meilleurs, et composés de trois services. D'abord on servoit des mets propres à exciter l'appetit, en y joignant des œufs ; ce qui s'appelloit *gustus* ou *gustatio*. *Cantare ab ovo usque ad mala*, dit Horace, chanter depuis les œufs jusqu'aux fruits, c'est-à-dire chanter pendant tout le repas. Le fond du repas (*caput cœnæ*) suivoit le service. Venoit après cela le dessert, appellé *mensæ secundæ*, où il y avoit des fruits, des gâteaux, des sucreries, et autres choses semblables. Les Romains, du moins ceux qui se piquoient de tempérance, ne faisoient qu'un repas en règle sur le soir. Manger avant le tems prescrit, c'étoit *edere de die*. On appelloit *tempestiva convivia*, les repas que l'on commençoit plutôt qu'à l'ordinaire, soit par gourmandise, soit pour avoir le plaisir d'être plus long-tems à table avec ses amis : on nommoit *convivia intempestiva* ou *comessationes*, les repas qui étoient prolongés bien avant la nuit. Le maître ou roi du repas régloit la façon de boire, combien de coups et en l'honneur de qui on boiroit. Si quelqu'un avoit enfreint les loix, il étoit condamné à boire un coup de plus ; c'est ce qu'on appelloit *cuppâ potare magistrâ*. Au second service, les Romains avoient coutume de faire une libation en l'honneur des dieux qu'ils croyoient présider à table, ou même en l'honneur de leurs amis d'un rang distingué. Ils répandoient un peu de vin de leur coupe à terre ou sur la table, en y joignant une prière pour leur prospérité.

Les anciens regardoient la table comme une chose sacrée : c'étoit par elle qu'on exerçoit l'hospitalité et que l'on cultivoit l'amitié, deux objets bien précieux pour les hommes, et regardés comme les plus doux présens des immortels. Un usage qui n'étoit pas aussi honnête, ou plutôt qui étoit une affreuse débauche, c'étoit celui de se faire vomir après les repas pour se décharger l'estomac, et pour recommencer à manger de nouveau. Cela ne paroissoit point alors étrange, on croyoit faire honneur au maître de la maison ; et il y avoit des endroits appellés *vomitoria*, où l'on alloit naturellement remplir cet office.

Milice des Romains.

Les Romains se sont tellement distingués dans la guerre, qu'on ne sauroit se dispenser de traiter cette partie. Le courage des chefs et des soldats animés par les plus belles récompenses, l'amour de la patrie pour laquelle ils

combattoient ; la discipline admirable qui régnoit par-tout avec le plus bel ordre , et qui
étoit maintenue avec la plus grande sévérité ;
les corps des guerriers endurcis par la fatigue
et par les exercices les plus rudes ; la constance de l'état , constance inébranlable et supérieure à tous les revers , qui ne lui faisoit
abandonner l'ennemi le plus redoutable que
lorsqu'il étoit soumis , sa conduite sage , pleine
de douceur et d'équité à l'égard des peuples
vaincus : toutes ces qualités et tous ces avantages ont valu aux Romains l'empire du monde.
Je me bornerai dans un sujet qui seroit immense , et je ne parlerai que de la levée des
troupes , des différens ordres de la milice ,
et des récompenses militaires.

Levée des troupes.

Lorsque les consuls étoient désignés , on faisoit vingt-quatre tribuns de soldats pour quatre
légions. Quatorze étoit tirés de l'ordre des chevaliers , et ils devoient avoir cinq ans de service ; on en tiroit dix d'entre le peuple , et
ceux-ci devoient avoir servi dix ans. Les chevaliers n'étoient obligés en tout qu'à dix ans
de service (1) , parce qu'il étoit important pour

(1) Tite-Live , l. 27 , ch. 11.

la république , que les principaux citoyens
parvinssent dé bonne heure aux dignités. Les
autres étoient obligés de servir vingt-neuf ans ,
à commencer depuis dix-sept jusqu'à quarante
(1) ; et l'on pouvoit obliger à servir jusqu'à
cinquante ans , ceux dont le service avoit
été interrompu par quelque accident. Mais à
l'âge de cinquante ans , soit que le tems du
service fût accompli , soit qu'il ne le fût pas ,
on étoit dispensé de porter les armes. Personne
ne pouvoit posséder une charge de la ville à
moins qu'il n'eût dix ans de service (2). On
ne tiroit des soldats de la dernière classe des
citoyens que dans une nécessité pressante. Les
citoyens du dernier rang et les affranchis étoient
réservés pour le service de la marine. On vouloit que les plus riches allassent à la guerre ,
comme étant plus intéressés que les autres au
bien commun de la Patrie.

Quand les consuls devoient lever des troupes , ils faisoient publier un édit par un hé-
raut et planter un étendart sur la citadelle (3).
Alors tous ceux qui étoient en âge de porter

(1) Tite-Live , l. 42 , ch. 34.
(2) Polybe , l. 6 , ch. 17.
(3) Den. d'Halic. , l. 8 , ch. 81.

les armes avoient ordre de s'assembler dans le Capitole ou dans le champ de Mars. Les tribuns de soldats , suivant leur ancienneté , se partageoient en quatre bandes ; de manière que dans la première et la troisième ils fussent quatre des plus jeunes , et deux des plus âgés ; et dans la seconde et dans la quatrième , trois des plus jeunes et autant des anciens. Ils se partageoient en quatre bandes , parce qu'ordinairement on levoit quatre légions. Les tribuns ainsi partagés, appelloient les tribus dans lesquelles ils choisissoient quatre jeunes gens à peu près du même âge et de même taille , et ils en mettoient un dans chaque légion ; ils continuoient de même jusqu'à ce que les légions fussent remplies. Quelquefois aussi on les levoit à la hâte et sans choix , sur-tout quand on avoit une guerre dangereuse à soutenir. On appelloit ces soldats *subitarii* ou *tumultuarii*. Ceux qui refusoient de s'enrôler y étoient forcés par la confiscation de leurs biens. Quelquefois même ils étoient réduits en esclavage (1) ou notés d'infamie. Il y avoit des raisons légitimes pour s'exempter de la guerre ; comme le congé qu'on avoit obtenu à cause de son

(1) Cic. pour Cécina , ch. 34.

âge, la dignité dont on étoit revêtu, enfin une permission accordée par le sénat ou par le peuple. On étoit encore exempt d'aller à la guerre, lorsqu'on avoit servi le tems prescrit, qu'on étoit malade, ou qu'on avoit quelque défaut naturel, comme d'être sourd jusqu'à ne pouvoir pas entendre le son de la trompette. On n'y avoit cependant pas beaucoup d'égard dans une guerre imprévue et dangereuse (1).

La levée de la cavalerie étoit plus facile, par-ce que tous les chevaliers étoient écrits sur les régistres des censeurs. On en prenoit trois cent pour chaque légion.

La levée des soldats étant faite, un soldat pris dans chaque légion prononçoit les paroles du serment avant tous les autres qui les prononçoient ensuite. Par ce serment, ils promettoient d'obéir au général, de suivre leur chef et de ne jamais abandonner leur enseigne.

Les soldats alliés se levoient dans les villes d'Italie par les capitaines romains ; et les consuls leur indiquoient le jour et le lieu où ils devoient se rendre. Il ne faut pas confondre avec les alliés les troupes auxiliaires qui étoient

(1) Cic. Phil. 8, ch. 1. A Atticus, l. 1, ép. 18.

fournies par les étrangers. Les soldats vétérans étoient ceux qui, ayant accompli le tems de leur service, retournoient d'eux - mêmes à la guerre par un goût particulier pour les armes ou par inclination pour les généraux. Les chefs et les soldats composoient deux différens ordres.

Il y avoit plusieurs sortes de fantassins. Les soldats armés à la légère, *velites* ; les frondeurs et archers, *funditores et jaculatores* ; les hastaires ou piquiers, *hastati* ; ceux qu'on nommoit les princes, *principes*, ainsi nommés parce qu'ils commençoient le combat ; les triaires, *triarii* ou *pilani* à cause du javelot dont ils se servoient ; ceux qu'on appelloit *ontepilani* étoient les plus âgés et les plus expérimentés ; on les plaçoit au corps de réserve. On divisoit ces corps en compagnies appellées *manipuli*.

La légion étoit composée de quatre mille deux cents hommes. A chaque légion on joignoit toujours trois cents chevaux qu'on appelloit aile, *ala* ; cette aile étoit divisée en dix escadrons nommés *turmæ*. Le nombre des fantassins alliés égaloit et quelquefois surpassoit celui des romains (1), et la cavalerie étoit deux

(1) Tite-Live, l. 2, ch. 22. L. 31, ch. 21.

fois plus nombreuse. Deux légions, avec les troupes des alliés et la cavalerie, faisoient une armée consulaire, qui étoit en tout de dix-huit mille six cents hommes.

Différens ordres de la milice.

Il y avoit des officiers particuliers et des officiers généraux. Les officiers particuliers étoient les centurions, qui conduisoient les differens corps, *ordinum ductores* (1). Les tribuns, par ordre des consuls, les choisissoient dans tous les ordres des soldats; on avoit surtout égard à la valeur. Chaque centurion choisissoit deux sous-centurions et deux enseignes. Les officiers s'avançoient en passant d'un ordre dans un autre, de façon que le centurion de la dixième compagnie des *hastaires* montoit à la dixième compagnie des *princes*, ensuite à la dixième des *triaires*, etc. Après avoir été le dixième, un centurion devenoit le neuvième, le huitième, ect. jusqu'au premier centurion. Le grade de ce premier centurion étoit fort distingué : chef de tous les centurions, il étoit admis au conseil de

(1) Den. d'Hal., l. 4, ch. 18.

guerre avec les tribuns. Il recevoit les ordres
du général, et avoit des gratifications considérables ; il étoit sur le pié de chevalier
romain (1).

Les tribuns de soldats étoient à la tête de
toute la légion, comme sont à peu près nos
colonels. On n'en créa d'abord que trois pour
chaque légion, et ensuite six. Une partie étoit
nommée par le peuple, et l'autre par les
consuls. La marque qui distinguoit ces tribuns étoit une espèce de poignard ou de
couteau de chasse. Leur emploi étoit de rendre la justice, de recevoir le mot du guet du
général et de le donner aux autres, de veiller
sur les munitions, de présider à l'exercice des
troupes, de poser des sentinelles, etc. Il y
avoit deux tribuns qui commandoient la
légion chacun à leur tour durant deux mois.
Ceux qui avoient passé par le tribunat militaire, étoient dans la suite censés chevaliers
et portoient un anneau d'or au doigt. Ils se
choisissoient eux-mêmes des lieutenans (2).

Les alliés avoient leurs commandans particuliers, qui étoient nommés par les consuls

(1) Hor. Sat. l. 1 , sat. 6.
(2) Varron , de ling. lat. l. 4, ch. 16.

pour la sûreté de la république. Ils étoient en aussi grand nombre, et avoient le même droit sur leurs soldats, que les tribuns avoient sur les Romains (1).

Ceux qui avoient le commandement de toute l'armée étoit le général et ses lieutenans. Le général étoient celui à qui toute l'armée obéissoit, qui faisoit tout par lui-même, ou qui le faisoit faire sous ses auspices, en donnant ses ordres à un autre. C'étoit un usage fort ancien de ne rien faire qu'après avoir pris les auspices; et le général seul avoit ce droit. Ce qui distinguoit le général étoit le manteau militaire, nommé *paludamentum*, qu'il prenoit à Rome pour faire des vœux et des sacrifices (2). Les lieutenans étoient ordinairement choisis par les généraux : il falloit cependant un sénatusconsulte pour confirmer cette élection (3). Le nombre des lieutenans varia suivant les circonstances ; on le régloit pour l'ordinaire sur celui des légions.

Récompenses militaires.

Le général qui avoit remporté une victoire,

(1) Suétone, vie d'Auguste, ch. 38.
(2) Tite-Live, l. 42, ch. 49.
(3) Cic. contre Vatinius, ch. 15.

récompensoit les soldats qui avoient bien servi, et faisoit assembler l'armée pour distribuer les récompenses. Après avoir rendu graces aux dieux, il la haranguoit ; alors il faisoit approcher ceux dont il vouloit récompenser la bravoure ; il leur donnoit des louanges et leur faisoit des remercimens en présence de tous les autres.

Les récompenses que l'on distribuoit étoient différentes selon la différence des actions. Les moindres étoient, par exemple, une pique sans fer, que l'on donnoit à celui qui avoit blessé son ennemi dans un combat singulier ; celui qui l'avoit renversé et dépouillé, recevoit un brasselet, s'il étoit fantassin, et s'il étoit cavalier, un collier, ou espèce de haussecol d'or ou d'argent. Quelquefois aussi on leur faisoit présent de drapeaux, ou de petites chaînes avec des agrafes. Les grandes récompenses étoient des couronnes de diverses espèces. La première et la plus considérable étoit la couronne obsidionale (1), que l'on donnoit à celui qui avoit fait lever un siège. Cette couronne étoit regardée comme la plus honorable. On la composoit d'herbes, arrachées

(1) Den. d'Hal., l. 10, ch. 37.

dans

dans le lieu même où étoient campés les assiégeans. Après cette couronne étoit la couronne civique, qui étoit de chêne. Elle étoit reservée pour un citoyen qui avoit sauvé la vie à un autre citoyen en tuant son ennemi. Cette couronne étoit donnée d'abord à celui à qui on avoit sauvé la vie, afin qu'il la présentât lui-même à son libérateur. La couronne murale d'or, qui étoit faite en forme de mur, et où il y avoit des tours et des mantelets représentés, se donnoit à celui qui avoit monté le premier à l'assaut. Il y en avoit deux autres qui lui ressembloient assez ; l'une s'appelloit *corona castrensis*, et l'autre *corona vallaris*. Elles se donnoient, la première pour avoir pénétré le premier dans le camp de l'ennemi, et la seconde pour être entré le premier dans le retranchement. La couronne d'or navale étoit pour celui qui avoit sauté le premier, les armes à la main, dans un vaisseau ennemi. Il y en avoit une autre qu'on appelloit *classica* ou *rostrata*, dont on faisoit présent au général qui avoit remporté quelque grande victoire sur mer. Il y avoit encore d'autres couronnes d'or qui n'avoient aucun nom particulier, et qu'on accordoit aux soldats pour récompenser leur valeur. Parmi toutes ces

Tome I.   H h

couronnes, les plus estimées étoient les couronnes obsidionale et civique, qui n'étoient
que d'herbes et de chêne : on avoit accoutumé
les soldats à considérer moins dans les récompenses le prix de la chose que l'honneur qui
y étoit attaché. Quand ils alloient aux spectacles,
ils avoient soin de porter ces glorieuses marques de leur courage. Les chevaliers les portoient aussi quand ils passoient en revue devant
les censeurs. Ceux qui avoient remporté quelques dépouilles, les faisoient suspendre dans
le lieu le plus fréquenté de leur maison, et
il n'étoit pas permis de les arracher, même
quand la maison passoit à un autre maître (1).

Un des honneurs qu'on accordoit au général
étoit le nom d'*imperator*. Il recevoit ce titre
des soldats après s'être signalé de quelque
belle action ; le sénat le confirmoit, ou le
donnoit quelquefois lui-même. Un autre honneur étoit les *supplications* ou prières publiques
ordonnées par le sénat pour rendre graces aux
Dieux de la victoire que le général avoit
remportée.

Mais le comble des honneurs pour un général, étoit le triomphe que le sénat ordonnoit

_____

(1) Plut. quæst. rom.

et que le peuple accordoit quelquefois malgré le sénat. Pour triompher, il falloit avoir taillé en pièces plus de cinq mille ennemis. Voici quélle étoit la cérémonie du triomphe. Lorsque le jour destiné pour cette cérémonie étoit arrivé, le général, revêtu d'une robe triomphale, ayant une couronne de laurier sur la tête, monté sur un char magnifique, attelé de quatre chevaux blancs, étoit conduit en pompe au Capitole à travers la ville, précédé du sénat, et d'une foule immense de citoyens tous habillés de blanc. On portoit devant lui les dépouilles des ennemis qu'il avoit vaincus, les tableaux des villes qu'il avoit prises et des provinces qu'il avoit subjuguées. Devant son char marchoient les rois et les chefs ennemis qu'il avoit faits prisonniers. Arrivé au Capitole, il ordonnoit qu'on les mît en prison, et quelquefois qu'on les fît mourir. A la suite des prisonniers se voyoient les victimes qu'on devoient immoler. Ceux qui suivoient le triomphateur de plus près, étoient ses alliés et ses parens. Ensuite marchoit l'armée avec toutes les marques d'honneur que chaque guerrier avoient obtenu du général. Tous les soldats couronnés de laurier (1) crioient *Jo triumphe,*

1) Pline, hist. nat. l. 15, ch. 10, Hor. l. 4, od. 2.

qui étoit un cri de joie, et partageoient les honneurs du triomphe avec leur général dont ils avoient partagé les victoires. *l'Ovation*, ou petit triomphe, n'offroit pas à beaucoup près le même appareil. Dans celui-ci le triompha-teur étoit à cheval, couronné de mirthe, et il immoloit une brebis; dans l'autre après avoir parcouru, dans la pompe que nous venons de décrire, la ville jonchée de fleurs et remplie de parfums, il arrivoit au Capitole où il sacrifioit deux taureaux blancs.

Je devrois parler, à ce qu'il semble, de la disposition et de la disciplice du camp des Romains; mais cet article est trop étendu et prolongeroit trop ce traité, déja plus long que je ne me l'étois proposé d'abord. Puisse-t-il paroître et aux François devenus libres, et aux étrangers qui voudront le lire, digne du peu-ple dont j'ai tâché de décrire, d'une manière claire et précise, le gouvernement et les prin-cipaux usages.

Fin du premier volume.

TABLE

DE LA CONSTITUTION

DES ROMAINS.

Fin de la Table du premier volume.

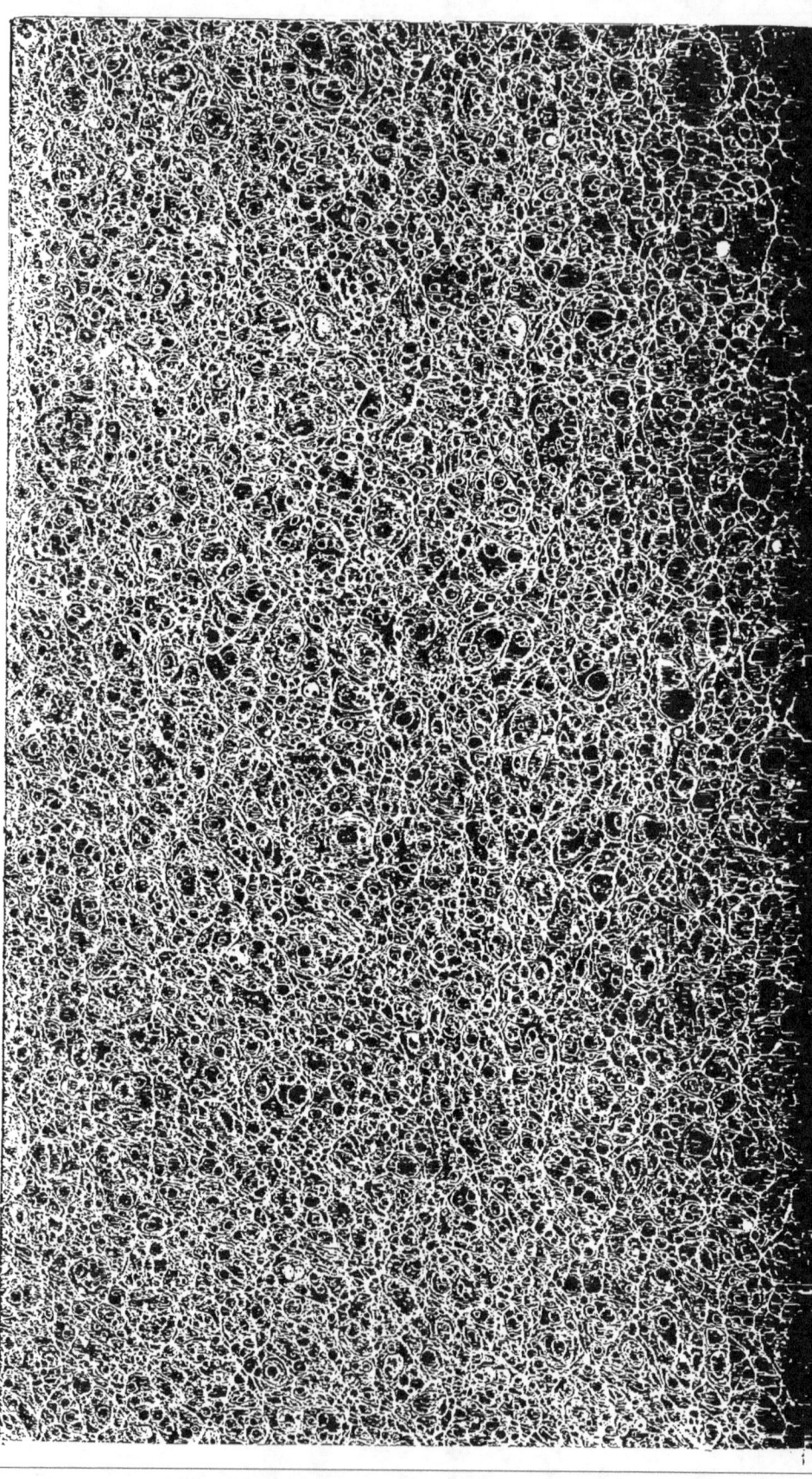

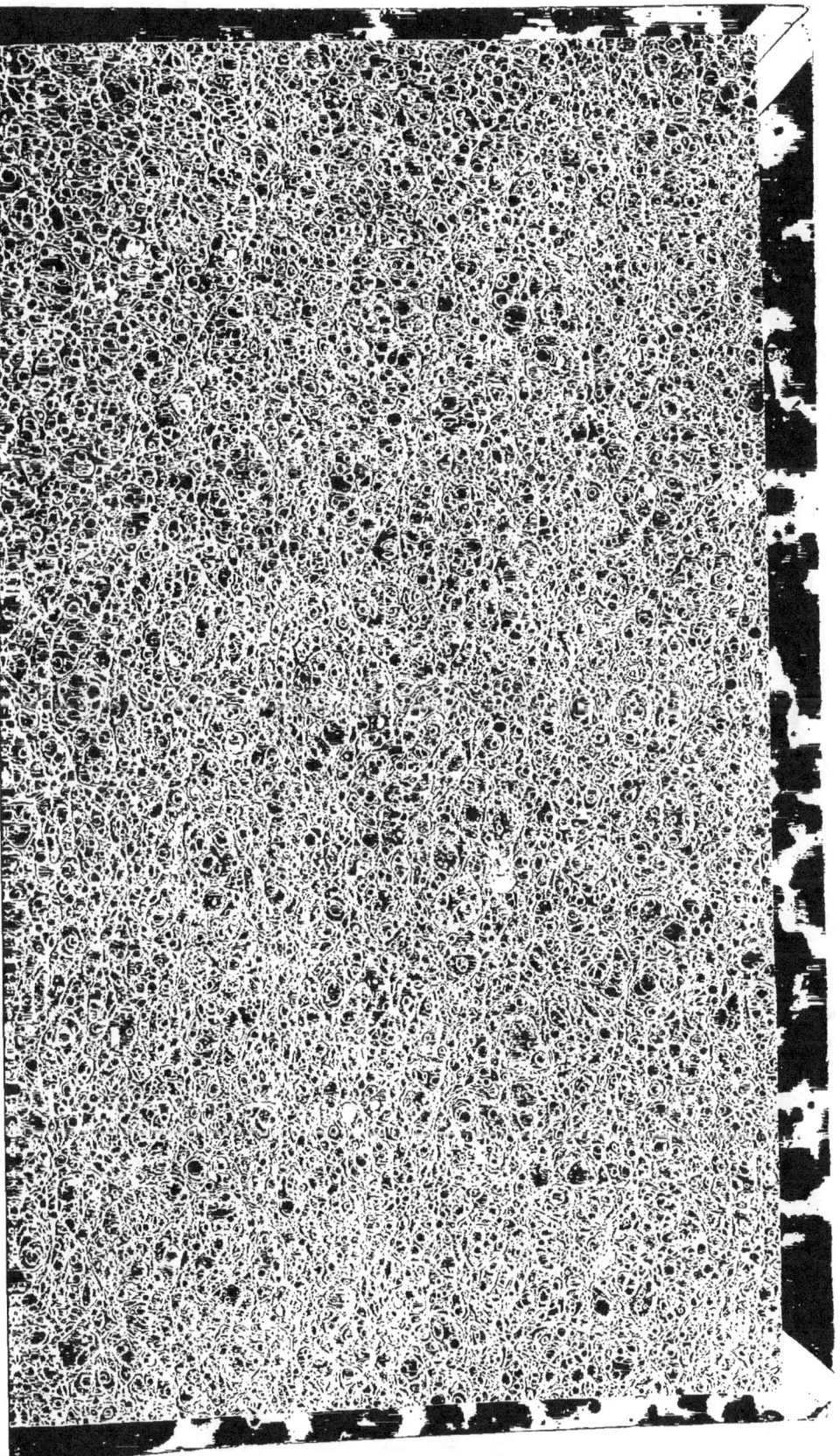

www.ingramcontent.com/pod-product-compliance
Lightning Source LLC
Chambersburg PA
CBHW060750030726
47503CB00002B/225